Helle Jespers ist im Urlaub, weit weg von ihrer Polizeistation im nördlichsten Dänemark und dennoch von beruflichen Fragen umgetrieben: Hätte sie doch nach Frederikshavn zur Polizeibehörde gehen sollen? Zur Mordkommission nach Kopenhagen? Da kommt ihr der Anruf ihres Kollegen Ole als Ablenkung gerade Recht. Er meldet sich mit einer erschütternden Nachricht: Eine enge Freundin ihres Sohnes wurde tot am Strand aufgefunden. Steht die Leiche in Zusammenhang mit einem jungen Paar, das auf der Flucht durch Dänemark zu sein scheint? Und was hat es mit dem düsteren Sektenführer, der sich Hiob nennt, auf sich? Helle fliegt mit der nächsten Maschine nach Hause und beginnt mit den Ermittlungen. Wieder arbeitet sie mit der Mordkommission in Kopenhagen zusammen, und wieder muss sie auf ihren Instinkt vertrauen – Was sie nicht ahnt: Dieser Fall wird auch das Leben ihrer Familie betreffen ...

Judith Arendt ist das Pseudonym einer erfolgreichen deutschen Drehbuch- und Krimiautorin. Sie lebt mit ihrer Familie in der Nähe von München.

Judith Arendt

HELLE UND DER FALSCHE PROPHET

Der dritte Fall für
Kommissarin Helle Jespers

Ein Dänemark-Krimi

Atlantik

Atlantik ist ein Imprint des
Hoffmann und Campe Verlags, Hamburg.

1. Auflage 2021
Taschenbuchausgabe
Copyright © 2020 Hoffmann und Campe Verlag, Hamburg
www.hoffmann-und-campe.de
Umschlaggestaltung: FAVORITBÜRO, München
Umschlagabbildungen: Auto: © Shutterstock SDClicks (Bildnr.672285172);
Strand: © Shutterstock Tommy57 (Bildnr.1550903069)
Innengestaltung Umschlag: © Hannah Kolling, Kuzin & Kolling,
Büro für Gestaltung, Hamburg
Satz: Pinkuin Satz und Datentechnik, Berlin
Gesetzt aus der Trump Mediäval
Druck und Bindung: GGP Media GmbH, Pößneck
Printed in Germany
ISBN 978-3-455-01219-4

Ein Unternehmen der
GANSKE VERLAGSGRUPPE

I.

He'll wrap you in his arms
Tell you that you've been a good boy
He'll rekindle all the dreams
It took you a lifetime to destroy
He'll reach deep into the hole
Heal your shrinking soul
But there won't be a single thing that you can do
He's a god, he's a man
He's a ghost, he's a guru
They're whispering his name through this disappearing land
But hidden in his coat
Is a red right hand

Nick Cave, Red right hand

Aalborg

»Es ist für dich.«

Schon an ihrer Stimme hörte er, dass etwas nicht stimmte.

Er ging durch den Flur und sah den Rücken seiner Frau in der geöffneten Tür. Die Schultern hochgezogen, rückzugsbereit. Marit drehte sich auch nicht um, als sie ihn hinter sich hörte.

Willem stoppte. Hielt den Atem an. Er wusste, wer draußen vor der Tür stand. Konnte das wirklich sein? Ein Schauer lief seine Wirbelsäule hinab. Zu gern hätte er sich gesagt, dass es nur Einbildung war. Die alten bösen Geister, die ihn nicht losließen.

Aber.

Er konnte ihn spüren, noch bevor er ihn sah.

Seine Aura.

Das Böse.

Er ging zu seiner Frau, legte seine Hand auf ihren Rücken und nickte Marit zum Zeichen, dass sie sich zurückziehen konnte, zu. Er würde jetzt hier übernehmen. Zögernd wich Marit zurück, aber als sie merkte, dass er ihr mit seinem Körper den Blick versperrte und sich vor dem Fremden aufbaute, ließ sie ihn allein.

»Was willst du?«

Die Augen zwei Kohlestücke. Die langen Haare waren weiß geworden, er hatte sie zu einem Pferdeschwanz zusammengebunden. Der Bart war ordentlich gestutzt, die Klamotten unauffällig. Das Wilde war verschwunden, auf den ersten Blick. Aber Willem ließ sich nicht täuschen, auch nicht nach zwanzig Jahren. Es war alles noch da. Das Wilde und das Böse. Das Magnetische und, ja, auch das Unwiderstehliche.

Er war die *Flamme,* so nannten sie ihn.

Willem spürte, wie seine Handflächen feucht wurden. Vor ihm stand sein Albtraum, stand der, der ihn nicht schlafen ließ, seit damals. Es kam nicht mehr so häufig vor, aber ab und an schreckte er nachts aus dem Schlaf hoch, nicht immer schreiend, aber jedes Mal schweißgebadet. Wie hatte er sich gewünscht, dass diese Zeit ein für alle Mal aus seinem Leben verschwinden würde, aber es hatte nicht funktioniert und nun kamen sie ihn holen.

»Was willst du?«, wiederholte er, nachdem der Mann vor ihm ihn nur ansah, ruhig, gelassen.

Dieser ließ sich Zeit mit der Antwort. »Wir treffen uns an der Bushaltestelle.«

Damit drehte sich der Mann um und ging ruhig über die Straße. Willem folgte ihm mit den Augen, seine Knie wurden weich. Ihm zu begegnen war unmöglich, er konnte ihn nicht ansehen, sich nicht neben ihn setzen, nicht nach all dem, was er ihm angetan hatte.

Aber er wusste, würde er dem Befehl – und nichts anderes war es – nicht Folge leisten, würde alles nur noch schlimmer werden.

»Wer war das?«

Marit sah ihn an, in ihrem Blick lag Besorgnis. Zu Recht, dachte er.

»Ein Informant. Ich treffe ihn gleich an der Bushaltestelle.«

»Woher weiß er, wo du wohnst?«

Willem zog sie an sich, aber seine Frau blieb steif. »Keine Ahnung. Vielleicht hat er mich zufällig gesehen.«

»Er ist seltsam.« Marit schob sich von ihm weg und sah ihm ins Gesicht. »Ich möchte nicht, dass solche Typen wissen, wo du wohnst, Will. Das ist nicht gut.«

»Es kommt nicht wieder vor. Versprochen.« Er gab ihr einen Kuss. »Ich rede mit ihm, jetzt gleich.«

Marit nickte. »Mir gefällt das nicht. Die Kinder …«

»Schon gut! Ich sorge dafür, dass er nicht noch mal auftaucht.«

Er schnappte sich ein Stück Gurke vom Schneidebrett und gab sich unbekümmert. »Der Typ ist harmlos«, schob er hinterher, und Marit lächelte.

»Okay. Tut mir leid. Ich bin ein bisschen zu empfindlich.« Instinktiv legte sie eine Hand auf ihren Bauch.

Willem lächelte auch, küsste sie und sah zu, dass er aus dem Haus kam. Er musste es hinter sich bringen, was immer es auch war. Von wegen harmlos. Der Mann war alles andere als das. Er war die *Flamme*. Aber er war auch das Schwert und die Peitsche. Die sieben Plagen und das Beil. Er war Richter, Henker und Waffe in einer Person.

Der Mann saß auf der Bank an der Haltestelle. Aufrecht, die Hände gefaltet, in sich ruhend. Als Willem neben ihm Platz nahm, aufgewühlt, kam keine Regung von dem Mann neben ihm. Nichts. Der Mann hatte gewusst, dass er kommen würde, er war nicht verwundert, er nahm es für selbstverständlich. Aber er wäre nicht zu ihm, Willem, gekommen, wenn es nicht wichtig wäre, das war ihm völlig klar. Um die *Flamme* aus ihrem Königreich zu locken, bedurfte es eines außerordentlichen Vorkommnisses. Die *Flamme* kam nicht so ohne weiteres. In seiner Zeit im Königreich hatte Willem es niemals erlebt, dass er sich selbst bemüht hätte. Er hatte für alles seine Diener und Boten.

Es musste also etwas Besonderes sein.

Oder die Zeiten hatten sich geändert, dachte Willem. Auch tausendjährige Reiche hat man schon fallen sehen.

Er schwieg. Die *Flamme* sollte reden.

Der griff stattdessen in die Innentasche seiner Jacke und reichte Willem ein Bild. Ein junger Mann, Anfang zwanzig, nicht älter. Die Haare lang, brav gescheitelt. Er sah aus wie irgendjemand, nichts an seinem Gesicht wäre Willem im Gedächtnis geblieben, hätte er nicht die frische rote Wunde, die sich quer über seine Wange zog.

Sie taten es also noch immer.

Willem konnte nicht anders, als auf die Wunde zu starren, eine Wunde, die verheilen würde, aber während er auf die Wunde des Jungen blickte, schmerzten die Narben auf seiner Seele.

»Was hat er getan?«, fragte er, und noch während die Worte aus seinem Mund fielen, wusste er, dass er keine Antwort bekommen würde.

Der Mann stand auf, ohne ihn eines Blickes zu würdigen.

»Finde ihn.«

»Warum ich?«

Jetzt drehte sich die *Flamme* um und lächelte. Sah ihm direkt in die Augen, in die Seele, in sein verwundetes Ich und lächelte.

»Weil du schon damals ein besonders pflichtbewusster Soldat warst.«

Damit ließ er ihn stehen. Drehte sich um und ging.

Willem blieb auf der Bank an der Bushaltestelle sitzen, unfähig, sich zu bewegen.

Die alte Angst war zurückgekommen. Eine zwanzig Jahre alte Angst. Mit niemandem konnte er darüber sprechen. Nicht einmal mit Marit, denn sie kannte den Willem DANACH. Sie wusste nichts von dem DAVOR.

Er konnte es also nicht erzählen, aber dennoch wagte er es nicht, den Befehl zu ignorieren. *Sehet nun, dass ich's allein bin, und ist kein Gott neben mir! Ich kann töten und lebendig machen, ich kann schlagen und kann heilen, und niemand kann aus meiner Hand reißen.* Er musste es tun. Diesen armen Jungen finden. Und dann?

Willem blickte auf das Foto in seinen Händen. Es war ein Schnappschuss, vielleicht mit einer versteckten Kamera aufgenommen. Eine ziemlich grobe Vergrößerung. Vielleicht bei einer Session? Machten sie noch Sessions, dort, im Königreich?

Es war jedenfalls kein normales Foto. Es war nicht, was es sein sollte: ein Partybild. Ein Bild, das diesen Jungen im Kreis seiner Freunde zeigte, wie sie tranken oder kifften oder Spaß hatten. Der junge Mann – vielleicht war er auch noch nicht einmal zwanzig Jahre alt, dachte Willem –, der junge Mann also hatte keinen fröhlichen Moment, als das Foto von ihm aufgenommen wurde. Er sah ertappt aus, gehetzt. Willem erkannte den Blick, und er konnte das Gefühl in sich abrufen. Genauso hatte er sich gefühlt, damals. Und seitdem nie wieder – bis jetzt. Er dachte, dass er entkommen war. Hatte sich in Sicherheit gewähnt; was für ein Fehler.

Man hatte ihn gefunden. Die *Flamme* hatte ihm einen Auftrag erteilt. Und er, Willem, konnte sich nicht wehren. Wie es seine Art war, hatte er ihn im Unklaren gelassen. Warum der Junge gefunden werden sollte, wer er war und wo er vor seinem Verschwinden gewesen war. Wie er hieß und wer seine Familie oder Freunde waren. Willem wusste nichts. Er hatte nur das Bild. Das Bild eines verzweifelten Jungen mit einer frischen Narbe.

Das Bild eines Jungen, wie er einer gewesen war.

Deshalb hatte er ihn auserwählt.

Denn das war es. Die *Flamme* erteilte keine beliebigen Aufträge. Die *Flamme* wählte aus. *Und der Herr sah, dass es gut war.*

Willem drehte das Bild in seinen Händen. Eine Buchstaben-Zahlen-Kombination war darauf gekritzelt. Es sah aus wie ein Kennzeichen.

Irgendetwas stimmte nicht. Wenn es darum ging, einen Abtrünnigen zu finden, hätte die *Flamme* seine eigenen Leute schicken können. Dahinter musste mehr stecken. Es gab keinen Grund, dass er ausgerechnet zu ihm kam. Er brauchte einen Profi, das war es. Die *Flamme* wusste, dass er mit seinen eigenen beschränkten Mitteln in der Sache nicht weiterkam. Es musste etwas Besonderes mit dem Jungen auf sich haben. Etwas, was selbst ihn vor Probleme stellte. Er brauchte jemand, der Zugang zu Methoden und Mitteln hatte, die ihm versagt waren.

So einen wie ihn, Willem.

Irgendwo in Dänemark

Anfangs hatte sie starr neben ihm gesessen, hatte ausdrucklos durch die Windschutzscheibe gestarrt und kein Wort mit ihm geredet. Aber nun, wo sie ein paar Stunden und viele Kilometer weitergefahren waren, taute sie auf. Rutschte auf dem Beifahrersitz hin und her und stellte ihm Fragen. Was ist das? Ein Supermarkt. Und das? Ein Fast-Food-Restaurant. Wo fahren all die Menschen hin? Zur Arbeit. Besitzt jeder hier ein Auto? Sehr viele. Wo geht die Straße hin? In die Freiheit.

Sie kannte nichts. Es war eigentlich unvorstellbar. Dass ein Mensch, der seit neunzehn Jahren mitten in Dänemark lebte, all das nicht kannte.

Er war immerhin schon neun Jahre alt gewesen, als seine Eltern sich entschieden, nach Dänemark zu kommen. Ins Königreich.

Neun Jahre und das Leben war vorüber.

Er hatte Handys gekannt, Computerspiele, Playstation, Nintendo, er und sein Bruder hatten stundenlang bei den Nachbarskindern gesessen und Mario Kart gezockt. Und dann war von einem auf den anderen Tag alles vorbei. Er hasste seine Eltern dafür, und er hasste seinen Bruder, der ihn mit der Scheiße allein gelassen hatte. War einfach nicht mitgekommen, abgehauen. Und das Größte? Dass seine Eltern behaupteten, sein Bruder wäre tot. Einfach tot, weil er sich ihnen widersetzt hatte.

Im Königreich hätte es dafür satte Strafen gegeben, und das hatte sein Bruder geahnt. Oder er hatte es gewusst und ihm nicht gesagt.

Sein kluger Bruder. Es verging kein Tag, an dem er sich nicht fragte, was aus ihm geworden war. Er legte sich immer eine andere Geschichte zurecht. In einer war sein Bruder unter die Räder gekommen, klar. Vierzehn Jahre und ohne Eltern in Deutschland unterwegs? Das konnte nicht gut gehen. Auf der Straße leben, betteln, Crack rauchen, auf den Strich gehen, sterben.

In einer anderen Version aber hatte sein Bruder großes Glück gehabt. Er war in ein Heim gekommen, einer der Erzieher hatte sich besonders um ihn gekümmert, ihn schließlich adoptiert, ihm eine Lehre vermittelt, jetzt lebte sein Bruder als Schreiner oder Dachdecker irgendwo mit seiner Freundin. Die vielleicht schwanger war.

Oder aber er hatte sich auf der Straße durchgeschlagen, war ein gerissener Kleinkrimineller geworden, ein Boss war auf ihn aufmerksam geworden, hatte ihm kleinere Aufträge verschafft, dann hatte er sich hochgearbeitet, von Autos knacken über Drogen verticken und Mädchen für sich arbeiten lassen, zur rechten Hand vom Boss. Jetzt hatte er Kohle und dicke Autos und eine heiße Braut.

Ein toller Bruder, Stoff für viele Geschichten.

Ein schrecklicher Bruder, der einfach verschwand.

Ihn zurückließ mit den Gebeten, den Schlägen, der Arbeit, den Spinnern, der *Flamme*.

Andererseits: Wäre er nicht in der Hölle gelandet, hätte er sie niemals kennengelernt. Jemi.

Absalom oder Niklas, wie er eigentlich hieß und wie es ab sofort auch wieder sein Name sein sollte, oder noch viel besser: Nick, sah zu ihr hinüber. Das Gesicht sah er nur angeschnitten, sie blickte aus dem Fenster. Die Knie hatte sie auf den Sitz gezogen, umschlang sie mit den Armen. Sie war wunderschön. Das Schönste, was er je gesehen hatte. Im Königreich war sie Schneewittchen gewesen, das junge Mädchen, das von allen diesen armen, verhärmten grauen Frauen um seine Schönheit beneidet wurde. Dabei war sie sich selbst ihrer Schönheit nicht bewusst. Eitelkeit war eine Sünde, und Jemi war gottesfürchtig erzogen. Sie sah nicht in den Spiegel, sie schminkte sich nicht – mit was auch? –, und sie konnte sich nicht vergleichen. Frauen in ihrem Alter gab es dort nicht. Es gab die Mütter und es gab die Kinder. Von den Kindern war das älteste fünfzehn. Von den Frauen die jüngste vielleicht Mitte, Ende zwanzig. Dazwischen hatte es nur sie beide gegeben: Absalom und Jemima. Die zwei Königskinder.

Jetzt waren sie Nick und Jemi. Für immer.

»Können wir anhalten?«

Jemi sah ihn an. Königsaugen. Blau wie das Meer. Das Mittelmeer, wie er es aus Italien in Erinnerung hatte. Der einzige Urlaub, den er außerhalb Deutschlands gemacht hatte. Natürlich nicht mit seinen Eltern, sondern mit einem Klassenkameraden. Es hatte viel Überzeugungskraft gekostet, seine Eltern so weit zu bringen, dass er mitfahren durfte. Nach Italien!

Hier in Dänemark hatte das Meer eine andere Farbe. Grau, fast schwarz. Mit viel Wohlwollen war es bierflaschengrün. Schmutzig weißer Schaum obendrauf.

Er wusste das, weil er einmal mitkommen durfte. Sein Vater und ein anderer Jünger waren nach Helsingør geschickt worden, eine Familie abholen. Und er hatte sie begleiten dürfen. Als Lockvogel, das wusste er heute. Es war ihnen normalerweise streng untersagt, das Königreich zu verlassen. Aber die Familie hatte Söhne, jünger als er. Wenn er mitkam, war die Chance, dass sie ihren Eltern bereitwillig folgten, größer. Wenn die Söhne Vertrauen zu ihm fassten, dann würden sie keine Angst haben, in das Königreich zu ziehen. In die Wälder. Dorthin, wo die Zeit angehalten worden war.

»Abs... Nick? Können wir anhalten?«

Jemi legte ihre Hand auf seine, die auf der Gangschaltung ruhte, lässig, als hätte er nie etwas anderes gemacht, als Auto zu fahren. Dabei hatte er nicht einmal einen Führerschein. Er hatte das Fahren von den Männern auf der Farm gelernt, die Traktoren und Bulldozer, aber auch die Pick-ups und Hiobs alten Jeep hatte er fahren dürfen. Das Königreich war groß und weitläufig, sie hatten die Wälder bewirtschaftet und damit Geld verdient. Dazu mussten sie Maschinen bedienen können, gerade die Jungen und Kräftigen unter ihnen. Den Acker bestellten die Weiber mit dem Pflug.

Nick blinkte und fuhr bei der Tankstelle raus. Er hielt an einer der Zapfsäulen. Jemi sah ihn an.

»Und jetzt?«

»Ich tanke. Währenddessen kannst du aufs Klo.« Er zeigte ihr das kleine beleuchtete Schild an der Seite des Häuschens. »Wenn ich fertig bin, gehst du rein und zahlst.«

Jemi verzog das Gesicht. »Kannst du das nicht machen? Ich bin ... zu unsicher. Das fällt bestimmt auf.«

»Das hier fällt auch auf.« Er zeigte auf die frische Narbe quer über seinem Gesicht. »Mehr als ein unsicheres Mädchen. Glaub mir.«

Sie nickte und glitt aus dem Wagen.

Nick – das war so viel besser als Niklas und schon gleich dreimal besser als beschissener Absalom – stieg ebenfalls aus. Er zog die Kapuze seines Pullis tief ins Gesicht, damit niemand auf den Überwachungskameras sein Gesicht sehen konnte. Er wusste, dass es so etwas gab. Natürlich noch immer geben musste und wahrscheinlich sehr viel ausgefuchster als zu seiner Zeit.

Zu seiner Zeit. So sagte er es, wenn er an sich zurückdachte. An sein Leben in Freiheit. In relativer Freiheit. Gemeinsam mit seinem Bruder Jan. Allerdings waren die Eltern schon immer streng gewesen, strenger als andere. Gläubiger. Sonst wären sie auch nicht in die Fänge Hiobs geraten. Aber sein Bruder, fünf Jahre älter, der hatte immer wieder Schlupflöcher gefunden. Hatte ihn mitgenommen zu seinen Beutezügen, Kaugummi klauen an der Tankstelle. Hubba Bubbas, die füllten den ganzen Mund aus. Das Wissen seines Bruders musste ihm jetzt auch weiterhelfen. Zwar hatte er Geld mitgenommen, Bargeld, aber weit würden sie damit nicht kommen. Den Pick-up hatten sie geklaut, aber

Nick machte sich nichts vor: nicht hinter dem Wagen würden sie her sein.

Nervös sah er sich um. Die anderen Leute an der Tankstelle waren Normalos. Keine Auffälligkeiten, niemand, der sie vielleicht verfolgte. Eine vierköpfige Familie im Kombi, ein Geschäftsmann, eine Tramperin mit Surfboard.

Die Zapfsäule war ihm für einen kurzen Moment ein Rätsel, er hob die Zapfpistole ab, öffnete den Tankdeckel und wusste nicht weiter. Im Königreich hatten sie die Autos mit Kanistern befüllt, da schüttete man das Benzin in den Tank, fertig. Hier lief es anders. Er warf einen Blick auf den Familienvater an der Zapfsäule neben ihm. Der hatte die Augen fest auf die Anzeige geheftet und eine Hand an der Pistole. Es klickte. Dann klickte es noch mal. Der Familienvater schien noch nicht zufrieden, kniff die Augen zusammen, klickte, erst dann zog er die Zapfpistole aus dem Tank.

Nick begriff: Man musste den Hebel am Griff gedrückt halten. Ein bisschen dauerte es, aber dann hatte er den Dreh raus. Und machte es dem Mann nach: die Anzeige überprüfen und den Hebel drücken. Woher wusste man, dass der Tank voll war? 50 Liter gingen in den Pick-up, das wusste er, aber sie hatten immer so lange nachgeschüttet, bis das Benzin oben aus dem Loch gluckerte. Das würde man hier kaum so machen. Er stoppte bei 30 Litern, um sicherzugehen. Kein Aufsehen erregen. Mittlerweile kam auch Jemi von der Toilette zurück. Ihre Wangen waren gerötet.

»Es gibt keine Spülung und keinen normalen Wasserhahn«, flüsterte sie ihm zu. »Ich habe alles abgesucht, aber erst als ich aus dem Klo bin, hat es hinter mir gespült. Wie unheimlich.«

Er grinste. »Da hatte Hiob mal recht: Die Maschinen haben die Macht übernommen.« Es sollte ein Scherz sein, aber Jemi starrte ihn erschrocken an.

»Und wenn es stimmt? Wenn wir gar nicht klarkommen hier draußen?« Sie sah sich um. »Wenn es ein Fehler war?«

Er beendete den Tankvorgang und steckte ihr die Scheine zu. »Quatsch. Schau dich um, sehen die Leute geknechtet aus? Die sind doch alle ganz zufrieden. Das ist eben die Zukunft, Jemi. Ist doch cool, wenn du nicht mehr spülen musst.« Er lachte, aber Jemi knabberte an ihren Haarspitzen.

»Ich weiß nicht. Mir macht das Angst.«

»Jetzt geh rein und zahl. Sonst schauen die komisch, weil wir hier so lange rumstehen.«

Sie nickte und ging zurück zur Tankstelle, seine Blicke folgten ihr. Bestimmt war sie nervös, noch niemals war sie in einem Laden gewesen, hatte sich mit fremden Menschen unterhalten, geschweige denn irgendetwas bezahlt. Aber wenn sie sich komisch benahm, dann baute er darauf, dass es genug Menschen gab, die einen kleinen Dachschaden hatten und man wegen Jemi nicht gleich die Polizei holen würde. Er beobachtete, wie Jemi sich an der Kasse hinter die Tramperin stellte, die mit ihrem Board vor ihr stand. Die Tramperin bezahlte, mit Karte. Dann ging sie ein paar Schritte von der Kasse weg und Jemi war an der Reihe. Der Typ hinter der Kasse schien sie etwas zu fragen, sie schüttelte den Kopf und sah sich hilflos um.

»Komm schon, Jemi, du schaffst das«, presste Nick leise hervor. Jemi sah zu ihm hin, vermutlich konnte sie nicht viel erkennen, aber er nickte ihr zu.

Sie deutete schließlich zu ihm hinaus, der Typ nickte auch und nahm Jemis Geld.

Die Tramperin war ein paar Schritte von der Tür entfernt stehen geblieben und sah sich um.

»Verpiss dich«, dachte Nick. Sie schien allerdings auf seine Freundin zu warten, und als Jemi zum Ausgang strebte, sprach sie sie an.

Nick stöhnte. Verdammt, lass uns in Ruhe.

Aber die beiden jungen Frauen kamen Schulter an Schulter aus dem Kassenhäuschen und liefen gemeinsam auf den Pick-up zu.

»Hej«, sagte die Tramperin und grinste ihn an. »Ich bin Merle.

Deine Freundin hier hat gesagt, ihr könnt mich ein Stück mitnehmen?« Und warf, ohne zu fragen, ihr Board hinten auf die Ladefläche.

»Hast du gesagt?« Er warf Jemi einen strafenden Blick zu, und sie schlug augenblicklich die Augen nieder. Verdammt, er wollte kein Arschloch sein, sie war seine Frau, er wollte sie mit Respekt behandeln, aber jetzt war er echt sauer. Sie konnten das Mädchen nicht mitnehmen. Sie waren auf der Flucht.

»Kein Platz mehr«, murmelte er, aber das Mädchen warf einen Blick auf die Beifahrerbank.

»Ach komm schon, wir rücken zusammen.«

Jemi nickte. »Das geht schon. Oder? Nick?«

Ein flehender Blick. Wenn sie bloß nicht immer so unterwürfig wäre, es fiel ihm schwer, ihr irgendetwas abzuschlagen. Das hatte Hiob geschafft – sie hatte überhaupt keinen eigenen Willen.

War sie ihm deshalb gefolgt?, schoss es ihm durch den Kopf, aber dann schob er den Gedanken weg, holte tief Luft und sagte: »Also okay. Wohin willst du?«

»In den Norden. Je weiter, desto besser. Richtung Frederikshavn. Fahrt ihr da hin?«

Das Mädchen hatte schon die Beifahrertür geöffnet, Jemi räumte ihren Kram zusammen und rutschte zuerst auf den Sitz, dann das Mädchen.

»Wie heißt ihr?«, fragte sie und grinste.

»Ich bin Nick und das ist Jemi.«

»Jemi? Lustiger Name. Noch nie gehört.«

»Eigentlich Jemim…«, wollte Jemi antworten, aber er ging dazwischen.

»Woher kommst du?«, fragte er und fädelte sich wieder in die Schnellstraße ein. Und ärgerte sich im gleichen Moment, denn wenn er das Mädchen fragte, woher sie kam, würde sie zurückfragen. »Wir sind gerade auf dem Weg zurück von Kolding«, schob er deshalb nach.

»Ich komme eigentlich aus Frederikshavn«, antwortete Merle

munter. »Aber ich hab gerade meinen Bruder in Aalborg besucht, wegen der Demo, und mein Board abgeholt. Jetzt will ich wieder zurück. An den Strand.«

»An den Strand?« Jemis Augen leuchteten. »Da möchte ich auch hin. Ans Meer. Ich war noch nie dort. Ich sehne mich danach, einmal das Meer zu sehen.«

Merle zog die Brauen zusammen und sah Jemi belustigt an. »Ist das ein Zitat? Aus einem Film oder so?«

Jemi verstand nicht, aber bevor sie etwas entgegnen konnte, ging Nick dazwischen.

»Was willst du nachts am Strand? Zu dieser Jahreszeit? Ist ein bisschen zu kalt, um zu surfen, oder?«

Die Tramperin lachte. »Warum denn? Ist doch langweilig. Ich bin schon ein paarmal nachts gesurft. Das ist wenigstens eine *challenge.* Du gehst an deine Grenzen.«

Sie zuckte mit den Schultern, während Jemi und Nick sich ansahen. Sie hatten keinen Schimmer, was Merle meinte.

»So ein Quatsch«, sagte Nick. Er ärgerte sich über das Mädchen, aber noch mehr ärgerte er sich darüber, dass sie ihm so fremd schien. Ihre Sprache, diese lässige Selbstverständlichkeit, die sie an den Tag legte. Alles an ihr provozierte ihn.

»Du bist sehr mutig. Was sagen deine Eltern?« Jemi legte ihre Hand auf Nicks Oberschenkel und drückte leicht. Sie bat ihn damit, sich zurückzunehmen, er verstand die sanfte Geste.

Merle guckte etwas schräg und lachte dann. »Du sprichst so komisch, du bist nicht aus Dänemark, oder? Woher kommst du?«

Jemi warf Nick einen irritierten Blick zu.

»Doch. Ich bin hier geboren. Aber bei mir zu Hause reden wir alle so.«

»Aha.«

Zum Glück gab Merle sich mit der Antwort zufrieden, sonst hätte er sie bald wieder absetzen müssen, dachte Nick. Sie war gefährlich, ohne es überhaupt zu wissen.

»Ich dachte ja, dass ich mehr Glück habe beim Trampen«, fuhr diese unbekümmert fort. »Ich meine, es sind doch ziemlich viele nach der Demo wieder nach Hause gefahren. Aber weil ich das Board bei meinem Bruder abgeholt habe, habe ich die meisten Mitfahrgelegenheiten verpasst.« Merle warf ihnen einen interessierten Blick zu. »Wart ihr auch da?«

»Wo?«

»Fridays for Future. In Aalborg.«

»Was ist das?«, fragte Jemi.

»Hä? Nicht dein Ernst, oder?« Merle lachte kurz auf, halb belustigt, halb schockiert.

»War ein Scherz«, beeilte sich Nick einzuwerfen. Er wurde immer nervöser. Es war so eine Scheißidee, dieses Mädchen mitzunehmen. Sie mussten versuchen, sie so schnell wie möglich loszuwerden. »Natürlich wissen wir, was das ist. Aber nein, wir waren nicht da. Konnten heute nicht. Wir hatten zu tun.«

Damit gab Merle sich zufrieden, aber Jemi ruckelte schon wieder nervös auf ihrem Sitz herum und kaute auf den Haarspitzen.

»Also, wenn ihr wollt, kommt doch mit an den Strand. Das wird cool. Ich hab auch was zu rauchen dabei.«

»Ich rauche nicht«, meinte Jemi, fast entschuldigend.

»Ich rauche auch nicht.« Merle grinste. »Nur Gras.«

Jemi guckte verständnislos. »Gras? Ehrlich, du rauchst Gras?«

Merle lehnte sich mit einem Ruck gegen die Beifahrertür, sodass sie einen besseren Blick in ihre Gesichter hatte. Nick wandte seines ab. Er hatte noch immer die Kapuze des Hoodies auf, und seine Narbe befand sich zum Glück auf der Merle abgewandten linken Gesichtshälfte.

»Ihr seid ja totale Freaks! Was geht mit euch?«

Nick starrte auf die Straße. Er zog es vor, darauf nicht zu antworten. Jede Antwort war eine zu viel. Andererseits tat es ihm leid. Für Jemi. Er hatte ihr die Freiheit in den tollsten Farben ausgemalt, was sie alles sehen und erleben würde, dass sie endlich Leute kennenlernen würden, Leute in ihrem Alter, junge Leute, ohne Bibel in der Hand. Sie würden ihre Musik hören und die

Welt sehen. Und nun war hier ein Mädchen, so alt wie sie, ein junges, freies Mädchen, das sie obendrein einlud, etwas Verrücktes mit ihr zu machen. Und anstatt sich zu freuen, ließen sie sich in die Ecke drängen und empfanden sie vor allem als: Bedrohung.

Jemi machte einen Versuch der Erklärung. »Wir leben auf einer Farm, weißt du? Wir sehen nicht viel von der Welt.«

Merle lachte auf. »Kein Scheiß – ihr werdet ja wohl Internet haben. Ich mein, ihr lebt doch nicht im Mittelalter.«

Nick konnte aus den Augenwinkeln sehen, wie Jemi ihre Hände knetete. Sie war nervös, wusste nicht, wie sie sich verhalten sollte. Hoffentlich rastete sie nicht aus. Er hatte es oft genug erlebt, wie sie reagierte, wenn sie sich in die Ecke gedrängt fühlte. Sie konnte nicht so gut mit Worten umgehen; natürlich, sie hatte nicht einmal eine Schule besucht, sie lebte nicht unter Gleichaltrigen. In ihrer Welt gab es nur Hiob und die anderen. Die armen Gestalten. Die Diener Hiobs. Sein Volk. Es galt das Wort des Herrn, und der Herr im Königreich war Hiob. Er hatte auf alles eine Antwort. Er beendete jeden Satz, den Jemi nicht rausbrachte, stellte und beantwortete für sie jede Frage, die ihr Geist nicht in Sprache verwandeln konnte. Und manchmal ließ er Jemi einfach in all ihrer Hilflosigkeit stehen. Wenn sie nicht mehr weiterwusste, dann bekam sie diese Anfälle.

Nick wollte sich nicht eingestehen, dass sie ihm in diesen Augenblicken unheimlich war. Es kam eine Jemi zutage, die er lieber nicht kannte. Sie wusste meistens nachher nicht, was geschehen war, war nicht Herr über das, was sie dann tat. Hiob war der Einzige, der sie in diesen Situationen in den Griff bekam. Allerdings war Nick noch nie dabei gewesen, wenn Hiob das regelte. Er wusste nicht, was dann geschah. Schlug er sie? Hypnotisierte sie? Gab ihr Drogen?

Zuzutrauen war ihm alles.

Die anderen sagten über Jemi, dass sie besessen war. Oder krank im Kopf. Aber die glaubten auch an Engel und so einen Scheiß.

»Halt dich von ihr fern, sie ist böse«, hatte seine Mutter ihm gepredigt, aber gerade das hatte ihn so angezogen. Ihre überirdische Schönheit und diese dunkle Seite ihrer Seele.

Aber jetzt, gerade jetzt, konnte er einen Ausraster ihrerseits am allerwenigsten brauchen.

»Wir biegen da vorne ab«, sagte er unvermittelt und zeigte auf den Kreisverkehr in der Verlängerung der Straße. »Ich setz dich da ab.«

»Spinnst du?« Merle schüttelte den Kopf. »Das war nicht abgemacht, wir sind doch gerade erst losgefahren. Ich denke, ihr fahrt mindestens bis Frederikshavn?«

»Davon habe ich nichts gesagt«, antwortete er schroff. »Ich habe gar nichts gesagt. Du hast dich selbst eingeladen.«

Er blinkte und stoppte den Pick-up kurz vor dem Kreisverkehr.

»Ich denk nicht dran.« Merle setzte sich wieder gerade hin und Jemi blickte ihn stirnrunzelnd an.

»Nick, doch nicht hier. Lass uns wenigstens zu einer Tankstelle fahren«, sprang sie Merle zur Seite.

»Ich steig hier nicht aus – *in the middle of nowhere*«, sagte Merle und verschränkte die Arme vor der Brust.

»Und ich fahr dich nicht weiter. Raus jetzt.«

»Mann, dein Freund hat vielleicht eine Scheißlaune«, sagte Merle. »Ich hab's ja gleich gemerkt, dass du keinen Bock auf mich hast, aber mal ehrlich – Nächstenliebe? *Never heard?*«

»Nick?« Jemi klang ängstlich.

»Ja, ist okay«, gab er klein bei. Wegen Jemi. Nicht wegen der Trulla. Ein Stück noch. Aber er würde zusehen, dass sie die Nervensäge so schnell wie möglich loswurden.

Gigarot, Südfrankreich

»Du auch?« Bengt hielt die Flasche mit dem Pastis fragend über Helles Glas. Sie nickte. Langsam wurde es ein wenig kühl, selbst hier. Helle schob ihre nackten Füße unter Emil, der regungslos bei ihrem Stuhl lag. Er hatte ein Alter erreicht, in dem sie ständig überprüfte, ob er noch atmete oder vielleicht schon für immer eingeschlafen war.

Als wenn der Tod so gnädig wäre.

»Hast du gesehen?« Triumphierend hob sie ihr Smartphone in die Höhe, damit Bengt sehen konnte, was die Wetter-App anzeigte: Skagen, sieben Grad. Helle wischte. Saint-Tropez, achtzehn Grad.

»Das ist unfair.« Bengts Augen blitzten, Helle sah die Lachfältchen in den Augenwinkeln. »Heute ist es hier besonders schön gewesen und zu Hause außergewöhnlich schlecht.«

»Es kann in Skagen niemals, niemals so warm werden wie hier. Ende Oktober!«

»Wenn wir so weitermachen, schon«, widersprach Bengt. »Irgendwann wird es hier heißer und immer heißer. Die Wälder werden brennen, sogar im Winter. In hundert Jahren willst du hier nicht mehr leben – wenn es uns dann noch gibt.«

Helle legte den Kopf in den Nacken und trank den mit Wasser verdünnten Lakritzschnaps in einem Zug. Das Thema deprimierte sie. Nicht im Urlaub, dachte sie. Können Probleme nicht auch mal Urlaub machen? Und schob das leere Glas dicht an die Flasche Ricard. Aber Bengt schüttelte den Kopf.

»Lass gut sein. Du bist schon wieder streitlustig.«

Helle öffnete den Mund, schloss ihn dann aber wieder ohne Entgegnung, sie erinnerte sich an ihre Therapeutin.

»Du hast recht«, gab sie stattdessen zurück und kam sich verlogen vor. Engelszungen, das war nicht sie. Sie wollte trinken. Trinken und sich streiten, dass die Fetzen fliegen. Gläser auf den Boden schmeißen, sich anbrüllen, dass sie das Rote in ihren Augen sah, so lange, bis Bengt sie im Klammergriff ins Bett verfrachten und mit ihr schlafen würde. So sollte Urlaub sein! So sollte es sein, wenn man nicht als Kriminalkommissarin im kalten Jütland seinen Dienst tat. So war es gewesen, früher, vor den Kindern. In ihrem ersten gemeinsamen Urlaub, Bengt und Helle. Jung und wild. Damals waren sie mit Interrail durch Europa gefahren, Marokko war ihr Ziel, gekommen waren sie bis Saintes-Maries-de-la-Mer. Sechs ganze Wochen waren sie dort auf dem Campingplatz geblieben, Tage, die nach Wein und Salz, nach Haut und Meer schmeckten. Tempi passati.

Jetzt saßen sie hier, in einer hübschen Ferienwohnung, die sie sich nur hatten leisten können, weil Nebensaison war, und plänkelten harmlos umeinander herum. Sprachen übers Wetter.

Helle spürte den Blick ihres Mannes auf sich. Er hatte die Augen zusammengekniffen. »Du bist unfair«, sagte er.

»Liest du meine Gedanken?«

Er fasste an seinen roten Wikingerbart, durchzogen von ein paar weißen Haaren und strich darüber. Eine Beschwichtigungsgeste, so hatte ihre Tochter Sina es einmal genannt. Helle war es nie aufgefallen, Bengt selbst auch nicht. Aber es stimmte – jedes Mal wenn zwischen ihnen die Luft ein bisschen knisterte, streichelte Bengt seinen Bart.

Jetzt nahm er ertappt die Hand von seinem Kinn. »Kannst du es nicht einfach genießen? Den Frieden, die Sonne.«

Statt einer Antwort schob Helle ihre Hand über den Tisch, den ganzen Arm hinterher, bettete ihren Kopf darauf.

»Ich weiß nicht, was mit mir los ist«, murmelte sie. »Scheißwechseljahre. Das hört nie auf.«

Bengt nahm ihre Hand.

»Du bist unzufrieden. Dir reicht dein Leben nicht. Meine Diagnose.«

Helle schossen Tränen in die Augen, sie schloss die Lider. Er hatte recht. Sie liebte ihr Leben, aber seit ein paar Jahren wurde es weniger. Erst war ihre Tochter Sina aus dem Haus gegangen. Jetzt Leif. Emil war ein alter Hund, der sich bereit machte zu sterben. Auch ihre kleine Polizeistation schrumpfte. Amira war nach Kopenhagen gegangen. Jan-Cristofer arbeitete nur noch Teilzeit, um sich um seinen Sohn zu kümmern. Blieben sie und Ole, der sich ständig um Versetzung bemühte. Er wollte ebenfalls nach Kopenhagen, zu seiner Freundin Amira, und wer könnte es ihm verübeln? In Skagen hatten sie einem jungen ehrgeizigen Polizisten nichts zu bieten.

Blieben Bengt und Helle, allein in einem ruhigen Leben. Zu ruhig, wenn es nach Helle ging. Sie bekam Beklemmungen, wenn sie abends nach Hause kam. In ihr wunderschönes Haus am Strand. Selbst gebaut, mitten in den Dünen, es konnte nicht idyllischer sein. Aber immer häufiger ertappte Helle sich dabei, dass sie sich noch nicht bereit fühlte für die Ruhe und den Frieden, der sie dort empfing. Es fehlte ihr an nichts. Mann, Hund, Freunde, Haus, Kollegen – es war perfekt. Sie würde eingehen.

Konnte man an Harmonie sterben?, fragte Helle sich, mit dem Kopf auf ihrem Arm, ihre Hand in Bengts warmer Hand. Emils Fell an ihren Füßen, der Blick aufs Meer, ein Nebel von Pastis im Hirn.

Die Reise war ihre Idee gewesen. Um der alten Zeiten willen. Weil es Emils letzte große Reise sein würde. Weil sie noch einmal die wilde Lust spüren wollte, die sie damals befallen hatte, als sie vor dreißig Jahren noch kinderlos in Südfrankreich gewesen waren. Sie hatte ausgeklammert, dass sie heute alt und dick waren. Wieder kinderlos zwar, aber jeder mit einem Päckchen auf dem Buckel. Bis in die Camargue hatte Helle dann auch nicht fahren wollen, nichts würde mehr so sein wie damals, und sie war zu der traurigen Erkenntnis gekommen, dass sie nicht mehr auf einen Campingplatz gehörten.

Die Sonne schien und hinter ihrer Stirn stiegen schwarze Wolken auf.

»Komm, lass uns den Sonnenuntergang am Meer ansehen.« Bengt stand auf und sofort hob Emil den Kopf. »Ja, mein Dicker, wir drehen noch eine Runde.«

Als verstünde er jedes Wort, wuchtete sich der große Rüde mit Mühe auf die Hinterbeine. Helle vermied es, ihm dabei zuzusehen. Ihr Emil. Ihr über alles geliebter Emil würde gehen. Vielleicht nicht morgen oder übermorgen. Aber in absehbarer Zeit.

Der Schmerz der Gewissheit seines nahen Todes war nicht auszuhalten für sie. Es gab Tage, da lief sie betäubt hinter ihm her, sah auf sein gemütlich wackelndes Hinterteil und dachte in ewiger Wiederholungsschleife: Du stirbst. Du stirbst! Wie oft drehte Emil ausgerechnet dann seinen großen Kopf zu ihr, und seine schwarzen Augen schienen zu sagen: »Na und? Ist nicht weiter schlimm.« Und dann schämte Helle sich. Für den Hund war es der natürliche Lauf des Lebens, Angst vor Tod und Verlust kannte er nicht. Warum ihn also mit ihrer Heulerei unnötig beunruhigen?

Bengt und der Hund waren bereits die drei Stufen vom Ferienbungalow zur Straße gelaufen, aber Helle suchte noch nach ihrem Päckchen Tabak.

Bengt drehte sich zu ihr um. »Ich habe dir ein Päckchen Gauloises besorgt«, rief er und lächelte. »Ohne Filter. *Good old times.*« Dabei kramte er in der Hosentasche seiner Bermuda, bevor er sich wieder umdrehte und bedächtig mit Emil an seiner Seite zum Strandweg zockelte.

Helle hatte im vergangenen Herbst wieder angefangen zu rauchen, als die Tote in der Wanderdüne gefunden worden war. Vorgeblich, weil sie so gestresst gewesen war, tatsächlich aber hatte sie das Rauchen als Entspannungsritual für sich wiederentdeckt. Sie fand es gemütlich, im richtigen Moment mit einer Zigarette dazusitzen und an nichts zu denken als den perfekten Rauchkringel. Schwummerig wurde ihr aber noch immer davon, und es schmeckte auch nicht.

Ein paar Sekunden verweilte sie auf der Terrasse und sah ihren Männern hinterher. Sie waren sich so ähnlich, fand sie, Bengt und Hund Emil. Unerschütterlich ließen die beiden Helles Launen über sich ergehen und hielten ihr unverbrüchlich die Treue. Hoffte sie zumindest. Würde Bengt sie betrügen können? Vermutlich war er dazu ebenso zu bequem wie sie. Emil dagegen hatte es versucht. Mehrfach. Jeder läufigen Hündin im Umkreis von fünf Kilometern war er hinterhergestürmt. Erfolglos. Und er war stets zu ihr zurückgekehrt.

Ihr Handy zeigte den Eingang einer Nachricht an, aber Helle schaltete rasch auf Flugmodus und folgte schließlich den Herren zum Strand.

Sie liefen ein paar Meter an der Wasserlinie entlang, durch Tang und Muscheln, Steine und zerdrücktes Plastik, bevor sie sich auf einen der Felsen setzten, der von der Sonne des Tages aufgewärmt war. Weitaus angenehmer als der kühle Sand.

Bengt reichte ihr das Päckchen, sie zog eine Filterlose heraus und schnupperte daran. Ungeraucht rochen Zigaretten um einiges besser. Bengt gab ihr Feuer. Helle bewunderte ihn für seine Disziplin. Er leistete ihr alle paar Wochen mal Gesellschaft beim Rauchen, sie dagegen verspürte, kaum hatte sie dieses Laster wieder aufgenommen, jeden Tag mehrfach das Bedürfnis. Die ersten Züge saßen sie stumm da und beobachteten einen Kitesurfer draußen auf dem Meer, der geradewegs in den orangefarbenen Sonnenuntergang segelte.

Bengt legte einen Arm um ihre Schultern und zog sie an sich. Schwer ließ Helle sich gegen ihn fallen.

»War eine gute Idee von dir.«

Helle nickte nur.

»Ich wäre sonst vielleicht nie wieder hierhergekommen«, fuhr Bengt fort. »Südfrankreich.«

Emil vergrub seine Schnauze im Sand und schnaubte tief. Dann scharrte er mit den Vorderbeinen, gab die Aktion aber schnell wieder auf. Die Arthrose.

»Ich finde, du solltest dir Gedanken machen, wie es weitergeht.« Bengt warf einen Blick zu ihr hinüber.

»Was, mit uns?« Helle bekam einen Schreck.

»Quatsch. Was soll mit uns sein? Wir werden zusammen alt. Und lassen uns immer wieder mal therapieren.« Bengt lachte, dass sein Bauch wackelte.

»Ja, ich weiß.« Natürlich war Helle vollkommen klar, wovon ihr Mann sprach. »Ich denke manchmal, es war ein Fehler, Frederikshavn nicht zu machen.«

Nachdem sie den Fall im vergangenen Jahr aufgeklärt hatte, bot man ihr die Leitung der Polizeibehörde in Frederikshavn an. Ein mittelgroßes Kommissariat, mehr als fünfzig Mitarbeiter, deutlich bessere Ausstattung, große Fälle, mehr Verantwortung, mehr Aufgaben, mehr Arbeit und Herausforderungen. Aber Helle hatte gekniffen. Hatte sich eingeredet, dass sie sich in ihrer Ministation, dieser *Dead-End-Police* am Arsch der Welt, viel wohler fühlte. Mit ihrer Sekretärin Marianne, die nicht nur den weltbesten Kaffee kochte, sondern sich die Verantwortung für Helles Bauchfett zu gleichen Teilen mit Bengt teilte; mit Ole, dem forschen Jungspund, der immer noch zu jung war, um nichts zu tun, und Jan-Cristofer, dem alten Freund und Gefährten aus den Anfangstagen. Aber dann war ein ganzes Jahr lang so gut wie gar nichts vorgefallen. Ladendiebe und Falschparker – das hatte bereits Sören Gudmund, Leiter der Kopenhagener Mordkommission, so treffend auf den Punkt gebracht. Und im Sommer ein paar Betrunkene. Auffahrunfälle, das ein oder andere geknackte Auto, illegale Beachpartys – es war ein gähnend langweiliges Jahr für alle gewesen und hatte aufs Neue bestätigt, dass die kleine Polizeistation in Skagen eigentlich auf reinen Saisonbetrieb um-

gestellt werden konnte. Eine Helle war überbezahlt und über-
qualifiziert.

»Na ja, Fehler, das würde ich so nicht sagen«, meinte Bengt
beschwichtigend. »Sei nicht so hart zu dir. Du warst eben noch
nicht so weit.«

Und du bist viel zu gütig zu mir, lieber Bengt, dachte Helle.
Du bist und bleibst Sozialpädagoge. Und ich weiß: Ich bin dein
schwierigster Fall. Laut sagte sie: »Ich hab's verkackt. Die Chance kommt so schnell nicht wieder.«

»Weißt du«, sagte Bengt, als hätte er sie nicht gehört, »wenn
Emil mal nicht mehr ist, könnten wir auch darüber nachdenken,
nach Kopenhagen zu ziehen. Näher bei Sina sein.«

»O Gott! Die wird sich bedanken!«

»… ein schickes kleines Apartment in Nørrebro, du fährst mit
dem Rad zur Arbeit ins Morddezernat, und abends gehen wir
ins Kino. Oder ins Theater. Oder besuchen eine Ausstellung –
meinst du nicht, das würde uns guttun?«

Helle schwieg. Wie oft hatte sie an diese Möglichkeit schon gedacht. Sörens Ruf nach Kopenhagen zu folgen. Mordkommission!
Das war schon was. Aber sie hatte gleichzeitig auch Angst vor so
einem Neubeginn. Ihr würden nicht nur ihre lieb gewonnenen
Kollegen, ihr würde vor allem das Meer, die Weite, der Strand,
die Dünen und, ja, die Einsamkeit Skagens fehlen. Außerdem
hatte sie Angst davor, in einer Gruppe von Profis nicht bestehen
zu können. Sie würde die Entscheidung einfach weiter hinaus-
schieben, das wusste sie. Sie war noch nicht so weit. Noch nicht
unzufrieden genug. *Stuck in the middle.*

Die Sonne war nun ganz an der Horizontlinie verschwunden,
Helle fröstelte. Emil schlief schon wieder tief, aber sie weckten
ihn auf und schlenderten Hand in Hand zu ihrem Apartment
zurück. Bengt sprach noch ein bisschen über ein Leben in der
Hauptstadt, sodass Helle der Verdacht beschlich, er wolle nicht
ihretwegen den Lebensmittelpunkt verlagern, sondern weil ihm
selbst die Decke auf den Kopf fiel.

Während sie den Tisch deckten, mit Weißbrot, Salzbutter, einem Käseteller, der von selbst laufen konnte, Oliven, Tapenade, gegrillten Paprika, *terrine de canard* und eingelegten Zwiebeln, sprach Helle ihren Mann darauf an. Bengt gab zu, dass es ihn reizen würde, gleichzeitig war er an Jütland beruflich gebunden und außerdem war sein Vater Stefan noch in einem Heim in Frederikshavn, auch ihn wollte er nicht im Stich lassen.

»Aber ich würde alles tun, damit wir beide nicht vor Langeweile sterben«, fügte er ernsthaft an.

»Dann musst du ein paar Leute umbringen«, lachte Helle. »So hätte ich was zu tun.«

»Dein Humor gefällt mir nicht«, meinte Bengt. »Du tickst manchmal nicht richtig.«

Helle wollte dem etwas entgegnen, aber dann rappelte ihr Handy und zeigte eine Flut von Anrufen und Nachrichten an – sie hatte es gedankenverloren wieder aktiviert und nicht damit gerechnet, gleich bombardiert zu werden.

»Verdammt, was …?«

Fünf Anrufe ihres Kollegen Ole. Drei Textnachrichten.

»Ruf bitte mal an.«

»Helle, bitte RR!«

Und zuletzt: »Wir haben eine Tote.«

Helle ignorierte alle weiteren Nachrichten und wählte augenblicklich die Nummer ihres Kollegen.

»Na endlich«, stöhnte Ole Halstrup.

»Was gibt's?«

»Hier ist ein junges Mädchen gefunden worden. Am Strand bei Møjen. Wahrscheinlich ertrunken.«

»Um Gottes willen. Kennen wir sie?«

Ole schwieg einen Moment. »Helle, es tut mir leid. Es ist Merle.«

Helle wurde auf einen Schlag kalt. Es war, als gefröre ihr Blut. Merle. Merle Brabant. Eine enge Freundin von Leif. Sie kannte das Mädchen seit dem Kindergarten.

Bengt sah sie an. Er wusste sofort, dass etwas Schreckliches geschehen war und kniete sich vor seine Frau.

»Weiß man ... ist sie ... ein Unfall? Wissen die Eltern davon? Ich ... o Gott, wie furchtbar.«

»Die Eltern sind benachrichtigt. Wir wissen noch nichts, Doktor Holt war gleich da und hat Tod durch Ertrinken festgestellt. Vermutlich ist sie fünfzehn bis achtzehn Stunden im Wasser gewesen. Fremdeinwirken können wir nicht ausschließen, sie hat ein paar Druckstellen an den Handgelenken. Aber um Genaueres zu sagen, müssen wir den offiziellen Befund abwarten. Sie ist in der Rechtsmedizin.«

Oles Ton war klar und sachlich, fast spröde, und Helle war ihm dankbar dafür. Trotzdem.

»Ich komme.«

»Helle, Frederikshavn übernimmt das.«

»Ich muss!«, unterbrach ihn Helle. »Ich nehme den nächsten Flieger.«

Und bevor sie auflegte: »Ruf Runstad an. Der soll sich den Fall rüberziehen. Ich will nicht, dass Holt da herumdilettiert. Wir dürfen keinen Fehler machen.«

Den letzten Satz hatte sie mehr geschrien, dann legte sie auf und schmiss das Handy quer über den Tisch. Presste sich die Hand vor den Mund, um den Schrei, der aus den Tiefen ihrer Seele drängte, zu unterdrücken. Bengt nahm sie wortlos in den Arm.

Eine Viertelstunde später hatte Bengt für Helle einen Flug von Nizza nach Kopenhagen gebucht, der erste am folgenden Tag. Hatte Helle in eine Decke gewickelt und mit Emil auf die Terrasse verfrachtet, die Flasche mit dem Pastis dezent verräumt und stattdessen einen Tee gekocht. Jetzt sprach er mit Leif, ihrem Sohn, um ihm die Nachricht zu überbringen, dass seine Freundin aus Kindertagen ertrunken war.

Helle hörte die Stimme ihres Mannes, die Worte drangen aber nur wie durch Watte an ihr Ohr, der Sinn erschloss sich nicht, sie konnte und wollte sich die Reaktion ihres Sohnes nicht ausmalen.

Merle war tot.

Ein Leben endete, noch bevor es sich wirklich entfalten konnte. Merle stand wie Leif an der Schwelle zu einem selbstbestimmten Leben, sie sollte jetzt entscheiden dürfen, welche Richtung sie einschlagen würde. Reisen oder Studium, Ausbildung oder doch erst einmal jobben? Großstadt oder Jütland, Fun oder Karriere, Frauen oder Männer, wer bin ich eigentlich. Die ganz großen Fragen, die sie sich jetzt stellen sollte, waren mit ihr auf den tiefen dunklen Grund des Meeres gesunken. Fredrick und Inez, ihre Eltern, die Helle so gut kannte, würden niemals erfahren, welchen Weg ihre Tochter Merle gewählt hätte.

Helle dachte an ihre Tochter Sina, die seit drei Jahren aus dem Haus und bei jedem Besuch eine andere war, sie immer wieder mit neuen Plänen überraschte und, anstatt ihre Eltern damit in den Wahnsinn zu treiben, Stolz und Freude in ihnen hervorrief, weil sie so voller Energie und Ideen war.

Und Helle dachte stets: Sieh mal einer an, was meine Tochter alles kann. Für was sie sich interessiert. Eine schillernde Person voller Möglichkeiten, die alle um sich herum in Atem hielt. Im Moment war sie mit ihrer Band als Straßenmusikerin irgendwo in Osteuropa unterwegs.

Aber Merles Eltern würden immer an ihre Tochter denken müssen, die leblos im dunklen Meer trieb, einsam im kalten Wasser.

Lieber Gott, dachte Helle, warum befolgst du Arschloch nicht die einfachsten Regeln: Kinder dürfen nicht vor ihren Eltern sterben.

Aalborg

Seit dem Auftauchen von Hiob war Willem komplett von der Rolle, und Marit, die ihn so gut kannte, hörte nicht auf nachzubohren. In der Nacht von Freitag auf Samstag hatte er einen seiner Albträume bekommen, er war davon wach geworden, dass Marit neben ihm saß und ihn rüttelte. Sie sagte ihm, er habe gestöhnt und geschrien. Sein Körper war überzogen mit kaltem Schweiß und die Zähne klapperten.

Willem wusste, dass er mit ihr reden musste, er war Marit eine Erklärung schuldig, jedenfalls wenn er es nicht schaffte, sich zu kontrollieren und seine Angst wieder in den Griff zu bekommen. Kurz hatte er in Erwägung gezogen, mit der Psychologin zu sprechen, aber die Furcht, dass sie sein Geheimnis einem Vorgesetzten offenbarte, war zu groß. Natürlich unterlag sie der Schweigepflicht, aber Willem traute niemandem. Das hatte Hiob geschafft, Willems Vertrauen in die Welt war und blieb erschüttert.

Heute hatte er eigentlich keinen Dienst gehabt, deshalb hatte er sich auch nicht um Hiobs Ansinnen kümmern können. Stattdessen war er nach dem Frühstück mit den Kindern in den Wald gegangen. Sie hatten Moos gesammelt und schöne Äste und nach Tierspuren gesucht, und es war so wundervoll gewesen, mit seinen beiden Engeln, die glücklich und so unschuldig waren, dass er Tränen in die Augen bekam, wenn er an seine eigene verkorkste Kindheit dachte. Aber dann schlich sich immer wieder die Angst zwischen ihn und seine Kinder, er dachte daran, dass sie Marit allein zu Hause zurückgelassen hatten, und er bekam Angst um sie.

Leise Paranoia schlich sich in seinen Kopf, er wollte mit seinen Kindern nicht Verstecken spielen, weil er fürchtete, eines von ihnen plötzlich nicht mehr zu finden.

Auf dem Bohlenweg durch das Moor blickte er ständig über die Schulter, vor Angst, es könnte jemand auftauchen und ihnen folgen.

Nicht jemand. Er. Einmal war er aus dem Nichts aufgetaucht, er konnte es jederzeit wieder tun.

Schließlich hatte Willem es nicht mehr ausgehalten, scheuchte die Kinder ins Auto und fuhr mit ihnen wieder nach Hause.

Sagte Marit, dass er noch einmal zur Arbeit müsse. Etwas tun. Sie solle alle Türen verriegeln. Die Kinder nicht alleine in den Garten lassen. Auf ihre Fragen gab er keine Antworten.

War einfach gefahren.

Willem wollte es hinter sich bringen, den Jungen finden und seine Ruhe haben. Das Königreich zurück in die Tiefen seiner Erinnerung drängen, Hiob aus dem Gedächtnis tilgen und so tun, als wäre er, Willem, ein normaler Mann mit einer normalen Familie.

Abschließen mit seiner Vergangenheit. So war er ins Büro gefahren.

Jetzt saß er hier und scrollte sich durch die Register, anstatt bei seiner Familie zu sein, mit den Kindern zu spielen und sie dann ins Bett zu bringen.

Die Pkw-Überprüfung hatte ihn nicht weitergebracht. Das Kennzeichen hatte zu einem Wagen gehört, der bereits vor Jahren abgemeldet worden war, und wo dieser sich jetzt befand – Schrottplatz oder Garage oder ob er in einem Graben vor sich hin rostete –, ließ sich nicht feststellen. Das Kennzeichen war ungültig und führte nirgendwohin.

Warum aber hatte es jemand auf die Rückseite des Fotos gekritzelt? Oder handelte es sich bei den Buchstaben und Zahlen gar nicht um ein Kennzeichen? War es ein Code? Welchen Hinweis wollte Hiob ihm damit geben? Oder hatte nicht Hiob die

Zeichen auf das Foto gemalt, sondern jemand anderes? Aber Hiob wäre das nicht entgangen, ihm entging niemals irgendetwas, er war die *Flamme*, der Prophet.

Willem beschloss, diese Frage zunächst nicht zu beantworten, sondern sich um den Jungen Gedanken zu machen.

Es gab ein paar Dinge, die seine Arbeitshypothese waren. Der Junge war Hiob bekannt, sonst würde er ihn nicht suchen lassen.

Er war bei ihm im Königreich gewesen, das sagte ihm der Ausdruck des Jungen auf dem Foto und die frische Wunde auf seiner Wange, die mit Sicherheit von den Bestrafungen herrührte. Er kannte diese Wunden – heilige Zeichen, wie Hiob sie nannte.

Nun war der Junge aber nicht mehr in Hiobs Gewalt, er war entkommen, und wahrscheinlich erst vor kurzem.

Wenn es nur ein einfacher Flüchtiger wäre, dann wiederum würde Hiob nicht so einen Aufwand betreiben, ihn zu finden.

Willem vermutete, dass der Junge etwas mitgenommen haben musste. Etwas, das Hiob gehörte. Etwas, das ihm gefährlich werden konnte.

Etwas, das auch für Willem interessant sein könnte.

Was war es? Aufzeichnungen? Briefe? Ein Laptop? Willem war sicher, dass Hiob so etwas besaß. Er war verlogen, predigte Wasser und trank Wein. Seine Anhänger durften nichts besitzen, alles war Gemeingut dort im Königreich, sie besaßen ja nicht einmal Privatsphäre oder durften einen Partner für sich beanspruchen. Alles wurde geteilt, sogar die Kinder hatten kein Recht auf Eltern, die sich nur um sie kümmerten. Alles gehört allen – nur Hiob gehörte immer schon etwas ganz allein.

Und der Junge hatte einen Schatz.

Das machte ihn wertvoll.

Hiob nahm in Kauf, dass Willem das herausfand, das wiederum irritierte ihn. Er war Mittel zum Zweck – sobald Hiob hatte, was er wollte, würde er sich seiner entledigen, das erkannte Willem glasklar. Es genügte ein anonymer Brief. Er würde jede Menge Probleme bekommen.

Willems Finger auf der Tastatur begannen zu zittern. Es war ein Spiel. Ein gemeines, perverses Spiel.

Fand er den Jungen und lieferte ihn Hiob aus, war sein Schicksal – und wahrscheinlich auch das des Jungen – besiegelt.

Fand er ihn nicht, würde Hiob ihn mit seinem heiligen Zorn bestrafen, was auf das gleiche Ergebnis hinauskam.

Mit Sicherheit ließ Hiob ihn beobachten, und sobald er glaubte, dass Willem sein Ziel erreicht hatte, würde er zuschlagen.

Willem dachte an den Jungen und die Narbe.

Er dachte an sich und die Züchtigungen.

Willem musste schneller sein. Er würde den Jungen retten und Hiob vernichten müssen.

Es war ein Spiel um Leben und Tod. Es war Hiobs späte Rache an seinem Entkommen. Es war ein Fehdehandschuh, den der Prophet ihm hingeworfen hatte.

Auge um Auge. Oder die *Flamme* würde ihn bei lebendigem Leib verbrennen.

Aalborg

Obwohl Helle vor ihrem Abflug in Nizza noch die Temperatur zu Hause gecheckt hatte, war sie nicht auf den scharfen Wind vorbereitet, der ihr mit kalten Klingen über das Gesicht fuhr, kaum dass sie den Terminal in Aalborg verlassen hatte. Sie zog den Reißverschluss ihres viel zu dünnen Parkas nach oben bis unters Kinn und nickte Jan-Cristofer zu, der an das Polizeiauto gelehnt auf sie wartete.

»Hej«, sagte Helle und ließ sich von ihrem langjährigen Freund und Kollegen zur Begrüßung fest in den Arm nehmen.

»Hej«, murmelte dieser in ihren Schal hinein und wollte sie nicht mehr loslassen.

Helle vergrub ihr Gesicht an seiner Schulter und ließ die innige Umarmung gerne zu, es würde der vorerst letzte Moment sein, in dem sie Schwäche zeigen konnte. Sobald sie in das Auto stieg, war sie im Dienst. Und übernahm die Ermittlung im Todesfall Merle Brabant.

Schließlich löste sich Jan-C von ihr und sah sie an.

»Bengt kommt mit Emil nach?«

»Mit dem Auto, ja. Sie sind heute mit mir von Nizza aufgebrochen. Ich rechne nicht vor Dienstag mit ihnen«, gab Helle zurück. Das bereitete ihr Unbehagen. Sie würde allein zu Hause sein. In dem schönsten Haus der Welt, aber allein. Um wie vieles lieber hätte sich Helle jetzt in einer Hütte ohne Wasser und Strom mit ihren Liebsten zusammengekuschelt, als in das große Holzhaus in den Dünen zu gehen, mit seiner Panoramascheibe, dem Blick auf Meer und Dünen, dem Kamin und der Sofalandschaft.

Es würde kalt bleiben, nur mit ihr allein.

Es würde so lange kalt bleiben, bis einer ihrer Lieblingsmenschen bei ihr sein könnte, Leif, ihr Sohn, der seinen schmalen Körper in einem übergroßen Hoodie verbergen und ihr aufmerksam mit den Augen durch den Raum folgen würde, bis sie Schulter an Schulter auf dem Sofa saßen und Serien guckten.

Oder Bengt, dessen fester, runder Körper Wärme und Energie ausströmte, die bis in die letzten Ritzen reichten; der hinter seinem gigantischen Herd stehen und sie allein mit dem Geruch des von ihm gekochten Essens zu trösten vermochte.

Oder Sina, ihre Tochter, mit ihrer vibrierenden Energie, der Unruhe im Körper, aber auch dem unstillbaren Bedürfnis nach Körperkontakt, die Helle fest an sich band, einspann in ihr Netz zärtlicher Verrücktheiten.

Und natürlich Emil. Der Beste. Der, für dessen unbeirrbare Liebe es keine Worte gab, dessen feuchte dicke Nase Helles Herz erschüttern konnte, dessen Körper ihren Beschützerinstinkt ebenso erwachen ließ, wie er ihr Geborgenheit vermittelte.

Familie. Helle brauchte sie jetzt mehr denn je, aber die Mitglieder der Familie Jespers waren im Moment weit voneinander entfernt.

Jan-Cristofer knuffte sie sanft in die Schulter. »Du kannst zu uns ziehen für die paar Tage«, sagte er, offenbar ihre Gedanken lesend. »Ich kann dir ein superbequemes Sofa im Wohnzimmer anbieten.« Er ging um den Wagen herum zur Fahrerseite.

Helle ließ sich auf den Beifahrersitz fallen. »Danke. Wenn es ganz schlimm mit mir wird, nehme ich dein Angebot an.«

»Wir haben immer Chips im Haus und eine Playstation 4.« Wir, das waren Jan-Cristofer und sein siebzehnjähriger Sohn Markus, der vor einem Jahr von seiner Mutter zu seinem Vater gezogen war. Seit Jan-C für ihn sorgen durfte, fiel es ihm noch leichter, keinen Alkohol mehr anzurühren.

»Dann wäre ich optimal versorgt.« Helle lächelte. Zum ersten Mal, seit die Nachricht vom Tod des Mädchens sie erreicht hatte.

Sie fuhren vom Flughafengelände, verließen das Stadtgebiet Aalborgs und steuerten nach Norden. Während Jan-C den Wagen durch die Weiten Jütlands lenkte, unter dem schweren Himmel, gebeutelt von den Herbststürmen, die über die Landzunge fegten, rekapitulierte er für Helle noch einmal den Stand der Ermittlungen. Zwar hatte sie Akten und Dossiers bereits auf ihrem Tablet studieren können, aber durch den Filter ihres Kollegen gewannen die dürren Fakten an Kontur. Helle lehnte ihren Kopf zurück, schloss die Augen und lauschte der vertrauten Stimme.

Die Leiche von Merle Brabant, neunzehn Jahre alt, wurde am Samstagnachmittag gegen siebzehn Uhr von einem Ehepaar, das mit seinen Hunden am Strand unterwegs war, bei Klitmarken in der Brandung entdeckt. Das Meer hatte den Körper an Land gespült. Ole und Jan-C, die als Erste vor Ort waren, hatten die junge Frau sofort identifiziert, deren Eltern sie noch nicht als vermisst gemeldet hatten.

Merle trug einen Neoprenanzug, darunter einen Badeanzug, sonst nichts weiter. Die Polizei und Küstenwache suchten gegenwärtig Meer und Küstenstreifen nach ihrem Surfboard sowie Klamotten und Rucksack ab. Gefunden hatten sie noch nichts, denn die Suche wurde durch hohen Seegang erschwert.

Dr. Holt hatte zunächst bei oberflächlicher Betrachtung des Körpers Tod durch Ertrinken festgestellt, Dr. Runstad, der Rechtsmediziner aus Aalborg jedoch, der auf Bitten von Helle die Leiche zu sich ins Institut geholt hatte, relativierte die Aussage. Er wollte sich so schnell noch nicht festlegen.

Merles Körper wies einige oberflächliche Verletzungen auf. Nichts, was auf den ersten Blick einen gewaltsamen Tod vermuten ließ, aber Runstad wollte alles offenlassen. Im Blut des jungen Mädchens ließen sich eine hohe Konzentration von Alkohol sowie THC nachweisen. Die junge Frau musste stark benommen gewesen sein. Die Polizei war noch im Unklaren, ob es sich um ein Unglück oder einen gewaltsamen Tod – oder gar Suizid – gehandelt hatte.

»Dieser Holt«, seufzte Helle. »Ist der nicht längst in Rente?«

Sie hoffte inständig, dass sie durch die simple Diagnose des Erstbegutachters keine Zeit verloren hatten. »Hat Runstad sich schon geäußert, wie alt diese Verletzungen sind?«

Der Gedanke, dass Merle – die kleine Merle, die sie seit beinahe zehn Jahren kannte, an die sie sich von der Einschulung ins Gymnasium erinnerte, an die blonden Zöpfe und die dürren Beine, an die aufgeschürften Knie und das heisere Kichern –, dass dieses zarte Mädchen vielleicht Gewalt ausgesetzt gewesen war, dass sie vor ihrem Tod gelitten, sicherlich Angst gehabt und sich verlassen gefühlt hatte, dass Merle etwas erlitten hatte, was auch ihren Kindern hätte geschehen können – das war ein schier unerträglicher Gedanke für Helle. Dass die junge Frau selbstgewählt in den Tod gegangen war, schloss Helle aus. Nicht Merle, ein so positives, an der Zukunft orientiertes Mädchen.

»Du kennst doch den Leichenleser«, brummte Jan-Cristofer. »Am liebsten hätte er uns noch gar nichts gesagt.«

Helle nickte. Dr. Nils Runstad war in ihren Augen der beste Rechtsmediziner Dänemarks, sein Wort galt. Es gab nichts, was er nicht fand, aber das hatte seinen Preis: Der Kettenraucher und Griesgram untersuchte sorgfältig, ließ sich von niemandem zur Eile antreiben oder zu einer Äußerung hinreißen, derer er nicht zu hundert Prozent sicher war.

»Aber er weiß, dass du kommst und ihn nerven wirst«, fuhr ihr Kollege fort. Dabei warf er einen raschen Blick auf Helle.

»Okay. Ich rufe ihn später an.«

»Ich war gestern mit Ayuna bei den Eltern.«

Jetzt war es an Helle, Jan-C anzusehen. Er biss sich auf die Lippen.

Eltern sagen zu müssen: dein Kind ist tot. Die furchtbarste Aufgabe für Polizisten. Aber Helle fand es richtig, dass Ayuna Ekberg, die neue Leiterin der Polizeikommission Frederikshavn, Jan-C mitgenommen hatte. Er schaffte das. Er war gut in diesen Dingen; die Menschen spürten, dass er selbst Schreckliches erlebt und seine Seele auf immer markiert war. Vielleicht erkannten sich die Versehrten und Verletzten, vom Tod Gestreiften, dachte Helle manchmal. Dieser Gedanke tröstete sie. Ein wenig.

Sie fragte jetzt nicht danach, wie die Eltern die Nachricht aufgenommen hatten. Die Antwort war immer gleich: Sie haben es kaum überlebt. Ihr Herz ist gebrochen.

Außerdem würde Helle selbst noch heute zu Inez und Fredrick Brabant rausfahren, sie kannten sich so gut. Es war ihre Pflicht, ihnen zu sagen, dass sie alles tun würde, um Merles Tod aufzuklären. Auch wenn das ihnen die Tochter nicht mehr zurückbrachte. Aber es war wichtig für die Hinterbliebenen, Gewissheit zu haben. Zu wissen, was geschehen war.

»Sie haben erzählt, dass Merle zur Fridays-for-Future-Demo nach Aalborg gefahren ist. Mit Freunden. Dort war sie regelmäßig, weil ihr Bruder da wohnt«, fuhr Jan-Cristofer nun fort.

»Ihre Freunde sind aber ohne sie zurück nach Frederikshavn?«, rekapitulierte sie.

Jan-C nickte. Sie passierten Frederikshavn und steuerten in Richtung Skagen durch Bannerslund.

»Können wir gleich mal bei Møjen anhalten?«, bat Helle ihn. Dort war der Fundort der Leiche. Auch wenn es mutmaßlich nichts zu sehen gab, für Helle war es dennoch wichtig, sich ein Bild zu machen. Sie sammelte Bilder eines Falles in ihrem Kopf und immer fügten sie sich im Verlauf der Ermittlungen zu einem Mosaik zusammen. Einem traurig stimmigen Mosaik.

Jan-C nickte und fuhr in seinem Bericht fort.

»Merle wollte ihr Surfbrett bei ihrem Bruder abholen. Oder vielmehr«, verbesserte er sich, »sie hat es tatsächlich getan. Sie haben zusammengesessen und ein Bier getrunken. Dann hat er ihr Geld für den Zug gegeben.«

»Wissen wir mittlerweile, ob sie Zug gefahren ist?«

»Nein. Die Bänder aus Aalborg und Frederikshavn werden ausgewertet. Bis jetzt hat sich niemand an sie erinnert. Weder Schaffner noch Schalterbeamte. Aber die Kollegen sind noch dran.«

»Sie müsste aufgefallen sein«, bemerkte Helle. »Wer ist im Oktober mit einem gelben Brett auf dem Rücken unterwegs?«

»Richtig. Das ist unser schwarzes Loch. Wir wissen nicht, was zwischen Freitag, kurz nach fünf, als sie aus der Wohnung des Bruders gegangen ist, und Samstagnachmittag geschehen ist.«

»Gibt es Zeugen dafür, dass sie bei ihrem Bruder war – und auch wirklich gegangen ist?«

Jan-C sah sie wieder von der Seite an. Dass ein Bruder seiner Schwester Gewalt antun könnte, war ein furchtbarer Gedanke, aber Helle hatte recht: So etwas kam vor, nicht zu selten, und sie durften nichts ausschließen. Auch – oder gerade weil – sie die Familie kannten.

»Ja. Seine Frau war auch da. Daran gibt es erst einmal keinen Zweifel. Die beiden sagen, Merle wollte zu Fuß zum Bahnhof gehen. Es ist nicht weit, vielleicht zwanzig Minuten durch die Innenstadt.«

»Okay.« Helle sah aus dem Fenster und schauderte. Die dunklen Wolken hingen tief, wurden vom starken Wind über das flache Land gepeitscht. Dürre Kiefern bogen sich, einige wenige Häuser duckten sich noch tiefer zwischen Sandhügel und Hagebuttenhecken. Es war kalt und ungemütlich und es würde immer kälter werden. Der Sommer war vorbei, der Herbst gab ein kurzes Gastspiel, der Winter klopfte bereits an. Nichts schmeckte hier nach Pastis und Crémant, es war die Zeit für starken heißen Kaffee. Helle dachte an Bengt und Emil, die langsam im Volvo nach Hause gondelten. Im Moment fuhren sie vielleicht durch die Schweiz. Quälten sich über den San Bernadino. Sie wusste, dass Bengt am höchsten Punkt des Passes anhalten und mit Emil eine Runde drehen würde. Zu einem der unzähligen Wasserfälle oder Viadukte. Wie gerne wollte sie jetzt mit ihnen dort sein und sich nicht um tote Mädchen kümmern. Helle fühlte sich miserabel, hatte sie sich doch gestern noch einen Mord gewünscht, damit ihr Job bitte weniger eintönig sei. Und jetzt schien es ihr, als hätte sie sich damit das Schlimmste herbeigewünscht, als hätte jemand, der das Schicksalsrad drehte, sie für ihren bösen Wunsch strafen wollen.

»Haben die Eltern sie zu Hause erwartet? Also, wissen wir, ob sie nach Frederikshavn wollte?«

Jetzt nickte Jan-C eifrig. »Das ist eine wichtige Sache, der wir nachgehen müssen. Die Eltern waren sich nicht sicher. Die Mutter ...«

»Inez.«

»... Inez meint, sich zu erinnern, dass Merle etwas von einer Party erzählt hat. Aber der Vater wusste nichts davon.«

»Normale Väter wissen so etwas nicht. Nicht von ihren Töchtern«, kommentierte Helle.

»Was bist du für eine Chauvinistin? Pfui, Helle, ehrlich. Ich jedenfalls weiß, wenn Markus auf eine Party geht. Und Bengt wusste von Leif und Sina sicher mehr als du.«

»Touché.« Jan-C hatte recht. Was für eine blöde Bemerkung von ihr. »Also gut, ich konkretisiere das mal. Viele Väter wüssten so etwas nicht. Und insbesondere nicht solche wie Fredrick Brabant. Er ist ein hohes Tier bei DanEnergi. Der hat sicher eine Achtzig-Stunden-Woche. Bei Schulveranstaltungen war immer nur Inez da. Und zwar allein. Also ...«

»Okay.« Eine Sturmböe erfasste den Wagen, und Jan-C hielt das Lenkrad mit beiden Händen fest, damit sie nicht in den Graben geweht wurden. »Dann gilt es also rauszufinden, wo Merle hinwollte. Ole ist dabei und telefoniert die Freunde durch.«

»Haben wir ihr Handy?«

»Nein, nichts. Weder ihre richtigen Klamotten noch den Rucksack noch das Board.«

»Der Körper wurde bestimmt abgetrieben. Wir müssen uns mit der Strömung beschäftigen ...«

Jan-C unterbrach sie. »Bin ich dran. Ich habe mit Trine«, er wurde rot, »darüber gesprochen. Sie können uns das ausrechnen, die Wetterdaten sind vorhanden. Keine Ahnung, wie die das machen, aber Windstärke, Strudel, Tidenhub – jedenfalls kann man das ungefähr berechnen, woher die Tote angeschwemmt wurde. Natürlich nicht auf den Meter genau, aber Trine kann uns sagen …«

»Schon gut.« Helle hob müde die Hand. Sie wollte nichts darüber hören, wie lange Merle im Wasser getrieben hatte, wie viele Stunden die dunkle wilde Braut sie umklammert, ihren zarten Körper unter Wasser gezogen hatte, hinab in die schwarze Tiefe und wieder emporgespült in die gelbe Gischt.

»Du und Trine?«, fragte sie stattdessen.

Jan-Cristofer blickte nun zur Fahrerseite aus dem Seitenfenster. Er will sein glückliches Grinsen verbergen, dachte Helle unwillkürlich, dabei freue ich mich für ihn. Ein Licht in dieser Düsternis.

»Wie lange geht das schon?«, fragte sie laut. »Und wieso hab ich davon nichts mitbekommen?«

Trine war Hafenmeisterin in Skagen. Sie war ihnen bei dem Fall der Toten in der Düne begegnet und es hatte auf Anhieb gefunkt zwischen ihr und Jan-C. Aber das war nun beinahe ein Jahr her und Helle hat nicht das kleinste Anzeichen bemerkt, dass sich zwischen den beiden ernsthaft etwas ergeben hatte.

»Ach lass«, sagte er jetzt. »Das ist im Moment nicht wichtig.«

»Doch!«, gab Helle zurück, mit einer Heftigkeit, die sie selbst überraschte. »Sterne in der Nacht, mein Lieber, verstehst du?« Und dann knuffte sie ihn liebevoll in den Oberarm.

Dreißig Jahre arbeiteten sie schon zusammen. Waren als Anwärter gleichzeitig zur Polizei gekommen. Hatten gemeinsam als junge Polizisten in Kopenhagen Dienst auf der Straße gemacht, in Christianias wilder Zeit. Helle hatte die Ehe ihres Freundes scheitern sehen und sein Abgleiten in die Sucht. Und nun war sie ehrlich froh, dass er es schaffte, seinem Leben eine neue, gute Richtung zu geben. Dass er nach dem Entzug seinen Sohn zu sich holen konnte, hatte sie und Bengt, der Jan-C ebenso mochte wie Helle, gefreut. Und dass er nun möglicherweise auch noch eine neue Liebe hatte, war umso verdienter.

Helle wollte weiterbohren, aber jetzt setzte ihr Freund den Blinker und sie verließen die Hauptstraße und fuhren durch die idyllische Siedlung in Richtung Klitmarken und Meer. Je näher sie dem Wasser kamen, desto mehr Fahrzeuge parkten am Rand der schmalen Straße. Übertragungswagen, Presse, Schaulustige.

Helle fror.

Jan-C fuhr an allen Wagen vorbei bis nach vorne an die Absperrung. Ein Kollege winkte sie durch.

Neben den anderen Wagen der Polizei hielten sie an, und Helle starrte durch die Scheibe auf die Dünenkuppe und die schwere See dahinter. Sie liebte das Meer so, wie sie es fürchtete. Sie war damit aufgewachsen, sie hatte größten Respekt vor seiner Kraft. Die Zerstörungswut der Wellen bei einer Sturmflut, die hinterlistigen Unterströmungen auch im flachen Wasser und die Kälte in der Tiefe, die sich ins Herz biss, sodass es aufhörte zu schlagen – all das hatte sie mehrfach erlebt. Hatte tote Badende und Segler gesehen, verwüstete Strandabschnitte und zerschellte Kutter. Die Vorstellung, dass Merle der Kraft der Nordsee schutzlos ausgeliefert gewesen war, deprimierte sie.

Jan-C war ausgestiegen und öffnete ihr jetzt die Beifahrertür. In der Hand hielt er seinen Parka.

»Zieh den an«, bat er sie. »Deine Jacke ist viel zu dünn.«

Helle nickte und streifte sich seine Jacke über, die ihr zu groß, aber von seinem Körper angenehm aufgewärmt war. Der Wind hatte hier vorne an der Küste an Stärke zugenommen und riss an ihren Haaren. Einige Meter von ihrem Wagen entfernt, erkannte sie die Markierung und zwei Kollegen; das musste die Fundstelle sein.

Helle stapfte los.

Es war wie erwartet: nichts zu sehen. Außer sehr vielen Abdrücken im Sand. Der Meeresspiegel war angestiegen, zweimal war die Flut gekommen und nun herrschte wieder Ebbe. Alle Spuren, wenn es jemals welche gegeben hatte, waren beseitigt. Aber wenn es so war wie angenommen, nämlich dass Merle im

Meer ertrunken und hierher angespült worden war, dann gab es auch keinen Tatort. Und demnach nichts zu untersuchen. Sollte sie an Land zu Tode gekommen und erst danach ins Meer gebracht worden sein, dann mussten sie woanders suchen.

Helle stand mit den Füßen direkt an der Wasserkante und blickte die Küste nach Nordosten hinauf. Irgendwo dort musste Merle ins Wasser gegangen oder geschafft worden sein. Warum hatte sie sich entschieden, den Neoprenanzug anzuziehen und bei Dunkelheit im Oktober, bei Temperaturen deutlich unter zehn Grad, auf ihr Brett zu steigen und auf den Wellen zu surfen? Oder hatte sie das gar nicht vorgehabt? Was aber dann? Wieso sonst trug sie einen Badeanzug und den Neoprenanzug? Ihren Bruder hatte sie in normalen Klamotten verlassen, in den Akten fand sich eine genaue Beschreibung der Sachen, die sie getragen hatte.

Und warum war sie hier am Strand gewesen? Ihr Zuhause war in Frederikshavn, einige Kilometer weiter die Küste hinunter.

Hatte sie zufällig jemanden getroffen und war ihm oder ihr hierher gefolgt?

Oder hatte sie von vornherein vorgehabt an diesen Strandabschnitt zu fahren? Hatte es die Party gegeben, von der Inez vage gesprochen hatte?

Es war dringend nötig, mit ihren Freunden zu sprechen, beschloss Helle. Sie kannte einige davon, vielleicht würde sie die Gespräche führen müssen und nicht Ole. Vielleicht sagten ihr die jungen Leute eher etwas, weil sie sie kannten als Mutter von Leif, weil sie ihr vertrauten.

Helle beschloss, ihren Sohn anzurufen. Um ein bisschen mehr über Merle zu erfahren, was sie so machte seit dem Abitur und ob die beiden noch Kontakt hatten.

Sie drehte sich um und ging an den Schaulustigen vorbei zum Wagen. Sie stieg ein, nickte Jan-C zu, der den Wagen startete. Bis zur Polizeistation Skagen sprachen die beiden kein Wort miteinander.

Marianne erhob sich sofort hinter ihrem Tresen und ging auf ihre Chefin zu, als diese durch die Tür trat. Helle sah ihre geröteten Augen, dann wurde sie schon fest an den Busen ihrer Mitarbeiterin gepresst. Sie erwiderte Mariannes Umarmung mit kurzem Druck und löste sich dann. Sie wollte jetzt nicht von ihren Gefühlen übermannt werden, vom Parkplatz aus hatte sie bereits gesehen, dass ihre neue Vorgesetzte neben Ole in dessen Büro saß. Sie musste jetzt wach und klar im Kopf sein.

Ayuna drehte sich sofort nach ihr um, als sie das Zimmer betrat.

»Hej Helle. Setz dich, wir haben Runstad am Apparat.«

»Hallo, Frau Jespers«, schnarrte dieser auch umgehend durch den auf laut gestellten Telefonapparat.

»Hej Nils. Was hast du?«

Nils Runstad räusperte sich. Ein Räuspern, das nach fortgeschrittener Tuberkulose klang, kein Wunder bei dem exzessiven Zigarettenkonsum des Gerichtsmediziners.

»Ihr könntet auch einfach den Bericht lesen, ich habe ihn euch gerade gemailt. Aber gut, ich sage es noch einmal in einfachen Worten.«

Helle sah erst Ole an, dann Ayuna. Sie lauschten angespannt.

»Tod durch Ertrinken, ganz klar. Der Kollege Holt hatte also recht. Wir haben Wasser in der Lunge, daran gibt es keinen Zweifel. Allerdings ...«

Runstad machte eine dramatische Pause.

»Wie ihr wisst, hatte sie eine hohe Alkoholkonzentration im Blut. Zum angenommenen Zeitpunkt des Todes, also zwischen 20 und 22 Uhr Freitagnacht, etwa 1,7 Promille. Das ist schon einiges. Vor allem bei so einem sehr jungen und schlanken Mädchen. Außerdem THC. Und die Spuren an ihrem Körper ... die lassen durchaus darauf schließen, dass es ein Gerangel gegeben hat. Nichts Dramatisches, also keine Würgemale oder so etwas, aber ... ja, Gerangel trifft es. Die Druckstellen an den Handgelenken sind auf alle Fälle frisch, und sie wurden vor dem Tod beigebracht. Ein paar Kratzer und an den Haaren hat ihr auch jemand gerissen. Unter den Fingernägeln sind Hautfetzen einer anderen Person. Fremde DNA. In der Datenbank kein Treffer.«

»Unter Gerangel verstehe ich etwas Harmloseres«, kommentierte Helle. »Kann es sein, dass sie bewusstlos war und jemand hat sie ins Wasser geschleift und dort ertrinken lassen?«

»Möglich. Aber nicht sehr wahrscheinlich. Ich gehe davon aus, dass sie sich im Wasser bewegt hat. Also vielleicht wirklich ein Weilchen gesurft ist oder geschwommen. Sie hat erst später Wasser in die Lunge bekommen.«

»Sie hatte also eine Auseinandersetzung an Land«, dachte Helle laut nach. »Und ging danach ins Wasser. Völlig zugedröhnt. Vielleicht hat sie sich mit ihrem Freund gestritten.«

»Haare ausreißen ist ziemlich untypisch für Männer«, kommentierte Ole Halstrup spitz.

»Also, wenn ihr hier weiter Spekulationen anstellen wollt, dann ohne mich. Ich habe gesagt, was zu sagen war. Jetzt brauche ich erst einmal eine Zigarette.«

»Alles klar, Nils. Vielen Dank.« Ayuna beendete das Gespräch mit dem Rechtsmediziner und blickte Helle an. »Möglicherweise doch ein Unfall.«

»Ja.« Helle war übel, sie musste sich setzen. Sie fror noch immer, obwohl der kleine Raum überheizt war und sie Jan-Cs Parka trug. Warum bekam sie jetzt keine Hitzewallungen?, fiel Helle ein, die kämen ihr jetzt gerade recht. Sie griff nach der Thermoskanne mit Kaffee und goss sich etwas von dem Getränk in einen Becher. »Auch wenn sich die Todesursache nach einem Unfall anhört – die Umstände des Ertrinkens sind für mich total seltsam. Ein Mädchen nachts im Herbst am Strand, betrunken und bekifft … da steckt auf alle Fälle mehr dahinter.«

»Selbstmord«, warf Ayuna ein.

Helle schüttelte den Kopf. »De facto vielleicht. Aber ich kenne Merle. Ich kann mir das überhaupt nicht vorstellen.«

In dem Moment steckte Marianne ihren Kopf durch die Tür. »Die Kollegen in Frederikshavn haben eine Meldung bekommen. Ein Tankstellenbesitzer. Er hat Merle auf dem Foto in der Zeitung erkannt und sich an sie erinnert.«

Sie hatten alle drei die Köpfe herumgerissen und waren wie elektrisiert. Manchmal geschah es, dass man einfach wusste, wann eine Spur richtig heiß war. Und das war so ein Moment. Gleich würden sie etwas Wichtiges erfahren, das war allen im Raum schlagartig bewusst.

»Sie hat bei ihm etwas zu trinken gekauft. Er erinnert sich an das gelbe Board. Dann hat sie mit einer jungen Frau gesprochen.«

»Ja?«, fragte Helle erwartungsvoll.

»Mit der ist sie mitgegangen. Die gehörte zu einem Auto, einem Pick-up. Merle ist eingestiegen und mitgefahren.«

»Bingo! Wo ist die Tankstelle?« Helle war bereits auf dem Sprung.

»Am Stadtrand von Aalborg, kurz bevor sich die Autobahn in die E39 und die E45 teilt«, gab Marianne zurück.

»Verdammt! Da sind wir gerade vorbeigefahren!«, ärgerte sich Helle. Tatsächlich hatte sie mit Jan-Cristofer die Stelle passiert, als er sie in Aalborg vom Flughafen abgeholt hatte. Sie wusste sogar genau, um welche Tankstelle es sich handelte.

»Der Zeuge heißt Hans Bruggen. Er erwartet euch, ihr könnt euch die Überwachungsbänder von Freitag anschauen, er wollte alles vorbereiten.«

»Wow«, murmelte Ole, »können nicht alle Zeugen so sein wie Hans?«

»Okay. Wir fahren hin – Ole, du fährst. Marianne, rufst du bitte bei den Eltern an und sagst ihnen, dass ich später vorbeikomme?«

Marianne nickte und zog sich zurück. Helle wollte ebenfalls das Zimmer verlassen, aber Ayuna fasste sie am Arm.

»Helle.«

»Ja?«

»Du weißt doch noch gar nicht, wer die Ermittlungen hier leitet.«

Helle blieb wie angewurzelt stehen. Ihr Reflex, den Fall sofort an sich zu ziehen und nicht im Traum daran zu denken, sich mit ihrer Vorgesetzten darüber zu verständigen, stammte aus der Zusammenarbeit mit Ingvar. Dort hatte sie gelernt, eigenmächtig zu handeln – aber so, dass Ingvar davon nichts mitbekam. Sie flog stets unter dem Radar. Dass sie ihr Verhalten nun ändern musste, war ihr noch gar nicht in den Sinn gekommen. Ayuna Ekberg hatte jetzt das Sagen.

»Sorry, Ayuna. Ich bin … also ich bin einfach davon ausgegangen. Aber natürlich …« Helle zuckte hilflos mit den Schultern.

»Ich übertrage dir die Untersuchungen. Ganz offiziell.« Ihre Vorgesetzte lächelte. »Aber solange wir nicht sicher sind, ob es sich tatsächlich um ein Gewaltverbrechen handelt, musst du mit einem kleinen Team arbeiten.«

Helle nickte. »Na klar. Kein Problem. Ich habe sowieso am liebsten meine eigenen Leute um mich.« Dann nahm sie einen erneuten Anlauf, sich zu entschuldigen. Helle hatte keine Lust, mit Ayuna, von der sie in den letzten Monaten einen sehr guten Eindruck gewonnen hatte, in die Konfrontation zu gehen. »Ich wollte dir nicht vorgreifen, tut mir leid.«

»Schon gut. Wer sonst sollte den Fall übernehmen? Es ist Skagen und du bist unsere beste Ermittlerin.«

»Danke. Kann ich Linn in mein Team bekommen?«

Ayuna ließ ihren Arm los. »Ja, das geht. Und noch etwas: Du bist sehr nah an der Sache dran. Versuch, etwas Abstand zu bekommen. Du darfst das nicht persönlich nehmen. Der Fall hat erst einmal nichts mit dir oder deiner Familie zu tun, okay?«

Helle nickte, bevor sie mit Ole den Raum verließ. Natürlich hatte ihre Chefin recht. Sie durfte Merles Tod nicht zu nah an sich heranlassen. Es sollte ein Fall wie jeder andere sein.

Aber, verdammt noch eins, es hätte ihr Kind sein können. Und sie wusste, dass sie das Bild des Mädchens, das mitten in der Nacht in der schwarzen und eiskalten Nordsee trieb, nie wieder würde vergessen können.

Irgendwo in Dänemark

Er machte sich Sorgen. Um Jemi. Sie saß neben ihm auf dem Beifahrersitz, die Fleecedecke hüllte sie vollkommen ein, die Heizung im Wagen war auf Anschlag gedreht, aber trotz der Hitze klapperte sie mit den Zähnen. Er hatte ihre Stirn gefühlt – heiß. Bestimmt hatte sie Fieber und Schüttelfrost, noch eine weitere Nacht im Freien würde sie nicht gut überstehen, nicht bei diesen Temperaturen. Nick war klar, dass er sich etwas überlegen musste.

»Glaubst du, sie suchen uns?«, fragte sie ihn.

»Keine Ahnung. Ja, wahrscheinlich.«

»Er will bestimmt sein Auto zurück.«

Nick schwieg. Er wusste, dass es Hiob nicht um das Auto gehen würde. Wenn er sie suchen ließ – und Nick war sich zu hundert Prozent sicher, dass er das tat –, dann weil niemand einfach abhaute. Abtrünnige wurden bestraft, es durfte nicht sein, dass man Hiob den Rücken kehrte. Das Auto war ihm scheißegal, ein alter Pick-up, das juckte ihn nicht.

Aber Verrat – das ließ die *Flamme* nicht zu.

Das sagte Nick Jemi jetzt nicht, auch wenn seine Gedanken genau um diesen Punkt kreisten, seit sie abgehauen waren. Er wollte sie nicht in Unruhe versetzen, es war schon alles verfahren genug.

Irgendwie war nichts so gelaufen, wie er es geplant hatte. Es sollte doch ganz einfach sein. Nick hatte angenommen, dass es am schwierigsten sein würde, aus dem Königreich zu türmen. Die Wachen zu überwinden, das Auto und Geld zu klauen und all das. Über alles, was danach kam, hatte er sich keine Gedanken gemacht. Hatte geglaubt, dass er mit der schönsten Frau auf der Welt in die Freiheit fahren würde, und hey – wo war da ein Problem?

Nun, das erste Problem war schon mal diese Tramperin gewesen. Hätten sie sie bloß niemals mitgenommen! Was hatte Jemi sich denn dabei gedacht?

Er blickte erneut zu ihr hinüber. Ihre hübsche Nasenspitze lugte unter der Decke hervor, eine lange rostrote Haarsträhne fiel auf ihr Knie. Jemi dachte nicht viel nach, wie er in den vergangenen zwei Tagen feststellen durfte. Sie tat einfach, was ihre Gefühle ihr befahlen. Impulsiv und mit einer Heftigkeit, die ihm Furcht einflößte.

Dieser Streit zwischen ihr und Merle … es war so unnötig gewesen, vollkommen irrwitzig, wegen nichts und wieder nichts. Wegen Wodka! Kein Grund durchzudrehen, aber Jemi hatte rotgesehen und sie beide in Gefahr gebracht, allerdings war sie sich dessen gar nicht bewusst.

Aber das lag jetzt hinter ihnen, viel drängender waren die Probleme, die vor ihnen lagen.

Sie hatten kaum Geld.

Und sie hatten keine Ausweispapiere, sie konnten also das Land nicht verlassen.

Nick hätte damit klarkommen können, hätte sich durchgeschlagen, er war nicht auf den Kopf gefallen, und vor allem scheute er die Arbeit nicht. Aber Jemi konnte nichts. Sie wusste nichts und sie hatte vor allem Angst. Seit dem Streit mit der Tramperin betete sie wieder, geriet darüber manchmal in Ekstase und sogar in Trance.

Davor fürchtete sich Nick am allermeisten: dass sie wieder zurückkehren wollte. Ins Königreich, zu Hiob. Dass sie nicht klarkam hier draußen und, noch viel schlimmer: dass sie es gar nicht wollte.

Ständig fing sie wieder davon an. Dass Hiob recht gehabt hatte mit allem, was er ihnen predigte. Dass die Welt ein Sündenpfuhl war, die Menschen gottlos und den rechten Pfad bereits verlassen hatten.

Dass sie in einer sündigen Welt lebten, die vergiftet und verseucht war, dass die Apokalypse auf sie niederfahren würde.

Der ganze verlogene Scheiß, den er sich seit über zehn Jahren anhören musste. All das kam nun aus ihrem Mund.

Nick setzte den Blinker bei einem Supermarkt und fuhr auf den Parkplatz.

»Hör mal«, sagte er zu Jemi, »ich geh da jetzt rein und kaufe uns etwas zu essen. Für dich Vitamine, Obst und gesunde Sachen. Du musst auf die Beine kommen.«

Sie nickte und duckte sich noch tiefer zwischen ihre Knie. Sanft streichelte er ihren Rücken, auf und ab, auf und ab.

»Du bleibst im Wagen, ja?«

Jemi nickte stumm und ließ sich zur Seite fallen. Sie kauerte sich auf der Sitzfläche zusammen und zog die Decke nun auch über das Gesicht.

Nick schloss behutsam die Beifahrertür.

Das Angebot im Supermarkt überwältigte ihn. Natürlich hatte es große Supermärkte und Einkaufszentren schon früher, in seiner Kindheit, gegeben. Und doch hatte er den Eindruck, dass alles so viel bunter und vielfältiger war als damals. Seine Eltern waren keine Freunde großer Supermarktketten gewesen. Hatten stets von Konsumterror gesprochen und dass die Wirtschaft nichts anderes im Sinn habe, als sie zu manipulieren, sie zu hirntoten Opfern des Kapitalismus zu machen. Wehe, Nick und sein Bruder hatten mal Wünsche geäußert, nach Kaugummi oder Chips. Oder – geradewegs vom Teufel erfunden – Cornflakes!

Dafür wühlten seine Eltern jetzt mit rissigen Händen in Dänemarks schwerer Erde und klaubten Kartoffeln, dachte Nick mit einem Gefühl tiefster Befriedigung, während er das Supermarktregal entlangschritt, in dem die bunten Tüten mit glänzender

Aufschrift wie Genusssoldaten aufgereiht standen. Er nahm eine Tüte aus dem Regal, die besonders feurige Chips mit dem Geschmack Afrikas versprach. Grinsend steckte er sie in seinen Einkaufskorb.

Er war frei. Und wusste, dass seine Entscheidung abzuhauen richtig gewesen war. Es galt nur, Jemi davon zu überzeugen.

Während er durch die Regalreihen streifte, hob sich Nicks Laune zusehends. Schließlich legte er seine Einkäufe auf das Band, Orangen und Bananen, Äpfel, jede Menge Knabberkram, Milch, Schokomüsli, Plastikbecher und Teller, Salami, Käse, Butter, geschnittenes Vollkornbrot, mehrere Tafeln Schokolade. Coca-Cola, Dosenbier und stilles Wasser für Jemi. Die junge Mutter, die vor ihm in der Schlange stand, drehte sich zu ihm um und warf einen Blick auf das Plastikgeschirr.

Nick verstand nicht, warum, zahlte, als er an der Reihe war – mit Bargeld, was in diesen Zeiten offenbar unüblich geworden war, so viel hatte er jetzt schon mitbekommen, alle um ihn herum zahlten mit Karte –, und schlenderte am Kiosk vorbei, wo es Zeitungen und Zigaretten gab. Sein Blick fiel auf die *Jyllands Posten*, zuerst las er die Schlagzeile, dann sah er das Bild darunter.

Merle.

Er musste den Artikel nicht lesen, um zu begreifen, was das bedeutete.

Nick verließ den Supermarkt so hastig, dass ihm um ein Haar die Einkäufe aus dem Plastikkorb gepurzelt wären, und lief zum Wagen. Er schleuderte den Plastikkorb samt Inhalt hinten auf die Ladefläche, ohne sich Gedanken darüber zu machen, ob die Flaschen zerbrachen oder dass der Korb Eigentum des Supermarktes war, riss die Fahrertür auf und startete.

Jemi schreckte hoch, sie hatte geschlafen.

»Wir müssen weg«, gab Nick ihr zu verstehen, die Zähne zusammengebissen.

Jemi schaute ihn nur an. Er wollte ihr nichts erklären, es hätte nur Streit gegeben, schließlich hatte doch Jemi sie in diese Lage gebracht.

Nick gab Gas, er wollte weg, so schnell wie möglich weg, aber dann fiel ihm ein, scheiße, was, wenn sie ihn wegen überhöhter Geschwindigkeit blitzten oder anhielten, oder was auch immer passieren konnte, wenn man zu schnell fuhr. Ohne Führerschein überdies. Sie waren bereits weit hinter Kolding, weil sie eigentlich vorgehabt hatten, nach Deutschland zu fahren. Nick war überzeugt gewesen, dass man sich irgendwo weit ab von den großen Straßen über die Felder oder den Wald ins Nachbarland durchschlagen konnte. Aber das Risiko war jetzt viel zu hoch. Man würde sie suchen.

Er gab Gas und nahm die Abzweigung auf die A8, um dann an der nächsten Ausfahrt die Autobahn wieder zu verlassen.

Er war kopflos, konnte keinen klaren Gedanken fassen.

Das Mädchen, der Streit, würde man nach ihnen suchen? Wo sollten sie hin? Er hörte Jemi murmeln, sah ihre gefalteten Hände, und in ihm stieg Wut auf, ein vertrautes Gefühl, Wut, die sich wie eine Faust in seinem Magen zusammenballte, eine Faust, die wuchs und wuchs und seinen Körper von innen sprengen würde, wenn er jetzt nicht Dampf ablassen konnte. Wut, die er ihr gegenüber noch nie empfunden hatte, sie war doch sein Mädchen, seine Frau, seine Jemi.

Es war die Wut auf Hiob, auf die frommen Lügen, die Gebete, die Bibel, die Sprüche, die Schläge und die Geißelungen, die Wut auf seine beschissen fanatischen Eltern ...

Ein Schild wies zu einem Wanderrundweg in dem ausgedehnten Waldgebiet und Nick folgte der Straße. Eine halbe Stunde später fuhr er einen Forstweg entlang, verboten für den Verkehr, aber genau das, was er gesucht hatte. Er hielt an, stellte den Motor ab.

»Du bleibst hier drin«, beschied er Jemi, die ihn verwirrt ansah. »Ich muss ein paar Schritte laufen. Mir was überlegen. Wir brauchen einen Plan, okay?«

»Nick?« Sie zog ihre schmalen Brauen zusammen. »Du lässt mich aber nicht allein?« Jemi warf einen angstvollen Blick durch die Windschutzscheibe. Dunkler, dichter Wald.

Es wäre das Einfachste, schoss es ihm kurz durch den Kopf. Sie hierlassen und alleine weitermachen. Man würde sie finden. Und dann sollten sich andere überlegen, was mit ihr zu tun war.

»Nein, niemals«, sagte er und küsste sie. Ihre Lippen blieben unbewegt, sie waren heiß und trocken. Er löste sich von ihr, strich ihr über das Haar wie einem kleinen Kind.

»Ich lass mir was einfallen.«

Dann ließ er sie alleine im Fond des Wagens und lief auf dem Forstweg ein Stück weiter, bis der Wald lichter wurde, er konnte den Himmel sehen, düster und tief. Schließlich stand er am Ufer eines Sees, der sich weit vor ihm erstreckte, aufgewühlt, Wildgänse erhoben sich in Formation aus dem Uferschilf. Der Wind nahm an Stärke zu, aber Nick genoss die scharfe kalte Luft an seinem Kopf, das Brausen in den Ohren. Er sah den Gänsen hinterher, die am anderen Ufer im Wasser landeten, sich heiser über die Störung beschwerten. Seine Haare waren feucht, sein Gesicht und der Parka, aus dem Nebel wurde Regen.

Konzentrier dich Nick.

Man hatte sie zusammen gesehen, sie alle drei, in dem Wagen. Die Tankstelle, an der sie Merle getroffen hatten. Früher oder später würde sich dort jemand erinnern. Und das Auffälligste an ihnen war der Wagen. Ohne ihn waren sie einfach nur ein Pärchen, Nick und Jemi, ein junger Mann und eine junge Frau. Sie würden untertauchen können. Irgendwo, wo Menschen waren, viele Menschen.

Eine Großstadt.

Kopenhagen.

Also mussten sie das Auto loswerden. Am besten wäre, es gleich hier stehen zu lassen. Sich zu Fuß durchschlagen, einen Bus oder Zug finden, irgendwie nach Kopenhagen kommen. Nick hatte nur eine vage Orientierung, im Königreich hatte es weder eine Karte von Dänemark noch von Europa oder gar der Welt gegeben, denn in ihrer aller Vorstellung war alles außerhalb zum Niedergang verurteilt. Aber er hatte einmal, als sie das Holz ihres Waldes verkauften und er die Männer begleiten durfte, im Büro des Sägewerks eine Karte gesehen. Minutenlang hatte er sie angestarrt und versucht, sie sich einzuprägen. Zwei Jahre war es her, und er hatte schon damals gewusst, dass er abhauen würde.

Was für ein Schwachsinn, dachte er jetzt, sie konnten nirgendwo zu Fuß hin. Sie würde das nicht schaffen. Jemi konnte nicht laufen, erst recht nicht mit Gepäck.

Er verspürte den Drang, zu flüchten, zu rennen, jetzt und hier zu starten, alles hinter sich zu lassen, den ganzen Mist, der passiert war.

Vor ihr davonlaufen.

Er hatte nicht geahnt, was er freigesetzt hatte. Die Angst schlich ihm den Nacken hinauf, drückte seine Augen von innen aus den Höhlen.

Was, wenn er sie nicht in den Griff bekäme?

Die Antwort konnte er sich selbst geben.

Das Mädchen. Das Meer. Die Nacht.

Ein Geräusch hinter ihm ließ ihn herumfahren. Es war Jemi, die in die Decke gehüllt auf ihn zukam, das wunderschöne lange Haar, dessen Strähnen er sich so gerne um den Finger gewickelt und den Duft eingesogen hatte, sah stumpf aus, ihre Augen lagen tief in den Höhlen, die Wangen eingefallen.

Zögerlich kam sie näher, fiebrig und kraftlos.

Als er sie so sah, wusste Nick, dass er dafür verantwortlich war. Er hatte sie aus ihrem Umfeld herausgerissen, weil er gehofft hatte, sie befreien zu können, den Albtraum zu beenden. Stattdessen hatte er sie gezwungen, sich in eine Welt einzufinden, die sie gar nicht gewollt hatte.

Nun musste er es auch durchziehen. Musste sich um sie kümmern. Es war seine Pflicht.

Er breitete die Arme aus. »Komm her, Schönheit.«

Keine drei Stunden später betraten sie zu Fuß die Fähre, die sie von Fynshav nach Bøjden brachte. Nick trug den Rucksack, Jemi war in drei Pullis und ihrer beider Jacken gehüllt. Sie sah lächerlich aus, eine Tonne aus Wolle und Segeltuch, aber dafür war sie warm verpackt.

Nick war stolz auf sich. Er war nicht durchgedreht und hatte alles richtig gemacht. Den Wagen wieder aus dem Wald und Jemi in der Nähe des Fähranlegers in ein Café gebracht. Dort sollte sie sitzen bleiben, viel Tee trinken, sich aufwärmen und zur Ruhe kommen. Er hatte sogar die Kellnerin gebeten, ein Auge auf seine Freundin zu haben, er müsse dringend weg und würde erst in etwas mehr als einer Stunde wiederkommen.

Die Kellnerin, ein junges Mädchen, wahrscheinlich eine Studentin, die dort jobbte, war sehr mitfühlend gewesen und hatte ihm versprochen, auf Jemi zu achten. Dabei hatte sie Nick so offen angelächelt, dass er sich fast schämte, sie für seine Zwecke einzuspannen. Ganz offensichtlich tat sie ihm den Gefallen, weil er ihr gefiel.

Dann hatte er den Pick-up weggebracht. Zuerst wollte er ihn in den Wald fahren, aber dann dachte er, dass der Wagen am besten so verschwand, wie sie beide: Untertauchen unter seinesgleichen. Und so hatte er ihn auf dem riesigen Parkplatz eines Einkaufszentrums abgestellt, wo er so schnell nicht auffallen würde. Hatte den Wagen komplett ausgeräumt, den Müll weggeschmissen und alles, was sie für ihre Unternehmung brauchen konnten, in den Rucksack gestopft. Bei der Gelegenheit war ihm das Handy im Fußraum aufgefallen. Merle musste es verloren haben. Kurz zögerte er, aber dann steckte er es ein. Wer weiß, wozu er das gebrauchen konnte. Mit diesen Apparaten kannte er sich nicht aus, er hatte nie ein Handy besessen. Aber er erinnerte sich, dass einige wenige Klassenkameraden in seiner deutschen Schule schon welche gehabt hatten. Aufklappbare Minitelefone, auf denen man Spiele zocken konnte.

Zocken, das Wort hatte er von seinem Bruder zuerst gehört.

Jan war immer scharf aufs Zocken gewesen. Er war ja schon groß, vierzehn, und hatte deshalb ständig Streit mit den Eltern gehabt.

Wo bist du jetzt, dachte Nick. Was hast du in den letzten zehn Jahren gemacht? Ich brauche dich jetzt, mein Bruder, du musst mir helfen.

Jan würde auch wissen, was mit dem Handy dieser Tramperin zu tun war, Nick hatte versucht, es anzuschalten, aber der Bildschirm blieb schwarz.

Vom Einkaufszentrum war er mit einem Bus zurück ins Café gefahren, hatte dort einen Kaffee mit Jemi getrunken, die nicht mehr ganz so bleich war wie zuvor. Ihre Finger, mit denen sie seine Hände umklammerte, waren nicht mehr klamm und kalt, sie sagte, sie habe sich die gesamte Zeit seiner Abwesenheit über am Tee gewärmt.

»Wir fahren nach Kopenhagen und dort suchen wir eine Jugendherberge, okay?«

Sie sah ihn verständnislos an. Immer wieder vergaß er, dass sie nichts von dem kannte, was er über die Welt wusste, und er war selbst zehn lange Jahre auf einem anderen Planeten gewesen. Nick erklärte Jemi, dass es sich um eine günstige Unterkunft handele, in der nicht nur Jugendliche übernachten durften, auch wenn es sich so anhörte. Jugendherbergen kannte er zur Genüge, er und sein Bruder hatten mit den Eltern auf diese Art Urlaub verbracht. Wenn man es überhaupt Urlaub nennen konnte, ihre Freunde waren in den Skiferien gewesen oder am Gardasee. Nach Mallorca oder sogar nach Thailand geflogen.

Sie wanderten in der Eifel.

Wenn er darüber nachdachte, war seine Kindheit beschissen gewesen, aber alles, was danach kam, war noch viel beschissener, sie hatten ihm das Leben weggenommen, das er vorher wenigstens ansatzweise gehabt hatte.

Wie sehr er seine Eltern dafür verachtete.

Er hasste sie nicht, sein Hass galt ihm, Hiob, der *Flamme*. Seine Eltern waren einfach nur kleine arme Würstchen und sein Bruder hatte es genau gewusst.

»Zeit, dass wir zur Fähre gehen«, sagte Nick nun nach einem Blick auf die Uhr.

»Sehe ich noch mal das Meer?«, fragte Jemi, und ihre Wangen röteten sich leicht, aufgeregt wie ein kleines Kind.

»Ja«, sagte Nick. »Du wirst das Meer sehen. Es ist aber nur ein ganz kleines Meer. Eher so eine Art breiter Fluss, nicht so wie das Meer, an dem wir gestern waren.«

Nach dem Streit mit Merle waren sie weiter südlich gefahren und hatten an einem Campingplatz in den Dünen haltgemacht. Der Platz war verlassen, sie hatten im Pick-up geschlafen, sich gegenseitig mit ihren Körpern gewärmt. Als sich am Morgen der Vorhang der Nacht hob, hatten sie durch das beschlagene Fenster graue See gesehen. Ein endloses Grau in Grau, Himmel und Wasser verschmolzen zu einer Decke aus flüssigem Blei. Aber Jemi war außer sich gewesen, das erste Mal hatte sie eine Ahnung von der Weite der Welt bekommen.

Sie hatte neunzehn Jahre mit begrenztem Horizont gelebt.

Wald war überall dort gewesen, wo sie hatte hinblicken können. Schwarzer Wald, ein paar Felder, das war ihr Leben.

Aber nun würde alles anders werden.

Nick legte Geld auf den Tisch, schenkte der Kellnerin ein Lächeln und zog Jemi hinter sich her aus dem Laden. Die große Fähre lag bereits am Kai, sie war von weitem zu sehen, und Nick spürte, dass alles gut werden würde.

Ganz sicher.

Alles.

Gut.

Frederikshavn

Ole hatte den Wagen in der Einfahrt geparkt und blieb darin sitzen, bis er gebraucht würde. Er hörte ein Hörspiel, Sherlock Holmes, ausgerechnet. Helle stand vor dem Haus und rauchte. Sie hatte noch das Päckchen Gauloises und dachte an Bengt. Und Emil. Und dass sie um so vieles lieber mit ihren Männern in den durchgesessenen Polstern ihres alten Volvos durch die Schweiz oder Österreich juckeln würde, anstatt in dieses Haus zu gehen.

In das Trauerhaus.

Das Totenhaus.

Das Haus, in dem Inez und Fredrick Brabant saßen wie in einem gläsernen Sarg.

Aus dem modernen Holz-Glas-Kubus drang warmes Licht nach außen und gaukelte die Idylle eines gemütlichen Heims vor. Doch das würde es auf lange Jahre nicht mehr sein bei der Familie Brabant. Es würde keine gemütlichen und unbeschwerten Abende geben.

Wie macht man das, fragte sich Helle, mit dieser monströsen Trauer, die den Raum bis in die letzten Ritzen ausfüllte, mit einem Verlust, der Körper und Geist lähmte, umzugehen? Als Paar. Was tat man? Konnte man sich an den Händen fassen, sich Trost geben, aneinander Halt finden?

Oder war man in all dem Horror zuletzt nicht einfach nur allein.

Die Brabants hatten Helle eingelassen und nun saßen sie versprengt auf der teuren Sitzgruppe in dem übergroßen Wohnbereich, Fredrick und seine Frau Inez in größtmöglichem Abstand. Helle versank dazwischen in den tiefen Roche-Bobois-Sitzelementen, deren Knuddeligkeit und leuchtende Farbgebung ein allzu grelles Licht auf die dunkle Trauer der beiden Menschen, die hier nun weiterleben mussten, warf. Auf dem Sofatisch wartete eine Flasche Rotwein darauf, geöffnet zu werden, aber niemand machte Anstalten. Helle hatte um ein Glas Wasser gebeten.

Merles Eltern mussten beide viel geweint haben, Fredrick, ein hochgewachsener, sportlicher Mann mit markanten Gesichtszügen und nun grauem Haar, hatte ebenso wie seine spanischstämmige Frau Inez – klein, dunkel, drahtig, nicht minder attraktiv – rot geschwollene Augen. Merle war die einzige Tochter des Paares gewesen.

Nachdem Helle beide kurz in den Arm genommen und ihr Beileid ausgedrückt hatte, schwiegen sie zusammen. Helle fühlte sich, als wäre sie niemals zuvor in diesem Haus gewesen, als wäre sie fremd. Sie fühlte sich von den beiden Menschen, zwischen denen sie saß, distanziert. Als hätte es niemals die Kindergeburtstage gegeben, die Grillfeste, gemeinsame Ausflüge, die mit einem Lagerfeuer im Garten, Stockbrot und Gesängen, bis sie heiser waren, geendet hatten. Es war, als hätte Merles Tod durch eine Leere, die man greifen konnte, all das abgeschnitten.

»Ich kann euch im Moment kaum etwas Neues sagen«, begann Helle. »Eure Aussagen habe ich gelesen. Ich wollte kommen und bei euch sein.«

Fredrick nickte, Inez fasste hinüber zu Helle und drückte einmal kurz ihre Hand, als wäre ihr Gast diejenige, die getröstet werden musste.

Helle guckte zu Boden. Die Tatsache, dass Merle an einer Tankstelle in Aalborg in ein fremdes Auto gestiegen war, wollte sie noch für sich behalten. Sie war ganz sicher, dass die Eltern davon nichts wussten, die beiden hatten ausgesagt, dass Merle mit dem Zug fahren wollte. Und solange Helle und ihre Kollegen über den jungen Mann und das Mädchen, die mit dem Pick-up an der Tankstelle waren, nicht mehr in Erfahrung gebracht hatten, wollte sie Merles Eltern nicht noch weiter erschüttern. Etwas an dem jungen Pärchen, das Merle mitgenommen hatte, war seltsam. Der Tankstellenbesitzer, der sich als gewissenhafter Zeuge herausstellte, hatte ausgesagt, dass die junge Frau sich auffällig benommen habe, als sie zahlen wollte. Als hätte sie nicht gewusst, was zu tun sei, der Mann mutmaßte, dass sie unter Drogen stand, weil sie vollkommen neben der Spur wirkte. Auf den Bändern der Überwachungskameras an der Tankstelle konnte man außerdem erkennen, dass der junge Mann, der getankt und am Auto stehen geblieben war, sich bemühte, sein Gesicht unter der Kapuze seines Sweaters zu verbergen.

Etwas war mit den beiden also ganz und gar nicht in Ordnung. Aber auch wenn es im Moment so aussah, als hätte Merle ihr Unglück mit dem Einsteigen in den Pick-up besiegelt – noch besaß Helle keinerlei weiterführenden Erkenntnisse. Sie hätte es nicht richtig gefunden, Inez und Fredrick mit verwirrenden Informationen falsche Bilder in den Kopf zu setzen. Sie wollte abwarten.

»Ich habe Merle seit der Abi-Feier letztes Jahr kaum gesehen«, setzte sie an. »Was hat sie gemacht? Ist sie gereist? Wollte sie studieren?«

Das Ehepaar sah sich an. Inez antwortete als Erste. »Ihre Arbeit für Fridays for future hat sie völlig in Beschlag genommen«, sagte sie. »Eigentlich hatte Merle vor herumzureisen. Aber dann kam fliegen ja nicht mehr infrage. Darüber hat sie sich mit Mette und Colleen gestritten. Sie wollten zusammen nach Australien.«

Helle nickte. »Ich weiß. Das hat mir Leif erzählt. Der ist ja auch nicht gerade klimafreundlich in Thailand und so unterwegs gewesen.«

»Sie war ein bisschen besessen«, presste Fredrick nun hervor und knetete seine Hände. »Wir mussten uns zu Hause ziemlich umstellen.«

Inez schluchzte. »Jetzt tut es mir so leid«, brachte sie unter

Tränen hervor. »Wir sind am Freitagmorgen, bevor sie fuhr, noch aneinandergeraten.«

Ihr Mann stöhnte und verbarg sein Gesicht in den Händen.

»Wollt ihr mir erzählen, weshalb?«, tastete sich Helle behutsam vorwärts.

»Nichts wirklich Dramatisches«, Fredrick hob das Gesicht und blickte Helle aus glasigen Augen an. »Es war eher immer das gleiche Lied. Ganz egal, ob es das Frühstücksei war oder eine Ledertasche oder …«

»… dein Job«, warf Inez ein.

Helle sah zwischen beiden hin und her.

»Habt ihr Auseinandersetzungen deswegen gehabt?« Sie wusste, dass Fredrick ein hohes Tier bei DanEnergi, einem der größten dänischen Energieversorger, war – ausgerechnet der einzige Betreiber der letzten Kohlestromwerke.

»Wir hatten Diskussionen«, nickte Fredrick. »Ich kann sie ja verstehen. Wir gehen seit einigen Jahren sehr erfolgreich den Weg der regenerativen Energien. Aber es war ihr nicht schnell genug, zu wenig konsequent.«

»Merle war ungeduldig«, bestätigte Inez. »Manchmal naiv und sehr radikal. Sie hat Forderungen gestellt, die …«

»… so schnell einfach nicht umzusetzen sind.« Fredrick stöhnte. »Eigentlich war das phantastisch! Ohne diese Kraft würde sich gar nichts bewegen! Ich …« Er breitete die Arme aus und zuckte hilflos mit den Schultern. Sein Gesicht verzog sich und er begann zu weinen wie ein kleiner Junge.

Helle beschloss, an dieser Stelle nicht nachzubohren. Sie wusste ohnehin, dass dieses Thema sie bei der Aufklärung des Todes nicht weiterbringen würde. Die Auseinandersetzung mit den Kindern, das kannte sie selbst so gut. Ihre Tochter Sina ernährte sich seit Jahren vegan und geriet immer wieder mit Bengt aneinander, der gemäßigten Fleischkonsum propagierte. Ihr Sohn Leif liebte Männer, und durch ihn hatte Helle, die sich immer als aufgeklärt und liberal empfunden hatte, erst gelernt, was es hieß, wenn Menschen sich diskriminiert fühlten. Manchmal waren es kleine unbedachte Bemerkungen ihrerseits, die Leif verletzten. Sie konnte sich also sehr gut vorstellen, wie es in einem Haushalt herging, in dem die Tochter sich gegen Klimawandel engagierte und der Vater Manager in einem Energieunternehmen war. Sie wechselte deshalb das Thema.

»Im Protokoll habe ich gelesen, dass Merle vielleicht gar nicht nach Hause fahren wollte, sondern zu einer Party?«

»Inez«, Fredrick wies mit dem Kinn auf seine Frau, »hat etwas von einer Party gesagt. Sie war sich nicht sicher. Habt ihr etwas …?«

»Ole hat mit den meisten Freunden gesprochen«, antwortete Helle. »Aber keiner wusste etwas von einer Party. Das heißt natürlich nicht, dass es keine gegeben hat. Aber vielleicht mit anderen Leuten, wir sind da dran.«

»Die Stelle, wo man sie gefunden hat …«, tastete sich Inez vor.

Helle nickte. »Ja, natürlich. Im Sommer ist da immer eine Menge los, nachts. Und manchmal feiern da auch Leute in der kalten Jahreszeit. Allerdings haben wir in näherer Umgebung keine Spuren von einem Fest gefunden. Flaschen, Feuerreste. Selbstverständlich suchen wir noch weiter.«

»Ich weiß, das klingt naiv«, sagte Fredrick. »Aber Merle hat nicht viel Alkohol vertragen. Sie hat deshalb kaum getrunken. Also, diese 1,7 Promille … ich kann es mir nicht erklären.«

»Das sagen wahrscheinlich alle Eltern von ihren Kindern.« Inez sah Helle an.

»Ich weiß noch, als Leif zum ersten Mal vollkommen betrunken nach Hause kam«, erzählte Helle. »Er war vierzehn. Mein kleiner Junge. Und dann musste ich ihn vom Schulfest abholen, er hat gestunken wie eine Flasche Schnaps und die ganze Nacht über der Kloschüssel gehangen. Ich wollte es nicht glauben. Er war doch noch so klein.«

Inez versuchte ein zerbrechliches Lächeln. Es gelang ihr nicht. »Wie geht es ihm? Merle hat erzählt, er ist in Aalborg?«

Helle nickte. »Ja. Er macht eine Ausbildung. Veranstaltungs-technik. Also, ich höre nicht so oft von ihm.«

»Sie hat Gras geraucht«, ließ sich Fredrick vernehmen und räusperte sich. »Sie meinte, das sei nicht so schlimm wie Alkohol. Na ja, ich war alles andere als begeistert.«

»Verstehe. Ja, also, wir werden sehen …« Helle starrte auf ihr Wasserglas und wusste nicht weiter.

Verdammte Sprachlosigkeit.

»Sucht ihr nach ihren Sachen?«

Helle blickte betreten zu Boden. »Ja, natürlich.« Sie wollte den beiden nicht sagen, dass sie kaum Leute zur Verfügung hatte. Einen richtigen Suchtrupp konnte sie nicht zusammenstellen, jedenfalls nicht, solange die Beweislage für ein Gewaltverbrechen so dünn war. Ayuna hatte die Suche heute nach Einbruch der Dunkelheit vorerst eingestellt. Wie sie morgen weitermachen wollten, stand noch zur Diskussion.

»Ich würde mir jetzt gerne ihr Zimmer ansehen.«

Inez nickte und stand auf.

»Ich hole meinen Kollegen dazu, wenn das okay ist?«, fragte Helle mehr rhetorisch. Sie waren verpflichtet, Durchsuchungen immer zu zweit vorzunehmen.

»Natürlich.«

Merles Zimmer lag im ersten Stock des Hauses, eine Kerze stand im Fenster. Inez führte Helle und Ole hin, aber einige Schritte vor dem Zimmer blieb sie stehen.

»Helle, ich …« Die Stimme versagte ihr und dann die Beine. Inez glitt einfach zu Boden und blieb, den Rücken an der Wand, sitzen.

»Schon gut«, sagte Helle und hockte sich daneben. »Wir gehen allein.« Etwas lauter rief sie nach Fredrick, der sofort die Treppe hochkam. Ohne ein Wort zu sagen, fasste er seiner Frau unter die Arme, zog sie sanft hoch und half ihr die Treppe wieder hinunter.

Ole hatte Helle stumm angesehen, eine Situation wie diese mussten sie in Skagen nicht alle Tage bewältigen, zum Glück.

Sie streiften sich die Einmalhandschuhe über, machten Licht im Zimmer und sahen sich um.

Bevor sie irgendetwas mit der Hand anfasste, versuchte Helle, sich den Eindruck, den das Zimmer auf sie machte, genau zu merken. Es war ein schönes Zimmer. Unaufgeräumt, aber freundlich. Viele Pflanzen, Sukkulenten und Kakteen, Lichterketten, an die Wand gepinnte Konzertkarten, Fotos – immer eine lachende Merle, mal mit, mal ohne Freunde – und überall Statements. Zum Thema Klimakrise, Tierwohl und Fleischkonsum, aber auch LGBTQ oder #MeToo. Nichts Auffälliges. Nichts, was Helle nicht aus den Zimmern ihrer eigenen Kinder kannte. Es war das Zimmer einer jungen Frau, die sich für bestimmte Themen interessierte, aber auch ein reges Sozialleben führte, die es gerne gemütlich hatte und Pflanzen liebte. Auf den ersten Blick offenbarten sich keine Abgründe. Helle begann mit der Durchsuchung.

Eine halbe Stunde später waren sie fertig. Und hatten nichts gefunden, was sie stutzig gemacht hätte, das aus dem Rahmen fiel oder gar darauf hindeutete, dass Merle sich das Leben nehmen wollte. Es gab keine Tagebücher und keine Fotokisten, stattdessen nahmen sie den Laptop mit, vielleicht würden die Techniker in den sozialen Foren etwas finden.

Sie verabschiedeten sich von Inez und Fredrick, und als die Haustür hinter ihnen ins Schloss fiel, holte Helle erst einmal tief Luft.

»Du, hör mal«, sagte Ole, während er Helle durch die Dunkelheit nach Hause fuhr. »Warum hat sie das Board eigentlich jetzt abgeholt?«

Helle sah zu ihm hinüber.

»Ich meine, es ist Oktober«, fuhr er fort. »Da geht man nicht wellenreiten. Sie war mit Freunden auf der Demo und die Freunde sind nach Frederikshavn zurückgefahren.« Er schüttelte den Kopf.

»Und anstatt mitzufahren, geht sie alleine zu ihrem Bruder, holt ein Board, das sie gar nicht brauchen kann und nimmt in Kauf, dass sie alleine nach Frederikshavn fahren muss – meinst du das?«

»Ja.« Ole nickte. »Was sie dann aber gar nicht tut. Sie trampt. Findest du nicht, das sieht aus, als hätte sie einen Plan gehabt?«

Helle schwieg. Sie sah zum Fenster hinaus. Schwarze Nacht. Dann und wann ein einzelnes Licht. Wollte man da draußen jetzt alleine unterwegs sein?

»Ich weiß es nicht, Ole«, antwortete sie schließlich. »Ich weiß es wirklich nicht.«

Das Haus der Jespers lag kalt und dunkel da. Helle ging einmal rundherum, um zu sehen, ob jemand versucht hatte, während ihres Urlaubs einzubrechen, aber es gab keinerlei Spuren im Sand.

Helle sperrte auf und sog den vertrauten Geruch ein. Das Haus roch nach Jespers. Vor allem nach Emil Jespers. Und nach kaltem Kamin. Helle fröstelte. Sie musste Leben in die Bude bringen, und zwar schnell, sonst würde sie in ihrer traurigen Stimmung untergehen.

Eine halbe Stunde später prasselte das Feuer im Kamin und wärmte den großen Raum mit den tiefen Sofas ordentlich auf. Helle hatte knallheiß geduscht, bis ihre Haut wie Krebsfleisch aussah, sich in den Einteiler aus Frottee gekuschelt, den ihre Kinder ihr vergangene Weihnachten geschenkt hatten, die obligatorischen zwei Paar Wollsocken übergestreift, eine Flasche Wein geöffnet und telefonierte mit Bengt, während auf dem Herd ein Topf mit Rehgulasch köchelte, das Helle aus der gut bestückten Tiefkühltruhe geholt hatte.

»Wo seid ihr?«

»Am Bodensee. In Lindau.«

»Wie geht es ihm?«

»Emil, wie geht es dir? Sag mal hallo zum Frauchen.«

»Emil, mein Süßer! Kannst du mich hören? Emil? Dein Frauchen ist hier!«

»…«

»Er schläft.«

Helle traten die Tränen in die Augen. »Es ist Mist ohne euch.«

»Wir beeilen uns. Es ist nur …«

»Was?«

»Er hält es nicht so gut aus, lange im Auto. Er hechelt viel und ich muss ständig Pausen machen. Ich glaube, es dauert noch.«

Helle nickte stumm. Sie hatte einen Kloß im Hals und versuchte, ihn mit Rotwein hinunterzuspülen.

»Ich war bei Inez und Fredrick.«

Bengt schnaufte. »Ich muss wohl nicht fragen, wie es ihnen geht.«

»Beschissen. Bengt?«

»Mmh.«

»Das ist wirklich das Schlimmste. Das Allerallerschlimmste. Man sagt das immer so, hoffentlich passiert den Kindern nichts. Aber heute, bei den beiden, in dem Haus, Merles Zimmer …« Helle konnte ihre Tränen nicht mehr zurückhalten.

»Ich weiß. Ich komme, so schnell es geht. Okay?«

»Ich liebe dich.«

»Ich liebe dich. *Godnat.*«

Helle starrte noch ein bisschen ins Kaminfeuer, trank das erste Glas zu schnell aus und verbrannte sich am Gulasch den Gaumen. Ihr war elend zumute, sie beschloss, im Wohnzimmer zu übernachten, damit sie nicht allein im Doppelbett lag und die große Leere neben sich spürte.

Das Handy klingelte erneut. Sie sah an der Nummer, dass es Linn war, die Bereitschaftsdienst hatte.

»Ja, Linn?«

»Tut mir leid, dass ich dich so spät störe.«

»Hör mal! Wir sind in einer Ermittlung.«

»Ich habe gerade den Anruf von einem Mann bekommen, aus Napstjært. Er hat etwas gefunden. Eine Tasche. Es könnten Merles Sachen sein.«

»Wo? Ich komme hin.«

»Nicht nötig. Ich habe eine Streife geschickt. Die Tasche läuft uns nicht weg.«

»Ja, aber ...«

»Helle!« Linns Stimme war streng. »Du bist heute Morgen aus dem Urlaub gekommen. Du hast den ganzen Tag geackert. Und du bist ziemlich neben der Spur, weil du die Familie kennst. Also nein, wirklich. Bleib. Wo. Du. Bist.«

Linn hatte ja recht. Trotzdem ging es Helle gegen den Strich. Sie hatte das Gefühl, alles tun zu müssen, um herauszufinden, was mit Merle geschehen war.

»Die Kollegen sichern den Fundort und bleiben dort. Morgen früh ist die Spurensicherung bestellt. Dann kannst du dazukommen. Ole holt dich um sieben ab, ist alles schon ausgemacht.«

»Was ist es für ein Ort?«

»Ein Unterstand. In den Dünen, nahe Multebaervej. So eine offene Holzhütte, du weißt schon, wo die Wanderer sich bei Regen unterstellen.«

»Also keine Party?«

»Sieht nicht so aus. Eine fast leere Flasche Wodka. Ein paar Kippen. Eine Tasche mit Klamotten. Sieht eher nach einer einzelnen Person aus.«

»Vielleicht waren sie zu zweit? Oder zu dritt? Dieses Pärchen von der Tankstelle«, spekulierte Helle.

»Darüber wollte ich auch noch mit dir sprechen.« Linn schien zu zögern. »Das ist etwas seltsam.«

»Ja?«

»Das Kennzeichen ist ja nicht vollständig zu erkennen, aber ich bin heute alle möglichen Kombinationen durchgegangen, zusammen mit dem Wagentyp.«

»Und?«

»Es existiert nicht. Es existiert in ganz Dänemark kein zuge-lassener Pick-up, der ein Kennzeichen hat, das auch nur annä-hernd zutreffen könnte.«

Helle stellte ihr Rotweinglas so abrupt auf den Sofatisch, dass der Wein herausschwappte.

»Das heißt, es ist ein gefälschtes Kennzeichen?«

»Also, ein paar der möglichen Kombinationen hat es mal ge-geben. Autos, die längst abgemeldet sind. Aber keines der Kenn-zeichen gehörte zu einem Pick-up.«

»Und passende Wagen mit anderen Kennzeichen?«

»Das gehen wir an. Natürlich sprechen wir mit allen Haltern, allerdings warte ich noch auf konkretere Angaben von unseren Spezialisten, welche Baureihe das ist, damit wir die Suche ein bisschen eingrenzen können.«

»Danke, Linn. Ich spreche morgen mit Ayuna darüber.«

In dieser Nacht fiel Helle erst weit nach Mitternacht in einen unruhigen Schlaf. In ihrem Kopf drehten sich alle Bilder und Informationen. Das seltsame Pärchen im Pick-up, Merle, die sich nachts in Napstjært herumtrieb und betrank, ihr fröhliches Mädchenzimmer und das Rätsel um ihr Surfbrett – nichts an der Sache wollte zusammenpassen.

Aalborg

»Wohin gehst du?«, murmelte Marit und drehte sich im Halbschlaf nach ihm um.

»Zur Arbeit.« Willem küsste sie auf die nackte Schulter. »Ich kann nicht schlafen. Das tote Mädchen. Schlaf weiter.«

Er stand auf, nahm seine Sachen und verschwand ins Bad. Er fühlte sich schlecht, weil er das tote Mädchen vorgeschoben hatte, tatsächlich hatte er mit dem Fall gar nichts zu tun. Gestern Abend hatte er lediglich mitbekommen, dass man wahrscheinlich ihre Sachen gefunden hatte. Die Kollegen aus Skagen und Frederikshavn waren da dran.

Furchtbar, wie die Eltern sich fühlen mussten. Ertrunken im Oktober, wo gab es so etwas.

Tatsächlich war ihm in der schlaflosen Nacht eine Idee gekommen, wie er die Identität des Jungen herausfinden könnte, nachdem das Kennzeichen nichts ergeben hatte. Er würde im Melderegister suchen! Schließlich mussten auch die Jünger der Gemeinschaft der heiligen Flamme sich in Dänemark melden, und er würde in den Registern von Ǻldrup, in der das Königreich lag, nachsehen. So viele junge Männer im Alter von fünfzehn bis fünfundzwanzig würde es dort nicht geben.

Die Uhr zeigte kurz vor halb sechs, als er sich in der Küche noch einen Kaffee kochte. Aus dem Kinderzimmer hörte er ein Geräusch.

Willem ging zur Tür des Kinderzimmers hinüber und legte sein Ohr daran. Tatsächlich hörte er Mia und Lars kichern. Leise öffnete er die Tür. Im Halbdunkel sah er, dass die beiden ertappt unter ihre Decken schlüpften und sich schlafend stellten. Willem trat an das Stockbett und schob oben an Lars' Bett, der der Ältere war, sanft die Decke zur Seite. Er küsste den blonden Haarschopf. »Pssst, Lars?«

»Papa?«

»Was macht ihr denn? Wieso seid ihr schon wach?«

Jetzt schlüpfte auch Mia auf dem unteren Bett aus ihrer Decke. »Wir wollen nicht mehr schlafen!«, kreischte sie und Willem legte ihr rasch eine Hand sanft über den Mund.

»Leise! Ihr weckt die Mami auf.« Marit würde im Dreieck springen, sie reagierte überempfindlich auf zu wenig Schlaf.

»Soll ich euch einen Kakao und Kekse machen? Versprecht ihr mir, dass ihr dann ganz leise seid?«

»Ja, Papa«, flüsterte sein Sohn und fasste mit seiner kleinen Hand auf seine stoppelige Wange. Willem hätte fast geweint, so groß wurde sein Herz vor Liebe. Seine Kinder. Sein Alles.

Er ging zurück in die Küche, machte zwei Becher mit Kakao warm und legte Cookies, die Marit mit den Kindern gebacken hatte, dazu. Er wusste, das war der Preis für eine weitere Stunde Schlaf seiner Frau.

Er brachte alles ins Kinderzimmer und nahm beiden Kindern das Versprechen ab, dass sie versuchen sollten, leise zu spielen.

»Wenn ich heute von der Arbeit komme, dann gucken wir einen Film, einverstanden? *Shaun das Schaf*?«

Mia juchzte laut und ließ sich rückwärts in die Kissen fallen.

»Was habe ich gesagt, du sollst leise sein, du kleine Kröte!«, flüsterte Willem lachend. Dann küsste er die beiden und verließ das Zimmer.

Als er auf dem Rad durch das düstergraue Aalborg fuhr, dachte er an seine eigene Kindheit. Kitzeln? Kakao? Kekse? All das hätte es niemals gegeben. Für ihn und seine vier Geschwister gab es den Stock. Den Stock und den Stock. Und als er später ins Königreich gekommen war, wusste er, dass der Stock nicht das Schlimmste gewesen war. Er würde alles dafür tun, alles geben, wenn seine beiden Kinder weiterhin so wunderbar und behütet aufwuchsen. In Liebe. Niemals sollten sie die Gewalt erleben, die ihm angetan worden war. Und nichts sollten sie entbehren, so wie er und alle anderen, die unter Hiobs Diktatur lebten.

Ich bin mir ganz sicher, dass alles, was wir jetzt erleiden, nichts ist, verglichen mit der Herrlichkeit, die wir einmal erfahren werden.

Er hatte nur Leid erfahren, aber keine Herrlichkeit. Durch den verdammten Hiob und seine Jünger. Hiob, der falsche Prophet.

Herrlichkeit, die war erst durch Marit und seine Kinder in sein Leben getreten.

Willem begrüßte den Wachhabenden und ging zu seinem Spind, wo er die Uniform anlegte. Er hatte heute viel Papierkram abzuarbeiten, das passte ihm gut. Er musste nur auf die Straße, wenn etwas Unvorhergesehenes passierte. Willem hoffte, dass er nicht durch allzu viel Publikumsverkehr von seiner Recherche abgelenkt würde. Sarah, die den Schreibtisch ihm gegenüber hatte, würde erst pünktlich zu Dienstbeginn erscheinen, er hatte das Büro also eine Stunde für sich.

Willem loggte sich ein und begann, das Melderegister der Gemeinde zu durchforsten. Diejenigen, die der Gemeinschaft der heiligen Flamme angehörten, hatten alle dieselbe Adresse, es war also ein Leichtes, sie als Jünger Hiobs herauszufiltern.

Es waren einhundertzweiundsiebzig Menschen, die dort lebten. Vegetierten, korrigierte Willem sich im Geiste. Er hatte sich seit seiner Flucht niemals gefragt, wie es dort heute aussah. Er wollte nicht wissen, ob sich etwas verändert hatte, ob die Rituale wie die nächtlichen Gebete, bei denen sie mit nackten Knien auf dem kalten Steinboden kauerten, oder die Strafen, die Geißelungen, die verbalen Demütigungen, die Brandmale – oder gar das ganz normale Leben, den Acker mit dem Pferdekarren durchpflügen, Kraut mit den Füßen stampfen und das Mehl zwischen Mühlsteinen zermalmen – noch immer das Gleiche waren.

Jede mögliche Antwort hätte ihn gequält und in Gedanken an diesen Ort zurückgebracht, den Ort, den er sich erfolgreich aus dem Herzen und dem Körper gerissen hatte.

Fast erfolgreich.

Willems Finger zitterten, als er den Cursor über die Namen bewegte. Er spürte, wie sein Atem flacher ging, die Angst kroch ihm wie Gift in den Körper.

Einhundertzweiundsiebzig gequälte Seelen. Es waren Geburtsorte in Europa darunter, aber auch aus Lateinamerika und den christlichen Gebieten Asiens: Von überallher waren sie gekommen. Frauen wie Männer und unschuldige Kinder.

Alle, die vor 1995 und nach 2005 geboren worden waren, sortierte Willem aus. Es blieben dreizehn Namen übrig. Davon acht männliche.

Er ging die Bilder der jungen Männer durch, und es war nur einer, der es sein konnte. Nur einer, der aussah wie der Junge auf dem Foto, das die *Flamme* ihm gegeben hatte.

Auf dem Bild im Computer war er noch unversehrt, keine Wunde auf der Wange.

Niklas Sprembert. Neunzehn Jahre, geboren in Erkrath, gemeldet in der Gemeinde Åldrup seit 2010. Rasch durchsuchte Willem noch einmal die anderen Jünger, und tatsächlich spuckte der Computer auch die Eltern des Jungen aus: Andrea und Martin, geboren 1966 und 1962.

Es dauerte keine halbe Stunde, da hatte Willem sich alles ausgedruckt, was er über die Familie finden konnte, und es war so wenig, dass es auf eine DIN-A4-Seite passte.

Aber da war eine Information, die ihn elektrisierte. Niklas war nicht das einzige Kind des Paares. An ihrem deutschen Wohnort waren sie mit zwei Kindern gemeldet gewesen, es hatte noch Jan Sprembert gegeben. Damals, vor ihrem Wegzug nach Dänemark, war er vierzehn Jahre alt gewesen. Willem war seine Liste von Personen aus Hiobs Gemeinde immer wieder durchgegangen, aber niemand war darunter, der Jan sein konnte. Was war aus ihm geworden? Er nahm sich vor, dem auf den Grund zu gehen. Ein Vierzehnjähriger würde wohl kaum alleine in Deutschland zurückgeblieben sein.

Er war vollkommen in Gedanken vertieft, als eine Rundmail einging. Die Bitte nach erhöhter Aufmerksamkeit für zwei Personen, die in Verbindung mit dem ertrunkenen Mädchen dringend befragt werden mussten.

Willem klickte auf die Nachricht und erstarrte. Das Bild eines Pärchens erschien auf seinem Bildschirm, in schlechter Auflösung, offenbar ein Foto aus einer Überwachungskamera, man konnte nicht viel mehr als Schemen erkennen. Aber das Profil des Mannes, der eine Hälfte des Gesichts unter der Kapuze eines Hoodies verbarg, war eindeutig das des Jungen, den Hiob ihn suchen ließ.

Plötzlich spürte Willem eine Hand auf seiner Schulter. Seine Kollegin Sarah stand hinter ihm und guckte ebenfalls auf seinen Bildschirm, er hatte nicht gehört, dass sie das Zimmer betreten hatte. Unauffällig legte Willem seinen Unterarm auf den Ausdruck mit den Informationen über die Familie Sprembert und schob das Papier unter ein anderes auf seinem Schreibtisch.

»Das ist ja auch schon wieder so ein Witz«, sagte Sarah und deutete auf das Bild. »Das ist doch nicht zu erkennen, das könnte jeder sein. Ich meine, wie stellen die sich das vor?« Sie nahm die Hand von seiner Schulter und ging auf ihre Seite des Schreibtisches. »Dass wir mit der Streife vorbeifahren und plötzlich so – ach guck mal, das ist doch der Typ, der gesucht wird?« Sie schüttelte den Kopf und setzte sich.

Willem atmete unhörbar aus.

»Das kannst du doch knicken«, fuhr seine Kollegin fort. »Die finden wir nur über den Wagen.«

Willem scrollte in der Mail weiter und ließ seine Augen über den Text fliegen.

Pick-up, das Kennzeichen. Es war ein Teil des Kennzeichens vom Zettel, das Kennzeichen, das es nicht mehr gab.

Hiob wusste also, dass der Junge mit dem Wagen und dem falschen Kennzeichen unterwegs war. Von einem Mädchen hatte er nichts gesagt.

Willem starrte auf das Bild. Wer war die Frau? Lange Locken, schmales Gesicht, große Augen. War sie das Kostbare, das der Junge aus dem Königreich entführt hatte? Oder war sie eine von außerhalb, der Grund seiner Flucht?

Und was hatten die beiden, was hatte Hiob mit dem Ertrinken der jungen Dänin zu tun?

Hatte Hiob seine Finger im Spiel?

Und warum hatte er Willem den Auftrag gegeben, Niklas zu suchen – noch bevor das Mädchen, Merle Brabant, wie Willem sich erinnerte, starb? Hatte er vorausgesehen, dass das passieren würde? Hatte er deshalb gewollt, dass Willem den Jungen suchte?

Willem war übel. Mit einem Mal war er verstrickt, und er wusste noch nicht einmal, in was.

»Willem, alles okay?« Sarah blickte ihn besorgt an. »Du siehst nicht gut aus.«

»Ich glaube, ich habe Magen-Darm«, gab er zurück. »Keine Ahnung, mir ist kotzübel.«

»Dann verschwinde hier, verdammt. Ich habe keinen Bock, mich anzustecken!«

Willem erhob sich. »Ich bin kurz mal auf dem Klo. Vielleicht geht es danach wieder.«

Mit größter Mühe verließ er das Zimmer und ging aus dem Raum. Den Gang hinunter, wie paralysiert. Im Waschraum öffnete er den Kaltwasserhahn und ließ sich das eiskalte Wasser über die Pulsadern laufen, so lange, bis das Schwindelgefühl und die Übelkeit einigermaßen verschwunden waren.

Ich muss das melden, rumorte es in seinem Hirn. Ich muss das melden. Ich bin Polizist.

Er stand eine Zeit lang über das Waschbecken gebeugt und dachte nach. Er musste mit den Kollegen in Skagen Kontakt aufnehmen und ihnen erzählen, dass er wusste, wer der Junge war.

Vielleicht hatte er mit dem Tod des Mädchens zu tun. Willem war ein guter, ein pflichtbewusster Polizist, er konnte es mit seinem Gewissen nicht vereinbaren, so wichtige Informationen zurückzuhalten.

Wenn er aber offenbarte, dass er wusste, wie der Junge hieß, dann musste er auch offenlegen, woher er es wusste. Und dann würde er gestehen müssen, dass er Mitglied der Sekte gewesen war und diese nicht ganz unwichtige Tatsache bei seiner Einstellung verheimlicht hatte. Zwar glaubte er nicht, dass man ihn entlassen würde. Dafür war er ein zu guter Polizist, seit über sechzehn Jahren, hatte sich nie etwas zuschulden kommen lassen. Aber es würde ein Disziplinarverfahren geben, er musste seinen Vorgesetzten und auch seinen Kollegen Rechenschaft ablegen. Und natürlich würde seine Frau davon erfahren. Wie würde Marit reagieren? Willem hatte immer geahnt, dass sein Lügengebäude einmal über ihm einstürzen würde, aber dann war es ihm stets einfacher erschienen, so weiterzumachen. In der Hoffnung, dass er doch davonkäme.

Nun, das war ein Fehler gewesen. Das wusste er jetzt auch.

Er erhob sich und blickte in den Spiegel. Sei keine Memme, sagte er zu sich. Steh dazu.

Dann verließ er den Waschraum, ging in das Büro zurück und holte das Handy aus der Jackentasche. Er würde Marit anrufen und ihr sagen, dass er mit ihr reden musste. Dann gab es kein Zurück. Erst Marit, und gleich danach würde er mit den Kollegen sprechen, die den Fall Merle Brabant bearbeiteten.

Aber Marit hatte schon von sich aus angerufen, sah er auf dem Display. Dreimal.

Willem verließ erneut das Büro und rief seine Frau zurück.

»Willem!« Marits Stimme war einen Tick zu schrill. »Dieser Typ ist wieder hier. Dieser … Informant. Er lungert hier herum.«

Willem wurde schlagartig wieder übel. Er bekam keine Luft.

»Willem?«

Er fasste sich. »Ich komme!«

Verdammter Hiob.

Willem beeilte sich, Sarah zu sagen, dass er doch lieber nach Hause gehen würde und meldete sich beim Wachhabenden krank. Er schwang sich auf sein Fahrrad und schaffte die Strecke nach Hause in Rekordzeit. Er war schweißgebadet, als er sein Rad im Vorgarten fallen ließ. Er sah sich um, konnte Hiob aber nirgends entdecken. Marit musste ihn bereits kommen gesehen haben und öffnete ihm die Tür.

Sie zog ihn an sich. »Danke, dass du kommen konntest. Der Typ ist *spooky*!«

»Hat er irgendetwas gesagt? Oder getan?« Willem folgte seiner Frau in die Küche, von wo aus sie beide nach draußen blickten – die *Flamme* stand auf der anderen Straßenseite. Aufrecht, ruhig, konzentriert. Ein großer weißhaariger Mann in Klamotten, die ein wenig aus der Zeit gefallen waren. Cordhose, Flanellhemd, schwere Schuhe. Aus der Ferne sah er harmlos aus, aber Willem schien nicht der Einzige zu sein, der die unheilvolle Aura wahrnahm. Auch Marit war der Fremde nicht geheuer, ohne dass sie überhaupt wusste, was es mit ihm auf sich hatte.

»Er sieht von fern harmlos aus, aber trotzdem ist er mir total unheimlich«, flüsterte sie. »Warum ist er hier?«

»Er ist kein Informant«, rang sich Willem zur Wahrheit durch. »Er ist ein Teil meiner Vergangenheit.«

Seine Frau sah ihn an.

»Ich erzähle es dir. Aber erst rede ich mit ihm.«

»Okay.«

Willem war Marit dankbar, dass sie ihn nicht sofort mit Fragen löcherte. Stattdessen erkundigte er sich, ob Hiob sie angesprochen hatte, etwas gesagt oder getan hatte.

»Er hat uns gegrüßt, als ich die Kinder in die Kita gebracht habe«, antwortete sie. »Er hat uns einen guten Tag gewünscht und dass wir mit Gott gehen sollen. Und er hat die Kinder gefragt, ob sie in den Kindergarten gehen.«

Meine Kinder, dachte Willem, er hat meine Kinder angesprochen. Er hat eine Grenze übertreten, er soll meine Kinder nicht einmal ansehen, dieser Verbrecher.

Er öffnete resolut die Haustür und überquerte mit großen Schritten die Straße.

»Bushaltestelle«, stieß er hervor und rannte fast vor Hiob her, bog um die Ecke zum Bushäuschen, in dem er vor ein paar Tagen schon einmal mit ihm gesessen hatte. Aber dieses Mal würde er nicht das Opferlamm geben, schwor sich Willem, dieses Mal wollte er den Spieß umdrehen.

»Niklas Sprembert«, sagte er. »Geboren am elften November 1999 in Erkrath. Die Eltern sind bei dir. Noch. Wo ist der Bruder?«

Willem wollte Hiob keinen Fußbreit Raum geben.

Hiob sah ihn nicht an. Er saß seelenruhig neben ihm auf der Bank, hatte die Hände gefaltet und sah ein paar Spatzen zu, die vor ihnen am Bordstein herumhüpften.

»Der Bruder ist irrelevant«, gab er nach einer Minute des Schweigens zurück.

»Und was ist mit Merle Brabant?«, platzte Willem heraus. »Was hat Niklas mit dem Mädchen zu tun?« Obwohl Hiob sich neben ihm nicht regte, spürte Willem, den Hauch einer Veränderung. Als hätte sich der Mann neben ihm verhärtet. Er hatte also einen Nerv getroffen.

»Ich muss das melden«, fuhr Willem fort. »Möglicherweise hat dein Jünger dem Mädchen etwas angetan. Die Kollegen suchen ihn.«

Jetzt drehte die *Flamme* seinen Kopf zu ihm und Willem sah die schwarze Tiefe in seinen Augen. Was für ein Abgrund, dachte er.

»Das darf nicht passieren. Du musst ihn finden. Zuerst.«

Willem wollte etwas entgegnen, aber der Mann kam ihm zuvor.

»Du hast hübsche Kinder«, sagte er. »Nett. Aufgeschlossen. Sie gefallen mir.«

Eine eiskalte Faust presste Willems Herz zusammen.

Er saß noch mindestens zehn Minuten, nachdem Hiob ihn alleine gelassen hatte an der Bushaltestelle. Aber die Faust ließ an Kraft nicht nach.

Napstjært

Der Unterstand, in dem man Merles Sachen – mittlerweile hatten Inez und Fredrick die Kleider als die ihrer Tochter identifiziert – gefunden hatte, war trostlos. Eine zu einer Seite offene Holzhütte, dunkel verwittert, im Inneren erzählten abgerissene Ankündigungsplakate von vergangenen Sommern. An jeder Seite waren zwei schmale Sitzbretter angebracht, die nicht zum langen Verweilen einluden. In dieser Hütte würde niemand lange bleiben wollen, sie diente lediglich dazu, sich während eines kurzen Sommerregens unterzustellen. Auf dem einen Sitzbrett hatte Merles Umhängetasche in der Ecke gestanden. Am Boden hatte eine Flasche billiger Wodka gelegen, zu drei Vierteln geleert, daneben drei Kippen von Selbstgedrehten mit Spuren von Marihuana. Im Moment, während Helle hier stand, befanden sich Flasche und Kippen sowie anderer Unrat in der Spurensicherung von Frederikshavn, aber anhand der Bilder, die die Kollegen in der Nacht gemacht hatten, wusste Helle, wo die Sachen gewesen waren.

Der Wind hatte an Heftigkeit zugenommen, nur in dem Bretterverschlag standen sie geschützt. Er kam vom Meer, wie meistens, und brachte salzigen Sprühregen mit sich. Die offene Seite der Hütte zeigte zum Land, man hatte Ausblick auf die Dünenlandschaft, eine größere Straße in einiger Entfernung und ein paar versprengte Häuser, die jetzt, in der Nachsaison, dunkel dalagen.

Helle hatte die Ergebnisse der Spurensicherung bereits erhalten, die Kollegen hatten außergewöhnlich schnell gearbeitet. Sie waren noch gestern Abend hier herausgefahren, hatten den Fundort aufgenommen und über Nacht gearbeitet.

»Das habe ich noch nie erlebt, dass die so schnell sind«, bemerkte Helle zu einem der beiden Polizisten, die darüber wachten, dass nichts am Fundort verändert wurde und sich keine Unbefugten dort aufhielten.

»Brodersen hat eine Tochter im gleichen Alter«, gab einer der beiden zurück und zuckte mit den Schultern. »Außerdem lebt er getrennt und hat nichts Besseres zu tun.«

Na dann, dachte Helle. Ein Hoch auf die Alleinlebenden. Sie wandte sich ab. Hier gab es nichts mehr zu sehen.

»Gehen wir zum Meer?«, fragte sie Ole, der ein paar Meter entfernt stand, die Schultern fröstelnd hochgezogen und sich missmutig umsah. Er nickte.

»Warum hat sie das getan?«, fragte Helle, mehr zu sich selbst. Die Untersuchungen hatten ergeben, dass alle Spuren, an der Tasche, den Kippen, der Flasche und auf der Sitzbank, von Merle stammten. Ausschließlich von Merle. Die Klamotten, die sie getragen hatte, als sie auf der Demo und bei der Familie ihres Bruders war, waren achtlos in die Umhängetasche gestopft. Es sah alles so aus, als hätte sie sich in dem Wartehäuschen umgezogen, drei schmale Selbstgedrehte mit Gras geraucht und mutterseelenallein Wodka getrunken. Dann musste sie durch die kalte und dunkle Nacht barfuß mit ihrem Brett an den Strand gelaufen und ins Wasser gegangen sein.

»Wieso nimmt sie den Neoprenanzug eigentlich auf die Demo mit?«, grummelte Ole.

Die gleiche Frage hatte sich Helle auch gestellt. Und es gab nur eine einzige logische Antwort darauf.

Weil sie es geplant hatte.

Weil Merle Brabant ihren Selbstmord geplant hatte. Das gesamte Szenario – der Neoprenanzug, die Tatsache, dass sie sich von den Freunden abgesetzt und bei ihrem Bruder ihr Board geholt hatte, sich an der Tankstelle eine Flasche Wodka besorgt und von Fremden mutmaßlich hierher hatte fahren lassen –, alles sprach dafür, dass sie es so und nicht anders gewollt hatte.

Helle fühlte sich vollkommen ausgehöhlt, die Vorstellung, später zu Inez und Fredrick zu fahren und ihnen sagen zu müssen, dass es so aussah, als hätte ihre kluge und wundervolle, energetische und engagierte Tochter nicht mehr leben wollen, saugte alle Kraft aus ihr heraus. Es kann nicht sein, es kann nicht sein, es kann nicht sein, hämmerte es in ihrem Kopf, aber auch Helle musste zugeben, dass die Beweislage eindeutig war.

Es gab nur zwei Indizien, die dagegensprachen. Die Spuren an ihrem Körper, von denen Runstad gesagt hatte, sie seien einem »Gerangel« zuzuschreiben – warum hatte es ein Gerangel gegeben? Und wann? Wenn sie doch allein unterwegs war? –, und die Tatsache, dass sie zu einem Pärchen, das sie vermutlich nicht kannte, ins Auto gestiegen war und dieses Auto eigentlich gar nicht existieren durfte.

Was war in der Zeit passiert, zwischen der Tankstelle und der Wartehütte hier am Strand?

Helle würde Ole darauf ansetzen. Er musste herausfinden, ob jemand das Trio bemerkt hatte, ob es andere Überwachungskameras auf dem Weg gab, die den Pick-up aufgezeichnet hatten. Und man musste dringend, sehr dringend mit diesen beiden jungen Leuten sprechen. Dem verwirrten Mädchen und dem Mann, der sein Gesicht verbarg.

Sie standen nun an der Wasserkante, Ole und Helle, und starrten in die aufgewühlte See. Es war Flut und die Wellen wurden vom Wind hoch aufgepeitscht, das Meer sah furchterregend aus. Um nichts in der Welt hätte Helle auch nur einen Zeh hineinstrecken wollen, und die Vorstellung, dass die schmale Merle mit ihrem Neoprenanzug auf dem Shortboard gelegen hatte und in die dunkle Nacht auf das offene Meer gepaddelt war, ließ Helle schaudern.

»Also, das war's dann, oder?« Ole blickte zu ihr. »Ist ja ziemlich offensichtlich.«

»Wenn wir das Offensichtliche als Endergebnis akzeptieren, Ole, dann sind wir keine guten Polizisten.«

Helle wandte sich ab und stapfte zurück zum Wagen. »Ayuna will mit mir sprechen. Wir fahren nach Frederikshavn.«

Dann blieb sie stehen. »Hör mal, was ist mit dem Handy?« Sie drehte sich zu Ole. »Merle hatte ein Handy, das war aber nicht bei ihren Sachen, oder?«

Ole schüttelte den Kopf. »Nein. War es nicht. Komisch.«

»Ruf Marianne an. Ich will einen Hundeführer. Die sollen hier das Gebiet um die Hütte absuchen. Vielleicht hat sie es auf dem Weg hierher oder aber auf dem Weg von der Hütte ins Meer irgendwo im Sand verloren.«

Ein Böe erfasste Helle von hinten und riss sie fast um. Ole war näher zu ihr herangetreten, weil der Sturm Helle die Worte aus dem Mund gerissen und über die Weite verstreut hatte.

»Wenn wir das Handy finden, finden wir vielleicht noch einen Abschiedsbrief«, schrie er.

Helle nickte. »Habt ihr ihre Accounts gecheckt? Facebook, Insta, Snapchat? Vielleicht hat sie noch was gepostet?«

Ole schüttelte den Kopf und zog Helle am Jackenärmel in die Mulde einer Düne. Wenn er jetzt den Mund öffnete, bekäme er eine Ladung Sand ab.

Sie hockten sich einigermaßen windgeschützt in eine Sandkuhle und kauerten sich aneinander.

»Ich habe mit ihren Freunden gesprochen. Vielleicht nicht allen, aber laut den Eltern waren es ihre engsten. Und keiner hat eine Nachricht von ihr bekommen. Ich habe sie darum gebeten, mich zu informieren, falls doch. Aber niemand hat sich gemeldet.«

Helle sah ihm in die Augen. Er sah ernst aus, erwachsen. Du wirst mal ein richtig guter Bulle, Ole Halstrup, schoss es Helle plötzlich durch den Kopf. Aus ihrem ungestümen Jungspund war ein fast nachdenklicher Mann geworden. Er war bedächtiger, ruhiger, ihm fielen die Worte nicht mehr einfach so aus dem Mund.

Ob Amira das mit ihm machte? Sie hatte bis vor zwei Jahren ebenfalls unter Helle in Skagen gearbeitet, war noch in der Ausbildung gewesen. Seit einem Jahr nun war sie in Kopenhagen. Sören Gudmund hatte sie zu sich in die Mordkommission geholt, nachdem Amira im Fall um den Toten im Tivoli Schreckliches erlebt hatte. Und im vergangenen Jahr, Amira war für vier Wochen in Skagen gewesen, um Helles kleine Steinzeitpolizei zu digitalisieren, war sie mit Ole zusammengekommen. Ausgerechnet mit Ole Halstrup, der ziemlich konservative, um nicht zu sagen populistische Ansichten gehabt hatte. Aber offenbar war es etwas Ernstes, denn die Beziehung dauerte noch immer an, trotz der Distanz zwischen Skagen und Kopenhagen.

Ole wird auch gehen, dachte Helle in einem Anflug von Wehmut. Er wird mich und Marianne und Jan-C alleine lassen und dann sind wir nur noch drei Alte in einer kleinen Betonbude.

»Hallo, Helle?« Ole fasste sie an der Schulter. »Hast du mir zugehört?«

»Nein«, gab Helle zu. »Ich weiß nicht. Ich habe darüber nachgedacht, dass aus dir mal ein guter Polizist wird.«

Ole grinste. »Also wie auch immer. Ich kümmere mich um das Handy und einen Hund. Das Board ist auch noch nicht aufgetaucht. Das Handy konnten wir bislang nicht orten, aber vielleicht kann da noch mal jemand dran.«

Sie klopfte ihm anerkennend auf die Schulter, dann verließen sie ihre Häschengrube und liefen, den starken Wind im Rücken, zum Wagen.

Ayunas Kaffee war richtig gut. Helle musste zugeben, dass es fast der beste Kaffee war, den es bei der Polizei gab. Ihre neue Vorgesetzte machte allerdings, wie es ja nun überall Mode war, ein ziemliches Affentheater darum – das Wasser durfte nicht heißer als achtzig Grad sein, dann schüttete sie es in eine silberne Kanne mit einer seltsam gebogenen Tülle, die eher nach einer Kanne zum Blumengießen aussah, und es wurde geschwenkt und im

Kreis gegossen, und das angefeuchtete Pulver musste blühen …
Helle wurde richtiggehend schwindelig, wenn sie dieser Zeremonie zusah, aber – der Kaffee war großartig.

Ayuna lächelte. »Ich kann genau sehen, was du denkst.«

»Sprich es nicht aus«, gab Helle zurück. »Es ist mir peinlich.«

Die schmale Frau ihr gegenüber lachte. Ihr Vater stammte aus Japan, daher der exotische Name, und exotisch war auch ihr Aussehen. Sie war hübsch, große mandelförmige Augen über einer sehr kleinen Stupsnase verliehen ihr etwas Puppenhaftes, und das führte dazu, dass die Dänin oftmals unterschätzt wurde. Was ihr bis jetzt immer zum Vorteil gereicht hatte, wie Ayuna Helle einmal anvertraut hatte. »Sie nehmen mich nicht für voll«, hatte sie gesagt. »Weil ich klein bin, schmal bin, eine Frau bin und auch noch aussehe wie ein Mädchen. Aber dann komme ich und rolle das Feld von hinten auf.«

Tatsächlich wehte ein anderer Wind in Frederikshavn, seit Ayuna Ingvar abgelöst hatte, den alten großen, bedächtigen Mann, der sich etwas darauf eingebildet hatte, dass er noch nach Polizeimethoden aus seiner Anfangszeit arbeitete. Nicht jedem passte der scharfe Wind, der nun wehte und der keinerlei Schlendrian und Nachlässigkeit duldete. Auch Helle wusste, dass sie nur so lange bei Ayuna einen Stein im Brett hatte, solange sie Ergebnisse lieferte. Noch eilte ihr der Ruf voraus, eine erfolgreiche Ermittlerin zu sein, aber wenn sie keine Chance hatte, ihr Talent weiterhin unter Beweis zu stellen, dann würde es mit diesen Vorschusslorbeeren sehr bald vorbei sein.

»Ich habe den Bericht gelesen, den Brodersen von der Spurensicherung geschickt hat.« Ayuna sah Helle über den Rand ihrer Kaffeetasse an.

»Ja. Wir suchen jetzt noch Merles Handy und …«

»Helle«, unterbrach Ayuna. »Die Sache ist doch ziemlich eindeutig.«

Helle schluckte den Satz, den sie noch vor einer Stunde zu Ole gesagt hatte, hinunter.

»Ich weiß, dass es schwer für dich zu akzeptieren ist«, sagte Ayuna, sichtlich um Verständnis bemüht. »Weil du das Mädchen gut kennst. Und noch schwerer wird es für die Eltern. Aber alles, wirklich alles deutet daraufhin, dass Merle diesen Weg gewählt hat.«

Helle öffnete den Mund, aber ihre Chefin ließ sie nicht zu Wort kommen.

»Es muss kein beabsichtigter Suizid gewesen sein. Vielleicht hatte sie Liebeskummer und hat sich deshalb betrunken. Oder sie war übermütig, was weiß ich, warum sie auf diese Schnapsidee gekommen ist ...«

Jetzt unterbrach Helle ihre Chefin. »Und genau das möchte ich den Eltern nicht sagen.« Sie zitierte: »›Was weiß ich ...‹ Es ist mein Job zu wissen! Und solange wir diese Gewissheit nicht haben, ob es Unfall, Suizid oder doch Fremdverschulden war, solange wir nicht wissen, was genau in dieser Nacht mit ihr geschehen ist, werde ich dranbleiben.«

Ayuna schwieg und sah Helle an.

»Ich wusste, dass wir früher oder später an diesen Punkt kommen«, seufzte sie. »Aber dass es so schnell geschieht ... Dir eilt ein Ruf voraus, Helle Jespers. Und du tust alles dafür, diesen Ruf zu verteidigen.«

Jetzt klickte sie mit der Computermaus und drehte dann den Monitor so, dass Helle sehen konnte, welches Fenster sie geöffnet hatte. Es war das Bild eines gelben Boards, des Shortboards, das Merle zum Wellenreiten benutzte. Ihr Board, mit dem sie in der Nacht umgekommen war.

»Ein Kutter hat es gesichtet und aus dem Wasser geholt. Die Info ist gerade reingekommen, als du auf dem Weg hierher warst.« Ayuna bewegte den Cursor auf dem Bild. »Hier ist die Leash.« Sie zeigte auf die Sicherheitsleine. »Sie ist nicht beschädigt. Merle hat sie nicht angelegt. Für mich ist das ein weiteres Indiz ...«

Sie sprach nicht weiter und sie musste es auch nicht. Helle verstand auch so.

»Du willst, dass wir den Fall schließen.«

Ayuna drehte den Monitor wieder zurück und starrte eine Zeit lang darauf, als stünde ihre Antwort dort geschrieben.

»Ja, eigentlich schon«, antwortete sie schließlich. »Aber du wirst dich sowieso nicht daran halten. Also, Helle. Tu, was du nicht lassen kannst. Aber du bekommst keine Unterstützung. Keine Leute, keinen Hund. Nur du. Ihr habt ja nicht allzu viel zu tun in Skagen.«

Helle erhob sich. Sie wusste, dass sie sich eigentlich bedanken müsste, aber gleichzeitig war sie wütend, weil sie einfach nicht glaubte, dass es das gewesen sein sollte.

»Dieses Pärchen ...«, sagte sie noch beim Herausgehen, aber Ayuna war bereits mit etwas anderem beschäftigt und hörte ihr nicht mehr zu.

Helle trottete durch den langen Gang in Richtung Treppenhaus. Natürlich würde sie weiterermitteln, aber es würde nicht gerade leicht werden ohne Support. Sie nahm sich vor, später noch bei Inez und Fredrick vorbeizufahren und die beiden davon zu unterrichten, das würde ein sehr schwerer Gang werden, aber es war das Mindeste, was sie tun konnte.

Ole kam ihr entgegen. Er wedelte aufgeregt mit einer Hand. »Wir haben ein Signal!«, rief er.

Helle blieb abrupt stehen. Sie wusste augenblicklich, wovon er sprach. »Merles Handy?«

»Ja«, Ole stand nun vor ihr, seine Wangen vor Aufregung gerötet. »In Kopenhagen.«

Starnberg

Bengt saß am Ufer des Starnberger Sees und ihm liefen Tränen über die Wangen. Er blinzelte und bemühte sich, die beeindruckende Alpenkulisse am anderen Ende des Sees zu bewundern, die schneebedeckten Gipfel und die schweren Kumuluswolken, die sich darüber auftürmten. Aber in Gedanken war er nur bei Emil, der vor ihm lag, die Schnauze auf seinen Stiefeln.

»Soll ich ihn nicht besser gleich erlösen?«, hatte der Arzt ihn vor einer halben Stunde gefragt, aber Bengt hatte nur den Kopf geschüttelt, hatte den alten Hund hinter sich hergezogen und am Empfang sofort die Rechnung für die Untersuchung beglichen.

Emil fraß nicht mehr. Er fraß nicht mehr, seit sie in Frankreich gestartet waren, und Bengt hatte angenommen, dass es daran lag, dass Helle verschwunden war. Emil lebte in ständiger Symbiose mit ihr und sie mit ihm, da war es nicht verwunderlich, dass er vor Trauer nichts mehr herunterbrachte. Aber nun waren zwei Tage vergangen, und noch immer verweigerte der Mischling das Fressen. Mit mäßigem Appetit hatte er am Morgen eine Scheibe Käse aus Bengts Hand genommen, das Trockenfutter aber verschmähte er nach wie vor.

Kurzerhand hatte Bengt eine Tierklinik gegoogelt und sich dazu entschlossen, einen Schlenker nach Starnberg zu machen. Eine Tierklinik in der Nähe eines Sees, in einem Ort, den sogar er vom Namen kannte, schien ihm genau das Richtige zu sein.

Er hatte eine größere Untersuchung erwartet, gedacht, der Arzt würde mehr wissen wollen, aber der hatte Emil nur angesehen, den Bauch abgetastet, geseufzt und darum gebeten, dass er zur

Sicherheit einen Ultraschall machen dürfe. Ohne Bengt. Kurz darauf hatte er ihn in ein Zimmer gebeten, wo Emil apathisch auf der Seite lag, er sah verzweifelt aus über die demütigende Position, in die man ihn gebracht hatte. Bengt und eine Assistentin befreiten Emil zuerst aus seiner misslichen Lage, dann bat der Arzt Bengt, sich die Aufnahmen anzusehen.

»Tumorgewebe im gesamten Bauchraum«, sagte er. »Er muss schon länger damit herumlaufen.«

Bengt musste nicht fragen, was das bedeutete. Er blickte den Arzt an, dieser schüttelte den Kopf und hatte dann die Frage nach der Erlösung gestellt.

Als Bengt ihm erzählt hatte, dass er mit dem todkranken Hund nach Skagen fahren musste, um jeden Preis, hatte der Arzt ihn mitfühlend angesehen und ihm viel Glück gewünscht.

»Was machen wir jetzt, mein Freund?«, flüsterte Bengt und bückte sich zu Emil hinunter. Der öffnete die Augen nur einen Spaltbreit und regte sich nicht. Er war müde, aber entspannt. Schmerzen hatte er nicht, das hatte der Arzt ihm versichert. Aber Emil wollte nicht mehr, das spürte Bengt, und wenn er mit sich ganz ehrlich war, dann ging das schon lange so. Ein paar Wochen vielleicht. Wenn Bengt jetzt daran zurückdachte, dann fiel ihm auf, dass Emil seinen Willen abgegeben zu haben schien. Er hatte einfach nur noch gemacht, was sie von ihm verlangt hatten. Sein Geschäft machen. Ein paar Schritte gehen. Fressen. Über die Rampe in den Kofferraum hinein, über die Rampe aus dem Kofferraum hinaus. Aber wann war Emil das letzte Mal fröhlich irgendwohin gelaufen? Ohne auf seine Menschen zu achten?

Er schob Dienst bis zum bitteren Ende, dachte Bengt nun und wurde von Trauer geschüttelt.

Was sollte er Helle sagen?

Und erst den Kindern? Sina war irgendwo in Tschechien unterwegs, musizierte auf der Straße, reiste zu Festivals, probte mit anderen Musikerfreunden. Sie würde furchtbar traurig sein, aber ihr Leben war aufregend und es würde weitergehen.

Es Leif zu sagen brachte Bengt ebenfalls nicht übers Herz. Leif hatte gerade eben seine Freundin Merle verloren. Es war zu furchtbar, dass nun auch Emil sterben musste. Nein, beschloss Bengt, Leif würde er jetzt nicht damit belasten. Und auch Helle nicht. Er konnte nur hoffen, dass er es schaffte, Emil nach Skagen zu bringen. Lebend. Der Hund musste zu Hause gehen dürfen. In seinem Haus, in einer Kuhle im kalten Sand, die Seeluft in der Nase.

Das ist meine Aufgabe, dachte Bengt. Und ich werde alles daran setzen, dass ich ihr gerecht werde. Emil soll sich sicher fühlen.

Bengt wischte sich mit einem Stofftaschentuch das Gesicht ab, trocknete den nassen Bart, schnäuzte sich und stand auf. Er steuerte den Kiosk am Ufer an und bestellte einen starken Kaffee und ein kleines Säuferfläschchen Rum. Für die Nerven. Dazu eine Bifi.

Er ging zurück zur Bank, schüttete den Rum in seinen Kaffee, schnitt mit seinem Taschenmesser die Salami in sehr kleine Stückchen und fütterte Emil damit, während er vorsichtig seinen heißen Kaffee mit Schuss trank.

»Wir beide«, sagte Bengt, »wir beide schaffen das.«

Und dann bewunderte er das Bergpanorama und den glatten dunklen See und konnte es nicht erwarten, endlich seine Dünen und das weite raue Meer wiederzusehen.

Kopenhagen

Adrian sah zum wiederholten Mal auf die Uhr. Noch ein paar Minuten, dann würde er Mittagspause machen. Und hochgehen, in den zweiten Stock, unauffällig nach dem Rechten sehen. Wer weiß, vielleicht hatte sie Lust, sich mit ihm bei den Garagen in die Sonne zu setzen.

Sie musste oben im Dorm sein, er hatte jedenfalls nicht gesehen, dass sie das Hostel verlassen hatte, und er schob schließlich seit vier Stunden ununterbrochen Dienst. Gut, okay, es war ziemlich viel los gewesen, Montagvormittag war immer häufiger Wechsel, es hatten viele ausgecheckt, und so langsam trudelten neue Gäste ein. Ob er sie verpasst hatte? Aber eigentlich hatte er immer ein Auge auf den Ausgang gehabt.

Der Nachmittag würde stressig werden, deshalb wollte er seine Pause so nett wie möglich verbringen, und was war netter als die Anwesenheit einer schönen Frau?

Sie war ihm gestern gleich aufgefallen. Er hatte nicht gearbeitet, aber mit Sonny und ein paar anderen bei der Rezeption rumgehangen, sich die Neuzugänge angucken, das war so der Sport. Irgendwas ging immer, das Hostel war der perfekte Ort, um jemand aufzureißen.

Seit zwei Monaten war Adrian schon in Kopenhagen gestrandet, und eigentlich wollten er und Sonny längst weiterziehen. Nach Schweden. Sein Jahr in Europa neigte sich bald dem Ende zu, dann war Schluss mit Nichtstun und Reisen. Aber dann hatte sich plötzlich dieser Job hier ergeben. Der sich als wahres Geschenk erwies. Nie zuvor hatte Adrian so viele Bräute abgeschleppt wie in der Zeit im »Cats'n' dogs«-Hostel. Nicht einmal im College, und das war diesbezüglich schon ein Paradies gewesen.

Europa dagegen war zunächst ein Reinfall. So hatte er es sich nicht vorgestellt. Egal, wo sie waren, er und Sonny, die Girls waren hier einfach nicht so leicht zu haben. Mann, was hatte er sich schon anhören müssen! Sexist war ja schon fast ein Kompliment. Sie hatten gedacht, dass alle Studenten das Gleiche wollten, bevor die beschissene »ernste Zeit des Lebens« anfing. Fun, Fun, Fun und natürlich Sex haben. So war das da gewesen, wo er herkam, Austin, Texas. Seit seinem ersten Ferienlager, damals war er vierzehn gewesen; die Mädels später an der Highschool und auch die am College waren immer willig. Gut, manchmal brauchte es etwas mehr Überredungskunst, noch einen Shot oder einen Joint, aber im Prinzip – alles easy.

Er war sich seines Äußeren nur zu bewusst, außerdem war er nicht auf den Mund gefallen, und er wusste, wie es geht. Aufreißen, in die Kiste kriegen, abschießen. Also okay, auf dem College hatte es schon so ein paar Hardcore-Mädels gegeben, *#MeToo* und was weiß ich, erinnerte sich Adrian jetzt, aber die waren definitiv in der Minderheit gewesen.

Aber Europa – hallo?! Katastrophe! Die europäischen Mädels waren echt hart zu knacken. Er und Sonny, sie hatten sich vorgestellt, ins Muschiparadies zu kommen, aber *Jesus*! Gerade dass sie einem nicht den Schwanz abbissen, ganz ehrlich! Am meisten Spaß hatten sie immer noch mit den Girls aus ihrer Heimat oder Australierinnen, aber er konnte den Dialekt so schlecht ab, also mit Aussis vögeln, da musste man schon ziemlich notgeil sein.

Und dann waren sie im »Cats'n' dogs« abgestiegen, das im Internet als Party-Hostel angepriesen wurde. Sie hatten ja sowieso nur nach solchen Hostels gesucht, und hier waren sie genau richtig. Das Bier war teuer, wie überall in den skandinavischen Ländern, aber erstaunlicherweise wurde trotzdem mehr gesoffen.

Schon am vierten Tag hatte er spitzgekriegt, dass man im Hostel auch jobben konnte, die suchten immer Leute für die Rezeption, gerade in der Nacht. Es gab kein Geld, aber man durfte umsonst wohnen. Und so waren plötzlich zwei Monate draus geworden.

Es war irgendwie geil, weil sie quasi *first look* hatten. Gleich mal die Neuzugänge sichten und abchecken, was sich lohnte und was nicht.

Und gestern sehr spät am Abend war also dieses Pärchen angekommen. Mann, die Frau war der Hammer! Zwar sah man nicht viel von ihrem Gestell, sie war irgendwie seltsam gekleidet, wie eine Tonne, tausend Pullis übereinander, aber man konnte schon am Gesicht und ihren Händen erkennen, dass sie nicht fett sein konnte. Adrian hatte schließlich den Durchblick, er taxierte die Mädels sofort, und manchmal wettete er mit Sonny auf die Körbchengröße. Und die Queen hier, die hatte Klasse. Was für ein Gesicht. Bisschen zu ruhig für seinen Geschmack, etwas verhuscht, sie hatte hinter ihrem Typ gestanden und nur zu Boden gestarrt.

Dabei fiel ihm ein, dass die beiden ihre Ausweise noch nicht vorgelegt hatten. Der Typ meinte, er wolle sie heute vorbeibringen, das war noch nicht passiert.

Ein guter Vorwand, dachte Adrian, um gleich mal hochzugehen und danach zu fragen.

Der Typ war weggegangen und er hatte ihn bis jetzt nicht wiederkommen sehen. Nach dem Frühstück war er zu Adrian an den Tresen gekommen und hatte ihn gefragt, ob er wisse, wo man Arbeit finden könne. Ohne Anstellung, schwarz, bar auf die Hand. Natürlich hatte Adrian ihm nicht gesagt, dass es so eine Arbeit direkt hier im Hostel gab – er hätte sich die Tür zu der Schönen ja gleich selbst vor der Nase zugeschlagen. Andererseits glaubte er auch nicht, dass die im »Cats 'n' dogs« jemanden mit der Visage einstellten. Die Verletzung auf der Wange sah ziemlich furchterregend aus, und Sonny hatte Adrian schon geraten: Finger weg von der Beauty, ihr Macker sieht aus wie einer, mit dem du keinen Ärger willst. Deshalb hatte Adrian dem Typ auch geraten, sich woanders nach einem Job umzusehen. Bei einer Baustelle oder so.

Adrian zog eine Flasche Lemonaid aus dem Kühlschrank, klatschte sich mit Sonny ab und ging zum hinteren Treppenhaus. Diesen Aufgang benutzten nur die Angestellten, es war selten, dass sich Gäste hierherverirrten, die Eingänge lagen auf den jeweiligen Etagen hinter Brandschutztüren. Hier waren die Fluchtwege, aber es brannte ja nie, stattdessen nutzten manche Angestellten das Treppenhaus, um hier eine Pausenkippe zu rauchen.

Adrian rauchte nicht, er war Sportler, aber Moment mal, haha, seit er auf Reisen war, betrieb er nur noch einen Sport ... Adrian musste grinsen.

Motiviert nahm er zwei Stufen auf einmal, bevor er im zweiten Stock die Brandschutztür aufstieß. Da er den Eindruck hatte, dass sich jemand auf dem Gang zu den Schlafräumen aufhielt – er meinte, Schritte zu hören –, machte er einen Abstecher in die Kammer für Putzmittel und Wäsche und diesen Kram. Hier war hinter einem Stapel Handtücher im Regal ein kleines Loch in der Wand. Ein Profi hatte es angebracht, denn das Loch war verdeckt, ein Stück weiße Mullbinde war direkt darüber festgetackert. Und er hatte Glück. Zwei Mädels waren gerade unter der Dusche, eine zierliche Asiatin mit festen kleinen Möpsen und eine größere Frau, zu dick für seinen Geschmack, es war die Kanadierin, erkannte er. Er sah noch ein bisschen zu, aber so richtig heiß machte es ihn nicht, er dachte an die Schönheit von gestern.

Ein seltsamer Auftritt war das allerdings gewesen, fand er jetzt. Die schöne Frau und der Mann mit der Narbe sahen nicht nur ziemlich seltsam gekleidet aus, sie waren offensichtlich auch vollkommen erschöpft und ein bisschen verwahrlost. Als hätten sie Tage nicht geschlafen und sich durch die Wildnis gekämpft oder als ob sie auf der Flucht wären. Der Mann, er hatte das Meldeformular mit Nick Schmitt ausgefüllt, hatte die Kapuze seines Hoodies tief ins Gesicht gezogen und hielt den Kopf so gebeugt, als wollte er nicht, dass man ihn sah. Dass man seine Narbe sah, die ziemlich frisch war und in der Tat gefährlich wirkte. Was musste man getan haben, um so zugerichtet zu sein? Die beiden hatten auch nicht normal miteinander geredet, nur geflüstert, und sie hatten sich von Adrian nicht aus der Reserve locken lassen. Er hatte ihnen die Bar schmackhaft machen wollen, sie sollten doch runterkommen, ein bisschen feiern, hier war immer was los. Aber daran hatten sie kein Interesse. Eigentlich wollten sie ein Doppelzimmer, aber es war keines mehr frei, und zu teuer war es ihnen auch. Also gemischter Schlafsaal, das war am günstigsten. Dieser Nick hatte bar drei Tage im Voraus gezahlt – *Jesus*, das war wie im Film! Niemand zahlte voraus und schon gar nicht mit Bargeld.

Und dann diese Sache mit dem iPhone. Adrian hatte mit Sonny darüber geredet, und eigentlich waren sie sicher: Es war geklaut. Einerseits. Andererseits: Wer klaute ein Handy, hatte dann aber keine Ahnung, was er damit anfangen sollte, und tat noch nicht einmal so, als ob es ihm gehörte?

Heute Morgen, Adrian hatte gerade seine Schicht angefangen, kam dieser Nick und fragte ihn, ob er das Ding zum Laufen kriegen könne.

Ähm.

Ja.

Ans Ladekabel hängen? Oder so?

Der Kerl hatte ihn nur komisch angeguckt, also hatte Adrian ihm seins geliehen.

Aber nach einer Stunde war er wiedergekommen. Er hatte nicht gewusst, was das mit dem Code soll, also – hallo?!

Adrian musste ihm erklären, dass er einen Code eingeben musste und spätestens da war klar, dass ihm das Ding nicht gehörte. Aber wenn er es geklaut hätte, würde er sich nicht so bescheuert anstellen, oder?

Irgendetwas war faul.

Adrian wartete jetzt im Gang, bis die beiden Mädels aus den

Waschräumen kamen. Zum Glück mussten sie nicht in den gemischten Schlafsaal, in dem die Schönheit mit ihrem Kerl schlief, sie verschwanden im »Women's-only«-Dorm.

Adrian hörte eine Tür klappen, dann wagte er sich aus der Deckung. Er hatte ihr heute Morgen schon ziemlich deutlich signalisiert, dass er Interesse hatte und hatte sich mächtig angestrengt, mit ihr zu flirten, aber sie hatte durch ihn durch gesehen, kein Wort gesagt, nur ihr Müsli gegessen und war wieder nach oben verschwunden. Er hatte das Gefühl, dass sie vielleicht nicht die hellste Kerze auf dem Kuchen war. Völlig egal, er hatte nicht vor, mit ihr intellektuelle Diskussionen zu führen, dachte Adrian jetzt und musste wieder grinsen.

Er wurde enttäuscht. Der Schlafsaal war leer. Niemand da. Es roch ein bisschen abgestanden, nach Schweiß und schlechter Luft. Rucksäcke, zerknüllte Decken, Handtücher und Klamotten kreuz und quer auf und unter den Betten.

Adrian ging zu einem der großen Fenster und kippte es an. Unten im Hof sah er ein paar Jungs am Basketballkorb. Er würde auch wieder runtergehen und sich einklinken. Es würde sich schon noch eine zweite Gelegenheit ergeben, die beiden hatten sich für drei Tage eingemietet, und vielleicht kamen sie heute mal an die Bar, Party machen.

Moment mal, kam ihm der Gedanke. Wenn dieser Nick Schmitt – er würde mit Sonny wetten, dass der nie im Leben echt so hieß – einen Job suchte, dann hatten die beiden ja wohl vor, länger zu bleiben. Und wenn der Typ einen Job bekam, wer kümmerte sich dann um das Mädchen?

Eben.

Adrian, dachte er, deine Chance kommt noch.

Jetzt sah er, dass das iPhone, mit dem Nick angekommen war, auf einem der Betten lag.

Gute Gelegenheit.

Adrian steckte das Ding in seine Hosentasche. Ein paar Hundert Kronen würde er dafür bekommen.

»Was machst du da?«

Er drehte sich blitzschnell um.

»Nichts, ich hab nur ...«

»Du sollst nicht stehlen.«

Das kann nicht wahr sein, dachte Adrian, das ist doch nicht ... Er konnte den Gedanken nicht mehr zu Ende zu denken, denn der zweite Teil des Satzes wurde einfach durch Schmerz ersetzt, einen dumpfen, dunklen Schmerz, der ihn überraschte und ratlos in die Ewigkeit beförderte.

So lag er wenige Sekunden später auf dem Boden: die Augen überrascht aufgerissen, der Mund geöffnet, als formulierte er eine Frage, was typisch war für Adrian Butlock aus Austin, Texas, der so wenig kluge Antworten in seinem dreiundzwanzigjährigen Leben gegeben hatte und nun nicht einmal mehr eine weitere dumme Frage stellen konnte.

Skagen

Merles Handy konnte mitten in Kopenhagen, in der Bremens-
gade, Stadtteil Amagerbro, unweit eines günstigen Hostels ge-
ortet werden. Nachdem Ole ihr die Neuigkeit überbracht hatte,
war Helle auf dem Absatz umgedreht und wieder bei Ayuna auf-
geschlagen. Diese hatte ihre Anordnung zwar nicht rückgängig
gemacht – schließlich konnte Merle das Handy verloren haben
oder es war ihr gestohlen worden –, aber sie willigte ein, dass
sich Ole, der ohnehin ein paar Tage freihatte und zu Amira nach
Kopenhagen wollte, auf die Suche machte. Das Signal war mittlerweile wieder tot, aber die Jungs vom IT-Team hatten ziemlich
gute Koordinaten von der letzten Meldung.

»Bitte erkundige dich in dem Hostel nach dem Pärchen«, instruierte Helle ihren Mitarbeiter nun. »Muss nicht sein, dass die
das Handy haben, aber vielleicht haben wir einen Treffer. Ich
habe sonst einfach gar nichts, wo ich ansetzen könnte.«

Sie waren mittlerweile wieder zurück in Skagen, wo Marianne
sich daran machte, Helle mit einem großen Teller Smørrebrod
zu versorgen.

»Denkst du, wenn Bengt nicht da ist, verhungere ich?«, fragte
Helle scherzhaft und griff hungrig nach einem Roggenbrot mit
geräuchertem Fisch.

Marianne kniff die Augen zusammen und musterte Helle.

»Ich *weiß* es«, gab sie mit Nachdruck zurück. »Du kochst dir
doch nicht selbst etwas.«

»Bengt hat die Tiefkühltruhe vollgestopft. Bei uns verhungert
niemand«, sagte Helle. »Gestern hatte ich Rehgulasch.«

»Guter Mann.« Marianne setzte sich wieder hinter den Tresen und goss sich aus ihrer Thermoskanne eine blassgrüne Flüssigkeit in die Tasse.

»Was, bitte, ist das?«, erkundigte sich Helle. Ihre Sekretärin war die weltgrößte Kaffeetante, Helle hatte noch niemals gesehen, dass Marianne etwas anderes als starken rabenschwarzen Kaffee getrunken hätte.

Marianne stöhnte. »Grüner Tee. Widerlich.«

»Was ist passiert?«

»Bluthochdruck. Das ist passiert.« Marianne wollte augenscheinlich nicht darüber reden, sie schob sich die Computerbrille auf die Nase und ließ ihre manikürten Finger über die Tasten flitzen. »Ich habe eine Meldung an die Zeitung gegeben. Eine Beschreibung des Pärchens mit der Bitte, dass sie sich als Zeugen im Fall Merle Brabant melden sollen.«

Helle öffnete den Mund, aber Marianne sprach weiter.

»Natürlich mit dem Hinweis, dass sie nicht als Verdächtige gesucht werden. Zeugenaufruf steht darüber.«

»Danke. Wo ist eigentlich Jan-Cristofer?«

Marianne warf einen Blick auf die Uhr. »Der müsste jede Minute kommen. Er hat heute Vormittag freigenommen.«

»Also, ich hau dann mal ab.« Ole kam zum Tresen, er hatte bereits seine Reisetasche in der Hand, die er am Morgen mit ins Büro gebracht hatte.

»Fährst du mit dem Auto?«, erkundigte sich Helle.

Ole nickte.

»Dann mach doch bitte noch mal Stop an der Tankstelle und sprich mit dem Besitzer. Vielleicht fällt ihm noch etwas ein. Irgendetwas, zu Merle oder dem Pärchen, dem Auto, ganz egal.« Helle stöhnte. »Ich muss nachher mit den Eltern sprechen. Und wir haben so wenig. So verdammt wenig.«

Sie sah durch das Fenster des kleinen Polizei-Bungalows Ole hinterher, der seine Reisetasche auf den Rücksitz schmiss und sich anschließend bester Laune hinters Lenkrad seines Kleinwagens faltete. Er kann abschalten, dachte Helle, wie beneidenswert. Ein bisschen Frust schwang mit. Ihr wollte das nie gelingen. Bei Merles Fall ohnehin nicht, weil sie das Mädchen so gut gekannt und lieb gehabt hatte. Aber auch sonst bei keinem ihrer Fälle. Sie nahm alles mit nach Hause. Und dann musste sie eine Menge essen, trinken, rauchen und ihre Familie nerven. Nur die Spaziergänge mit Emil am Meer machten ihr das Herz wieder weit, ließen Luft durch ihren Schädel, und der raue jütländische Wind nahm die finsteren Gedanken mit.

Emil, dachte Helle plötzlich. Und erst danach: Bengt.

Sie ging in ihr Büro und rief auf Bengts Handy an. Die Mailbox antwortete, wahrscheinlich saß er hinterm Steuer, da hatte er seinen Apparat immer ausgeschaltet.

»Hej Bengt«, sagte Helle und in dem Moment spürte sie die Sehnsucht nach ihren beiden Männern so stark, dass ihr Körper schmerzte. »Erzähl mir was Schönes. Ich vermisse euch.«

Stattdessen klopfte Jan-C an den Türstock ihres immer offenen Chefzimmers und erzählte ihr ein wenig von seinem Wochenende, das er mit Trine in Schweden verbracht hatte.

Helle sah ihrem Kollegen an, dass er glücklich war, so vieles in seinem Leben hatte sich von der absoluten Katastrophe in einen Sechser im Lotto verwandelt, und sie gönnte ihm sein Glück von Herzen. Aber wirklich mitfreuen konnte sie sich nicht, zu schwer lastete Merles bedrückender Tod auf ihren Schultern.

Am späten Nachmittag schließlich – Helle war ihre Ermittlungsakte im Fall Brabant wieder und wieder durchgegangen, in der Hoffnung, irgendetwas zu finden, das ihr einen Anhaltspunkt geben könnte, um doch in Richtung eines Fremdeinwirkens zu ermitteln, aber sie war auf keinerlei Widersprüchlichkeiten und auf nichts, was sie übersehen haben konnte, gestoßen – hatte sie zum Hörer gegriffen und sich bei Inez und Fredrick angekündigt.

Sie hatte kaum aufgelegt, da klingelte ihr Handy. Helle nahm sofort an, ohne auf das Display zu blicken, sie ging fest davon aus, dass es Bengt war, aber dann vernahm sie die Stimme von Leif.

»Hej Mom«, sagte er. Leise. Traurig. »Ich würde gerne kommen. Bist du nachher zu Hause?«

»Ja! Natürlich! Ach, ich freu mich. Ich bin jetzt gleich noch bei Inez und Fredrick. So ab sechs bin ich zu Hause.«

»Passt. Ich fahr nach der Arbeit hier los.«

»Fahr vorsichtig, okay?«

»Mom …«

»Ich hab dich lieb. Schön, dass du kommst.«

Sie legten auf und Helle spürte, wie ihr die Vorfreude auf Leif Kraft gab, das anstehende Gespräch zu überstehen. Auch wenn sie wusste, dass es ein trauriger Abend mit ihrem Sohn werden würde. Er kam sicher, weil er mit dem Schock, dass Merle tot war, nicht alleine sein wollte. Aber sie würden sich gegenseitig Halt geben, etwas Schönes essen, ein Glas Wein trinken und sich am Kaminfeuer zusammenkuscheln.

Eine Stunde später schon war der Gedanke an einen gemütlichen Abend sehr weit weg.

Helle hatte sich entschlossen, eine Bekannte mit zu den Brabants zu nehmen. Angelika war Psychologin, sie arbeitete immer wieder einmal mit dem Kriseninterventionsteam der Polizei Frederikshavn zusammen und vor allem: Ihr Sohn war ebenfalls ein Klassenkamerad und Freund von Merle, sie stand Inez und Fredrick ebenso nahe wie Helle. Und auch sie war betroffen, als Helle ihr sagte, dass alle Anzeichen auf einen Freitod des Mädchens hinwiesen.

Wie erwartet traf diese Nachricht die Eltern ins Mark ihrer ohnehin erschütterten Herzen. Weder Inez noch Fredrick konnten sich vorstellen, dass ihre Tochter diesen Weg gewählt hatte, dass sie ihr Leben hatte beenden wollen, noch bevor es richtig erblüht war. Helle sparte sich die Nachfrage, ob die beiden irgendwelche Anzeichen für depressive Stimmungen bei Merle hatten wahrnehmen können, denn so bestürzt, wie sie waren, würden sie das weit von sich weisen.

»Sie hat für die Zukunft gekämpft!«, rief Fredrick voller Verzweiflung. »Sie hat sich doch dafür eingesetzt, dass wir eine bessere Welt erschaffen, wie kann sie …« Seine Stimme brach und er verbarg sein Gesicht in den Händen.

»Es kommt vor«, sagte Angelika vorsichtig, »dass sich junge Menschen aus einer momentanen Stimmung heraus das Leben nehmen. Das ist nicht immer von langer Hand geplant. Manchmal geschieht es impulsiv.«

Inez starrte sie an. Helle war dankbar, dass Angelika sich einbrachte.

»Man steht auf dem Dach eines Hochhauses und denkt: Was wäre, wenn …«, fuhr Angelika fort. »Oder legt sich auf die Schienen. Oder … schwimmt ins Meer. Das hat manchmal auch mit einem Gefühl der Unverwundbarkeit zu tun. Schauen, wie weit man gehen kann …«

»So war sie nicht«, unterbrach Inez bestimmt. »Merle war ein sehr vernünftiges Mädchen. Sie wäre zum Beispiel niemals alleine im Dunkeln durch einen Park gegangen. Und schon gar nicht …«

Aber sie hat alleine fast eine Flasche Wodka getrunken und drei Joints dazu geraucht, dachte Helle bei sich, und ihr wurde wieder klar, wie wenig Eltern einschätzen konnten, was ihre Kinder taten, wenn sie alleine oder mit Freunden zusammen waren. Oder wie sie außerhalb ihres Zuhauses agierten. Wie oft war ihr diese Fassungslosigkeit in ihrem Beruf begegnet. Da begingen die sanftmütigsten jungen Männer Gewalttaten, brave Mädchen stahlen wie die Raben. Und niemals, niemals wollten Eltern akzeptieren, dass es so war. Dass ihre Kinder ebenso zwei Gesichter hatten, wie alle anderen auch.

»Habt ihr diese Leute befragt«, Fredrick hob seinen Kopf, »mit denen sie getrampt ist?«

Helle schüttelte den Kopf. »Nein, wir haben sie noch nicht gefunden, das Kennzeichen ist falsch und deshalb …«

Fredrick stand auf. »Unser Gespräch ist dann an dieser Stelle beendet. Helle, du kannst wiederkommen, wenn ihr euren Job erledigt habt. Aber vorher sag mir nicht, was meine Tochter getan hat, wenn ihr noch nicht einmal fertig ermittelt habt.«

»Das ist die Wut«, sagte Angelika und bot Helle eine Zigarette an. Sie standen draußen auf der Straße, blickten zum hellen Kubus der Brabants hinüber und zitterten in der Kälte. Es war die Zeit der allerersten Fröste, nur noch zwei Tage bis Halloween.

»Ich weiß«, sagte Helle. »Ich nehme es ihm nicht übel. Ich finde sogar, dass er recht hat.«

Jetzt war Angelika erstaunt. »Du bist dir also gar nicht sicher?«

»Doch«, nickte Helle. »Doch, ich bin mir sicher, dass Merle ganz allein war, als sie umgekommen ist. Sie ist alleine ins Wasser gegangen – ob aus Übermut, wie du gerade gesagt hast, oder aus Todessehnsucht, das werden wir vielleicht nie feststellen. Trotzdem weiß ich nicht, was vorher passiert ist. Diese Lücke muss ich erst einmal schließen.«

»Verstehe.«

Sie rauchten ihre Zigaretten stumm und verabschiedeten sich schließlich. Angelika versprach, sich bei den Brabants weiterhin zu melden und ihre Hilfe anzubieten, wofür Helle sehr dankbar war. Sie hatte das Gefühl, auf ganzer Linie versagt zu haben.

Als Helle vor ihrem Haus einparkte, stand der Twingo von Leif bereits in der Einfahrt. Ihr Sohn hatte sich die verbeulte Erbse von seinem ersten Lehrgeld besorgt und Helle stellte fest, dass er, was das anging, nicht ihre Gene geerbt hatte. Während sich in ihrem Auto der Müll türmte – feuchte Hundehandtücher, leere Papiertüten vom Bäcker, die von ihren Heißhungerattacken zeugten, eine Tüte mit Glasmüll, ach nein, mittlerweile waren es bereits zwei, diverse CD-Hüllen und seit neuestem – Helle war so oft beim heimlichen Rauchen ertappt worden, dass sie es nicht länger verbarg – halb volle Tabakpäckchen. Hundeleine, Neonhalsband, zwei Pullover, Ersatzstiefel. Bei Leif jedoch herrschte peinliche Sauberkeit im Auto. Er saugte es sogar regelmäßig und gab Geld für die Waschstraße aus. Der kleine Bengt, dachte Helle gerührt.

Sie sperrte auf und von drinnen schlug ihr der Geruch von Pizza entgegen. Leif stand hinter der wuchtigen Küchenzeile, ein schmaler Jungmann mit Bartschatten und durchscheinender Gesichtshaut. Helle fiel ihm um den Hals und klammerte sich an ihm fest. Zu ihrem Erstaunen löste er sich nicht sofort aus der Umarmung, sondern ließ sie gewähren. Ganz untypisch.

Endlich löste sie sich und sah, dass Leif bereits eine große Schüssel Salat zubereitet hatte und nun gerade dabei war, fertigen Hefeteig mit Oliven, Sardellen, Tomaten und Mozzarella zu belegen. Helle schleuderte ihre Boots in den Windfang, entledigte sich ihrer Jacke, wusch sich die Hände und half ihm.

»Du kommst nach Papa.«

Leif verzog den Mund zu einem kleinen Lächeln. »Wer hätte das gedacht. Seit ich alleine wohne, koche ich ganz gerne. Hast du von Papa was gehört? Wo sind sie?«

Jetzt erst fiel Helle auf, dass Bengt sie nicht zurückgerufen hatte. Seltsam. Das war wirklich untypisch, vor allem weil sie ihn darum gebeten hatte. Auch wenn sie es anders formuliert hatte.

Rasch machte sie ein Foto von der Pizza und schrieb Bengt, dass Leif sie besuchte, verbunden mit der Frage, wo er und Emil nun steckten. Dieses Mal kam die Antwort prompt. Sie waren irgendwo vor Hannover und Bengt wollte ein hundefreundliches Hotel in der Lüneburger Heide suchen, wenn sie das Maschener Kreuz mit den vielen Staus endlich hinter sich gelassen hatten.

Helle war enttäuscht. Erst bei Hannover? Die beiden kamen nicht sehr rasch voran, sie hatte gehofft, dass Mann und Hund spätestens morgen zurückkommen würden. Aber wenn sie in diesem Schneckentempo weiterfuhren, waren sie nicht vor Mittwoch in Skagen. Doch dann riss sie sich zusammen. Bengt würde seine Gründe haben. Emil war schwach, und schon die Hinreise war strapaziös gewesen für ihren alten Weggefährten. Auch da hatten sie sich Zeit gelassen – es hatte allerdings niemand auf sie gewartet, und so hatten sie den Weg zum Ziel gemacht. Hatten sich für die mehr als zweitausend Kilometer fünf Tage Zeit und den Umweg über die Niederlande sowie Belgien genommen und sich schließlich eine langsame Tour mit vielen kulinarischen Stopps durch Frankreich gegönnt. Warum also sollte Bengt sich beeilen? Er hatte noch Urlaub, und die ganze Strecke alleine zu bewältigen war ohnehin anstrengend.

Außerdem, dachte Helle, sollte sie lernen, sich mehr über das zu freuen, was der Augenblick brachte, als sich über Dinge zu grämen, die sie nicht beeinflussen konnte.

Leif war hier. Und wer weiß, dachte sie, wie oft ich das haben kann? Das Leben war vergänglich, und nur zu schnell riss ein Unglück die Menschen auseinander, wie ihr gerade wieder grausam vor Augen geführt worden war.

Zwei Stunden später saßen sie und ihr Sohn einander gegenüber auf dem langen Sofa, jeder mit einem Glas Rotwein, und waren so tief in Gespräche eingetaucht, dass Helle Bengt und Emil vergessen hatte.

Es war lange her, dass sie beide sich so viel Zeit füreinander nehmen konnten, ja, Helle konnte sich überhaupt nicht erinnern, dass Leif ihr gegenüber jemals so offen von seinem Leben und seiner Gefühlswelt erzählt hätte.

Über Merles Tod wollte er zunächst nicht sprechen. Lieber sprach er darüber, was ihn mit seiner Freundin früher verbunden hatte. Gemeinsame Unternehmungen, Campingurlaube, Badeferien. Streiche, Geburtstage und dass Merle das erste Mädchen gewesen war, das er geküsst hatte. Und das letzte. Nicht lange danach hatte Leif festgestellt, dass er sich mehr für Jungen interessierte.

»Und?«, fragte Helle. »War sie enttäuscht? War sie in dich verliebt?«

Leif dachte lange nach. Dann schüttelte er den Kopf. »So war sie nicht. Sie war nicht nachtragend. Ich hatte immer den Eindruck, dass Merle vollkommen in der Gegenwart lebte. Sie nahm das Leben, wie es kommt.«

»Das klingt aber eher danach, dass sie ein sorgloser Mensch war«, stellte Helle fest.

Leif nahm einen großen Schluck von seinem Wein. »Auf eine Art ganz bestimmt. Ja. Bis sie anfing, sich für das Klimathema zu interessieren.«

»Inwiefern?«

»Ich hatte das Gefühl, dass sie das wirklich gepackt hat. Sie hat es noch ernster genommen als wir anderen. Sie war fast ein bisschen … na ja. Fanatisch?«

»Kann das mit ihrem Vater zu tun gehabt haben?«, dachte Helle laut nach.

»Puh. Das ist mir zu tiefenpsychologisch.« Leif schüttelte den Kopf. »Also das mag schon sein, dass sie da was abgearbeitet hat. Aber ich fand eher, dass sie weniger unbeschwert war, nicht mehr ganz so in den Tag hinein gelebt hat. Diese ganze Umweltkiste hat sie krass fertiggemacht.« Er überlegte. »Als ich mir den Twingo gekauft habe, da hat sie fast die Freundschaft aufgekündigt, weil sie es so megascheiße fand.«

»Hat sie sich ein bisschen ins Aus katapultiert? Weil sie extremer war als ihr anderen?«

Leif schüttelte den Kopf. »Glaube ich eigentlich nicht. Merle war schon immer beliebt. Aber vielleicht … ach, ich hab keine Ahnung. Seit dem Abi habe ich sie so selten gesehen. Erst die Reisen …«

»Was sie auch nicht gut fand, hat mir Inez erzählt.«

»Ja, stimmt. Ich glaube, sie war die Einzige, die keine große Reise gemacht hat. Na ja, und seit ich die Ausbildung mache. Wir haben manchmal getextet, aber ich habe nicht so viel von ihr mitbekommen.« Er zuckte mit den Schultern, aber nicht aus Gleichgültigkeit, eher hilflos. »Ich kann es noch nicht glauben. Es ist total abstrakt. Dass ich sie nie wiedersehe. Dass sie einfach nicht mehr da ist.«

Er schwieg.

Sie schwiegen beide.

»Mama«, begann Leif zögerlich, »kann ich ein paar Tage hierbleiben?«

»Du musst doch zur Arbeit. Oder etwa nicht?«

»Ich hab mich krankgemeldet.«

Helle stöhnte. »Also echt, Leif. Das geht doch nicht …«

»David hat sich von mir getrennt«, fuhr Leif dazwischen, »und der Tod von Merle … Ich schaffe es gerade nicht, alleine in meiner Wohnung zu sein.«

Helle umfasste seine Sockenfüße und drückte die Zehen. »Das tut mir leid. Furchtbar leid. Ich nehme an, du willst nicht drüber reden?«

Leif schüttelte nur den Kopf. Helle meinte, was sie gesagt hatte. David und Leif waren fast zwei Jahre zusammen gewesen, und sie hatte den Freund ihres Sohnes sehr ins Herz geschlossen. Er war Teil der Familie gewesen. Sie konnte sich gut vorstellen, dass Leif am Boden zerstört war.

»Also gut. Dann kannst du Papa und Emil auch noch sehen, wenn sie nach Hause kommen.«

»Danke.«

Leif atmete erleichtert auf. Und Helle innerlich auch. Sie würde nicht allein sein, das kam ihr in der jetzigen Situation sehr entgegen.

»Eigentlich freu ich mich«, sagte sie. »Obwohl es nicht okay ist.«

Leif lächelte. Kurz, dann wurde er wieder ernst und traurig.

Eine Zeit lang starrten sie stumm in das Kaminfeuer, hingen ihren Gedanken nach, bis das Klingeln von Helles Handy sie unsanft herausriss.

Es war Ole. Im Hintergrund hörte Helle Sirenen, und Ole schien sehr aufgeregt zu sein, seine Stimme klang gehetzt.

»Helle, ich bin an diesem Hostel.«

»Ja?«

»Ich wollte mich umsehen und nach dem Pärchen fragen. Die Leute von der IT sagen, das Signal kam von hier, aber ich konnte gar nicht rein. Alles ist abgesperrt, überall die Kollegen.«

Helle setzte sich kerzengrade auf. Ihr Herz schlug bis zum Hals.

»Die haben heute Mittag einen Toten gefunden. Hier im Hostel. Erschlagen.«

Helles Herz fiel vom Trab in den Galopp.

»Das ist doch kein Zufall!«, rief Ole außer sich.

»Ich rufe Sören an«, sagte Helle. »Der soll dich informieren. Erzähl ihm, warum du …«

Ole unterbrach sie. »Schon passiert«, sagte er. »Sören ist hier. Ich darf mit in die Lagebesprechung. Jetzt gleich. Ich melde mich.«

Dann legte er auf.

Helle ließ ihr Handy fallen. Am liebsten wäre sie sofort aufgesprungen und auf der Stelle nach Kopenhagen gefahren. Ihr Instinkt hatte sie also nicht getrogen. An Merles Tod war mehr dran. Es konnte, es durfte kein Selbstmord sein. Und die Tatsache, dass Merles Handy jetzt ausgerechnet am Ort eines Mordes auftauchte, sprach für Helle Bände.

II.

Seht zu, dass niemand von der Gnade Gottes abkomme,
damit keine bittere Wurzel aufsprosst,
Schaden stiftet und viele durch sie verunreinigt werden.

Hebräer 12, Vers 15

Kopenhagen

Er hatte verloren. Alles. Nick starrte auf die flackernden Lichter der Polizeiwagen unter ihm.

Jemi war verschwunden. Und mit ihr seine Hoffnung auf einen Neuanfang. Sicher, Jemi war ihm ziemlich unheimlich geworden, seit heute Mittag mehr denn je, aber er liebte sie. Er hatte nur sie. Seine Königin.

Nick schob seine Hände in die Pulloverärmel. Er war vollkommen durchgefroren, ihm war so kalt, dass er Füße und Hände nicht mehr spürte. Zu allem Überfluss war Jemi auch noch mit seinem Parka abgehauen.

Er beobachtete die Menschen dort unten, vor dem Hostel. Polizisten, die hin und her liefen, und das seit vielen Stunden.

Nachdem er den Amerikaner in den Putzraum geschleift hatte, war Nick so schnell wie möglich abgehauen. Hatte die Taschen gepackt und war nach hinten, über das Treppenhaus, das kaum jemand nutzte, geflüchtet. Kopflos zunächst, einfach nur weg. In die nächste U-Bahn, und in der war er bis zur Endstation sitzen geblieben. Aber dann hatte er sich Zeit genommen nachzudenken.

Jemi hatte Mist gebaut. Oder eher viel mehr als das: Sie war ganz offensichtlich völlig ausgerastet. Er hatte gewusst, dass das passieren würde. Und er hatte sie nicht beschützt. War weggegangen und hatte sie alleine gelassen, obwohl er gemerkt hatte, dass sie jemanden brauchte, der auf sie aufpasste. Er kannte diese Zustände von ihr. Bis jetzt war immer Hiob da gewesen, Hiob, der sie zur Vernunft gebracht hatte.

Aber so wollte Nick nicht sein. Er wollte für Jemi ein Mann sein, nicht ihr Bezwinger.

Seit Stunden beschäftigte ihn der Gedanke, wo Jemi abgeblieben sein könnte. Wo wollte sie hin? Nick war ganz sicher, dass sie keinen Plan hatte. Dass sie kopflos aus dem Hostel gerannt war, weil sie sah, was sie getan hatte.

Der Junge war schließlich tot! Herrgott noch mal. Wie hatte sie das geschafft? Sie hatte einen Mann totgeschlagen, einen jungen, großen und trainierten Mann.

Als Nick ihn da hatte liegen sehen, war er bereits tot gewesen, aber der Körper war noch warm und das Blut sickerte aus der Wunde an der Schläfe. Es konnte also noch nicht lange her gewesen sein. Zunächst hatte Nick versucht, Erste Hilfe zu leisten, hatte aber sehr schnell gemerkt, dass es sinnlos war. Dann wollte er die Rezeption verständigen, bis ihm klar wurde, was passieren würde. Polizei. Das konnte er nicht riskieren. Also hatte er den Mann in den Putzraum gebracht, um Jemi und sich Vorsprung zu verschaffen. Und war gerannt. In die U-Bahn-Station, in den nächsten Zug gesprungen und gefahren, gefahren. Sein Herz und sein Atem hatten sich nicht beruhigen wollen, das, was die endgültige Befreiung, der Beginn eines freien Lebens, einer guten Zeit hätte sein sollen, entwickelte sich zu seinem Albtraum.

Am Ende hatte Hiob doch recht, und die Welt da draußen war ein Rattennest?

Und dann, noch während er auf der Bank in der U-Bahn-Station saß, dachte er, dass Jemi doch bestimmt versuchen würde, sich wieder mit ihm zu treffen. Sie würde sicher nicht alleine unterwegs sein wollen. Sie hatte niemanden außer ihn.

Und wo, außer an diesem Hostel, könnte sie ihn treffen? Also war Nick wieder zurückgefahren nach Amagerbro. Hatte sich ein strategisches Versteck gesucht und es auf dem Dach eines der umliegenden Häuser gefunden. Hier also saß er seit dem Nachmittag und hielt Ausschau, hatte gesehen, wie die Polizei gekommen war, ein Rettungswagen, schließlich noch viel mehr

Polizei und Presse, wie alles abgesperrt wurde, sich die Menschen sammelten, starrten und überlegten, was geschehen war.

Er hatte gesehen, wie sie die Bahre mit dem Leichnam des Amerikaners hinaustrugen.

All das hatte er gesehen, aber es hat ihn seltsam kaltgelassen, denn was ihn bewegte, war nur eines: Er wartete darauf, dass Jemi sich zeigte.

Aber wie lange noch?

Nick war drauf und dran zu erfrieren.

Er hatte kein Bett, keinen Schlafsack, kein Auto. Seine Klamotten waren nicht warm genug, sein Geld ging demnächst zur Neige. Noch einmal holte er die Scheine und ein paar Münzen aus der Tasche. Er konnte zählen, so oft er wollte, die Summe blieb immer gleich. Er hatte kein Gefühl dafür, wie lange er damit auskommen konnte, er kannte die Währung nicht gut und hatte keinen blassen Schimmer, was man dafür bekam. Das Hostel hatte einen Großteil dessen, was sie besaßen, aufgefressen. Nick fluchte. Drei Tage hatte er im Voraus bezahlt, weil er dachte: drei Tage Sicherheit. Und nun war daraus nur eine Nacht geworden, und sie waren auf der Flucht.

Getrennt.

Mit der Arbeit hatte er auch keinen Erfolg. Auf der Baustelle hatten sie ihn sofort wieder weggeschickt. Ohne Papiere! Ob er sie für Kriminelle hielt?

Langsam lichteten sich die Polizeiwagen vor dem Hostel. Die Absperrung allerdings blieb. Nick fielen vor Erschöpfung die Augen zu, aber er hatte Angst einzuschlafen, hier oben, ungeschützt. Konnte man im Oktober eine Nacht im Freien überleben? Er spürte seinen Körper nicht mehr, deshalb stand er auf und hüpfte ein wenig hin und her. Schlug die Arme um den Körper, wieder und wieder. Es fühlte sich an, als brächen alle Knochen. Aber er zwang sich weiterzumachen, machte Kniebeugen und Liegestütz, und tatsächlich, es wurde besser. Von Wärme war er noch weit entfernt, taute aber langsam auf.

Aus einer Ecke des Daches hörte er ein leises Rauschen, und als er dem Geräusch folgte, bemerkte Nick einen Abluftschacht, aus dem verbrauchte, aber warme Luft in den Kopenhagener Nachthimmel strömte. Er beschloss, an der Metallverkleidung des Schachts sein Lager aufzuschlagen, es war leidlich warm, und man konnte ihn von nirgendwo sehen. Jemi würde er jetzt ohnehin nicht entdecken, wenn sie sich hierherwagte, es war viel zu finster.

Nick holte alle seine Sachen, bereitete sich ein Lager aus den Taschen und wenigen Klamotten, krümmte sich zusammen und war auf der Stelle eingeschlafen.

Er erwachte vom Regen, der in dicken Tropfen schwer vom Himmel fiel. Alles, was er am Leib hatte, war sofort durchweicht. Nick sprang auf, einen Moment lang war er vollkommen orientierungslos, aber dann raffte er seine Sachen zusammen und rannte zu der Tür, die auf den Dachstuhl des Mietshauses führte, auf dem er sich befand.

Er riss sie auf und stolperte hinein. Gestern hatte er sich dagegen entschieden, hier drinnen zu schlafen, aus Angst, entdeckt zu werden, denn in dem lang gestreckten Dachstuhl befanden sich Holzverschläge der Mieter, die dort ihren Hausrat lagerten. Tatsächlich wäre es besser gewesen, das Risiko in Kauf zu nehmen, dann würde er sich jetzt keine Lungenentzündung holen, kalt und nass, wie er nun war.

Nick umklammerte seine Sachen, schloss die Augen und rutschte mit dem Rücken an der Wand in die Hocke.

Kein Ort für ihn. Nirgends. Er würde Jemi nicht mehr finden. Sie würde versuchen, zurück zu Hiob zu gehen, dort war ihr Zuhause. Das kam für ihn nicht infrage, unter keinen Umständen. Doch er gehörte überhaupt nicht hierher, nicht in diese Stadt und nicht in dieses Land.

Es gab nur einen einzigen Menschen auf der ganzen Welt, der ihm helfen konnte.

Aber er würde ihn niemals finden.

Oder doch?

Nick begann, sich auszuziehen. Alles, was nass oder feucht war, würde er hierlassen. Alle Sachen, die trocken waren, weil sie sich tief in den Taschen befanden, zog er an. Übereinander. Er räumte ihrer beider Taschen komplett aus, was er nicht brauchte, würde er hierlassen, und das, was ihm von Nutzen sein konnte, würde er in einer einzigen Tasche verstauen.

In einem hinteren kleinen Fach von Jemis Tasche fand er etwas. Es sah aus wie eine Nagelfeile in einer Plastikhülle, aber als er die kleine Kappe abzog, kam etwas anderes zum Vorschein. Nick wusste, dass er so etwas schon einmal gesehen hatte, früher. Als er ein Kind gewesen war. Es dauerte, bis er es benennen konnte, aber dann war er sicher: USB-Stick hieß das. Man konnte Daten darauf speichern, es in den Computer stecken.

Warum besaß Jemi so etwas? Oder war es zufällig in der Tasche gewesen? War das eine Tasche von Hiob, gehörte ihm der Stick? Jemi hatte bis zu ihrer Flucht nicht einmal gewusst, was ein Computer war.

Nick entschied sich, den Stick mitzunehmen. Vielleicht konnte er ihn einmal brauchen.

Er selbst hatte ein Messer dabei, sein kleines Taschenmesser, das er als Neunjähriger mit ins Königreich geschmuggelt und seitdem gehütet hatte wie einen Schatz. Er hatte es immer hervorgeholt, wenn er sicher war, dass ihn niemand dabei ertappen würde, es poliert und geschliffen. Das kleine Messer hatte nur eine kleine Klinge, aber er begann, damit einen Holzverschlag nach dem anderen aufzubrechen. Er würde alles mitnehmen, was er nur irgendwie brauchen konnte. Alles.

Danach würde er sich nach Hilfe durchfragen. Seine Mutter hatte früher, in Deutschland, für die Kirche in einer Kleiderausgabe geholfen. Gab es so etwas noch? Bahnhofsmission? Armenspeisung? Bestimmt. Eine Jacke, eine Mütze – dort könnte er sich weitere Kleidung organisieren. Vielleicht bekam er sogar etwas

Warmes zu essen. Er hatte zuletzt vor vierundzwanzig Stunden etwas gegessen, das Frühstück im Hostel.

Und dann würde er sich auf den Weg machen. Trampen, wie dieses Mädchen.

Nach Deutschland.

Auf der Suche nach seinem Bruder, nach Jan.

Skagen

Obwohl sie kaum ein Auge zugemacht hatte, fühlte Helle sich voller Tatendrang. Sie war noch im Dunkeln aus dem Haus gegangen und lief nun zu Fuß eine Dreiviertelstunde durch den kalten Herbstmorgen zu ihrer Polizeistation.

Leif lag noch in den Federn, sodass Helle darauf verzichtet hatte, zu Hause zu frühstücken. Nach einer heißen Dusche war sie sofort losgestiefelt. Durch das schnelle Gehen blieb sie warm, genoss den ersten Frost, der in der langsam aufgehenden Sonne die Dünengräser in glitzernde Klingen verwandelte. Sie vermisste ihre Spaziergänge mit Emil, wenngleich sie seit einiger Zeit nur noch müde vorangetrottet waren, meistens stand Helle herum, während Emil sich seinen Schnüffelorgien hingab.

Noch am Abend hatte Sören sich bei ihr gemeldet, Sören Gudmund, Leiter der Kopenhagener Mordkommission. Der aalglatte Mittvierziger war ihr komplettes Gegenteil – schmal und sportlich, kühler Kopfmensch, *straight* und karrierebewusst. Ihr erstes Aufeinandertreffen im zwei Jahre zurückliegenden Fall um den Toten im Tivoli war nicht eben von gegenseitiger Sympathie geprägt gewesen, aber dann hatte Helle es geschafft, sich durch ihre Hartnäckigkeit, ihren Spürsinn und vor allem: die Aufklärung des Falles bei Sören großen Respekt zu verschaffen. Seitdem ließ er keine Gelegenheit aus, ihr einen Job in seiner Abteilung anzubieten.

Gestern hatte er sie angerufen, um sich noch einmal persönlich die Ermittlungen im Fall von Merle Brabant schildern zu lassen, obwohl er die Akten bereits studiert hatte. Die Leiche, die man in dem Hostel in Amager gefunden hatte, war ein amerikanischer Student, der sein *gap year* nach dem College mit einer Europareise krönen wollte und mit einem Kumpel in Kopenhagen hängen geblieben war. Er war erschlagen worden, mit einem einzigen gezielten Schlag, der ihn an der Schläfe so ungünstig getroffen hatte, dass er auf der Stelle tot gewesen war.

Die Tatwaffe hatte man später außerhalb des Hostels gefunden, eine volle Thermoskanne aus Edelstahl – mit jeder Menge Fingerabdrücke. Der oder die Täterin hatte sich keinerlei Mühe gegeben, die Waffe zu säubern. Die Fingerabdrücke und anderes am Tatort gefundenes Genmaterial waren nicht polizeibekannt.

Beides – die Treffgenauigkeit wie auch die Chuzpe, sich nicht um Spuren zu scheren – ließ laut Sören Gudmund nur einen Schluss zu: Entweder hatten sie es mit einem Profikiller zu tun oder mit jemandem, der aus einem spontanen Impuls heraus getötet hatte und dann in Panik geflohen war. Er hielt Letzteres für die wahrscheinlichere Variante und Helle stimmte ihm zu.

Die Nachricht, die sie jedoch elektrisiert hatte, war der Fakt, dass die Kopenhagener sehr schnell ein Pärchen als Verdächtige ins Visier genommen hatte, das nach der Tat spurlos verschwunden war, obwohl sie noch für weitere zwei Nächte im Voraus gezahlt hatten. Mit Bargeld, wie Sören betont hatte. Außerdem hatten sie ihre Ausweise nicht vorgelegt, auf dem Anmeldebogen hatten sie sich als Nick und Lisa Schmitt eingetragen. Natürlich gab es ein solches Paar weder unter der angegebenen falschen Adresse noch irgendwo anders.

Den Mitarbeitern und Gästen des Hostels waren die beiden durch ihr seltsames Verhalten aufgefallen. Die Frau hatte kein Wort gesagt, wirkte aber verstört. Der Mann hatte ständig versucht, sein Gesicht zu verbergen, wohl wegen der auffälligen Narbe, die sich über die linke Wangenhälfte zog.

Ole hatte Sören sofort darauf hingewiesen, dass die Beschreibungen zu hundert Prozent auf das von den Jütländern gesuchte Tankstellenpaar zutraf.

Sören und Helle waren sich einig: Nach den beiden musste nun offiziell gefahndet werden. Was auch immer sie mit dem Tod von Merle Brabant zu tun hatten – im Fall des toten Amerikaners wiesen alle Indizien mindestens auf eine Tatbeteiligung der beiden hin.

Der Pick-up mit dem falschen Kennzeichen war allerdings spurlos verschwunden. Die Kameras, die die Mordkommission auswertete, zeigten die beiden, wie sie am späten Sonntagabend aus der U-Bahn-Station kamen und direkt zum Hostel gingen. Man würde also verstärkt nach dem Fahrzeug suchen müssen. Beides – die Suche nach dem Pick-up und nach dem Pärchen – wurde landesweit ausgeschrieben.

Das Handy von Merle allerdings wurde nicht gefunden. Sörens Leute hatte das Hostel auf den Kopf gestellt, aber so ein Smartphone konnte man problemlos in einem Lüftungsschlitz oder wo auch immer verschwinden lassen. Wahrscheinlicher war, dass die Flüchtigen Merles Handy noch immer bei sich trugen.

Helle verabredete mit Sören, dass er Ole in die Untersuchungen einbinden sollte, da dieser bereits in Kopenhagen war, sie dagegen würde vorerst in Skagen bleiben.

Helle bog gerade von der Hauptstraße in die kleine Stichstraße ein, die zur Polizeistation führte, als ihr Handy klingelte. Es war die Bereitschaft aus Frederikshavn.

»Na, ihr pennt wohl alle noch«, ließ sich eine gut gelaunte Bassstimme am anderen Ende vernehmen.

»Wohl kaum«, gab Helle zurück, »sonst wäre ich ja nicht rangegangen.«

Der Anrufer lachte dröhnend. »Auch wieder wahr. Aber ich habe es erst auf allen möglichen anderen Nummern versucht, bis bei euch endlich mal jemand abhebt.«

Helle warf einen Blick auf die Uhr. Halb sieben. Ja, dachte sie, da liegen wir hier in unserem verschlafenen Nest tatsächlich noch in den Federn.

»Was gibt es?«, erkundigte sie sich.

»Also, ich habe eine Nachricht von einem Security-Mann aus Fynshavn. Der hat ein Auto gemeldet, das seit Sonntag auf einem Parkplatz des Einkaufszentrums steht, für das er arbeitet.«

»Lass mich raten«, fiel Helle ihm ins Wort. »Der Pick-up?«

»*Yessir.*« Der Mann von der Bereitschaft war in jedem Fall ein ausgeschlafener Scherzkeks.

»Gib mir die Kontaktdaten durch, ich fahre sofort hin.«

»Ist aber nicht gerade um die Ecke.«

»Macht nichts.« Helle hatte bereits den Flachbau erreicht, in dem die Skagener Polizei untergebracht war, entschied sich aber, den Bungalow gar nicht erst zu betreten, sondern sofort mit dem Polizeiauto zu starten. »Bitte gib den Kollegen in Sønderborg Bescheid. Die sollen alles absperren, die Aussage des Security-Mannes aufnehmen und vor allem: Spuren sichern.«

»*Roger.*«

»Ach und«, hielt Helle den Kollegen davon ab, das Gespräch zu beenden, »die sollen natürlich ein paar Meter um das Fahrzeug absperren. Wir brauchen die Reifenspuren und so weiter.«

»Na, das werden die doch selbst wissen.«

»Darauf würde ich lieber nicht wetten.«

Erst als Helle im Auto saß, fiel ihr ein, dass sie nun keinen Kaffee bekommen würde. Ohne Frühstück die vierhundert Kilometer bis zum Fährhafen hinunterzufahren, war undenkbar. Sich an der Autobahn in einer Tankstelle zu versorgen ebenfalls. Also entschied Helle, noch einmal direkt nach Skagen hineinzufahren, um sich dort in einer kleinen Bäckerei mit allem einzudecken, was sie benötigte.

Als sie schließlich auf der Schnellstraße das Gaspedal durchtrat, dröhnte Aretha Franklin aus den Boxen, und auf dem Beifahrersitz stapelten sich Papiertüten mit puddinggefüllten Teilchen, Zimtschnecken und einem Käsebaguette. Dazu hatte sie sich die Thermoskanne, die immer im Wagen lag, mit frischem Kaffee auffüllen lassen. Helle sang aus vollem Hals mit, bis ihr einfiel, wie vollkommen deplatziert ihre gute Laune war. Zwei junge Leute waren gestorben. Eine von ihnen war Merle. Rasch drehte sie die Musik leiser, bemüht, sich für den Rest der langen Fahrt auf ihre Arbeit zu konzentrieren.

Der Wagen stand mitten auf dem weiträumigen Parkplatz einer großen Shoppingmall. Zum Zeitpunkt, zu dem Helle dort eintraf, hatte das Einkaufszentrum längst geöffnet und es herrschte reger Verkehr. Dennoch hatten die Kollegen in einem Radius von einigen Metern um das Fahrzeug Absperrungen aufgestellt, vor denen sich bereits die ersten Schaulustigen sammelten.

Helle stellte ihren Polizeiwagen direkt neben das rot-weiße Flatterband und bückte sich dann darunter hindurch, um sich gleich darauf den Bericht eines Kollegen anzuhören. Viel Erhellendes gab es nicht. Dass Leute ihre Wagen auf dem Parkplatz auch über Nacht stehen ließen, kam laut Wachpersonal häufig vor. In der Shoppingmall befanden sich Bars und eine Bowlingbahn, die jeweils bis Mitternacht geöffnet hatten. Der Parkplatz jedoch stand rund um die Uhr zur Verfügung. Manche ließen ihre Autos stehen und nahmen sich ein Taxi, falls sie getrunken hatten. Deshalb hatte am Montag niemand den Pick-up gemeldet, als auffiel, dass er über Nacht stehen geblieben war. Dass der Wagen dann allerdings bis Montagabend nicht bewegt wurde, erregte schließlich doch das Misstrauen der Wachmänner, und als sie ihn am Dienstagmorgen immer noch vorfanden, beschlossen sie, die Polizei zu benachrichtigen.

Bereits auf dem Weg zur Fundstelle waren Sören und Helle sich am Telefon einig gewesen: Das junge Pärchen hatte den Wagen hier abgestellt, um zu Fuß auf die Fähre nach Fyn zu gelangen. Von dort waren sie mutmaßlich mit dem Zug nach Kopenhagen gefahren. Sören sorgte dafür, dass alle Mitarbeiter auf den Fährschiffen und in den entsprechenden Zügen befragt wurden, außerdem wurden alle verfügbaren Überwachungskameras ausgewertet. Des Weiteren wurden Spurensicherer aus Kopenhagen zum Auto entsandt, offenbar hatte Sören wenig Vertrauen in die jütländischen Kollegen vom Land. In der Stadt, an den Grenzen, an allen Fährhäfen des Landes und in öffentlichen Verkehrsmitteln wurde bereits nach der jungen Frau und dem Mann mit der Narbe gesucht.

Der Wagen selbst war – von dem falschen Kennzeichen einmal abgesehen – nicht besonders auffällig. Es war ein älteres, ziemlich verbeultes und angerostetes Modell, die Ladefläche war bis auf eine Abdeckplane leer. Auch im Inneren des Wagens befand sich wenig, was Anhaltspunkte auf die Halter gegeben hätte: keine Zulassung, Versicherungsbescheinigung oder andere Papiere. Das war nur logisch, wenn der Wagen ohnehin illegal betrieben wurde. Ein Drogenspürhund, den die Kollegen aus dem kleinen Sønderborg angefordert hatten, hatte zwar an der Beifahrerseite intensiv geschnüffelt, aber nicht angeschlagen. Helle hatte den leitenden Polizeibeamten sofort für seine Eigeninitiative gelobt, sie selbst wusste nur zu gut, dass man als »Landei« ständig unterschätzt wurde. Der Mann war auch gleich zwei Zentimeter gewachsen. Außerdem hatte sie die Fahrgestellnummer von unterwegs an ihre Leute weitergeleitet, sodass der ehemalige Halter des Wagens ermittelt werden konnte.

Eine leere Chipstüte hatte im Innenraum gelegen, zusammen mit einer halb leeren Colaflasche, dazu zwei Bonbonpapierchen. Mehr nicht. Alles war bereits sichergestellt und ins Labor gebracht worden. Und dennoch hielt der Wagen einen Anhaltspunkt für Helle bereit. Sie hatte es sofort gesehen, als sie sich in den Fond gebeugt hatte. Am Rückspiegel baumelte, angebracht an einer Kette aus kleinen schwarzen Perlen, ein Kreuz. Helle, die den blauen Schutzanzug der Spurensicherer trug, setzte sich auf den Fahrersitz, betrachtete das Kreuz und wartete auf eine Synapsenexplosion. Irgendwo im Hinterkopf glühte ein offenes Ende, wartete eine Information darauf, mit dem Kreuz in Verbindung gebracht zu werden.

Aber was war es?

Sie schloss die Augen und fasste mit einer Hand das Kreuz an. Tastete es ab, ließ es durch die Finger gleiten.

Religion.

Irgendetwas klingelte, aber sie kam nicht drauf.

Zum Teufel.

Schließlich ging sie zu ihrem Wagen und loggte sich auf dem iPad in ihre Ermittlungsakten ein. Amira hatte sie zu verdanken, dass dies endlich möglich war, noch vor einem Jahr hätte sie hierfür Marianne in Skagen anrufen müssen, die ihr aus der Papierakte vorgelesen hätte.

Jetzt hatte Helle gefunden, was sie suchte. Der Absatz über den Wagen. Zu ihrem Glück war das Modell in Dänemark selten, vor allem diese spezielle Baureihe. Marianne und Jan-Cristofer hatten die entsprechenden Besitzer, die einen solchen Wagen auf sich angemeldet hatten, durchtelefoniert. Einer von ihnen – das war es, was bei Helle hängen geblieben war – hatte seinen Wagen vor vier Jahren abgemeldet und angegeben, dass er den Pick-up verschrottet hatte. Er hatte auch angegeben, wo. Der Schrottplatz lag in Åldrup. Ein kleiner Ort, der jedoch zu trauriger Bekanntheit gelangt war. Dort hatte sich vor Jahrzehnten eine Sekte angesiedelt, sie nannte sich Gemeinschaft der heiligen Flamme. Über die Jahre hatte es immer wieder Gerüchte über die Glaubensgemeinschaft gegeben, Aussteiger hatten von Misshandlungen berichtet, davon, dass Kinder gezüchtigt, die Mitglieder in Sessions unter Drogen gesetzt wurden und so weiter.

Das Übliche, dachte Helle, ein Teil der Gerüchte fußte sicherlich auf der Wahrheit, aber vieles schien ihr Legendenbildung zu sein. Wenn man sich so abschottete, wie die Menschen dieser klerikalen Glaubensgemeinschaft, dann sorgte man dafür, dass bei anderen die Phantasie davongaloppierte. Möglicherweise waren es nur *Hardcore*-Christen – was Helle, der Agnostikerin, ohnehin suspekt war.

Aber jetzt verbanden sich endlich ihre Synapsen, es gab einen

Kurzschluss im Gehirn – genau das war ihre Assoziation gewesen, als sie von dem Schrottplatz in Åldrup gelesen hatte. Helle entschloss sich, diesen Händler, bei dem der Pick-up vier Jahre zuvor angeblich in der Presse gelandet war, aufzusuchen.

Noch in ihrem Wagen sitzend, verschaffte sie sich durch das digitale Polizeiarchiv einen Überblick über die Sekte. Immer wieder hatte es im Verlauf der Jahrzehnte Anzeigen gegeben, und die Polizei war gezwungen worden, sich auf dem Gebiet der Gemeinde umzusehen. Aber strafrechtlich Relevantes hatten sie nie gefunden.

Los geht's, dachte Helle motiviert und gab im Navi den kleinen Ort ein. Er lag inmitten eines ausgedehnten Waldgebietes, und wie Helle den Akten entnommen hatte, gehörte der Teil des Waldes, in dem die Gemeinschaft der heiligen Flamme ihr Gebiet hatte, einem Mann, der sich dem Führer der Glaubensgemeinschaft vor über zwanzig Jahren angeschlossen und ihm seinen gesamten Besitz überschrieben hatte.

Von unterwegs gab Helle Sören durch, was sie vorhatte, aber der war entsetzt.

»Du bist allein unterwegs?«

»Klar.«

»Helle, das geht nicht. Bitte hol dir jemanden dazu.«

»Sören, ich fahre nur auf einen Schrottplatz.«

Es war kurz still am anderen Ende der Leitung, und Helle kannte den Mordermittler gut genug, um zu wissen, dass diese Stille nichts Gutes bedeutete.

»Mit Dienstvorschrift und Anweisung von oben brauche ich dir nicht zu kommen, das weiß ich ja mittlerweile«, sagte Sören, »also mache ich es wie du und tue, was ich will. Ich rufe jetzt mal auf der Wache in Aalborg an und bitte die Kollegen, jemanden zum Schrottplatz zu schicken. Im Idealfall sind sie vor dir da.«

Damit war das Gespräch beendet.

Spielverderber, dachte Helle, musste aber grinsen, weil Sören sie mit ihren eigenen Waffen schlug.

Tatsächlich traf sie als Erste in Åldrup ein, von Kollegen war nirgends etwas zu sehen, und so beschloss Helle, auch nicht zu warten. Wer weiß, vielleicht hatte Sören ja nur eine leere Drohung ausgesprochen.

Nach dem Ortsschild fuhr Helle langsam die nicht befestigte Dorfstraße hinunter, rechts und links geduckte Häuschen, die meisten dürften noch aus der Zeit vor dem Zweiten Weltkrieg stammen. Zwei, drei neuere Bauten waren darunter, aber auch sie machten einen eher heruntergekommenen Eindruck, viel Geld gab es hier nicht. Zwei Querstraßen, dann war der Ort auch schon wieder zu Ende. Sie hatte einen kleinen Supermarkt mit Postfiliale gesehen und ein Geschäft, das Eisenwaren führte. So etwas gab es kaum noch, aber hier hatte der Laden sicher seine Berechtigung. Der Ort war landwirtschaftlich geprägt. Möglicherweise wohnten hier einige Pendler, aber auf den ersten Blick schienen sich die Bewohner des Dorfes aus Bauern und ein paar Handwerkern zusammenzusetzen. Zwei Kilometer vor dem Dorf war Helle an einer der vielen Schweinemastanlagen vorbeigefahren, ein Riesenstall, in dem mehrere Hundert Schweine zusammengepfercht unter fürchterlichsten Bedingungen ihr kurzes Dasein fristeten. Jedes Mal wieder ein deprimierender Anblick, und Dänemark hatte wahrlich viele dieser Ställe.

Der Schrottplatz lag ein Stückchen hinter dem Ort am Waldrand, die Halden von Schrott, alten Autos und anderem Metall wurden erst sichtbar, wenn man die Straße verließ und einen holperigen Schotterweg entlangfuhr. Kaum hatte Helle das Schild »Karls Death Metal« passiert, stellte sich ihr auch schon ein Bär von Mann mit verschränkten Armen in den Weg. Kariertes Holzfällerhemd, Bikerboots, Lederhose, Rauschebart und jede Menge Blingbling – Nieten, Ohrringe, Piercings – ließen darauf schließen, dass der Typ zu der aufpolierten Harley gehörte, die neben dem Schild parkte und in der Sonne glitzerte.

Helle stellte den Motor aus und verließ gelassen ihren Wagen.

»Ist das schwarzer Humor?« Sie deutete auf das Schild mit dem Firmennamen.

Der Typ zuckte nicht einmal mit der Wimper.

»Wer fragt?«, gab er stattdessen zurück.

»Kommissarin Helle Jespers, Skagen Politi.«

»Weit weg von zu Hause.«

»Stimmt«, lachte Helle, »jetzt, wo du es sagst. Oh, ich bekomme ein bisschen Angst.«

Sie zwinkerte ihm zu.

Keine Reaktion.

»Bist du der Chef? Karl?«

»Nein. Papa.«

»Und wo ist der Papa?« Ihr lag auf der Zunge, »mein Kleiner« zu sagen, aber für diesen Scherz machte der Schrank doch zu sehr Eindruck auf sie. Nicht den besten.

Ohne ein Wort zu erwidern, drehte sich der Mann um und steuerte eine kleine Wellblechhütte an. Helle fasste das als Aufforderung auf und folgte ihm.

Der Rauschebart klopfte brav an die Tür und von drinnen ließ sich ein Knurren vernehmen.

»Jetzt mach schon auf und lass sie rein!«, rief eine Stimme darauf.

Schrankson öffnete die Tür.

Ein Mann saß hinter seinem Schreibtisch und die Ähnlichkeit ließ sich nicht verleugnen. Der Mann war ebenso groß wie sein Sohn, genauso breit und hatte den gleichen Bart. Ihm fehlten lediglich Haare auf dem Kopf und der Metallschmuck. Höflich erhob er sich hinter seinem Schreibtisch und bot Helle einen Platz an. Er hielt ihr freundlich seine Pranke hin.

»Karl.«

Helle ergriff die Hand. »Helle.«

»Kaffee?«, erkundigte er sich.

Helle nickte und entschloss sich angesichts des vollen Aschenbechers, ihr Päckchen mit den mittlerweile staubtrockenen

Gauloises herauszuholen. Kurz durchzuckte sie der Gedanke an Bengt und Emil, die sich vorhin, als sie im Auto gesessen hatte, auf dem Weg zur Grenze gemeldet hatten. Bengt war irgendwie wortkarg gewesen, und Helle machte sich Sorgen, dass es Emil nicht gut ging. Sie spürte, dass Bengt ihr etwas verschwieg.

Der Mann ihr gegenüber gab ihr formvollendet Feuer, dann stellte er einen Becher dampfenden Kaffee vor sie hin und setzte sich.

Helle schnupperte. Der Kaffee roch sensationell.

»Frisch gemahlen.« Der Vater des Schranks lächelte, und Helle fragte sich, wo die charakterbildenden Gene abgeblieben waren, von denen sein Sohn offenbar keine abbekommen hatte.

»Du bist also Karl«, erkundigte sich Helle. »Der Chef?«

Karl nickte. »Was kann ich für dich tun?«

Helle schob ihm das iPad mit dem Bild des Pick-ups hinüber.

»Kennst du den Wagen?«

Jetzt lehnte sich der Sohn neugierig von der offenen Tür herüber, um einen Blick zu erhaschen, aber sein Vater bedeutete ihm mit einer Bewegung seines Kinns, dass er die Tür gefälligst schließen sollte. Von außen.

Erst dann betrachtete Karl selbst das Bild, kniff die Augen zusammen und zuckte mit den Schultern. »Kann sein, kann auch nicht sein. Hier gehen täglich einige Karren durch die Presse. Hast du die Fahrgestellnummer?« Er griff zur Computertastatur und blickte Helle abwartend an.

Helle war erleichtert. Dieser Karl stellte sich nicht dumm, er bockte nicht, und er schien sein Geschäft ausgesprochen professionell zu führen, auch wenn es auf den ersten Eindruck nicht so gewirkt hatte.

Sie nannte ihm die Nummer, er klickte ein paarmal und sah dann ehrlich erstaunt aus.

»Ja, den haben wir plattgemacht. Am siebzehnten Juli 2016. Hier.«

Er drehte den Monitor so, dass Helle einen Blick auf seine Tabelle werfen konnte. Es war penibel alles vermerkt. Vorbesitzer, Tag der Übernahme, Tag der Verschrottung, Fahrgestellnummer und Preis. Laut Liste war genau dieser Wagen hier in die Presse gekommen.

»Kannst du dir das erklären?«, fragte Helle und drückte ihre Zigarette aus.

Karl sah ehrlich verblüfft aus. »Nein. Nein, wirklich nicht.« Er erhob sich hinter seinem Schreibtisch, öffnete die Tür der Bürohütte und rief nach seinem Sohn. Dieser kam prompt.

Karl zeigte ihm den Eintrag.

»Wir haben den Wagen verschrottet, aber jetzt hat ihn die Polizei im Wald gefunden. Was sagt dir das?«

Der Biker schüttelte nur stumm den Kopf. Der Blick seines Vaters ruhte noch einen Moment auf ihm, dann wandte Karl sich an Helle.

»Es tut mir leid. Ich habe wirklich keine Erklärung.«

Das hast du doch, dachte Helle. Und ich glaube, zwischen Vater und Sohn gibt es Redebedarf, sobald ich weg bin.

»Tja«, sagte sie laut. »Dann bleibt das ein Rätsel. Kann natürlich sein, dass ich deshalb noch einmal auftauche.«

Sie verabschiedete sich und ging an der Harley vorbei zu ihrem Wagen. Hinter ihr baute sich der Schrank wieder auf.

Neben Helles Wagen parkte nun ein zweites Polizeiauto. Als Helle darauf zukam, stiegen die beiden Polizisten, ein Mann und eine Frau, aus. Sie stellten sich als Kollegen aus Aalborg vor. Helle kannte den Mann des Duos, ein freundlicher Mittvierziger, der an einem Seminar teilgenommen hatte, das sie geleitet hatte.

»Sören hat euch benachrichtigt?«, fragte sie.

»Richtig«, sagte die Frau. »Brauchst du Hilfe?«

Sie war jung und blond, sah frisch und sportlich aus, ihr Zopf wippte energetisch und ihre blauen Augen blitzten Helle freundlich an. War ich auch mal so, fragte Helle sich unweigerlich, so voller Kraft und Zuversicht? Die Antwort sparte sie sich lieber.

Stattdessen sagte sie: »Nein, alles okay. Ich hab hier nur ein paar Fragen gestellt. Allerdings ...« Sie dachte kurz nach. »Ich würde mir gerne mal diese Gemeinschaft der heiligen Flamme ansehen. Wisst ihr, wo das ist?«

Die beiden Polizisten wechselten einen kurzen Blick.

»Klar«, sagte der Mann. »Wir fahren vor. Es ist allerdings unwahrscheinlich, dass sie dich reinlassen. Sie mögen keinen Besuch.«

»Ja«, seufzte Helle. »Das denke ich mir.«

»Hast du einen konkreten Verdacht?«, fragte der Polizist. Helle kramte in ihrem Gehirn nach seinem Namen, aber er wollte ihr nicht einfallen.

»Nein. Es ist nur so ein Gefühl. Ich bin neugierig.«

Wenige Minuten später stand sie vor einem Metalltor, das ihr den Blick auf das dahinterliegende Gelände versperrte. Die beiden Kollegen aus Aalborg parkten in Sichtweite, blieben aber auf Helles Wunsch in ihrem Auto.

Bevor Helle die Klingel betätigte, betrachtete sie die Zaunanlage. Das Metalltor war massiv, eine moderne Kamera verfolgte das Geschehen hier draußen. Der das Gelände umgebende Zaun war hoch, und an seiner oberen Kante war Nato-Stacheldraht angebracht. Das Ganze wirkte wie ein militärisches Sperrgebiet, eine Hochsicherheitsanlage, aber keinesfalls wie der Zaun einer christlichen Glaubensgemeinschaft. Die haben ganz schön was zu verbergen, dachte Helle bei sich und klingelte endlich.

»Ja?« Eine Stimme schepperte durch den Lautsprecher.

»Kommissarin Helle Jespers, Skagen Politi«, stellte Helle sich zum zweiten Mal an diesem Tag vor und bemühte sich, so freundlich wie möglich in die Kamera zu gucken.

»Was gibt es?«

»Ich habe ein paar Fragen. Würdest du mich bitte reinlassen?« Jetzt hielt sie ihren Dienstausweis an das Kameraauge, um ihrer Forderung Nachdruck zu verleihen.

Der Summer wurde betätigt, und noch bevor Helle das Tor öffnen konnte, wurde es von innen aufgezogen.

Ein nicht mehr ganz junger Mann, auch er mit Bart und langem Zopf, dabei in Kleidung und Anmutung denkbar weit vom Biker auf dem Schrottplatz entfernt, sah sie misstrauisch an.

»Bist du hier verantwortlich?«, erkundigte sich Helle und versuchte gleichzeitig, einen Blick über die Schulter des Mannes zu werfen. Dieser jedoch stellte sich stets so direkt vor sie, dass Helle von dem dahinterliegenden weitläufigen Gelände nicht allzu viel sehen konnte.

»Nein. Warum?«

»Weil ich gerne mit jemandem sprechen würde, der über alle Vorgänge hier bei euch Bescheid weiß. Hiob, so heißt er doch, nicht wahr?« Helle hatte den Namen aus den Polizeiakten.

»Ich frage ihn, ob er es einrichten kann.«

Uh, dachte Helle, das gestaltete sich ja beinahe so schwer, wie eine Audienz bei Königin Margrethe zu bekommen.

Tatsächlich musste sie aber nicht lange warten, bis ein hochgewachsener Mann zu ihr kam. In der Zwischenzeit hatte Helle versucht, ein wenig von dem Leben hinter dem Zaun zu erhaschen, aber viel bekam sie nicht zu Gesicht. Das wenige aber, was sie sah, irritierte sie.

Die Gemeinde schien ein Leben wie in vorindustrieller Zeit zu führen. Ein Dorf mit primitiven Hütten, in dessen Mitte sich eine Art Totem befand, ein dicker und hoher Stamm, so schien es ihr jedenfalls, der irgendwie bearbeitet war, sie konnte aus der Ferne nur nicht sagen, wie.

Die Frauen trugen alle lange Kleider aus düsterem Material in Grauschattierungen, keine anderen Farben. Dazu verbargen sie ihre Haare unter Kopftüchern.

Die Männer jedoch hatten alle lange Haare, und auch vom Rasieren schienen sie nichts zu halten.

All das wirkte auf Helle so, als spielten Amish People hier Cowboy und Indianer.

»Darf ich deinen Ausweis noch einmal sehen?«, fragte der Mann, ohne sich vorzustellen.

»Gerne.« Helle hielt ihn ihm unter die Nase. »Wenn ich deinen Namen erfahre.«

»Hiob«, stellte sich der Mann vor.

»Das wird wohl kaum dein Geburtsname sein«, gab Helle zurück. »Einen Familiennamen wirst du doch auch haben, oder?«

Der Mann lächelte sie an, aber es war kein freundliches Lächeln, wie ein kühler Schauer fuhr es Helle durch den Körper.

»Der ist irrelevant«, gab der Mann, der sich Hiob nannte, zurück. »Du findest ihn bestimmt in euren Unterlagen.«

Helle musterte ihr Gegenüber. Dieser Typ war vollkommen selbstsicher. Die Tatsache, dass sie von der Polizei kam, schüchterte ihn weder ein, noch schien es ihn herauszufordern. Es war ihm schlichtweg egal. Er wirkte, als stünde er außerhalb von Gesetz und Ordnung, solche Kategorien wie Familiennamen zählten nicht für ihn. Helle hätte ihn nun einfach nach seinem Ausweis fragen können, aber sie spürte genau, dass er dies als unbotmäßige Schikane aufgefasst hätte, und da sie etwas von ihm wollte, entschied sie sich, es an diesem Punkt auf sich beruhen zu lassen.

»Ich möchte nur von dir wissen, ob du den Wagen kennst.« Erneut zeigte sie auf dem iPad das Bild des Pick-ups. Hiob musterte das Foto eingehend, schüttelte dann aber sehr langsam den Kopf.

»Nein. Wo habt ihr es aufgenommen?«

Warum interessiert dich das, wenn du den Wagen nicht kennst, durchzuckte es Helle. Laut sagte sie: »Und was ist mit diesen beiden hier, kennst du die?«

Sie zeigte ihm das Bild des jungen Tankstellenpärchens, und sofort meinte sie, in seinen Augen Wiedererkennen lesen zu können. Aber er schüttelte erneut den Kopf.

Helle sah sich um. »Habt ihr hier überhaupt Autos?«

Der Mann zögerte mit seiner Antwort. Einen Tick zu lang.

»Ja. Lieferwagen und Bulldozer. Wir handeln mit Holz.«

»Kann ich die vielleicht mal sehen?«

»Nein. Nicht ohne Durchsuchungsbefehl.« Wieder lächelte der Typ sie an. Aber er verzog nur den Mund, seine Augen blieben starr auf Helle gerichtet, und in ihnen lag nicht ein Funken Freundlichkeit.

»Warum stellst du mir diese Fragen?«

»Wenn du Nachrichten sehen würdest, dann wüsstest du es«, gab Helle zurück und lächelte nun ihrerseits. Ebenso falsch. »Wir sehen uns.«

Damit drehte sie sich um und trat durch das Eingangstor wieder hinaus in die Freiheit. Ihr war, als wäre hier draußen sogar die Luft besser. Sie ging zu ihrem Wagen, ohne sich umzusehen. Aber sie spürte, wie die dunklen Augen Hiobs ihr zwei Löcher zwischen die Schulterblätter brannten.

Åldrup

Willem sah die Kommissarin durch das Tor gehen. Und er sah Hiob, der ihr hinterherblickte. Willem konnte Helles Unbehagen förmlich greifen, es war, als materialisierte sich der Blick Hiobs und brennte ihr Löcher in den Rücken.

Jetzt, dachte Willem, jetzt muss ich ein Zeichen setzen. Ich muss ihm klarmachen, auf welcher Seite ich stehe und dass ich nicht sein Werkzeug bin.

Er öffnete die Fahrertür des Polizeiautos und ging Helle entgegen. Obwohl seine Beine unter ihm nachgeben wollten, bemühte er sich darum, sie anzulächeln. Und nicht zu Hiob zu sehen, der seinen Blick mittlerweile auf ihn gelenkt hatte.

»Na«, sagte er und bemühte sich, sich die Furcht nicht anmerken zu lassen, »und?«

Helle schüttelte nur den Kopf und ging geradeaus weiter, an ihm vorbei zu ihrem Wagen. Er folgte ihr. Erst als sie das Auto erreicht hatten und sich gleichzeitig das Tor der Gemeinschaft wieder geschlossen hatte, drehte sie sich zu ihm um. Der Schweiß stand ihr auf Stirn und Oberlippe, sie riss sich den Parka auf und zerrte ihr Halstuch herunter, als bekäme sie keine Luft mehr.

Er konnte es ihr nachfühlen.

»Puh!«, rief sie, sah ihn an und schüttelte den Kopf. »Was für ein Typ. Gruselig.«

Ja, dachte Willem. Ja, das ist er. Und wie gerne würde ich dir erzählen, wie gruselig er wirklich ist, aber es ist noch zu früh. Wenn ich jetzt auspacke, dann haben wir unsere Chance, ihn ein für alle Mal zu vernichten, verspielt.

Die Kommissarin aus Skagen kniff die Augen zusammen und musterte ihn. »Hilf mir mal, ich komm grad nicht auf deinen Namen.«

»Willem«, gab er zurück und reichte ihr die Hand. »Ich habe mal ein Seminar bei dir gemacht.«

Jetzt kam auch Sarah zu ihnen. Sie stemmte die Hände in die Hüften.

»Hast du was erreicht?«, erkundigte sie sich.

Helle schüttelte den Kopf, beugte sich in ihr Polizeiauto, holte eine Thermoskanne heraus und bot den beiden Kaffee an. »Sie wissen nichts. Weder über das Auto noch über das Pärchen. Es war ja auch nur so eine vage Vermutung von mir, wegen des Rosenkranzes im Pick-up.« Sie trank in kleinen Schlucken ihren Kaffee und sah wieder zum Zaun. »Aber ich weiß nicht, ob das die Wahrheit ist. Eine komische Gesellschaft ist das. Leben wie im Mittelalter.«

»Daraus kann man ihnen ja keinen Strick drehen«, gab Sarah zu bedenken.

»Nein, da hast du recht«, sagte Helle. »Und nur weil sie ihren Glauben etwas, hm, intensiv praktizieren, sollten wir sie nicht unter Generalverdacht stellen. Und nicht zu Unrecht verdächtigen. Trotzdem«, jetzt sah sie Willem direkt an, »wäre es mir recht, wenn ihr ab und zu vorbeifahrt. Einfach sichtbar seid. Beim Schrottplatz und hier. Etwas stimmt nicht.«

»Meinst du, die hängen irgendwie zusammen?«, erkundigte sich Willem. Den Schrottplatzbesitzer kannte er nicht. Als er vor zwanzig Jahren geflohen war, hatte es den dort noch nicht gegeben. Oder er war ihm entgangen.

»Ich glaube, dass dieser Harley-Sohn den Leuten hier Autos vertickt. Und zwar ohne dass sein Vater es weiß. Er macht ein paar Kronen schwarz auf die Hand. Die da drinnen«, sie zeigte mit dem Kinn auf das Tor, »können ja herumfahren, mit was sie wollen. Das ist nicht strafbar, es ist schließlich Privatgelände.«

Jetzt sahen alle drei Polizisten noch einmal zu dem Grundstück hinüber, und Willem schauderte, weil er spüren konnte, dass Hiob noch immer an derselben Stelle hinter dem Tor stand und sie beobachtete.

Zwei Stunden später hatte Willem Dienstende. Er kaufte ein paar Kleinigkeiten für sich zu essen und fuhr dann nach Hause. Seit Hiob bei ihm aufgetaucht war, hatte er es sich zur Angewohnheit gemacht, einmal rund um das Haus zu gehen und nachzusehen, ob alles in Ordnung war.

Nachdem er nichts Auffälliges bemerkt hatte, schloss er auf und ging hinein. Das Haus wirkte traurig und leer – Marit war heute Morgen mit den Kindern zu ihren Eltern gefahren. Sie sagte, sie brauche Abstand von ihm und Zeit, über alles nachzudenken, und Willem war es wegen der Gefahr für seine Kinder nicht ganz unrecht gewesen.

Die ganze Nacht hatten sie geredet. Marit hatte viel geweint, er wünschte, er hätte weinen können. Aber seit er damals aus dem Königreich abgehauen war, schien es, als wären seine Tränen versiegt.

Alles hatte er ihr erzählt. Nichts ausgelassen. Zum Schluss fragte er sich, ob es richtig gewesen war. Für ihn schon, er fühlte sich erleichtert und frei. Aber er hatte Marit viel aufgebürdet. Sie war verängstigt und förmlich erschlagen von seiner Vergangenheit. Am schlimmsten aber wog die Tatsache, dass er ihr nie die Wahrheit gesagt hatte, seit sie ein Paar waren.

Nichts über seine Familie, seine Eltern. Marit hatte ihn damals in dem Glauben geheiratet, seine Eltern seien bei einem Unfall umgekommen.

Und natürlich hatte sie nichts über seine Zeit in der Sekte gewusst. Über die seelischen Misshandlungen, denen Kinder dort ausgesetzt waren. Willem war in der Gemeinschaft alles genommen worden, alle Gewissheiten und sein Selbstvertrauen. Besitz war verpönt, alles in der Gemeinschaft wurde geteilt. Eltern hatten ihren Erziehungsanspruch auf den eigenen Nachwuchs verwirkt, stattdessen sollten sie sich als Väter und Mütter aller dort lebenden Kinder begreifen. Und dann gab es Hiob, den Vater aller. Die Kinder wurden versorgt, sie bekamen zu essen und zu trinken; wenn sie sich verletzten, wurden sie verbunden, waren sie krank, bekamen sie Medizin. Aber niemand durfte sie in den Arm nehmen, streicheln und trösten. Niemand wischte ihre Tränen weg und niemand las ihnen abends im Bett Geschichten vor. Sie wurden unterrichtet und im Anschluss daran mussten sie arbeiten. Freizeit, spielen, einem Hobby nachgehen – so etwas gab es nicht. Ja, mehr noch, es wurde bestraft.

Über die Strafen hatte Willem nicht gesprochen. Das hätte Marit unnötig belastet, noch mehr belastet. Sie war fassungslos und entsetzt gewesen, wie ihr Mann, der ihr nun wie ein Fremder erschien, aufgewachsen war, und hatte ihn gefragt, wie er es mit dieser Vergangenheit schaffte, ein so liebevoller Vater für seine Kinder zu sein.

»Ich will, dass alles anders ist, als ich es erlebt habe«, hatte Willem ihr geantwortet. »Ich will, dass meine Kinder die Kindheit erleben, von der ich geträumt habe.«

Das hatte sie verstanden und sie waren zu Bett gegangen. Beziehungsweise, Marit war zu Bett gegangen, er war ins Gästezimmer umgezogen.

Und am Morgen hatte Marit, mit tiefen Schatten unter den Augen, ihm gesagt, dass sie Abstand brauche. Dass sie über all das nachdenken müsse.

Ihm blieb nichts anderes, als Angst zu haben.

Erst als sie gefahren waren, hatte er begriffen, dass Hiob seinen Kindern gar kein Leid antun musste oder sie entführen. Er schaffte es auf diese Weise, dass Willem seine Kinder verlor. Wenn Marit ihn verlassen würde.

Willem hätte seine Frau verstanden. Aber er durfte es nicht so weit kommen lassen. Er würde kämpfen. Er würde Hiob bekämpfen, mit allem, was ihm zur Verfügung stand.

Wenn er jedoch seine Kollegen jetzt einweihte, wenn er ihnen sagte, dass er wusste, wer der flüchtige junge Mann war, dass er aus der Sekte stammte, dann hatte er nichts gewonnen. Sie würden vielleicht das Gelände durchsuchen, aber wie er Hiob kannte, hinterließ der keine Spuren, nirgends.

Nein, sosehr ihn auch sein Gewissen plagte, Willem musste die Füße stillhalten. Musste diesen Niklas als Erster in die Finger bekommen, denn er war sich mittlerweile ganz sicher: Der Junge war aus der Gemeinschaft geflüchtet, weil er etwas wusste oder hatte, das Hiob gefährlich sein könnte. Das war der Grund dafür, dass die *Flamme* von ihrem Thron herabgestiegen war.

Willem vertiefte sich wieder in seine Recherche, die er betrieb, seit Hiob vergangenen Freitag bei ihm aufgetaucht war: Er surfte durchs Netz und las alles, einfach alles, was er über die Gemeinschaft der heiligen Flamme finden konnte. Zwei Jahrzehnte lang hatte er alles weggeschoben, was damit zu tun hatte, wollte nichts davon wissen, nicht erinnert werden. Und nun saugte er wie ein Junkie alles auf, was er kriegen konnte. Vereinzelte Berichte von Aussteigern, Warnungen von Psychologen und Kritikern der Sekte, aber auch immer wieder angeblich begeisterte Stimmen, die davon berichteten, dass die Zeit in der Gemeinschaft die wertvollste ihres Lebens sei. Wie viel ihnen die Gemeinschaft, vor allem aber der spirituelle Führer Hiob gab.

Als ob, dachte Willem.

Keiner von euch da drinnen hat Zugang zu einem Computer, geschweige denn dem Internet. Hiob hält euch von allem fern, nicht ein einziger dieser Berichte ist echt. Ich muss es wissen, ich war da.

Ich war ein Teil der Gemeinschaft.

Ihr seid ein Teil von mir.

Sein Handy klingelte. Eine unbekannte Nummer.

Willem nahm das Gespräch sofort an.

»Hallo? Sie haben mich angerufen.«

Deutsch. Jemand sprach deutsch. Willem wusste auf der Stelle, wer das war.

»Jan?«, fragte er atemlos. »Jan Sprembert?«

»Ja. Sie hatten um Rückruf gebeten. Mit wem spreche ich?«

Willem war nervös, hoffentlich war sein Deutsch gut genug, er verstand es ganz gut, aber sprach nur gebrochen.

»Willem Vanguy. Ich bin Polizist. In Aalborg. Ich suche Ihren Bruder, Niklas.«

Der andere schwieg.

»Sind Sie noch dran?«

»Ja.« Die Stimme war rauer. »Niklas ... Was ist mit ihm?«

Willem gab sich alle Mühe, dem unbekannten Mann in Deutschland die Lage zu erklären. Dass Niklas wahrscheinlich aus der Sekte entkommen war. Dass er mit einem Mädchen auf der Flucht war. Und dass die Polizei in Dänemark ihn überall suchte. Willem unterschlug, dass es um Mord ging, er wollte es nicht unnötig dramatisieren.

»Verstehe. Ich habe keinen Kontakt zu meinem Bruder«, antwortete der Mann.

Willem konnte hören, wie schwer es ihm fiel. »Ich glaube, dass er sich bei Ihnen melden wird«, sagte er. »Ich nehme an, dass er niemanden hat außer Ihnen.«

»Was wollen Sie von ihm?«

»Ich will, dass Sie ihm sagen, er muss mich anrufen. Unter allen Umständen. Ich will ihm helfen.«

»Ich denke, Sie sind von der Polizei? Und die suchen nach ihm? Also, warum sollte ich das tun?«

Jan Sprembert schien plötzlich nervös zu werden. Vielleicht sickerte erst jetzt in sein Gehirn, was auf ihn zukam. Er hatte fast zehn Jahre keinen Kontakt zu seiner Familie. Er musste vier- oder fünfundzwanzig sein. Was war in der Zwischenzeit geschehen? Willem hatte nicht viel über ihn herausfinden können. Einen Telefonbucheintrag in Oberhausen. Sonst nichts. Sprembert war weder bei Facebook noch bei einer anderen Onlineplattform.

»Ich will ihm helfen«, wiederholte Willem. »Ich habe meine Gründe. Ich glaube, dass Ihr Bruder etwas hat, das diese ganze verdammte Sekte hochfliegen lassen könnte. Ein für alle Mal.« Willem redete sich in Rage. »Ich will, dass Hiob das Handwerk gelegt wird. Für immer. Ich habe eine Rechnung mit ihm offen, und Ihr Bruder muss mir dabei helfen.«

Wieder schwieg der andere. Schließlich fragte er: »Woher weiß ich, dass ich Ihnen vertrauen kann?«

Darüber hatte Willem bereits nachgedacht. »Das wissen Sie nicht«, gab er zurück. »Das können Sie nicht wissen. Aber Ihr Bruder. Sagen Sie ihm: Nathanael lebt. Und dann soll er mich anrufen.«

Kopenhagen

Niemals wieder würde Pfarrer Christian Jørgens den fünfund-
zwanzigsten Oktober vergessen. Den Tag, der seinen Glauben
an Gott zwar nicht in den Grundfesten erschüttern ließ, aber
doch ziemlich an ihnen gerüttelt hatte. Seit diesem Tag war er
sich des feinen Risses im Gebäude seiner Hingabe an den All-
mächtigen bewusst.

Er war erst am Mittag in die Kirche gekommen, bereits nerv-
lich ein wenig ausgelaugt, am Vormittag hatte er das Senioren-
frühstück im Stadtteiltreff besucht. Die anwesenden Damen,
allesamt hochbetagt, aber geistig vollkommen auf der Höhe,
hatten ihn sehnsüchtig erwartet, so wie jeden letzten Dienstag
im Monat. So viele Tage hatten sie ihre Geschichten aufgespart,
begierig auf den Dienstag gewartet, an dem der Pastor ihnen zuhören würde, stets aufmerksam und feinfühlig kommentierend,
was ihnen oder ihren Bekanntschaften widerfahren war. Die
Kassiererin im Supermarkt, deren Karpaltunnelsyndrom zu blau
angelaufenen Fingern geführt hatte. Der Herr in der Wohnung
darunter, dessen Terrier zum Herzerweichen weinte, oder die Familie im Nebenhaus, die Tauben nicht nur fütterte, sondern zu
allem Überfluss die Müllsäcke nicht richtig verschloss, sodass
die Ratten der Lüfte darüber herfielen und den Müll im gesamten
Hof verteilten.

Diese und weitere solcher Geschichten hörte sich der gute
Pfarrer stets beim gemeinsamen Frühstück an, aber das Problem
waren weder die einzelnen Damen noch die Geschichten, sondern dass sie alle gleichzeitig auf ihn einredeten, sich gegenseitig

unterbrachen und übertönten und ihm Kaffee und Kekse aufnötigten und die Kombination aus Koffein, schlechter Luft, zu viel Zucker und noch mehr Beklagerei verursachte bei Pfarrer Christian Jørgens stets eine Verwirrung im Kopf, die Hand in Hand mit seiner Migräne kam und nicht mehr ging.

Gerne suchte er also nach diesen Vormittagen den kühlen Kirchenraum auf, so angenehm dunkel, vollkommen still und frei von intensiven Gerüchen, dass es ihm ein Leichtes war, sich zu versenken und Zwiesprache mit dem anwesenden Herrn zu halten.

Doch kaum hatte er an diesem denkwürdigen Vormittag das Kirchenschiff betreten, richtete sich vorne, vor dem Altar, eine Gestalt auf, mit nacktem Oberkörper und wirrem Haar, die, kaum hatte sie ihn erblickt, sich wieder zu Boden warf und in lautes Wehklagen ausbrach.

Der Pfarrer eilte nach vorne in den Altarraum und beim Näherkommen erkannte er, dass es sich bei der bemitleidenswerten Person um eine junge Frau handelte. Ihr Gesicht war schmerzverzerrt, der gesamte Oberkörper, Gesicht, Brust, Arme, blutverschmiert. Und nicht nur das – der Pfarrer sah voller Entsetzen, dass die Frau eine Glasscherbe umklammert hielt und sich fortwährend neue Schnitte beibrachte, aus denen frisches Blut sickerte.

»Du liebe Güte«, stieß er hervor und kniete sich in einigem Abstand zu der Verzweifelten nieder. Sie sah ihn nicht an, hatte stattdessen den Blick starr auf den Altar gerichtet, und er hörte, wie sie fortwährend betete. Atemlos, abgehackt, verzweifelt. Und immer zwischendurch, ritz, ein Schnitt mit der Scherbe. Alles ging so schnell und war so verwirrend, Pfarrer Christian Jørgens war vollkommen überfordert, wie sollte er sie ansprechen? Wie würde er sie davon abhalten können? Er schreckte davor zurück, sie zu berühren. Dennoch registrierte er, dass die Schnitte, die sie sich zufügte, eher oberflächlicher Natur waren. Sie bluteten, aber keine der lebenswichtigen Adern war so tief verletzt, dass er um das Leben der jungen Frau fürchten musste. Trotzdem wusste der Pfarrer, dass er schnell handeln musste, um größerem Unglück zuvorzukommen.

»Nicht, bitte, hör auf«, sagte er, die Hände in ihre Richtung ausgestreckt, und noch während er die Worte aus seinem Mund hatte fallen hören, wusste er, dass es die falschen waren.

Sie sah ihn nicht einmal an. Nahm ihn gar nicht wahr.

Er stand auf und trat vor den Altar, versperrte ihr die Sicht.

»Der Herr ist mein Hirte«, begann er, mit wackliger Stimme, die Augen fest auf das junge Mädchen gerichtet. Es war ein Kindervers, der erste, der ihm jetzt einfiel, und das wusste Pfarrer Christian Jørgens, die einfachen Worte waren immer am wirkungsvollsten. Er fuhr fort mit Psalm 23, die Stimme zunehmend fester, und tatsächlich, sie hielt inne und sah zu ihm auf, die Augen rot geschwollen, ihr schönes Gesicht tränennass.

»... Und ob ich schon wanderte im finstern Tal, fürchte ich kein Unglück; denn du bist bei mir, dein Stecken und Stab trösten mich.«

Bei diesen Worten wagte er es, langsam in die Hocke zu gehen, und als sie keine Anstalten machte, vor ihm zurückzuweichen, streckte er die Hände nach ihr aus und tatsächlich, sie ließ zu, dass er ihr die Scherbe aus der Hand nahm.

»Keine Angst«, sagte er. Leise, aber mit fester Stimme. »Keine Angst.«

»Du sollst nicht töten«, entgegnete das Mädchen. Ihre Stimme zitterte, aber sie sprach mit Nachdruck. »Du sollst nicht töten.«

»Nein«, gab der Pastor zurück, und Himmel, was sollte er denn darauf erwidern? Unauffällig ließ er die Scherbe hinter seinem Talar verschwinden und hielt mit der anderen Hand die Hand der jungen Frau. »Das ist richtig. Du sollst nicht töten. Aber niemand tötet hier. Du musst keine Angst haben.«

Sie schüttelte vehement den Kopf.

»Du sollst nicht töten!«, rief sie jetzt lauter, voller Inbrunst, und der Pfarrer befürchtete einen neuerlichen Ausbruch. Diese Frau wurde von Dämonen geplagt, sie hatte ohne Zweifel schreckliche psychische Probleme und musste mit Sicherheit umgehend in Behandlung. Sie würde sich weiterhin selbst verletzen, dessen war sich der Pfarrer sicher, aber wie sollte er es schaffen, Hilfe zu holen? Er konnte schlecht sein Handy aus der Hosentasche holen, zumal seine schöne Kirche gottlob ein einziges Funkloch war.

»Schsch ...«, machte er deshalb, sich seiner eigenen Hilflosigkeit bewusst. Fasste dann sanft mit beiden Händen nach den Händen der Frau, sie waren schweißnass und ihr Körper glühte, obwohl sie halb nackt in einer eiskalten Kirche saß. Sie hat Fieber, dachte der Pfarrer, sie ist krank. Vielleicht ist sie im Delirium, in einem Drogen- oder Fieberrausch, sie braucht Hilfe, und, verdammt noch eins, ich brauche Hilfe, wie soll ich denn hier weitermachen?

Langsam schien sie ruhiger zu werden. Pfarrer Jørgens begann in seiner Hilflosigkeit einfach noch einmal von vorne, mit dem Psalm 23, und siehe da, sie fiel langsam mit ein, und so saßen sie auf dem Steinboden der Kirche und beteten gemeinsam, so lange, bis dem Pfarrer die Beine einschliefen, aber die junge Frau entspannte sich, ihr Gesicht strahlte, und er wusste nicht zu sagen, was er seltsamer fand – ihre blutenden Wunden in dem schönen Gesicht oder den Anschein der Verzückung, der so gar nicht zu ihren Verletzungen passen mochte.

Schließlich wagte er es aufzustehen und zog die Frau behutsam mit sich nach oben, sie ließ es tatsächlich geschehen. Dabei murmelte er immer und immer wieder den Kindervers, führte sie sacht durch die Kirchenbänke nach vorne. Sie kamen an einem Kleiderhaufen vorbei, und weil der Pfarrer ahnte, dass es sich um die Kleider der Frau handelte – wer sonst sollte einen Berg Klamotten in der Kirche ablegen? –, ergriff er ihn mit der freien Hand und nahm ihn mit.

Mit »Der Herr ist mein Hirte« in Endlosschleife durch die

kleine Tür an der Seite ins Pfarrhaus. Vertrauensvoll folgte sie ihm, sie war wie ein Kind, ein verstörtes und etwas zurückgebliebenes Kind.

In der Küche ließ er sie Platz nehmen, legte ihre Kleider neben sie und griff seine Strickjacke, die seit Jahr und Tag in der Küche über einem Stuhl hing. Nach jedem Gottesdienst schlüpfte er in diese dicke graue Strickjacke und fühlte sich heimelig und privat.

Jetzt reichte er sie der verwirrten jungen Frau, die widerstandslos die Jacke entgegennahm. Der Pfarrer sah, wie sie seine schöne Jacke über ihren blutigen Oberkörper streifte und die Arme um sich schlang, dabei schauderte ihn, wenn er sich vorstellte, welches Gefühl es sein musste, die Wolle auf der nackten Haut und den offenen Wunden zu spüren.

In der Küche war es wunderbar warm und duftete nach den Keksen, die in einem Teller auf dem Tisch standen, daneben eine Schale mit Nüssen und Mandarinen. Vorsichtig schob er dem Mädchen beides hin und bedeutete ihr, sie solle sich bedienen. Dann wagte er es, sich umzudrehen und Wasser in den Wasserkocher zu füllen, einen Teebeutel in einen Becher zu hängen und heimlich sein Handy aus der Tasche zu holen. Doch dann kam es ihm vor wie Verrat an ihr. Sie vertraute ihm, und es war nicht recht, hinter ihrem Rücken Hilfe zu holen.

Also drehte sich Pfarrer Christian Jørgens um, hielt sein Handy in die Höhe und sagte leise, aber bestimmt: »Ich möchte, dass ein Arzt kommt. Du blutest, du brauchst Hilfe. Darf ich einen Arzt holen?«

Die junge Frau sah ihn an, ausdruckslos, sie hörte auf, den Psalm vor sich herzusagen, die Sekunden verstrichen, der Pfarrer hielt den Atem an, er hörte das Ticken seiner Wanduhr so laut wie nie zuvor.

Schließlich erhob sie sich.

»Ich gehe nach Hause«, sagte sie mit eigenartig hohler Stimme. »Er wartet schon auf mich.« Dann verzog sie das Gesicht, als würde sie gleich anfangen zu weinen. »Ich habe gesündigt«, fuhr sie fort. »Ich bin böse, ich habe gesündigt.« Und als Pfarrer Christian Jørgens etwas sagen wollte, fuhr sie fort: »Du sollst nicht töten!«

Noch bevor er etwas erwidern konnte, griff sie nach ihrem Kleiderberg, presste ihn an sich und ging rückwärts zur Tür, ließ ihn nicht aus den Augen.

Pfarrer Jørgens machte einen Schritt nach vorne, schob ihr die Schale mit den Keksen hin und sagte: »Nimm etwas zu essen mit.«

Aber die junge Frau drehte sich um und stürmte aus der Küche.

Minutenlang starrte er ihr hinterher, regungslos, im Schock, unfähig, etwas zu tun, bis er sich irgendwann zusammenriss, mit zitternden Händen den Notruf wählte und inständig hoffte, dass niemand jemals erfuhr, dass er, der Seelsorger, einer Verzweifelten in der Stunde höchster Not nichts weiter als ein paar Kekse angeboten hatte.

Skagen

»Ich weiß nicht«, sagte Helle und blickte durchs Fenster in die Dämmerung. »Hier stimmt etwas ganz und gar nicht.«

Die Straßenlaternen flackerten soeben auf und warfen ihr fahlgelbes Licht in den trüben Nebel. Die Sonne, die tagsüber geschienen hatte, versteckte sich, geblieben war graues Nass. Luft wie dicke Suppe. Helle war gerade erst zurückgekommen, und nur noch Jan-Cristofer hielt die Stellung in der kleinen Wache.

Er hatte Kaffee für sie beide gekocht und saß ihr nun gegenüber.

»Verbrechen ist nie stimmig«, entgegnete er, »wenn ich das mal so sagen darf, aber was im Speziellen meinst du?«

»Unsere beiden Opfer.« Helle drehte sich vom Fenster weg und sah ihn an. »Bei Merle nirgends Anzeichen von drastischer äußerer Gewalt, der Amerikaner wurde erschlagen. In Merles Fall gibt es keinerlei Spuren, nichts, gar nichts, alles komplett sauber. Es ist, als wäre niemand da gewesen, als sie starb.«

»Aber haben wir das nicht festgestellt? Dass sie sich alleine betrunken hat und alleine ins Wasser gegangen ist?«, wunderte sich Jan-C.

Helle kniff die Augenbrauen zusammen. »Das heißt nichts. Nur weil wir keine Spuren gefunden haben, bedeutet das nicht, dass niemand anderes bei ihr war.«

Er schüttelte den Kopf. »Nein, Helle, das möchtest du so sehen. Die Kriminaltechnik hätte etwas gefunden. Ganz sicher.«

»Und der Mord im Hostel – haufenweise Spuren! Der oder die Täter geben sich gar keine Mühe, ihre Anwesenheit und ihre

Täterschaft zu vertuschen. Fingerabdrücke auf der Waffe, Genmaterial an der Leiche. Das Mädchen wurde von zwei anderen weiblichen Gästen im Schlafsaal gesehen, ein Zeuge hat beobachtet, wie der Junge, wahrscheinlich nach der Tat, über den Hinterhof flieht. Und so weiter. Die beiden Vorkommnisse gehören nicht zusammen – und trotzdem haben wir beide Male dieses mysteriöse Pärchen.«

»Zufall?«

Helle zuckte unzufrieden mit den Schultern. Sie hatte die gesamte Autofahrt von Åldrup nach Skagen darüber gegrübelt. Was hatte sie übersehen? Wer waren diese beiden jungen Menschen? Die einerseits auf der Flucht waren und sich andererseits ganz offen zeigten. So gab es mittlerweile einige Zeugen, die den beiden auf ihrem Weg von Aalborg bis nach Fynshav und schließlich Kopenhagen zwei Tage später begegnet waren.

Zum Beispiel eine Studentin, die in einem Café in der Nähe des Fähranlegers jobbte. Sie hatte das Pärchen bedient – der Junge mit der Narbe war eine ganze Zeit lang weg gewesen und hatte sie sogar gebeten, auf seine Freundin aufzupassen, die, wie sich die Studentin ausdrückte, ziemlich neben der Spur gewesen war.

So etwas tat man doch nicht, wenn man sich verstecken musste und auf der Flucht war, weil man ein Verbrechen begangen hatte, sagte Helle sich.

Zu Helles Unzufriedenheit trug erschwerend bei, dass sie sich von den Ermittlungen der Mordkommission komplett abgeschnitten fühlte. Momentan spielte sich alles in der Hauptstadt ab und sie saß hier in der Einöde herum. In Kopenhagen dagegen waren sie sicher, dass sie das Pärchen bald eingekreist haben würden. Am Mittag hatte sich ein Pastor gemeldet, in dessen Kirche das junge Mädchen gewesen war – hochgradig verstört und schwer verletzt. Der Seelsorger hatte die Frau als die Gesuchte identifiziert und ebenso wie die anderen Zeugen vor ihm, die ihr begegnet waren, auf den labilen Geisteszustand hingewiesen.

Sören hatte mit allen psychiatrischen Kliniken des Landes Kontakt aufgenommen, das Bild der Frau mit den auffällig langen Locken lag allen Dienststellen und Grenzkontrollen, an allen Flug- und Fährhäfen vor – es konnte sich eigentlich nur noch um Stunden handeln, bis man sie finden würde.

Der junge Mann allerdings war wie vom Erdboden verschwunden.

»Dass sie Zuflucht in einer Kirche sucht«, begann Helle nun von Neuem. »Und der Rosenkranz im Pick-up. Dann diese Gemeinschaft der heiligen Flamme ...« Sie schüttelte den Kopf. »Da ist etwas, aber ich kann es nicht greifen. Ich komm nicht ran.«

»Ich dachte, du verdächtigst den Sohn von Death-Metal-Karl«, sagte Jan-C, er konnte die Belustigung in seiner Stimme schlecht verbergen.

»Der hat auf alle Fälle Dreck am Stecken«, stimmte Helle zu. »Aber das hat eher mit Geld zu tun. Das ist kein *Brain*, niemand, der die Strippen zieht.«

»Woher nimmst du das, dass hier irgendjemand die Strippen zieht?«, hakte Jan-Cristofer nach. »Also, ich glaube eher, dass Sören richtigliegt. Der vermutet eine Drogengeschichte.«

»Ich weiß, was Sören vermutet«, unterbrach ihn Helle ärgerlich. »Kann ja sein, dass das Mädchen deshalb so neben der Spur ist. Aber warum geht sie in eine Kirche? Und warum betet sie? Und sagt ständig: ›Du sollst nicht töten‹? Für mich hört sich das eher nach Verblendung an – und da wären wir wieder bei der Sekte.«

»Der Spürhund hat an der Beifahrerseite des Wagens etwas gerochen. Und im Wartehäuschen, in dem Merle sich umgezogen hat, wurden drei Joints gefunden. Der junge Mann hat eine auffällige Narbe im Gesicht – vielleicht von Bandenkämpfen. Von der jungen Frau nehmen wir an, dass sie Fieber hatte, nicht gesund wirkte und psychisch auffällig ist. Wenn sich das nicht nach Junkie anhört, dann weiß ich auch nicht«, gab Jan-C zurück und zog die Augenbrauen hoch. »In dem Fall stecken mindestens so viele Drogen wie Religion.«

Als hätte sie überhaupt nicht gehört, was ihr Freund soeben gesagt hatte, murmelte Helle: »Woher kommen die beiden?«, und wandte sich ihrem PC zu. Seit ihre Skagener Polizeistation technisch auf dem neuesten Stand war, hatte Helle richtig Gefallen an Internetrecherche gefunden und durchsuchte mit Vorliebe die Dateien der verschiedenen Polizeiabteilungen. Sie fand es faszinierend, Obduktionsberichte zu lesen oder Dossiers über nicht abgeschlossene Fälle. Sie las sich durch Fallunterlagen und Einsatzberichte. Dadurch konnte sie teilhaben und musste sich nicht nur mit Falschparkern und Ladendieben beschäftigen, wie Sören es einmal auf den Punkt gebracht hatte.

»Wenn die beiden, wie wir annehmen, zwischen achtzehn und einundzwanzig Jahre alt sind, dann sind sie folglich zwischen 1999 und 2002 geboren.« Um besser sehen zu können, setzte Helle ihre neue Arbeitsbrille auf und rückte noch ein Stückchen näher an den Bildschirm.

Jan-Cristofer erhob sich. »Hör mal, du bist den ganzen Tag auf den Beinen. Willst du nicht langsam Feierabend machen?«

Aber Helle hörte ihn schon nicht mehr. Stattdessen gab sie etwas auf der Tastatur ein, klickte herum und war vollkommen darauf konzentriert, was der Computer für sie ausspuckte.

Der Kollege machte einen neuerlichen Versuch. »Also, ich würde dann aber mal in den Sack hauen. Ich habe Markus versprochen, dass wir Pizza essen gehen.«

»Gut, gut«, murmelte Helle abwesend.

»Leif wartet doch bestimmt auch auf dich.«

Bei der Erwähnung ihres Sohnes riss Helle sich vom Monitor los und starrte Jan-Cristofer an. »Leif! Den habe ich ganz vergessen.« Sie biss sich auf die Lippen. »Du hast recht. Nur schnell noch das hier und dann mache ich Feierabend. Danke.«

Jan-Cristofer nickte und verließ das Zimmer.

Helle hatte sich noch einmal die Polizeiakte über die Sekte vorgenommen und scrollte zu den Jahren kurz vor und nach der Jahrtausendwende. Sie wollte wissen, ob es irgendetwas gab, was sie mit den beiden jungen Menschen in Verbindung bringen könnte. Eine völlig aus der Luft gegriffene Vermutung, aber sie hatten schließlich gar nichts in der Hand, da konnte ein wenig *Trial and Error* nicht schaden.

Und tatsächlich. Im Jahr 2001 wurde sie fündig. Eine Frau hatte den Führer der Gemeinschaft, Hans Christian Møller – Helle musste auflachen, als sie Hiobs bürgerlichen Namen las –, angezeigt, wegen Kindesentführung. Die Beamten gingen der Sache nach, aber Møller bestritt, überhaupt etwas über ein Kind zu wissen. Tatsächlich hatte die Frau keine Geburtsurkunde, es gab auch keine Bestätigung eines Arztes über die Geburt eines Kindes. Alle Mitglieder der Gemeinschaft sagten aus, dass sie nichts von einem Kind wüssten, und schließlich stand sogar der Verdacht im Raum, dass die Frau – die ohne Zweifel vor kurzem entbunden hatte – sich der Kindstötung schuldig gemacht haben könnte und die Tat nun dem Sektenführer in die Schuhe schieben wollte.

Während Helle den Bericht las, stieg in ihr die Wut hoch. Wie unsensibel mit der Frau umgegangen worden war! Aus dem Bericht war ersichtlich, dass die ermittelnden Beamten – alles Männer – ihr von Beginn an kein Wort geglaubt hatten. Schon allein die Tatsache, dass sie Beweise für die Existenz ihrer neugeborenen Tochter hatte erbringen müssen, war ungeheuerlich. Dabei war sie offensichtlich in einer psychischen Ausnahmeverfassung, als sie auf der Wache erschienen war. Und so ging es weiter, es folgte Unterstellung auf Unterstellung, so lange, bis sie vom Opfer zur Täterin wurde. Kein Wunder, dachte Helle, als sie weiterforschte und feststellte, dass die Frau, Ingrid Hansen, kurz darauf in der Psychiatrie gelandet war.

Es dauerte eine weitere halbe Stunde, bis sie die aktuelle Adresse von Ingrid herausgefunden hatte. Zum großen Glück für Helle wohnte sie nicht gar so weit weg. Helle nahm sich vor, dort am folgenden Tag vorbeizufahren. Ohne Ankündigung, denn sie ging davon aus, dass Ingrid keine große Bereitschaft zeigen würde, mit der Polizei zu reden. Bei ihrem Plan, sie zu überraschen, kam sich Helle ziemlich mies vor, aber sie war der festen Überzeugung, dass sie im persönlichen Kontakt die Frau nicht verstören und gewiss die nötige Sensibilität für das Gespräch aufbringen würde.

Helle sah auf die Uhr und bekam einen Schreck. Es war schon wieder mehr als eine Stunde vergangen, seit Jan-Cristofer das Büro verlassen und sie sich bei Leif angekündigt hatte. Allerhöchste Eisenbahn, sich auf den Weg zum Take-away zu machen. Eilig fuhr sie den Computer herunter, zog ihren Parka an und machte sich bereit, ihr Büro zu verlassen. Draußen war es mittlerweile stockfinster und Helle spürte nun auch, dass ihr der lange und doch sehr ereignisreiche Tag in den Knochen steckte.

Bevor sie aber das Licht in ihrem Büro löschte, überlegte sie, ob es richtig wäre, Ayuna oder Sören über ihren Plan mit Ingrid Hansen in Kenntnis zu setzen. Oder zumindest darüber, dass sie Nachforschungen in dieser Richtung anstellte. Doch sie entschied sich dagegen. Schließlich leitete sie die Ermittlungen in Skagen, und da war es doch ihr Bier, in welche Richtung sie ermittelte. Oder nicht? War diese Sache ein Schlag ins Wasser, juckte es niemanden, dass sie dort gewesen war, und hatte sie einen Erfolg, würde sie alle gerne daran teilhaben lassen.

Als sie eine weitere halbe Stunde später mit zwei Portionen kross gebratener Ente mit Wokgemüse, gemischten chinesischen Vorspeisen, einer Tüte Krupuk und chinesischem Bier in die Nähe ihres Hauses kam, klopfte ihr Herz höher: Der Volvo parkte in der Einfahrt! Bengt und Emil waren wieder da! Helle konnte gar nicht schnell genug das Polizeiauto parken, sich aus dem Sicherheitsgurt winden und die Haustür aufsperren. Drinnen stolperte sie fast über Emil, der quer zwischen Windfang und Wohnzimmer lag. Helle ließ die Tüte mit dem Asia-Essen fallen und warf sich über ihren Lieblingsmann. Der Hund ließ sich schwer vom Bauch auf die Seite fallen, schlug heftig mit dem Schwanz und leckte

Helle mit warmer Zunge über das Gesicht. Glücklich vergrub sie ihre Nase in seinem Fell und kraulte ihm den Bauch.

»Du bist mein Allerbester«, flüsterte sie.

»Wir können dich hören«, vernahm sie direkt darauf die Stimme ihres Sohnes. »Aber macht nichts, das ist das Drama meiner Jugend«, fügte er noch lächelnd hinzu, nahm sich des Essens an, das Helle achtlos auf den Boden fallen gelassen hatte und stellte das Bier in den Kühlschrank.

Helle kam wieder auf die Füße und gab Leif, weil er ihr am nächsten stand, einen Kuss. »Tut mir leid, dass ich so spät bin.«

Dann drückte sie sich in die Arme ihres Mannes, der auf einem der Barhocker am Küchentresen saß – auf der falschen Seite. Eigentlich war Bengt immer in der Küchenzeile beschäftigt, anstatt davorzusitzen. Er umschlang sie fest, küsste ihre Haare und wollte sie nicht mehr loslassen. Helle war es schließlich, die sich aus der Umarmung löste.

»Warum hast du nichts gesagt? Jetzt habe ich nicht genug Essen geholt«, warf sie ihm vor.

»Das ist ja eine nette Begrüßung!« Bengt lächelte erst und schüttelte dann den Kopf. »Es ist doch sowieso immer viel zu viel. Das reicht schon für uns drei.« Er blickte zu Emil hinab. »Wir wollten dich überraschen.«

Bengt sah gar nicht gut aus, fand Helle. Und auch Emil waren die Strapazen der Reise anzusehen. Ihm waren schon wieder die Augen zugefallen, und er schlief. Kein Wunder, dachte sie dann. Heute Morgen waren sie kurz hinter Hannover gestartet, das waren immerhin siebenhundert Kilometer, mit Staus um Hamburg und an der Grenze. Und einem Hund, der alle zwei Stunden eine Pinkelpause brauchte.

»Ihr seid ganz schön fertig«, stellte sie fest.

Bengt sah Leif an und Leif sah weg.

»Ist was?«, fragte Helle skeptisch, aber Bengt schüttelte den Kopf.

»Wir sind nur müde. Ja, es war anstrengend. Für Emil war es

echt schwer.« Er sah nun auch zum Mittelpunkt der Familie hinüber. »Emil ist nicht gut drauf.«

»Er erholt sich wieder«, sagte Helle, öffnete sich ein Bier und setzte sich nahe zu Emil auf den Boden, sodass sie ihn mit einer Hand streicheln konnte, während Leif die zwei Portionen Ente auf drei Tellern anrichtete, die Vorspeisen auf einem Extrateller drapierte und für sich und Bengt ebenfalls ein Bier öffnete.

Bengt schwieg. »Die Reise war ein bisschen zu viel für ihn.« Er sah Helle an. »Er braucht jetzt einfach nur Ruhe. Er will auch nicht fressen. Nur noch kleine Leckerbissen aus der Hand.«

»Okay.« Helle war besorgt. Der große Mischling war jetzt fast vierzehn Jahre alt. Ihn plagte schon lange die Arthrose, er war insgesamt langsam und schläfrig geworden, aber sie hoffte darauf, dass sein Uhrwerk noch ein wenig laufen würde. Sie war absolut nicht bereit für ein Leben ohne ihn.

»Das bekommen wir wieder hin, was, mein Dicker?« Sie küsste ihn auf die Schnauze, stand auf, schnappte sich ein Stück Ente und hielt es ihm vor die Nase. Aber Emil drehte sich mit geschlossenen Augen weg.

»Lass ihn, Mama«, sagte Leif. »Der ist einfach müde, okay?«

Helle steckte sich besorgt das Stück Ente selbst in den Mund. Dass Emil ein stark gewürztes Stück Fleisch verschmähte, hatte sie noch nie erlebt.

Aber sie wollte jetzt nicht darüber nachdenken.

Nach dem Essen saßen sie zu dritt lange vor dem Kamin und redeten. Helle genoss das sehr; seit Leif ausgezogen war, hatte sie keinen Abend mehr mit ihren Männern verbracht und davor eigentlich auch nicht wirklich, denn ihr Sohn war ständig unterwegs gewesen oder bei seinem Freund, oder David war bei ihnen gewesen. Über die Trennung wollte er nicht sprechen, aber sowohl Helle als auch Bengt spürten, dass es für ihn nicht einfach war, alleine in einer Wohnung zu leben, die Ausbildung durchzuziehen und getrennt von seiner Familie zu sein. Andererseits, dachte sie dankbar, war er am Leben. Ihre Gedanken drifteten zu Inez und Fredrick. Sie würden das nicht mit ihrer Tochter erleben dürfen. Nicht die hochtrabenden Pläne und auch nicht die harte Landung in der Realität. Das tatsächliche Erwachsenwerden, die Suche der Kinder nach dem richtigen Weg. So schlecht es Leif gerade ging – Helle wusste, dass wieder andere Zeiten kommen würden. Ein neuer Partner, andere Freunde, unerwartetes Glück im Job. Das Leben wartete auf Leif, und sie und Bengt würden an all dem teilhaben können.

Auf der Fahrt vom Büro zurück hatte Helle noch eine Nachricht von Angelika bekommen, der Psychologin, die sich um die Brabants kümmerte, dass Merle eingeäschert werden und die Beisetzung erst in den nächsten Wochen stattfinden sollte, ein Termin stand noch nicht fest. Helle beschloss, heute Abend nicht mit Leif darüber zu sprechen, heute sollte er sich zwischen Hund, Eltern und dicken Sofakissen einfach nur geborgen fühlen.

»Hat jemand was von Sina gehört?«, erkundigte sich Bengt gerade, und Leif nickte. »Sie ist auf der Heimreise. In ein paar Tagen will sie wieder in Kopenhagen sein.«

»Ach?«, fragte Helle verwundert und ein wenig beleidigt, dass sie darüber nicht Bescheid wusste.

Leif verdrehte nur lachend die Augen. »Hör mal auf mit deiner Eifersucht! Wir sind Bruder und Schwester und dürfen Kontakt haben, okay? Du hast Papa.«

»Na gut«, gab Helle zurück und spielte beleidigt, »dann gehen Papa und ich mal nach draußen und haben Geheimnisse.«

»Lass mich raten, die Geheimnisse haben mit Tabak zu tun?«, sagte Leif und verdrehte die Augen.

Helle stand auf, ohne zu antworten, und rief den Hund. Müde hob Emil den Kopf und blickte sein Frauchen an. Sein Blick sprach Bände: Die will doch nicht etwa Gassi gehen?

Aber als Helle die große Panoramascheibe aufschob, die vom Wohnzimmer der Jespers nach draußen, zum Meer und den Dünen führte, rappelte er sich doch mühsam hoch.

Leif blieb im Wohnzimmer sitzen, während Helle, Bengt und Emil nach draußen gingen, in die klare kalte Seeluft und einen Himmel voller Sterne.

Der Hund machte ein paar langsame Schritte in Richtung Meer, weit genug vom Haus entfernt, um eine Duftmarke zu setzen, während Bengt und Helle sich auf die Holzbank an der Ostseite des Hauses kuschelten. Unter das dicke Reetdach. Helle hatte Lammfelle auf die Bank gelegt, denn hier war ihr liebster Rauch- und Nachdenkplatz, da musste sie es länger als fünf Minuten aushalten können, ohne sich gleich eine Blasenentzündung zu holen.

Jetzt nahm sie sich eine der letzten französischen Gauloises aus dem Knautschpäckchen und hielt Bengt die Packung hin. Er winkte ab und sagte dann: »Bitte hör auf zu rauchen.«

Helle stutzte. »Warum sagst du das?«

Ihr Mann zuckte mit den Schultern und sah zum Sternenhimmel empor. »Rauchen ist einfach scheiße.«

Helle zündete sich ihre Kippe an und steckte das Feuerzeug wieder weg. Anschließend schob sie ihre kalte Hand in seine warme und sah ebenfalls zu den Sternen. Sie erkannte den großen Wagen. Und den kleinen. Das war's. Wie oft hatte sie sich von Bengt die Sternbilder erklären lassen, aber es wollte einfach nicht hängen bleiben. Der große Wagen, der blieb ihr. Für immer. Alles andere war hoffnungslos verloren.

»Er stirbt, oder?«, fragte sie nach einer Weile und spürte, wie Bengt den Druck auf ihre Hand verstärkte. Er nickte, und aus den Augenwinkeln sah Helle, dass eine Träne über seine Wange lief, bevor sie im Gestrüpp seines roten Bartes hängen blieb.

Sie schluckte schwer und bemühte sich, weit, weit nach oben in den Himmel zu blinzeln, damit die Flut von Tränen, die hinter ihren Augen wartete, gar keine Chance hatte auszubrechen.

Kopenhagen

Diese Nacht war besser gewesen als die zuvor, aber in einem Bett hatte er auch dieses Mal nicht gelegen.

Nick dachte an die eine Nacht im Hostel zurück, die ihm nun vorkam, als wäre er in einem exklusiven Hotel gewesen, echte Bettwäsche, eine Matratze, Frühstück. Und Jemi neben ihm.

Jemi.

Ihre Haare, so weich, ihr Geruch. Haut, Finger, Lippen. Sie fehlte ihm. Er vermisste sie so sehr, dass es ihm körperlich Schmerz bereitete. Vor allem, weil er nicht wusste, wo sie war und wie es ihr ging.

Nick hatte Angst um sie. Was sollte aus ihr werden, ohne ihn? Wohin konnte sie gehen? Würde man ihr helfen? Er wusste, dass sie schutzlos war, und am schlimmsten, am schlimmsten war die Schuld, die er sich aufgeladen hatte. Er hatte sie da rausgeholt, hatte geglaubt, stark genug zu sein, um sich mit ihr etwas aufbauen zu können. Stattdessen hatte er Unglück und Chaos verursacht.

Und einen Toten. Im Nachhinein ärgerte sich Nick, dass er so blöd gewesen war, die Leiche des Amerikaners anzufassen, es wäre besser gewesen, einfach abzuhauen. Aber er hatte unter Schock gestanden, und der einzige Gedanke, der ihm in den Kopf kam, war, dass sie Zeit brauchten, Vorsprung. Da war er allerdings noch davon ausgegangen, dass Jemi irgendwo auf ihn warten würde. Nun war sie weg.

Nachdem er vom Dachboden geflohen war, war es ihm gar nicht mal so schlecht ergangen. Er war durch die Straßen gelaufen und hatte dann einen Bettler angesprochen, ob der wisse, wo man etwas Warmes bekommen könnte, vielleicht auch Kleidung. Und tatsächlich, wenig später stellte er sich bei einer Suppenküche an, bekam Essen, und als die Leute, die dort halfen, sahen, dass er keine Jacke hatte, nahmen sie ihn in die Kleiderkammer mit, wo er sich Sachen aussuchen konnte. Jetzt hatte er Mütze, Handschuhe, Schal und Anorak. Er musste ein bisschen dafür bezahlen, aber es war nicht viel; viel weniger, als er für das Frühstück im Hostel bezahlt hatte.

Beim Essen hatte ihm ein junger Mann – Nick hatte ihn schlecht verstanden, weil er trotz seines Alters kaum noch Zähne besaß – den Tipp gegeben, nach Christiania zu gehen. Dort könne er etwas zu rauchen kaufen, woran Nick gar kein Interesse hatte, und vielleicht sogar irgendwo übernachten.

Christiania war sehr seltsam, fand Nick. Er war dort herumgegangen und hatte sich alles angeschaut und gewünscht, er könnte auch einmal so wohnen: sich ein Haus am Wasser herrichten oder selber bauen. Aus Holz, mit einem Kamin und begrüntem Dach. Er würde Hühner halten, Hunde und Katzen haben. Vielleicht ein Schwein. Oder Ziegen. Viele Tiere auf alle Fälle. Die idyllische Seite von Christiania hatte ihm sehr gut gefallen, aber er hatte auch schnell gemerkt, dass die Bewohner keine Lust hatten, sich mit ihm abzugeben. Sie waren Fremden gegenüber abweisend und wollten ihre Ruhe.

Auf der anderen, weniger idyllischen Seite, hatte es ihm nicht mehr ganz so gut gefallen. Eine Menge Menschen waren unterwegs, es gab Shops und Kneipen, Hunde, Kinder, Geschrei, laute Musik. Gewalt lag in der Luft, das konnte er riechen. Nick hatte sich in die Nähe einer Hütte gesetzt, wo es nicht ganz so abenteuerlich roch, in einem alten Ölfass brannte ein Feuer, das machte ihn warm, und er beschloss, einfach hier sitzen zu bleiben. Im Lauf der Stunden saß immer wieder jemand anderes neben ihm und verwickelte ihn in ein Gespräch. Nick bemühte sich, freundlich zu sein, zuzuhören und manchmal auch Fragen zu stellen, er sammelte für ihn interessante Informationen, aber er achtete stets darauf, nichts von sich preiszugeben – und niemals seine Narbe zu zeigen, die er noch immer unter der Kapuze verbarg. Ein paarmal liefen Polizisten vorbei, sahen sich prüfend um, aber es gelang Nick stets, sich rechtzeitig zu bücken oder sich umzudrehen.

Und dann hatte ihm irgendjemand von den öffentlichen Bibliotheken in Kopenhagen erzählt. Was er dort alles machen könne! Zeitungen lesen, Kaffee trinken, Bücher ausleihen selbstverständlich, aber auch am Computer arbeiten. Ins Internet gehen, etwas spielen. So, wie es sich anhörte, schien es paradiesisch zu sein und genau das Richtige für Nick. Er hatte nachgefragt und erfuhr, wo er hingehen musste, um in die nächste öffentliche Bibliothek zu kommen.

Im Morgengrauen hatte er sich auf den Weg gemacht und war bereits vor der Öffnungszeit dort. Das Gebäude machte ihm Angst. Ein riesiger dunkelglänzender Quader, der spitz über den Kanal hinüberragte. Die Bibliothek lag am Hafenbecken, ein neu ausgebautes Quartier, alles hier sah edel und teuer aus, Nick fühlte sich unwohl, er glaubte aufzufallen, jeder würde sehen, dass er ein Penner war, der nicht hierhergehörte.

Er setzte sich auf die andere Seite des Wassers und beobachtete das Terrain. Kaum hatte die Bibliothek geöffnet, kamen die ersten Besucher. Sie waren bunt gemischt. Eine Menge junger Studenten – nahm er jedenfalls an –, die in ihren Parkas, Wollmützen und Sneakers nicht anders aussahen als er. Mütter und Großeltern mit kleinen Kindern. Eine Gruppe junger Afrikaner. Rentner. Nach etwa einer Stunde hatte er sich mit dem Gedanken, in den schiffsrumpfartigen Bau hineinzugehen, angefreundet und wagte sich hinüber.

Und dann war alles ganz einfach. Die Mitarbeiter waren freundlich und halfen ihm, sich zurechtzufinden, nachdem er sich getraut und gesagt hatte, er sei noch niemals zuvor dort gewesen. Bereits eine Viertelstunde nachdem er eingetreten war, saß er an einem hochmodernen Laptop in einem hellen, warmen Raum, neben sich einen Becher mit Kaffee. Der Computer lief, die Mitarbeiterin hatte ihm gezeigt, wie er das Gerät anstellte und in welche Buchse er den USB-Stick einstecken solle.

Trotzdem legte Nick nicht gleich los, er saß staunend da und nahm die Eindrücke in sich auf. Auch hier hatte er das Gefühl, einem Leben nahe zu sein, das er sich gewünscht hatte. Menschen, die in friedlicher Koexistenz Dinge taten, die sie gerne machten. Versunken. Verzückt. Ruhig. Ihm war, als wäre dieser große Raum erfüllt von Licht und Liebe. Zum allerersten Mal seit der Flucht erfasste ihn das Gefühl tiefen inneren Friedens.

Er beschloss, diesen Tag in der Bibliothek zu verbringen. Er hatte alle Zeit der Welt. Dass er gesucht wurde, wusste er, aber er hoffte, dass er sich in der Bibliothek gut verbergen könne und nicht auffallen würde. Auch dass er Jemi verloren hatte, hatte er akzeptieren müssen, es hatte keinen Zweck, sich noch länger auf die Suche nach ihr zu begeben – und das tat ihm entsetzlich weh. Um an dem Gedanken, Jemi vielleicht nie wiederzusehen, nicht zu zerbrechen, musste er ihn ganz weit wegschieben. Stattdessen klammerte er sich daran, dass er seinen Bruder finden würde, ganz sicher. Und zwar mit Hilfe dieser Kathedrale des Wissens.

Eine halbe Stunde später war er sich dessen nicht mehr ganz so sicher. Er kam mit diesem Computer einfach nicht besonders gut zurecht, also eigentlich: überhaupt nicht. Ständig bauten sich neue Seiten auf, er wusste nicht, wie er das, was er eingegeben hatte, wieder rückgängig machen konnte, wie er etwas Neues eingeben sollte und vor allem: Kaum klickte er irgendwohin, erschienen wieder andere Informationen auf dem Bildschirm, Informationen, um die er nicht gebeten hatte.

Außerdem hatte er den Stick eingesteckt, aber er wusste nicht, wie er sehen konnte, was darauf war. Ständig öffneten sich Fenster und er wurde etwas gefragt, auf das er keine Antwort kannte.

Er hörte, wie zwei Jungs, die sich den Arbeitsplatz neben seinem teilten, kicherten.

Nick blickte zu ihnen hinüber. Zwei Jungs, nicht älter als zwölf, ihre Schulranzen hatten sie unter den Tisch gefeuert, die Schuhe abgestreift. Als sie sahen, dass er guckte, drückten sie sich aneinander und konnten ihr Lachen nur mühsam unterdrücken.

»Müsst ihr nicht in der Schule sein?«, fragte Nick. Er hatte eigentlich nicht vor, ein Gespräch anzufangen, aber den beiden albernen Kindern flog sein Herz zu, er sah sofort sich und Jan. Wie oft hatten sie sich gestritten und geprügelt, aber sobald ein Erwachsener auftauchte, passte kein Blatt mehr zwischen sie, sie waren verschworene Brüder, ein Blick genügte und sie wussten, was der andere dachte. Nick hatte ohnehin die Hoffnung, dass die zwei Kinder hier neben ihm gar nicht mitbekamen, wer er war.

Die beiden Jungs zogen es vor, nicht zu antworten, sie schüttelten erst die Köpfe, um dann erneut loszuprusten.

»Darf ich mitlachen?«, fragte Nick und warf einen Blick auf den Monitor der beiden. Ein Video lief, es sah aus wie – Moment mal, waren das die *Simpsons*? Er reckte den Hals, tatsächlich! Waren bei ihnen zu Hause auch verboten gewesen, deshalb hatten sie die Serie bei den Nachbarn geschaut. Denn natürlich hatte jeder die *Simpsons* gesehen, auch wenn Nick mit seinen neun Jahren viel zu klein gewesen war, um irgendetwas zu kapieren, aber die Serie war cool. Cool und verboten, besser ging nicht.

»Dürft ihr das zu Hause auch nicht sehen?«, erkundigte er sich.

Der Größere von beiden schüttelte den Kopf.

»Und du?«, wagte er sich mutig vor. »Darfst du das auch nicht sehen?« Eine weitere Lachsalve erschütterte die beiden.

»Früher«, sagte Nick, »als ich klein war, haben meine Eltern die uns verboten. Aber wir haben immer heimlich geguckt, mein Bruder und ich.« Er lächelte die Jungs an und hoffte, dass sie sich nicht vor seiner Narbe fürchteten. »So wie ihr beide. Seid ihr Brüder?«

Die zwei bejahten, knufften sich und giggelten. Nick hatte eine Idee.

»Ihr könntet mir helfen«, sagte er. »Dann erzähle ich auch niemandem, dass ihr die Schule schwänzt.«

»Okay«, gab der Größere zurück. »Aber das kostet was.«

Nick zeigte ihm einen Vogel und tat, als würde er nach einer der Bibliotheksmitarbeiterinnen Ausschau halten. Die ausgelassene Fröhlichkeit der Brüder schlug in Anspannung um, sie sahen sich an und flüsterten miteinander. Nick zeigte auf seinen Bildschirm. »Ich kenne mich nicht aus mit Computern. Ihr könntet mir ein bisschen helfen.«

Der Kleinere der beiden schubste seinen Bruder ein bisschen vor, der seufzte und tat genervt, aber als er merkte, dass Nick wirklich keine Ahnung hatte und er sich in der Position des Wissenden befand, der dem Älteren etwas beibringen konnte, fühlte er sich geschmeichelt und ließ sich dazu herab, Nick Grundlegendes über die Handhabung des Computers zu zeigen.

Keine Stunde später – Nick hatte von seinen wenigen Kronen an einem Automaten Limonade und Süßkram für die beiden geholt – war er im Besitz der Telefonnummer seines Bruders.

Edem, der ältere Junge, hatte Jan für ihn gegoogelt, und als erster Treffer waren Name und Nummer im Telefonbuch von Oberhausen angezeigt worden. Nick hatte feuchte Handinnenflächen vor Aufregung bekommen, hatte gespürt, wie seine Augen heiß wurden, er hätte heulen mögen, diese flimmernden Zeichen dort auf dem Bildschirm waren so greifbar, so nah, er wusste: Jan lebte, und er würde ihn retten! Er musste sich zusammennehmen, nicht auf der Stelle die Nummer zu wählen, aber dazu brauchte er Ruhe und er wollte noch wissen, was auf dem Stick war.

»*Easy*«, wie Edem lässig kommentierte, und es kostete ihn tatsächlich nur zwei Klicks, dann lag der Inhalt des Sticks vor ihnen offen dar. Allerdings vermochte Nick nicht zu deuten, was die Symbole, die er sah, bedeuteten. Edem erklärte: »Das sind Excel-Dateien – also alles, was mit Zahlen zu tun hat. Und hier sind Videos, das hier Textdateien. Ist alles unverschlüsselt. Du musst es nur anklicken.«

Er machte es vor und öffnete eines der Videos.

Schon im Bruchteil einer Sekunde wusste Nick, um was es sich handelte. Es war eine Session. Hiob hatte die Sessions gefilmt, dieser Wichser. Der Film zeigte einen Mann, schon älter, Glatze, Nick kannte ihn nicht. Der Mann wimmerte und stammelte etwas, man konnte ihn sehr schlecht verstehen. Dann hörte man Hiobs Stimme, sanft und gefährlich.

Der kleinere der Brüder trat neugierig hinzu, aber Nick, der wusste, dass alles, was der Film vielleicht noch zeigen würde, verstörend sein konnte, bat Edem: »Mach aus. Danke. Ich gucke es mir nachher an.«

Edem zuckte mit den Schultern, schloss den Clip und erklärte Nick, wie er selbst an die Daten auf dem Stick kam und was er tun musste, bevor er den Stick aus dem Computer zog.

»Hast du ein Handy?«, erkundigte Nick sich bei Edem. »Ich möchte gerne meinen Bruder hier anrufen.« Er zeigte auf die deutsche Nummer.

Die Brüder sahen sich an und Edem druckste herum. »Was zahlst du?«, fragte er Nick schließlich, nachdem die Brüder untereinander getuschelt hatten.

»Geld hab ich nicht mehr«, gestand Nick. »Aber du kannst das hier haben.« Er zog Merles Smartphone aus der Tasche, das er ohnehin nicht benutzen konnte und demzufolge nutzlos und ausgeschaltet mit sich herumtrug.

Edem pfiff durch die Zähne, als er das Handy sah. »Alter«, sagte er, »ein iPhone 11.«

»Ach ja?« Nick zuckte beiläufig mit den Schultern. »Ich hab's gefunden.«

Die Jungs sahen sich an und lachten ungläubig. Allerdings schienen sie langsam auch etwas befremdet von ihm und seiner Unwissenheit. Wie konnte es sein, dass ein junger Mann wie Nick absolut keinen Schimmer von Computern hatte und noch seltsamer, nicht wusste, was ein iPhone war? Das er angeblich gefunden hatte.

»Locker viertausend Kronen«, erklärte Edem und nahm ihm das Gerät aus der Hand.

Nick staunte. So viel Geld für ein Telefon.

»Also was ist?«, drängte er. »Gibst du mir dein Handy? Ist nur ein Anruf.«

»Okay.« Edem reichte Nick sein Telefon und wollte das iPhone gleich einstecken, aber Nick nahm es ihm wieder ab.

»Erst danach«, sagte er.

Er bereute jetzt ein bisschen, dass er das Ding einfach so verschenkt hatte, ihm war nicht klar gewesen, dass er es zu Geld hätte machen können. Er ließ die Jungs stehen und ging selbst ins Foyer hinunter, wählte die Nummer, die er sich notiert hatte. Seine Hände zitterten.

Dreimal Freizeichen, dann eine Stimme.

»Ja?«

»Jan?«, fragte Nick, seine Stimme kratzte.

»Nicky!«

Der Mann am anderen Ende der Leitung – war das tatsächlich sein Bruder? Nick glaubte, in den Apparat heulen zu müssen. Er krallte sich daran, als wäre es der letzte Strohhalm, nein, es *war* der letzte Strohhalm, der einzige Mensch, der ihn noch kannte, der von seiner Familie übrig geblieben war.

»Ja«, sagte er, »ja, ich bin's.«

»Ich habe schon darauf gewartet«, sagte Jan. »Es hat jemand angerufen und gesagt, dass du dich melden wirst.«

Das konnte nicht sein! Hiob? Hiob hatte Jan angerufen! Wenn er ihn einfach so übers Internet finden konnte, dann konnte das die *Flamme* natürlich auch. Nick wurde übel.

»Wer war das?«

»Ein Bulle«, antwortete Jan. »Scheiße, Nicky, was ist los? Was ... Bist du raus? Aus dieser bekloppten Sekte?«

»Ja.« Nick musste sich mit einer Hand an der Wand abstützen, er hatte plötzlich keine Kraft mehr für all das. Hiob, Jemi, der Tote, er war vollkommen fertig. »Ein Bulle? Bist du sicher?«

»Okay, hör mal, Nicky, sitzt du in der Scheiße?«

Ob ich …?, dachte Nick. Ja! Ja, ich sitze in der Scheiße, seit verdammten zehn Jahren, seitdem du mich im Stich gelassen hast. Aber das sagte er nicht, denn er spürte jetzt, wie sehr er sich nach Jan sehnte, nach seinem Bruder, seiner Rettung. Dem Einzigen, der ihn Nicky nannte.

»Jan, die suchen mich. Die glauben, dass ich jemand umgebracht habe. Aber das habe ich nicht, ich schwör's dir.«

»Dann musst du mit dem Bullen reden«, gab Jan zurück. »Wenn du Hilfe brauchst – ich komme zu dir und bin an deiner Seite, okay? Du brauchst einen Anwalt. Und wenn du alles geklärt hast, kommst du mit nach Hause.«

»Nach Hause?«

»Na ja«, Jan lachte beherrscht, »mein Zuhause. Was ist mit Mama und Papa?«

»Die sind noch da. Und die bleiben da.« Nick sah jetzt, dass die beiden Brüder die Treppe herunterkamen und sich suchend nach ihm umsahen. Wahrscheinlich wollten sie ihr Telefon wiederhaben. Nick blieb nicht mehr viel Zeit. »Jan, ich will nicht zur Polizei. Ich will zu dir.«

»Klar«, sagte sein Bruder, »klar. Aber wenn du gesucht wirst, Nicky, das geht nicht gut. Ruf doch diesen Bullen an, er sagt, er kann dir helfen.«

Das war eine Falle, was sollte es anderes sein?, dachte Nick. Die Jungs hatten ihn jetzt entdeckt und kamen auf ihn zu.

»Hör mal«, sagte Jan, »ich soll dir sagen, Nathanael lebt.«

Edem stand vor Nick. »Ich brauch mein Telefon«, sagte er.

»Was? Was hat er gesagt?« Nick war wie elektrisiert.

»Gib schon!«, drängelte Edem.

»Ja, gleich«, wehrte Nick ihn ab, während Jan wiederholte. »Ich soll dir sagen, Nathanael lebt. Du wüsstest dann schon.«

Nick fummelte das iPhone aus seiner Tasche, in der Hoffnung, dass die Brüder ihn dann noch einen Moment in Ruhe telefonieren lassen würden.

»Hast du eine Nummer von dem Typ? Oder eine Adresse?«

»Ja, warte.«

Während Jan suchte, schnappte Nick sich den Schulranzen von dem Kleinen, öffnete ihn, noch bevor dieser protestieren konnte, holte sich ein Federmäppchen und ein Heft heraus. Gestisch bedeutete er dem Jungen, dass er das Telefonat in zwei Minuten beendet haben würde. Edem stöhnte und verdrehte die Augen, aber dann beschäftigten sich die beiden mit dem iPhone.

Jan diktierte Nick Namen, Adresse und Telefonnummer des Polizisten. Es war eine Adresse in Aalborg! Ausgerechnet, da kam er doch gerade her!

»Wie soll ich das machen?«, wandte er sich ratlos an seinen Bruder. »Ich hab kein Geld und kein Auto.«

»Ist das weit weg?«, erkundigte sich Jan.

»Ja, verdammt. Und da komme ich gerade her.« Nick war verzweifelt. Andererseits war Kopenhagen im Moment ein heißes Pflaster. Hier suchte die ganze Stadt nach ihm, als Mordverdächtigem. Vielleicht war es gar nicht so verkehrt, wieder abzuhauen.

»Lkw«, sagte Jan, nachdem er ein paar Sekunden nachgedacht hatte. »Du musst irgendwohin, wo die Fernfahrer sind. Autohof, große Tankstelle, so was. Such nach ausländischen Fahrern, die kein Dänisch sprechen. Die werden nicht wissen, dass du gesucht wirst, und meistens nehmen sie einen ein Stückchen mit und stellen keine blöden Fragen.«

»Woher weißt du so was?«, fragte Nick erstaunt und hörte, dass sein Bruder lachte. Es klang nicht besonders fröhlich.

»Erzähl ich dir, wenn wir uns sehen. Viel Glück, mein Kleiner.«

Nick wollte auflegen, aber dann fiel Jan noch etwas ein. »Kann ich dich auf dieser Nummer hier erreichen, Nicky?«

»Nein, das ist nicht mein Telefon. Ich hab keins, ich … Ich rufe dich an. Ich muss auflegen.«

»Nicky, nein! Ich … scheiße, Nicky.« Jan atmete hörbar schwer durchs Telefon. Und dann sagte er den Satz, auf den Nick so lange gewartet hatte: »Es tut mir leid.«

Nick legte auf. Er gab Edem das Handy zurück, wollte sich bedanken, aber die Jungs liefen aus der Bibliothek, so rasch sie konnten und drehten sich nicht ein einziges Mal um, zu ihm, dem seltsamen Mann.

Nick starrte auf den Fetzen Papier. Nathanael lebte. Und dieser Willem Vanguy gab vor, etwas darüber zu wissen. Niemand von außerhalb wusste etwas über Nathanael und seinen Tod. Ob dieser Willem wirklich Bulle war? Ob er ihm helfen konnte? Nick schob beide Zettel, den mit Jans Telefonnummer und den mit den Kontaktdaten von Willem, in die Tasche des Anoraks, wo er auch den USB-Stick verwahrte.

Seine Lebensversicherung.

Er wollte gerade hochgehen zu seinem Platz, sich einen weiteren Kaffee holen und in Ruhe nachdenken, als er sah, wie auf der anderen Seite des Kanals, dort, wo er am Morgen gewartet und die Bibliothek beobachtet hatte, wie aus dem Nichts mehrere Autos auftauchten. Alles ging blitzschnell, er beobachtete, wie sie zwei Menschen den Weg abschnitten. Polizisten in Uniform und welche in Zivil sprangen aus den Wagen und kreisten die beiden Personen ein.

Zwei kleine Jungen mit Schulranzen.

Edem und seinen Bruder.

Und Nick wusste augenblicklich, dass die Aktion, die er gerade noch beobachtete, ihm galt. Er zog die Kapuze seines Hoodies über den Kopf und verließ, so schnell er konnte, die Bibliothek. Er blickte nach unten, rannte nicht, aber ging rasch. Sein Atem ging stoßweise.

Sie hätten ihn fast gehabt. Sie waren schnell. Er musste schneller sein.

Brønderslev

Helle zögerte, bevor sie den Finger auf den Klingelknopf legte. War es richtig, Ingrid so zu überfallen? Schließlich handelte es sich nicht um irgendeine Routinebefragung. Helle riss eine alte Wunde wieder auf, und die Folgen konnte sie nicht absehen. Nein, gab Helle sich selbst die Antwort. Richtig war es nicht. Weder moralisch noch was die Ermittlung betraf.

Sie drückte auf die Klingel.

Während sie dem Verhallen des Klingeltons nachhörte, sah sie sich um. Eine ruhige, gutbürgerliche Wohngegend. Bäume am Straßenrand, Einfamilienhäuser und Doppelhaushälften, Vorgärten und Doppelgaragen. Keine Villengegend, aber durchaus eine gehobene Wohnlage. Aus dem Netz hatte Helle erfahren, dass Ingrid nach ihrer Zeit in der Psychiatrie eine Ausbildung zur Logopädin gemacht hatte und seit einigen Jahren in einer eigenen Praxis arbeitete, gemeinsam mit einer anderen Frau. Es sah ganz so aus, als hätte sie ihre schwierige Vergangenheit gut bewältigt. Zumindest oberflächlich.

Helle wollte gerade erneut klingeln, da öffnete sich die Tür. Kurz blieb Helle die Luft weg; die Frau, die ihr geöffnet hatte, war auf seltsame Art atemberaubend schön. Auf den Fotos in der Akte, die immerhin fast neunzehn Jahre alt waren, hatte Helle durchaus erkennen können, dass Ingrid eine attraktive junge Frau gewesen war. Aber gleichzeitig sah sie damals so zerstört und verzweifelt aus, das Haar kurz geschoren, mit vor Entsetzen aufgerissenen Augen, dass Helle nicht erwartet hatte, einer reifen, gelassenen Schönheit gegenüberzutreten. Kastanienrotes

Haar, mit wenigen Silberfäden durchzogen, fiel ihr glänzend über die Schultern. Ingrid sah Helle neugierig, mit wachem Blick an, große hellblaue Augen, eine gerade Nase, aufgeworfene, ungeschminkte Lippen. Eine wunderschöne Frau.

Und dennoch war da eine Spur von Schmerz, etwas Tiefes und Dunkles, das sie umgab. Ingrids Schönheit verbarg nicht, dass sie in ihrem Leben gelitten hatte.

»Bitte entschuldige«, Helle zog ihren Ausweis heraus und hielt ihn Ingrid hin, die instinktiv zurückwich. Auch ihr Blick verdunkelte sich, sie wechselte augenblicklich von der offenen in eine abwartende Haltung, war jetzt auf der Hut.

»Ich komme von der Polizei in Skagen und ich möchte dir ein paar Fragen stellen.«

»Um was geht es?«, erkundigte sich Ingrid, schob die Tür etwas weiter zu und zog skeptisch die Brauen zusammen.

Helle beschloss, nicht um den heißen Brei herumzureden. Die Frau ihr gegenüber verdiente es nicht nur, dass sie offen mit ihr sprach, sie machte auf Helle auch einen ziemlich stabilen und wachen Eindruck. Mit Beschönigungen würde sie bei ihr nicht weiterkommen.

»Um die Gemeinschaft der heiligen Flamme.«

Ingrid erstarrte. Immerhin schlug sie Helle nicht augenblicklich die Tür vor der Nase zu, dafür war sie sehr dankbar und sprach deshalb gleich weiter.

»Es tut mir leid, dass ich mich nicht angemeldet habe. Es geht darum ... ich möchte gerne etwas darüber erfahren, was damals geschehen ist. Ich habe im Moment einen Fall ...«

»Ich kenne dich«, unterbrach Ingrid. »Ich habe dich im Fernsehen gesehen. Letztes Jahr. Wegen dieses armen Mädchens, das in der Düne gefunden wurde.«

Helle nickte. »Imelda.«

»Das hast du toll gemacht«, fuhr Ingrid fort, als hätte Helle ihr gar nicht mitgeteilt, aus welchem Grund sie hier war. »Ich kann mich gut an dich erinnern.«

»Danke«, sagte Helle. »Meinst du, wir können uns ein wenig unterhalten?«

Ingrid zögerte noch immer. Keinen Zentimeter öffnete sie die Tür. Dann schüttelte sie den Kopf.

»Nein«, sagte sie schließlich. »Es tut mir leid. Aber ich habe damit abgeschlossen.«

»Wer ist da?«, hörte Helle nun eine Stimme hinter Ingrid, und gleich darauf zeigte sich eine weitere Frau. Sie sah Ingrid verblüffend ähnlich, und Helle hatte kurz das Gefühl, doppelt zu sehen.

»Meine Schwester«, stellte Ingrid die andere vor, und jetzt, endlich, ging die Tür einen Spalt weiter auf, damit ihre Schwester ebenfalls einen Blick auf die Besucherin werfen konnte.

»Das ist doch ...«, sagte sie, und Ingrid nickte.

»Ja, genau. Habe ich auch gleich gesehen.«

Helle ergriff die Chance und brachte ihr Anliegen noch einmal vor. Vielleicht fand sie Unterstützung bei der Schwester.

»Ich bin hier wegen der Sekte. Der Gemeinschaft der heiligen Flamme. Ich habe ein paar Fragen wegen dieser Sache damals. Natürlich weiß ich, dass es schmerzhaft ist, und ich bin mir auch bewusst, dass ich kein Recht dazu habe, aber ...« Sie stockte. »Es gibt nicht viele Menschen, die da rausgekommen sind und sich mit mir unterhalten könnten.«

Ingrid lachte bitter. »Nein. Es gibt nicht viele. Die meisten bleiben ein Leben lang bei ihm. Oder sie sterben. Oder sie werden verrückt.«

»Geht es um Angela?«, erkundigte sich die Schwester. Dann streckte sie Helle die Hand hin. »Lone.«

Helle schüttelte die Hand, nannte noch einmal ihren Namen und nutzte die Gelegenheit, sich der Tür ein paar Zentimeter zu nähern. »Wer ist Angela?«

»Meine Tochter«, antwortete Ingrid.

»Oh.« Helle schwieg. In den Akten hatte sie keinen Namen gelesen. Es war lediglich die Rede vom Säugling, dem Kind, dem Mädchen die Rede gewesen. Dem Kind, von dem nicht klar war, ob es geboren worden war, ob es lebte und wo es sich befand. Dass Ingrid ihrer Tochter einen Namen gegeben hatte und so selbstverständlich von ihrer Tochter sprach, ließ Helle vermuten, dass sie von ihrer ursprünglichen Version der Geschichte – dass dieser Hiob ihr das Mädchen weggenommen hatte – nicht abrückte.

»Ach, komm doch rein«, sagte Lone und öffnete die Tür weit. »Draußen ist es viel zu kalt.«

Helle konnte sehen, wie Ingrid ihrer Schwester einen strafenden Blick zuwarf, aber sie beschloss, das zu ignorieren und den beiden Frauen ins Innere des Hauses zu folgen.

Das Wohnzimmer war nicht besonders groß, aber ebenso wie der Flur, den Helle mit den Frauen durchquerte, warm und freundlich. Alles in dem Haus schien positiv aufgeladen, die hellen modernen Möbel, großformatige Naturaufnahmen an der Wand, Decken, Kissen, Grünpflanzen – Helle kam sich vor, als wäre sie mitten in einem dieser Instagram-Accounts gelandet, auf deren Bildern alles bis zum dekorativen Haustier durchgestylt war und man sich immer fragte, ob die Räume nur fotografiert und bewundert oder auch bewohnt werden durften. Helle nahm auf dem Sofa Platz, neben einer schlafenden weißen Katze, die nur müde den Kopf hob, Helle anblinzelte und sofort weiterschlief.

Ingrid setzte sich Helle gegenüber und legte die Hände in den Schoß. Es würde kein einfaches Gespräch werden, das war Helle klar, und das hatte sie auch nicht erwartet. Aber sie war auch nicht darauf vorbereitet gewesen, ein derart stabil wirkendes Umfeld vorzufinden.

Ingrid bemerkte Helles Verblüffung sofort. »Ich habe an mir gearbeitet«, sagte sie. »Ich tue es noch. Ohne meine Schwester hätte ich es nicht geschafft.«

Lone war verschwunden, vermutlich in der Küche, denn Helle vernahm Geschirrklappern und wenig später den Duft von frischem Kaffee.

Helle nickte. »Ich bin Mutter. Von zwei Kindern. Die Vorstellung, man hätte mir ein Kind weggenommen ... Es ist furchtbar, was dir passiert ist.«

Ingrids Gesicht blieb unbewegt. »Es ist mir nicht passiert. Sie haben es mir angetan.«

»Wen meinst du mit ›sie‹?«

»Polizisten. Psychiater. Ärzte. Aber vor allem Hiob.«

»Der Chef der Sekte.«

Lone kam herein und stellte ein Tablett mit Zimtschnecken, Kaffee und Geschirr auf den Tisch. Sie schnaubte.

»Der Chef. Genau so kann man es nennen. Es ist sein Business.«

Ingrid legte ihrer Schwester sanft die Hand auf den Arm. »Lass mich erzählen, Lone.«

Dann wandte sie sich an Helle. »Aber bevor ich darüber rede, muss ich wissen, ob du mir glaubst.«

Helle holte tief Luft. »Es ist schwer, das nur aus der Aktenlage zu beurteilen. Ich war nicht dabei. Was ich allerdings herauslese, ist, dass dir damals niemand geglaubt hat. Ich finde es ungeheuerlich, dass sich keiner wirklich Mühe gemacht hat herauszufinden, wo dein Kind ist.«

»Deine Kollegen haben das Königreich nach ihr abgesucht ...«

»Das Königreich?«, unterbrach Helle.

»Ja, so nennen sie es. Die Leute in der Gemeinschaft. Er. Es ist sein Königreich, und wenn ich heute darüber nachdenke, dann ist es auch stimmig. Er benimmt sich wie ein Monarch. Ihm gehört alles und jeder, und er steht über dem Gesetz.«

Helle nickte und nahm sich ein Gebäckteilchen, das sie in ihren Kaffee tunkte.

»Also, jedenfalls haben meine Kollegen damals das Gelände durchsucht und kein Neugeborenes gefunden.«

Ingrid schlang die Arme um ihren Oberkörper. »Er hat sie wegbringen lassen. Das ist ein Leichtes für ihn gewesen. Ich habe versucht, das den Leuten klarzumachen, aber mir hat niemand zugehört. Stattdessen ...« Sie schwieg.

Helle wusste, dass sie darauf anspielte, wie sich die Ermittlungen gedreht hatten. Plötzlich war Ingrid unterstellt worden, im religiösen Wahn ihre Tochter getötet zu haben. Beschämt dachte Helle daran, dass ausschließlich männliche Polizisten den Fall bearbeitet hatten.

Sie nickte. »Ich weiß. Du musst auch nicht darüber sprechen. Allerdings habe ich den Akten entnommen, dass auch kein Leichnam gefunden wurde.«

»Natürlich nicht!« Das war Lone. »Weil es keine Leiche gibt! Sie haben Angela entführt.«

»Warum hat er das getan?« Helle hatte das nicht herauslesen können. Es ergab für sie einfach keinen Sinn, warum der Führer der Sekte, Hiob, Ingrid das Baby hätte wegnehmen sollen.

»Er hätte sie mir nicht weggenommen, wenn ich sie ihm freiwillig überlassen hätte«, gab Ingrid zurück, und Helle konnte hören, dass ihre Stimme brüchig wurde.

»Ich verstehe nicht.«

Jetzt rutschte Ingrid ganz vorne auf die Kante des Sessels, auf dem sie saß, schob ihr Gesicht vor und sah Helle eindringlich an.

»Die Philosophie oder das Gesetz des Königreichs besagt, dass niemand etwas für sich besitzen darf. Auch nicht seine eigenen Kinder. Alles gehört allen. Was natürlich gelogen ist, denn letztendlich läuft es darauf hinaus, dass alles Hiob gehört. Auch dein Wille. Das ist das Wesentliche. Du gehörst dir zum Schluss nicht einmal selbst. Er nennt es Hingabe, ich nenne es Folter.«

Sie lehnte sich erschöpft zurück. »Aber als ich Angela nach der Geburt in den Armen hielt, spürte ich, dass ich ihre Mutter war. Ich! Ich wollte sie nicht hergeben, sie nicht den anderen überlassen.«

Das hätte ich auch nicht gewollt, dachte Helle und erinnerte sich an die Geburten ihrer Kinder. An den Schmerz, an ihre Verzweiflung und die Tränen bis zu dem Moment, als sie diese zerbrechlichen Wesen endlich an ihrer Brust liegen sah, ihre Haut und Wärme spürte, die verschrumpelten Händchen gehalten und alles, was davor geschehen war, sofort vergessen hatte. Stattdessen regte sich der mütterliche Beschützerinstinkt, und sie hatte sich geschworen, immer dafür sorgen zu wollen, dass ihren Kindern nichts geschah. Sie verstand Ingrid sofort.

Ingrid sah erschöpft und traurig aus, deshalb führte Lone die Erzählung fort.

»Die Mütter dürfen nicht stillen. Sie pumpen ab und andere Frauen füttern die Kinder. Die Babys sollen keine Bindung zu einer einzelnen Person aufbauen. Das ist völlig krank.«

»Und als du dich dagegen gewehrt hast, haben sie dir deine Tochter weggenommen?«, richtete Helle sich wieder an Ingrid.

Die nickte, und Helle wollte es am liebsten dabei belassen, denn sie spürte sehr wohl, wie der unfassbare Schmerz zu Ingrid zurückkehrte. Aber sie musste noch eine Frage stellen.

»War Hiob der Vater?«

Ingrid schüttelte den Kopf. »Er wäre es gerne gewesen. Aber nein. Ich habe niemals mit ihm … Er ist ja der Prophet, die heilige Flamme. Er würde niemals so etwas Unreines tun.«

Helle verkniff sich die Bemerkung, dass die Sekten, über die sie etwas wusste, stets einer vollkommen verdrehten Logik folgten, die man mit klarer Vernunft nicht nachvollziehen konnte. Und es durchaus jede Menge – männlicher – Sektenführer gab, die sich als Heilige gerierten, sich aber gerade deswegen das Vorrecht herausnahmen, ihre weiblichen Anhänger zu missbrauchen.

»Und der leibliche Vater? Der, mit dem du das Kind gezeugt hast – war das ein Mann aus der Gemeinschaft? Oder warst du schon schwanger?«

»Nein. Es war einer von ihnen. Ich war verliebt. Wir waren verliebt. Auch das durfte eigentlich nicht sein. Hiob wollte keine Zweierbeziehungen.«

»Stattdessen?«

»Polygamie. Wie im Alten Testament. Ein Mann hat mehrere Frauen. Aber wenn ein anderer Mann eine Frau begehrt, wird sie ihm überlassen.«

Lone schnalzte missbilligend mit der Zunge, Helle schüttelte den Kopf. »Ich frage mich immer, warum man das mitmacht?«

»Gehirnwäsche«, gab Ingrid zurück. »Es gibt einzelne Sessions bei Hiob, er ist wahnsinnig gut darin, dir zu suggerieren, dass du auf dem richtigen, dem auserwählten Weg bist. Dem Pfad der Flamme folgen, nennt er es. Und dann hat man mehrmals täglich gemeinsame Sessions. Es wird so eine Power aufgebaut, und wenn eine große Menge Menschen immer wieder das Gleiche wiederholt, zusammen, wie ein Mantra, dann ist das unheimlich mächtig. Irgendwann kommst du gar nicht mehr auf die Idee, etwas anderes zu glauben.«

»Verstehe.« Mit Schaudern dachte Helle daran, was Sektenführer in den vergangenen Jahrzehnten ihren Jüngern einzureden vermocht hatten. Das Gemetzel der Manson-Family, den Giftgasanschlag in der Tokioter U-Bahn, den die Jünger der Aum-Sekte verursacht hatten, körperliche und seelische Folter in der Colonia Dignidad oder die Massenselbstmorde der Sonnentempler.

»Und dieser Mann, der Vater deiner Tochter – du hast ihm also gehört?«

»Nein.« Ingrid lächelte. Wehmut und Liebe in ihrem Blick. »Er war jung. So jung wie ich. Damit stand er in der Hierarchie der Männer ganz unten. Aber wir haben uns verliebt.«

»Hat er dir nicht geholfen, Angela zurückzubekommen?«

Ingrid öffnete den Mund, um zu antworten, aber dann brachte sie keinen Laut heraus. Sie stand rasch auf und verließ das Zimmer.

Helle und Lone sahen ihr hinterher.

»Es tut mir leid«, sagte Helle. Ich hätte nicht …«

Aber Lone winkte ab. »Nein«, sagte sie. »Es ist okay. Es muss okay sein. Sie hat über die Jahre immer wieder gelernt, in der Therapie, aber auch im Alltag, dass es gut ist, darüber zu sprechen, was geschehen ist. Nicht immer und immer wieder, aber du bist auch die Erste in vielleicht zehn Jahren, die das wieder aufwühlt.«

Helle blieb stumm. Sie hatte ihre Zimtschnecke nicht gegessen, sondern auf dem Teller in viele kleine Fetzen gerissen. Lone schenkte ihr Kaffee nach.

»Er ist tot.«

Helle blickte auf. »Der Junge?«

Lone nickte. »Ja. Er hat versucht zu flüchten. Bevor er erfahren konnte, dass er Vater wird. Sie haben ihn gekriegt.«

»Und getötet?« Helle konnte das nicht glauben. »Warum hat sie das nicht erzählt?«

»Hat sie ja. Aber auch von ihm hat man keine Spur gefunden. Nichts. Ingrid hat gesehen, wie sie ihn festgehalten und geschlagen haben.«

»Puh«, gab Helle zurück. »Von dem Jungen habe ich in den Akten gar nichts gelesen! Also wenn ich mit meiner Ermittlung durch bin, muss ich mir das noch einmal ansehen. Das muss doch noch einmal neu aufgerollt werden!«

»Ich bin nicht sicher, ob das eine gute Idee ist«, sagte Lone leise, als sie beide hörten, dass die Toilettenspülung betätigt wurde, dann der Wasserhahn lief und schließlich Ingrid wieder ins Wohnzimmer kam.

»Er hieß Nathanael«, sagte sie.

Helle kramte ihr kleines schwarzes Notizbuch hervor und schrieb sich den Namen auf. Es spielte für ihre aktuellen Ermittlungen zwar keine Rolle, aber sie wollte unbedingt herausfinden, was mit dem Mann vor beinahe zwanzig Jahren geschehen war.

»Warum fragst du das eigentlich alles?«, erkundigte sich Lone, während Ingrid wieder Platz nahm. »Nach so langer Zeit.«

Helle klappte ihr Notizbuch zu. »Ich habe im Moment einen Fall, der irgendwie seltsam ist. Und eine Spur führte nach Åldrup. Zwar nicht unmittelbar zu dieser Gemeinschaft der heiligen Flamme, aber in den Ort.«

Die Schwestern sahen sich an. »Doch nicht etwa das ertrunkene Mädchen?«

»Merle«, nickte Helle, und es schmerzte sie, den Namen auszusprechen.

»Sie wäre ungefähr in Angelas Alter«, sagte Ingrid. »Es muss so furchtbar sein für die Eltern.«

»Ja.« Helle hatte einen Kloß im Hals. »Das ist es.«

Sie fand, dass es an der Zeit war, Ingrid nicht länger zu belästigen, also stand sie auf und verabschiedete sich, nicht ohne noch einmal zu versichern, wie leid es ihr tat, dass sie ohne Anmeldung hereingeplatzt war.

»Vielen Dank für deine Offenheit«, sagte sie zu Ingrid und gab ihr die Hand.

Ingrid zog sie an sich und umarmte sie kurz und fest. »Ich hab's überlebt«, sagte sie und lächelte ein wenig. »Du hast einen schweren Job, Helle. Und vielleicht konnte ich dir ein wenig helfen.«

Dann schloss sich die Haustür hinter Helle und sie ging zu ihrem Auto. Zu Beginn des Gesprächs hatte sie sich noch gewundert, warum man in dem Alter, in dem Ingrid und Lone waren, um die vierzig, mit seiner Schwester zusammenleben wollte. Ohne Kinder, ohne Männer. Oder eine Frau, also überhaupt ohne Beziehung. Aber jetzt, wo sie das Haus verließ, das eine Oase der Geborgenheit schien, in der Wärme und Empathie zu Hause waren, konnte sie es verstehen. Für einen Menschen wie Ingrid, die in dieser Sekte die Hölle durchgemacht hatte, war es absolut verständlich, sich mit einem geliebten Menschen zusammenzutun, dem sie von Kindesbeinen, ja von Geburt an vertraut hatte.

Helles Hand zuckte zu ihrer Anoraktasche, sie tastete nach einem Tabakpäckchen, aber dann ließ sie ab und erinnerte sich an Bengt, der ihr am Vorabend sehr deutlich gesagt hatte, was er davon hielt, dass sie mit Anfang fünfzig wieder anfing zu rauchen. Nämlich gar nichts.

Erst als sie im Auto saß, fiel Helle ein, was Ingrid gesagt hatte. Dass Merle im Alter ihrer Tochter war.

Sie dachte an das Mädchen auf der Flucht. Die Schilderung des Priesters in Kopenhagen, von der Ole ihr berichtet hatte. Und sie hoffte, dass sie nicht eines Tages wieder vor dieser Tür der beiden Frauen stehen und Ingrid sagen musste, dass sie ihre Tochter gefunden hatte.

Und dass diese Tochter eine Mörderin war.

Åldrup

An der Abzweigung, die zum Gelände der Gemeinschaft führte, hielt er an. Luft holen. Mut schöpfen. Stärke sammeln. Willem schloss die Augen und umklammerte das Lenkrad. Er dachte an Marit, an Mia und Lars. Für sie würde er jetzt stark sein. Er wollte seine Familie behalten, ein freier Mann sein und sich nicht ein Leben lang bedroht fühlen.

Er musste dem ein Ende machen.

Am Morgen hatte Marit angerufen. Sie hatte ihm gesagt, dass sie ihn liebe. Dass sie ihm verzeihe und mit den Kindern zu ihm zurückkommen wolle. Am Wochenende. Bis dahin würden sie noch ein paar Tage bei ihren Eltern bleiben. Eine Bedingung allerdings hatte sie gestellt: Er müsse eine Therapie beginnen. Seine Vergangenheit aufarbeiten.

Erleichtert hatte Willem eingewilligt. Und sich gleichzeitig vorgenommen, dass er den Kampf gegen Hiob und die Dämonen, die in seinem Inneren tobten, gewinnen wollte.

Deshalb war er hier.

In Åldrup. Dreihundert Meter vom Tor der Gemeinschaft entfernt. Helle Jespers hatte doch darum gebeten, dass sie ab und an Kontrollfahrten machten und nichts anderes tat er nun. Dass er aussteigen und mit Hiob sprechen würde, war nicht Teil des Auftrags gewesen, aber das musste auch niemand erfahren, und für ihn, Willem, war es wichtig, Druck auf Hiob auszuüben.

Denn er hatte etwas herausgefunden.

Als er sich die Mail der Kollegen von der Mordkommission Kopenhagen durchgelesen hatte, in der sie alle Einheiten um

Unterstützung bei der Suche nach der jungen Frau, der dringend Verdächtigen im Tötungsdelikt AMERIKANER, baten, war er vollkommen sicher, dass diese junge Frau genauso wie der Junge Niklas Sprembert aus der Sekte entkommen war. Der religiöse Wahn, den sie in der Kirche gegenüber Pastor Jørgens gezeigt hatte, war seiner Meinung nach nicht ursächlich auf Drogenkonsum zurückzuführen. Willem sah darin vielmehr die Ekstase, die er aus seiner Zeit in der Gemeinschaft kannte. Hiob provozierte solche Zustände in den Sessions. Er nutzte Delirien, hervorgerufen durch Schlaf- und Essensentzug, um seine Jünger hinter sich zu bringen, impfte ihnen dann seine Offenbarungen ein, die sie in diesem entrückten Wahn sehr viel leichter glaubten. Willem wusste, auch von sich selbst, dass man in der totalen Entrückung Visionen hatte, außer sich war, er hatte andere Mitglieder der Gemeinschaft in Raserei erlebt, die sich zur Zerstörungswut steigern konnte. Selbstverletzungen waren dabei häufig vorgekommen, auch Gewalt gegen andere, weil die Jünger in diesem Zustand keinen Zugang mehr zur Realität hatten, nicht mehr zum rationalen Handeln fähig.

Dieses junge Mädchen war mit ihrem Freund aus der Sekte geflüchtet, und es waren schreckliche Dinge passiert; der Junge hatte sie allein gelassen, vielleicht hatte sie ansehen müssen, wie er den Amerikaner im Hostel getötet hatte, vielleicht kam sie mit dieser Welt, die ihr vollkommen fremd war, nicht klar – was auch immer es war, Willem glaubte zu wissen, dass sich ihr Zustand auf »Behandlungen« Hiobs zurückführen ließ.

Und dann hatte er sich noch einmal das Melderegister vorgenommen, mit dessen Hilfe er bereits den Jungen mit der Narbe als Niklas Sprembert identifiziert hatte. Und es war genau so, wie er es in Erinnerung hatte: Es gab keine junge Frau im Alter der Gesuchten in der Gemeinschaft.

Das Mädchen mit den langen Locken, das Mädchen, mit dem Niklas Sprembert unterwegs gewesen war, das Mädchen, das sich mit der mittlerweile toten Merle Brabant in der Tankstelle unterhalten hatte – dieses Mädchen gab es offiziell nicht.

Willem wusste, was das bedeutete: Hiob hatte begonnen, seinen Traum zu verwirklichen. Den Traum einer Armee von Jüngern, die er nach seinem Willen formte, die nur seiner Vision gehorchten, die außerhalb der Gesellschaft standen und am Tag nach der Apokalypse, die selbstverständlich die gesamte ungläubige Menschheit, nicht aber die Jünger Hiobs dahinraffen würde, die Macht über die Erde übernehmen würden – sie war eine von ihnen. Eine Soldatin der Gemeinschaft der heiligen Flamme.

Was für ein Irrsinn.

Willem fragte sich, wie er so etwas komplett Verdrehtes hatte glauben können. Wieso es immer noch Menschen gab, die nicht erkannten, dass so eine Vision nur einem kranken Hirn entspringen konnte.

Und nun lief dieses arme verwirrte Wesen dort draußen herum, verletzte sich und andere, wurde von der Polizei gesucht – und würde ohne Zweifel sehr bald gefunden werden –, um dann, wenn es gut für sie lief, ihr weiteres Leben unter strenger psychiatrischer Aufsicht zu verbringen.

Willem zweifelte nicht mehr daran, dass es sich bei der Flüchtigen um eines der Kinder handelte, die Hiob ihren Müttern weggenommen und sie von der Gemeinschaft in seinem Geist hatte aufziehen lassen. Wenn Babys in der Gemeinschaft entbunden wurden, dann sollte niemand davon etwas mitbekommen. Sie würden folglich in keinem Melderegister erscheinen, bekamen keine Steuernummer, sahen niemals einen Arzt oder eine Schule.

Arme Geschöpfe.

Von dieser Vision hatte Hiob schon damals geredet, aber Willem hatte niemals erlebt, dass es tatsächlich Realität geworden war – die wenigen Kinder, die innerhalb der Gemeinschaft geboren wurden, er konnte sie an einer Hand abzählen, waren letztendlich doch in der Obhut von Ärzten zur Welt gebracht worden.

Deshalb hatte Hiob ihm nicht von der jungen Frau erzählt. Weil es sie nicht geben durfte. Niemand sollte von ihr erfahren, und Hiob hatte wohl gehofft, dass Willem ihm Niklas und damit auch das Mädchen bringen würde.

Diese Erkenntnis war eine Möglichkeit, ihn in die Enge zu treiben. Deshalb war Willem nach Åldrup gefahren. Um Hiob zu sagen, was er wusste.

Er startete den Wagen und lenkte ihn die Zufahrtsstraße zur Gemeinschaft hinauf. Direkt vor dem Tor hielt er an und hupte. Nichts regte sich, aber das hatte Willem auch nicht erwartet. Er stieg aus dem Wagen – den Motor ließ er laufen – und sprach, ohne zu klingeln, in die Kamera am Eingangstor.

»Ich will Hiob sprechen. Sofort. Sagt ihm, Willem ist hier.«

Auch darauf erhielt er keine Antwort, aber einige Minuten später, Willem saß bereits wieder im Auto, öffnete sich das Tor, und Hiob kam heraus. Bedächtig ging er auf den Polizeiwagen zu.

Willem stieg aus.

»Warum hast du mir nichts von dem Mädchen gesagt?«, fragte er.

Hiob blickte ihm in die Augen. Ruhig. Dunkel. Und durchdringend.

»Ich wusste, du würdest es selbst herausfinden.«

Willem hoffte, der Mann ihm gegenüber würde nicht bemerken, dass ihm das Herz bis zum Hals klopfte. Instinktiv fasste er an sein Holster, Hiob folgte ihm mit dem Blick. Sah er amüsiert aus? Willem spürte, dass er dabei war, seine Selbstsicherheit zu verlieren.

»Und dann?«, setzte er nach. »Dass ich sie dir bringe, alle beide? Damit du sie wieder in deiner Gewalt hast?« Er lachte, aber er merkte selbst, wie hohl und unsicher er sich anhörte.

Hiob streckte eine Hand aus und wollte sie ihm auf die Schulter legen, aber Willem wich aus.

»Du bist noch nicht fertig mit mir, Nathanael«, sagte der Mann, den sie die *Flamme* nannten. »Ich gebe dir die Chance, dich zu entscheiden. Sag mir, wo der Junge ist, und dann lasse ich dich gehen. Das bist du mir schuldig.«

»Ich schulde dir nichts.« Willem wurde wütend ob der Überheblichkeit Hiobs, aber auch deshalb, weil er spürte, welche Macht der Mann noch immer über ihn hatte. Egal, was er sich vornahm, ganz gleich, wie sehr er ihn hasste – sobald er ihm von Angesicht zu Angesicht gegenüberstand, fühlte er sich machtlos.

»Die beiden sind getrennt. Das Mädchen ist vollkommen durchgedreht, es ist nur eine Frage der Zeit, bis die Kollegen sie finden. Und dann stehen sie bei dir vor der Tür.«

»Du musst schneller sein«, gab die *Flamme* gelassen zurück. »Du findest sie, vor ihnen. Du hast die gleichen Informationen wie deine Kollegen. Also finde sie.«

»Wieso sollte ich?«

»Weil sie deine Tochter ist.«

Hiob drehte sich um und ging zum Tor zurück.

Willem blickte ihm hinterher. Das Blut in seinen Ohren rauschte. Er versuchte, die Information, die er gerade bekommen hatte, zu verarbeiten, aber er verstand sie nicht. Seine Tochter?

Wie konnte das sein?

Willem stieg in den Polizeiwagen, ließ wie in Trance den Motor an, wendete den Wagen und fuhr.

Der Weg zurück nach Aalborg, die Gespräche mit den Kollegen, der Heimweg zu Dienstschluss und die Ankunft in seinem Haus – er agierte wie ein Schlafwandler, fuhr und sprach und ging wie ein Automat.

Seine Tochter.

Es konnte sein.

Ingrid, erinnerte er sich. Ingrid, die Hiob auf den Namen Deborah getauft hatte. Ingrid, die Wunderschöne. Das lange lockige Haar, das in der Sonne so kräftig leuchtete, kastanienrot. Das lange Oval ihres schmalen Gesichts, die zarten Züge – es konnte sein.

Willem sah sich die wenigen Aufnahmen, die es von der gesuchten jungen Frau gab, an. Wieder und wieder. Warum war es ihm nicht aufgefallen, die Ähnlichkeit war offensichtlich. Willem stand unter Schock. Ingrid musste damals schwanger gewesen sein! Von ihm. Und er hatte es nicht gewusst, stattdessen war er abgehauen.

Er hatte sie im Stich gelassen. Die Frau, von der er einmal gedacht hatte, sie sei die Liebe seines Lebens, und tatsächlich hatte er sie einfach vergessen, bis heute.

Jetzt musste er seine Tochter retten.

Zunächst aber wollte er sich sortieren. Die vielen Informationen, die in seinem Kopf herumschwirrten. Musste darüber nachdenken, was die veränderte Lage für ihn tatsächlich bedeutete. War jetzt nicht endgültig der Zeitpunkt gekommen, sich den Kollegen zu offenbaren? Musste sein Bedürfnis nach Rache nicht zurücktreten zugunsten des jungen Mädchens? Hatten ihr Leben und ihre Sicherheit nicht oberste Priorität? Und wie würde seine Frau reagieren, wenn sie erfuhr, dass er eine erwachsene Tochter mit einer Fremden hatte und dass diese Tochter möglicherweise ein Menschenleben auf dem Gewissen hatte?

Wo war Ingrid? Lebte sie noch bei Hiob in der Gemeinschaft? Wie ging es ihr?

Willem füllte Kaffeepulver in die Maschine und stellte sie an. Dann ging er ins Bad, unter die Dusche und blieb so lange darunter, bis seine Haut krebsrot war, aber sein Geist klar. Er gelangte immer mehr zu der Überzeugung, dass er mit jemandem reden musste. Sich anvertrauen. Die ganze Geschichte war zu groß für ihn geworden. Und er wusste auch, mit wem er sprechen wollte. Helle Jespers. Er bewunderte sie, sie hatte bereits zwei schwierige Fälle gelöst, obwohl man versucht hatte, sie aufs Abstellgleis zu schieben. Helle war unbeirrbar, unbeugsam, aber dennoch nahbar und warmherzig. Obwohl er ihr nur ein paarmal begegnet war, hatte er ihr sofort vertraut. Und, das war letztlich ein weiteres wichtiges Argument, mit ausgerechnet ihr zu sprechen: Sie hatte eine Sonderstellung innerhalb des Polizeiapparates. Offiziell leitete sie lediglich die unbedeutende Polizeistation in Skagen, aber dennoch hatte ihr Wort Gewicht, insbesondere bei Anne-Marie Pedersen, Nordjütlands Polizeidirektorin, ihrer beider Vorgesetzten.

Willem drehte das Wasser aus, trocknete sich ab und schlüpfte in frische Klamotten. Er fühlte sich viel besser nach dem Entschluss, mit Helle zu reden und nahm sich vor, sie nach einem Kaffee anzurufen und um ein vertrauliches Gespräch zu bitten.

Plötzlich hörte er ein Geräusch. Wie das Klappern von Geschirr. Willem presste sich mit dem Rücken an die Wand des Badezimmers und drückte sehr vorsichtig die Türklinke herunter. Die Geräusche kamen aus der Küche, und es hörte sich ganz so an, als scherte sich der Verursacher kein bisschen darum, dass man ihn hören konnte.

War Marit zurückgekehrt? Oder warteten Hiobs Schergen auf ihn, nachdem er es gewagt hatte, dem Propheten zu drohen?

Willem ging auf Nummer sicher und schlich sich, mit dem Rücken immer eng an der Wand, die Treppe hinunter. Durch die geöffnete Küchentür sah er jemanden am Küchentisch sitzen. Er sah die Unterarme, die auf der Tischplatte auflagen und Hände, Männerhände, die einen Kaffeebecher umklammerten.

Also nicht Marit. Ein ungebetener Gast, ein Eindringling.

Willem war nun am Fuß der Treppe angelangt und griff sich aus dem Schirmständer einen Wanderstock. Dann stieß er die Küchentür auf, den Stock erhoben, versicherte sich mit einem raschen Blick in die Küche, aber der Mann, der an seinem Tisch saß, war allein. Und blickte Willem erschrocken an.

Er war jung, trug einen Hoodie unter dem Anorak, blonde Haare blitzten darunter hervor und ein Gesicht, das Willem beinahe vertraut erschien, so oft hatte er es in den letzten Tagen gesehen.

Es war der Junge mit der Narbe.

»Nathanael?«, sagte Niklas fragend.

Willem ließ den Stock sinken.

Kopenhagen

Es war jetzt gut. Der Herr ist mein Hirte, dachte sie. Der Herr leitet mich durch das tiefe Tal, und das hat er wahrlich getan, er weist mir meinen Weg, in Ewigkeit, amen.

Jemima saß geschützt im Bug des Hausbootes, die Augen geschlossen, und sammelte Kraft. Kraft für die Reise, die vor ihr lag. Die Reise nach Hause.

Der Herr ist mein Stecken, der Herr ist mein Stab, ich werde die Fährte aufnehmen und zu meiner Gemeinschaft und meinem Herrn zurückkehren, und der Herr wird mich leiten auf den rechten Pfad.

Hiob hatte sie gelehrt, ein Tier zu sein. Wie er sie alles gelehrt hatte, Hiob war der Prophet, er war die *Flamme*, der Auserwählte, und er hatte sie geformt. Er hatte die Wahrheit gesprochen, das wusste sie nun. Die Welt war ein verdorbenes Rattennest und gehörte ausgeräuchert mitsamt den Menschen, die verkommen und ungläubig waren.

Wie konnte Nick nur, wie konnte er? Und wie nur hatte sie ihm glauben können, hatte geglaubt, dass das Leben außerhalb ihrer Gemeinschaft so viel besser sein würde? Sie waren eine starke Gemeinschaft, sie hielten zusammen, sie und nur sie würden die Apokalypse überleben. Sie waren auserwählt, der Prophet hatte es gesehen! Und dass die Apokalypse kam, dass sie bald kam, dass sie niederfuhr auf die Erde und die Ungläubigen hinwegfegte, weil sie unwürdig waren, davon war Jemima überzeugt. Seit sie die Welt gesehen hatte, wie sie war, wie sie wirklich war, glaubte sie daran mehr denn je.

ER hatte die Wahrheit prophezeit.

Ihr hatte es an nichts gemangelt, denn sein Stecken und Stab leitete sie. Und er leitete sie auch jetzt, er wies ihr den Weg. Herrgott, der du bist im Himmel, Maria, voll der Gnade, bitte für mich. Hiob, erhöre mich, hilf mir und steh an meiner Seite.

Der Herrgott sprach durch Hiob, und Hiob sprach zu ihr. Und er hatte ihr den Weg in die Kirche gewiesen und zu diesem Boot, das ihr Unterschlupf gegeben hatte, und er würde ihr die Kraft geben, den letzten Weg zu finden und sie nach Hause leiten, zu ihm, zur *Flamme*, und die Arme der Gemeinschaft würden sich für sie öffnen.

Mühsam richtete sich Jemima auf. Gestern hatte sie die Schmerzen nicht gespürt, aber kaum hatte sie sich in dem alten Boot niedergelegt, brannten ihre Wunden wie Höllenfeuer. Ihre Schnitte, die sie sich in der Kirche zugefügt hatte, aber auch die tiefen Wunden an der rechten Hand, mit der sie die Scheibe des Hausbootes eingeschlagen hatte, peinigten sie. Aber war es nicht eine Glückseligkeit, dass sie diese Schmerzen durchlitt? Dass sie am eigenen Leib spürte, dass sie sich von den Sünden reinigte, ganz so, wie sie es in der Gemeinschaft taten, wenn sie sich geißelten und den Herrgott und den Propheten lobten und durch einen See voller Schmerzen wateten, auf dass es Licht würde an der Seite des dunklen Ufers?

Trinkt den Schmerz, das sagte Hiob, trinkt den Schmerz und spürt, wie die Feuer der Pein eure Seele reinigen.

So war es. So und nicht anders. Sie hatte sich Schmerzen zugefügt, um sich zu reinigen, um auf den rechten Pfad zurückzufinden, und nun war sie hier und schöpfte Kraft, um nach Hause zu finden.

Es war nur noch ein kleines Stück des Wegs zu gehen.

Sie würde so zurückkehren, wie sie gekommen war. Über das Wasser, mit dem großen Schiff. Um dort hinzukommen, brauchte sie ein Auto, denn Jemima wusste, dass sie es ohne Nick nicht schaffen würde, mit dem Zug zu fahren und mit dem Bus oder dieser U-Bahn. Das alles verwirrte sie – mit Nick im Auto, das war gut gewesen, sie hatte sich geborgen gefühlt, mit ihm an ihrer Seite.

Nick.

Absalom.

Da nahm Joab drei Stäbe in seine Hand und stieß sie Absalom ins Herz, als er noch lebend an der Eiche hing.

Jemima bekreuzigte sich und betete für Absalom, aber sie wusste, seine Seele war verloren. Warum hatte er sich verführen lassen? Und warum war sie ihm in das Chaos gefolgt, in die untergehende Welt? Hiob hatte sie gewarnt, Hiob wusste, dass sie sich nicht versuchen lassen sollten, vom Baum der Erkenntnis zu essen.

Sie sollte jetzt gehen. Hiob rief sie, Jemima wusste, dass es Zeit war.

Sie kletterte aus dem Boot an Land und sah sich um. Es sah aus, als wäre die große Stadt hier zu Ende, verfallene Industriegebäude, große Hallen, Pflanzen, die dazwischen wucherten, aber in Sichtweite auch Häuser, Blöcke aus Backstein, eine Straße, Autos.

Sie schauderte, dorthin zu gehen, aber es gab keine andere Möglichkeit für sie, sie wollte nicht um Hilfe bitten, das hatte sie in der Kirche getan, Hilfe gesucht, aber der Priester hatte nicht die Hilfe angeboten, die sie gebraucht hätte. Einen Arzt, wozu einen Arzt?

Ein Zittern ergriff sie, während sie ihren Blick fest auf die Straße gerichtet hatte und sich mühte, einen Schritt vor den anderen zu setzen, sie sah nicht, wie die wenigen Menschen, denen sie begegnete, die mit dem Rad oder zu Fuß dort unterwegs waren, sie anstarrten, machte sich keine Vorstellung davon, wie sie wirkte, in ihren vielen Kleiderschichten, die wie ein Bündel Lumpen ihren malträtierten Körper gnädig verbargen, nicht aber ihr Gesicht, das Gesicht mit den Schnitten und den brennenden Augen.

Wenn ich mitten in der Angst wandle, so erquickst du mich und streckst deine Hand über den Zorn meiner Feinde und hilfst mir mit deiner Rechten. So betete sich Jemima vor, wieder und wieder.

Sie hatte die Straße bald erreicht, als sie eine junge Frau sah, die zu einem der parkenden Autos ging, die Fahrertür öffnete, ihre Handtasche auf den Beifahrersitz legte und die Autotür hinter sich zuzog.

Jemima begann zu rennen.

Die Frau hatte soeben den Motor ihres Wagens angelassen, das Lenkrad eingeschlagen und den Blinker gesetzt, als Jemima sie erreichte, sich gegen das Auto warf, woraufhin die Fahrerin erschrak, den Motor abwürgte und dieser einen Satz nach vorne machte.

Jemima riss die Tür auf. Die Frau sah sie entsetzt an.

»Gib mir das Auto«, sagte Jemima.

Die Frau starrte weiter, öffnete den Mund, bekam kein Wort heraus, schüttelte den Kopf.

Jemima griff ans Lenkrad. »Ich brauche das Auto.«

»Nein!« Die Fahrerin hatte sich wieder im Griff, sie versuchte, die Irre, die sich zu ihr ins Auto gebeugt hatte, wegzustoßen und die Autotür zu schließen, was ihr nicht gelang.

»Hau ab, ich rufe die Polizei«, schrie sie, aber Jemima ließ sich nicht beeindrucken, sie packte nun mit beiden Händen zu, riss die Frau auf dem Sitz am Oberarm, diese klammerte sich am Lenkrad fest und schrie laut um Hilfe.

Auf der anderen Straßenseite blieben Passanten stehen und starrten zu ihnen hin, aber niemand griff ein.

Weil die Autobesitzerin schließlich Ekel und Angst vor der Physis ihrer Angreiferin empfand – bestimmt war sie ein Junkie, vielleicht hatte sie Aids, und sie stank –, ließ sie sich aus dem Auto fallen und robbte auf die Straße, immer noch schreiend. Jetzt lösten sich zwei Männer aus ihrer Erstarrung und liefen auf die Frau zu, aber Jemima hatte sich bereits in das Auto gesetzt, einen Gang eingelegt und Gas gegeben, rammte das vor ihr stehende Auto, suchte den Rückwärtsgang.

Die beiden Männer halfen der Besitzerin des Wagens hoch, und gemeinsam starrten sie wie gelähmt auf das Bild, das sich ihnen bot. Eine junge, vollkommen verwahrloste Frau mit blutverkrustetem Gesicht, die ganz offensichtlich den Verstand verloren hatte, versuchte, das gekaperte Auto aus der Parklücke zu bugsieren, fuhr mit immer noch geöffneter Tür mit Vollgas vor und zurück, ohne Rücksicht darauf, dass sowohl der Wagen, in dem sie saß, als auch die davor- und dahinterstehenden Pkws massiven Schaden nahmen.

Jemima wusste, wie man Auto fuhr, Absalom hatte es ihr gezeigt, obgleich auch das verboten und eine Sünde war, denn die Weiber der Gemeinschaft gingen mit dem Pflug, aber es war ihr Geheimnis gewesen, und jetzt half es ihr, nach Hause zu kommen, denn siehe, der Wagen bewegte sich, und endlich hatte sie es geschafft, sie war auf der Straße und fuhr.

Amen.

Skagen

Sören schwieg.

Und er sah alles andere als gut gelaunt aus.

Helle hatte ihn am Tag nach ihrem Besuch bei Ingrid Hansen um eine Skype-Konferenz gebeten und ihm jetzt von ihrem Verdacht, dass das gesuchte Mädchen möglicherweise die damals entführte Tochter Ingrids sein könne, berichtet. Am Vortag hatte sie noch gründlich recherchiert, um ihren Verdacht so gut wie möglich zu untermauern, unter anderem hatte sie das Melderegister von Åldrup gecheckt, aber unter der Adresse der Sekte war keine junge Frau gemeldet, die im Alter der Gesuchten war.

»Das ist eine totale Räuberpistole«, äußerte sich Sören endlich.

Helle lehnte sich zurück und verschränkte die Arme. Mit so einer Antwort hatte sie gerechnet.

»Aber es ist möglich«, sagte sie. »Und die Ähnlichkeit ist nicht zu leugnen.«

»Ich hoffe, du hast der Frau nichts von deinem Verdacht gesagt?«

»Natürlich nicht! Für wen hältst du mich?«

Sören stöhnte nur und fuhr sich mit beiden Händen über sein eisgraues Stoppelhaar.

»Für eine durchgedrehte Alte, sag es ruhig!«, konterte Helle und beugte sich ganz nah an den Bildschirm, sodass Sören ihr Gesicht in Großaufnahme vor sich hatte. Er musste wider Willen lachen, und Helle grinste auch.

»Hör mal, du bist mit deiner Drogenvermutung noch keinen Schritt weitergekommen« – diese Information hatte Helle von

Ole, der Teil der engeren Ermittlungsgruppe war und mit dem sie im ständigen Austausch stand – »dann lass mich doch meiner Vermutung nachgehen. Ich mach das. Du musst nur dein Okay geben.«

»Das Okay hättest du dir vorher schon holen müssen«, brummte Sören.

Marianne kam herein, stellte Helle einen Teller mit Obsthäppchen hin, beugte sich dann auch zum Bildschirm, wobei sie mit ihrem ausladenden Busen Helle kurzzeitig die Sicht versperrte, winkte in die Kamera und rief: »Huhu, Sören!« Wohl wissend, dass er derartige Vertraulichkeiten hasste wie die Pest. Dann zwinkerte sie Helle zu und ging wieder nach vorne zu ihrem Empfangstresen.

»Okay«, gab Sören schließlich nach. »Sprich mit Ayuna darüber. Wir haben die DNA des Mädchens, Haare aus dem Bett im Hostel. Ihre Fingerabdrücke waren im Übrigen auf der Thermoskanne, und wir gehen ziemlich sicher davon aus, dass sie es war, die Adrian Butlock erschlagen hat.«

»Puh«, war alles, was Helle dazu einfiel. Im Geiste war sie bereits damit beschäftigt, wie sie Ingrid Hansen beibringen sollte, dass sie eine Speichelprobe von ihr für einen DNA-Abgleich benötigte. Sie würde nicht umhinkommen, ihr die Wahrheit zu sagen – am besten, sie nahm jemanden vom psychologischen Dienst der Polizei mit zu dem Hausbesuch. Es würde in jeder Hinsicht ein Schock für Ingrid sein, die so viele Jahre gebraucht hatte, diesen Albtraum zu verarbeiten. Und nun kam Helle an und brachte ihr mühsam erlangtes Lebensgleichgewicht ins Wanken.

»Abgesehen davon rechne ich damit, dass wir die Frau binnen der nächsten vierundzwanzig Stunden gefasst haben«, fuhr Sören fort. »Wenn es so ist, wie du sagst, und sie ist nicht im Drogenrausch, sondern hat religiöse Wahnvorstellungen, dann wird sie damit genauso auffallen. Das macht ja keinen Unterschied. Jemand, der so durch den Wind ist, kann sich nicht verstecken.

Dass wir sie noch nicht haben, ist tatsächlich kein Ruhmesblatt für uns.«

Helle nickte. In diesem Punkt stimmte sie Sören vollkommen zu. Zumal die Frau verletzt und nicht ausreichend warm gekleidet war, glaubte man den Worten des Pastors Jørgens, und es gab keinen Grund, daran zu zweifeln.

»Einen Namen haben wir auch nicht von ihr, falls sie das Baby von damals ist, oder?«

»Ingrid hat sie Angela genannt, aber sie geht nicht davon aus, dass sie den Namen behalten durfte. Die tragen dort alle alttestamentarische Namen. Und eine Geburtsurkunde gab es nicht, das Mädchen wurde von einer Hebamme der Gemeinschaft auf die Welt gebracht.«

»Rede mit Ayuna, und wenn sie einverstanden ist, dann verfolgst du die Spur. DNA zum Abgleich ist in der Akte.«

»Wie macht sich Ole?«, erkundigte sich Helle, noch bevor Sören seinerseits das Gespräch beenden konnte.

»Gut«, gab dieser zurück. »Flinker junger Mann. Allerdings noch zu sehr Landei.«

»Nimm ihn mir nicht weg«, bat Helle und schämte sich gleichzeitig. Sie würde Ole Halstrup nicht in Skagen halten können, und das war auch gut so. Er musste weiterkommen, mindestens nach Frederikshavn oder Aalborg versetzt werden.

»Du bist *a pain in the ass*«, sagte Sören bloß, und dann wurde der Bildschirm schwarz.

Helle lächelte. Sie hatte sich an den Mordermittler und seine ruppige Art gewöhnt, in gewisser Hinsicht waren sie wie Jack Lemmon und Walter Matthau – ein *odd couple.*

Bei diesem Vergleich fiel ihr Bengt ein, und sie textete ihm, dass es am Abend bei ihr später werden würde, sie müsse erst noch nach Brønderslev. Bengt antwortete, dass er an seinem ersten Arbeitstag ein Meeting mit anderen Streetworkern habe, um sich auf Stand bringen zu lassen – auch er sei am Abend nicht zu Hause. Daraufhin wählte Helle die Nummer von Leif.

»Schatz«, sagte sie, als er abhob, »ich habe schlechte Nachrichten. Papa und ich kommen heute Abend beide später. Warte nicht mit dem Essen auf uns.«

»Okay. Ist nicht so schlimm«, gab ihr Sohn zurück. »Es sind neue Folgen von meiner Serie raus, Emil und ich ziehen uns die ganze Staffel rein.«

»Die Tiefkühltruhe ist voll«, sagte Helle und hörte, wie Leif leise lachte.

»Mama. Ich bin hier zu Hause.«

»Alles klar. Hab dich lieb. Bis später.«

Von Leif wanderten ihre Gedanken sofort zu Merle, zu Inez und Fredrick. Schuldbewusst fiel Helle ein, dass sie sich länger nicht bei den beiden gemeldet hatte, auch weil es keine Neuigkeiten in Merles Fall gab. Abgeschlossen hatte Helle gedanklich damit aber ganz und gar nicht, sie hoffte noch immer, dass die neuen Spuren das Tankstellenpärchen betreffend auch neue Erkenntnisse im Fall Brabant bringen würden. Kurz entschlossen griff Helle zum Hörer und rief in Aalborg bei der Kriminaltechnik an, um sich zu erkundigen, wie es mit der Auswertung der Daten von Merles Laptop vorwärtsging.

»Der Fall Brabant?«, fragte der Techniker nach. »Der Laptop liegt in der Asservatenkammer.«

»Was?« Helle glaubte, sich verhört zu haben. »Wieso habe ich keinen Bericht?«

»Weil wir nichts gemacht haben«, gab der Mann am anderen Ende zurück, und Helle hörte seiner Stimme an, dass er bereits in Abwehrstellung ging. »Der Fall ist doch abgeschlossen.«

»Das ist er ganz und gar nicht!«, echauffierte sich Helle. »Der Fall ist abgeschlossen, wenn ich sage, er ist abgeschlossen!«

»Aber …«

»Hol sofort den Computer zurück und setz dich da dran, verdammt!« Helle wusste genau, dass sie sich im Ton vergriff, aber die Lahmarschigkeit ihres Gesprächspartners brachte sie zur Weißglut.

»Weißt du überhaupt, wie viel wir hier zu tun haben?« Der Techniker wurde jetzt auch pampig.

»Sie ist neunzehn Jahre alt und sie ist tot!« Helles Stimme überschlug sich. »Und ihre Eltern haben jedes Recht darauf zu wissen, wieso!« Eine Antwort wartete sie nicht ab, sondern beendete einfach das Gespräch.

Es dauerte gute zehn Minuten, bis Helle sich wieder beruhigt hatte, sie verspürte das starke Bedürfnis, jetzt sofort eine Zigarette zu rauchen, aber sie riss sich zusammen und spielte stattdessen am PC ein paar Runden Solitär, so lange, bis sie in der Lage war weiterzuarbeiten. Gerade als Helle sich damit beschäftigte, jemanden vom Psychologen-Team aus Aalborg oder Frederikshavn herauszusuchen, der sie zu Ingrid Hansen begleiten könnte, klingelte ihr Apparat. Die Nummer ihrer Vorgesetzten, Ayuna. Helle hätte am liebsten nicht abgenommen, denn sie wusste ganz genau, was sie erwartete.

»Ich möchte dich bitten, zu mir nach Frederikshavn zu kommen«, sagte Ayuna und sparte sich jegliches Vorgeplänkel. »Jedenfalls wenn du nicht allzu beschäftigt bist.«

»Ähm.«

»Gut. Wir sehen uns in einer Stunde in meinem Büro.«

Damit war das Gespräch beendet.

Helle fluchte und spürte, wie sich augenblicklich Schweißperlen auf ihrer Oberlippe bildeten und dass sie besser sofort das Fenster aufreißen und die kühle Luft hereinlassen sollte, damit sie sich der Hitzewelle, die auf sie zurollte, noch halbwegs erwehren konnte. Die wechseljahresbedingten Wallungen waren seit einiger Zeit seltener geworden, Helle hoffte eigentlich, dass sie die hormonell schwierige Phase vielleicht bald hinter sich hätte. Allerdings schienen die Schweißausbrüche nur die Vorboten gewesen zu sein – plötzlicher Schwindel und häufige Kopfschmerzen lösten sie ab. Auch war ihre Haut innerhalb kürzester Zeit dünn geworden, das Haar noch dünner, was man von Bauch und Taille leider nicht sagen konnte.

Verärgert zog Helle sich ihre Jacke über und stapfte durch den Flur zur Tür.

»Ich fahre nach Frederikshavn, Termin bei Ayuna«, warf sie Marianne im Vorübergehen zu und verließ den Polizeibungalow. Sie steuerte auf den Dienstwagen zu, überlegte es sich aber dann anders. Vielleicht sollte sie ihre Wut erst einmal wegrauchen, dachte Helle, außerdem fand sie, dass sie sich heldenmütig zusammengerissen hatte. Seit mehr als vierundzwanzig Stunden hatte sie keine Zigarette angerührt, obwohl sie weiß Gott Grund genug dazu hatte. Merles Tod hatte ihr Herz perforiert, aber beinahe noch schlimmer war für sie die Erkenntnis, dass Emil sich anschickte, sich aus der Welt zu verabschieden. Normalerweise nahm sie ihn mit ins Büro, aber als sie ihn heute Morgen aufgefordert hatte, sie zu begleiten, hatte er sie nur angeblickt. Die Augen gelb und wässrig, sein Schwanz hatte nicht auf den Boden geklopft, und Helle konnte in seinem Gesicht lesen, was er ihr sagte: Lass mich einfach. Auf der Fahrt ins Büro waren ihre Augen übergeflossen, sie hatte kaum die Straße gesehen.

Sie brauchte jetzt eine Zigarette. Aufhören konnte sie später.

Also steuerte Helle die Raucherecke vor dem Haus an, wo ein verwaister Blumenkübel aus Beton ihr als Aschenbecher diente, setzte sich auf den kalten, mit grauen Stockflecken übersäten Plastikstuhl und bemühte sich nach Kräften, aus den staubtrockenen Tabakresten eine halbwegs feste Zigarette zu drehen. Sie hatte sie gerade angezündet und den ersten Zug so tief inhaliert, dass ihr das Nikotin in die Glieder fuhr, als Marianne zu ihr kam. Gehüllt in ein selbst gestricktes Umhängetuch, ein Ungetüm in allen Farben des Regenbogens, mit wilden Mustern und einem mit Troddeln verzierten Rand. Ein modischer Overkill, aber Marianne konnte, nein, sie *musste* so etwas tragen, Dezenz war etwas für Feiglinge.

»Ach, Schätzchen«, sagte ihre Assistentin und reichte Helle einen Becher dampfenden Kaffee, »dreh mir auch eine.«

»Dein Bluthochdruck«, wandte Helle ein, aber Marianne

machte nur eine wegwerfende Handbewegung und hielt Helle ihren eigenen Becher hin: rabenschwarze Suppe statt hellgrüner Plörre.

»Das Leben muss doch ein bisschen Spaß machen«, sagte Marianne und tätschelte einmal über Helles Wange. »Gerade in so beschissenen Zeiten wie diesen.«

Helle reichte ihr ihre eigene Zigarette, Marianne nahm einen Zug und gab sie ihr zurück. »Pah! Es ist noch widerlicher, als ich es in Erinnerung hatte.«

Trotz ihrer düsteren Stimmung musste Helle lachen.

»Wie Teenager«, schüttelte Marianne ihren Lockenkopf und verzog amüsiert-angewidert das Gesicht.

»Weißt du, wann ich mich wirklich alt fühle?«, sagte Helle. »Wenn ich ständig denke, dass früher alles besser war.«

Marianne nickte und nahm einen Schluck von ihrem Kaffee. »Ja«, gab sie zurück. »Es gibt einen Punkt im Leben, da dreht es sich um. Als junger Mensch denkt man daran, was noch alles kommt. Und irgendwann ertappt man sich dabei, dass man nur noch daran denkt, was alles war.«

Helle nickte. Sie hatte seit geraumer Zeit das Gefühl, in einem See voll Trauer zu schwimmen – zunächst ganz unbestimmt, sie hatte es auf die hormonellen Veränderungen geschoben, aber nun ganz konkret. Es war eine Zeit der Abschiede gekommen. Sie fühlte sich von vielen, die sie liebte, verlassen. Aber Marianne hatte recht. Sie sollte sich zwingen, nach vorne zu gucken. Was Emil oder Merle betraf, würde ihr das nicht gelingen. Die Wunde, die der Tod riss, war tief und würde lange nicht heilen, aber der Auszug ihrer Kinder oder gar die Veränderungen in ihrer kleinen Polizeitruppe waren Chancen. Chancen für die anderen – Sina, Leif, Amira oder Ole –, aber auch für sie. Es würde sich etwas verändern, Neues kam, und Helle würde daran wachsen.

Energisch drückte sie ihre Kippe aus und erhob sich.

»Ayuna ist eine harte Nuss«, sagte Marianne.

Helle nickte. »*Yes*. Ich glaube, ich muss mich warm anziehen. Bei ihr läuft es wahrlich nicht so wie bei unserem alten Ingvar.«

»Nein«, gab Marianne ihr recht. »Aber Ingvar war ein alter Trottel. Jedenfalls in den letzten Jahren. Und Ayuna ist eine kluge junge Frau. Leg dich nicht mit ihr an, Helle.«

Diese Worte klangen in Helle nach, als sie sich auf den Weg von Skagen nach Frederikshavn machte. Die Sonne würde gleich hinter den Dünen im Westen versinken, und wie so oft kurz vor Sonnenuntergang lichteten sich die Wolken, der Wind ließ nach, und die letzten goldenen Strahlen streichelten das Meer in der Ålbæk Bugt. Helle liebte die Nationalstraße 40 auf dieser Strecke, weil man beinahe die ganze Zeit über das Meer sehen konnte. Auch wenn es, so wie jetzt im Herbst, oft bleigrau oder beängstigend aufgewühlt war, machte es den Blick – und ihr Herz – weit. Während der Fahrt ließ Helle das Radio aus, stattdessen dachte sie darüber nach, warum sie es sich immer so schwer machte. Sie war in ihrer gesamten Laufbahn als Polizistin noch mit jedem Vorgesetzten aneinandergeraten. Meistens hatte sie es auf die Borniertheit ihrer – männlichen – Chefs geschoben, und Ingvar hatte ihr dafür jede erdenkliche Steilvorlage geliefert, aber warum fing es mit Ayuna schon wieder genauso an?

Bengt, dachte Helle, Bengt würde die Antwort wissen. Und natürlich wusste sie es auch. Sie hasste es, um Erlaubnis zu fragen. Sie hasste es, Direktiven zu bekommen. Und letztlich hasste sie es, unfrei zu sein.

Vielleicht war sie im Polizeiapparat mit dieser Einstellung fehl am Platz, dachte Helle beschämt und entschied sich, doch lieber Musik zu hören, als weiter über Dinge nachzudenken, die sie nicht im besten Licht erscheinen ließen. Sie wählte Nick Cave, dessen Grabesstimme sie immer als tröstend empfunden hatte, aber dann fiel ihr ein, dass der Musiker vor einigen Jahren seinen fünfzehnjährigen Sohn verloren hatte, und das war ihr im Moment zu viel Düsternis und Tod. Dann doch lieber Nina Simone.

»Ich weiß, dass ich eigenmächtig gehandelt und nicht den Dienstweg eingehalten habe. Das tut mir leid, kommt nicht wieder vor«, sagte Helle, kaum hatte ihr Hintern den Stuhl, den Ayuna ihr angeboten hatte, berührt.

»Oha!«, sagte diese und zog die Augenbrauen hoch. »Trittst du die Flucht nach vorne an, weil du es so meinst, oder willst du um die Disziplinarstrafe herumkommen?«

Helle schluckte. Ihre neue Vorgesetzte wollte ihr eine Disziplinarstrafe androhen? War das nicht etwas hochgegriffen? Sie hatte lediglich mit einem ernsten Gespräch gerechnet. Jetzt wurde ihr doch ein wenig mulmig.

»Meinst du das ernst, oder willst du mich nur in die Ecke drängen?«, fragte sie mutig zurück.

Ayuna ließ sich Zeit mit einer Antwort und sah Helle ernst und ruhig an.

»Ich möchte nicht mit dir aneinandergeraten, Helle Jespers. Ich schätze dich sehr, als Mensch und als Polizistin. Aber du musst dich umstellen.«

»Hm. Ja.« Helle kratzte mit dem Fingernagel einen imaginären Fleck von ihrer Hose. Sie kam sich vor wie ein Schulmädchen, das sich eine Standpauke vom Direktor anhören musste. »Ich weiß.«

»Nein«, gab Ayuna zurück, »ich glaube nicht. Du hast dir unter Ingvar angewöhnt, unter dem Radar zu fliegen. Du machst, was du willst, da draußen in deiner eigenen Welt. Aber Polizeiarbeit ist keine One-Woman-Show.«

Zu gerne hätte Helle sich gerechtfertigt. Darauf verwiesen, dass sie versuchte, ihre Mitarbeiter in alles einzubinden, dass sie eine gute Chefin war, dass sie verstand, was Ayuna meinte, und dass sie jetzt aber gerne gehen und ihre Arbeit tun würde. Dennoch war sie so klug, all das herunterzuschlucken.

»Ich lege Wert auf Teamwork, Helle«, fuhr ihre Chefin fort. »Und dazu gehört, dass du mit mir sprichst. Ich bin deine Vorgesetzte, und ich muss wissen, was du tust. Und dieser Alleingang zu Ingrid Hansen war ein Risiko. Hättest du mich vorher unterrichtet, ich hätte es nicht genehmigt.«

»Warum?«

»Weil die Frau viel durchgemacht hat. Weil du keine Ahnung hattest, in welcher psychischen Verfassung sie heute ist. Und weil du sie mit völlig aus der Luft gegriffenen Vermutungen konfrontiert hast. Nichts außer deinem – zugegebenermaßen hervorragenden – Instinkt hat diesen Schritt gerechtfertigt.«

Helle nickte und bemühte sich, Ayuna anzusehen. »Das stimmt. Es kommt nicht wieder vor.«

»Und du hättest jemanden mitnehmen müssen. So etwas machen wir nicht alleine. Niemals, unter keinen Umständen.«

An der Tür klopfte es kurz, dann steckte Ayunas Assistent den Kopf herein.

»Sorry für die Störung, aber ich habe Sören am Apparat. Er will Helle sprechen, dringend.«

»Stell durch«, forderte Ayuna ihn auf, nahm kurz darauf das Gespräch an ihrem Apparat an und stellte auf Lautsprecher.

Sören hielt sich nicht mit Präliminarien auf, sondern kam augenblicklich auf den Punkt. »Warst du schon bei Ingrid Hansen, Helle?«

Helle sah Ayuna an, und ihre Chefin antwortete. »Nein, war sie nicht. Was gibt es?«

»Wir müssen das Mädchen identifizieren. Sie hat einen Autounfall verursacht und liegt schwer verletzt im Krankenhaus. Momentan im künstlichen Koma.«

Aalborg

Nick konnte nicht anders, als Willem anzustarren. Seit zwei Stunden saß er bei ihm in der Küche und wollte nicht mehr gehen. Die Fahrt von Kopenhagen bis Aalborg hatte ihn die ganze Nacht gekostet, er war von Lkw zu Lkw umgestiegen, aber immerhin hatte funktioniert, was Jan vorausgesagt hatte: Keiner der Fahrer wusste oder ahnte auch nur, dass Nick auf der Flucht vor der Polizei war. Sie kamen aus aller Herren Länder, es waren Polen, Philippinen, Marokkaner gewesen, die sich über ein bisschen Begleitung und ein Gespräch gefreut hatten. Vollkommen erschöpft war Nick also wieder zurück in Aalborg, aber nun saß er hier und fühlte sich gut aufgehoben.

Er bewunderte diesen Mann, zu dessen Leben und Vergangenheit es so viele Parallelen gab! Wenn Willem es geschafft hatte, dann würde auch er es schaffen, das hoffte er jedenfalls. Schließlich hatte Nathanael, wie Willem damals von Hiob getauft worden war, viel schlechtere Startbedingungen gehabt als er.

Willem hatte ihm erzählt, dass er bei seiner Flucht geschnappt worden war. Sie hatten ihn erwischt, und sie hatten ihn bestraft. So sehr bestraft, dass sie glaubten, er sei tot. Ihm die Rippen gebrochen, das Nasen- und das Jochbein, eine Rippe hatte die Lunge perforiert, er hatte innere Blutungen gehabt und einen Milzriss. Nicht dass Hiob oder seine Schergen das damals gewusst hätten, denn sie hatten den jungen Mann – oder vielmehr seinen leblosen Körper – einfach entsorgt. Im Wald. Hatten ihn hinausgefahren, im Unterholz abgeladen und waren abgehauen.

Und Hiob hatte fortan überall und immer wieder von Nathanaels Hybris erzählt. Von dem großen Fehler, den Nathanael begangen hatte, indem er die Gemeinschaft verlassen hatte und damit den Schutz des Propheten.

Nathanael war tot, so lautete die Legende, weil er es gewagt hatte, sich der Macht der *Flamme* zu entziehen.

Denkt an Nathanael! Wie oft hatte Nick diese Mahnung Hiobs gehört, immer und immer wieder hatte der Prophet das Beispiel seines abtrünnigen Jüngers genannt. Ein Menetekel sollte es sein.

Aber Nathanael lebte, dachte Nick fasziniert, er hieß Willem und war Polizist. Er lebte in einem wunderschönen Haus, er hatte eine Frau und zwei kleine Kinder.

Er hatte ein Leben.

Er hatte all das, was Nick sich wünschte.

Er fasste in seine Hosentasche und tastete nach dem USB-Stick. Noch hatte er dem anderen nicht davon erzählt, noch vertraute er ihm nicht vollkommen. Es war nicht so, dass er fürchten musste, Willem würde ihn an Hiob verraten. Dass er die *Flamme*, die sein Leben fast zerstört hatte, nicht darüber informieren würde, war klar. Er wollte Rache, ebenso wie Nick.

Aber der Nathanael von heute, Willem, der war Polizist. Und er, Nick, wurde von der Polizei gesucht. Er musste vorsichtig sein. Noch. Willem hatte ihm angeboten, dass er duschen durfte, hatte ihm frische Klamotten geben, hatte ihm Spiegeleier gebraten und Brote gemacht, und jetzt saßen sie bereits bei der zweiten Kanne Kaffee zusammen. Der Mann, der angeblich ein Polizist war, hatte sich ihm geöffnet, von seinem Leben erzählt und nicht einmal danach gefragt, was geschehen war, seit Nick und Jemi aus der Gemeinschaft geflüchtet waren. Aber vielleicht, dachte Nick mit einer letzten Spur von Misstrauen, vielleicht diente all das nur dazu, ihn in Sicherheit zu wiegen.

»Wo sind deine Frau und deine Kinder?«, erkundigte er sich.

Willem ließ sich Zeit mit einer Antwort. Stattdessen stand er auf und räumte ihre Teller in die Spülmaschine.

»Sie sind bei meinen Schwiegereltern. Hiob ist hier aufgetaucht und hat sie bedroht. Meine Kinder. Ich wollte, dass sie in Sicherheit sind.«

Nick schwieg und starrte in seinen Kaffee. Hiob war hier aufgetaucht? Konnte er wiederkommen? Beobachtete er am Ende Willems Haus? Er rutschte unbehaglich hin und her.

»Meine Familie geht über alles«, fuhr Willem fort. »Keiner von ihnen darf jemals in Gefahr geraten. Diese Geschichte hier muss enden. Und zwar besser heute als morgen.«

Nick sah von seiner Tasse hoch und Willem in die Augen, der sich wieder zu ihm an den Tisch setzte.

»Jemi war alles, was ich hatte«, antwortete er darauf. »Und ich konnte sie nicht beschützen.«

»Erzähl mir von ihr.« Der Mann ihm gegenüber lächelte. Es war das erste Mal, dass Nick ihn lächeln sah.

»Sie ist wunderschön.«

»Liebst du sie?«

Nick zögerte. »Ja. Ich weiß es nicht. Es ist so viel passiert. Ich glaube, ich hätte sie nicht mitnehmen dürfen.«

»Warum denkst du das?«

Nick schüttelte den Kopf. Die Gedanken flogen durcheinander, wann immer er an Jemi dachte, er konnte es nicht greifen, was er für sie fühlte, war verwirrt, das Gefühl der Liebe, dieses feste, unverbrüchliche Gefühl, das er für sie in der Gemeinschaft gehabt hatte, seit so vielen Jahren, das Gefühl, dass sie beide füreinander bestimmt waren, dieses Gefühl hatte tiefe Risse bekommen.

»Nick?« Willem goss ihm Kaffee nach. »Erzähl mir, was passiert ist. Oder, wenn dir das leichter fällt, erzähl mir, wie es gewesen ist. Früher.«

Das fiel Nick deutlich leichter. Die Bilder waren klar, er sah sich und Jemi, wie sie miteinander spielten, kurz nachdem er mit seinen Eltern von Deutschland in die Gemeinschaft gekommen war. Jemi war vom ersten Augenblick an da gewesen. Sie war der einzige helle Sonnenschein in der Düsternis des Gemeinschaftslebens. Wie gerne erzählte er davon. Dass sie ihm Halt gegeben hatte, dass sie viele Jahre einfach nur miteinander gespielt hatten, heimlich natürlich, denn Hiob sah sie nicht gerne zusammen. Dass sie Geschwister waren. Ein Spiel, das er ihr erst beibringen musste, denn sie kannte weder Mutter noch Vater noch Geschwister. Er aber hatte in seinem ersten Leben all das gehabt: Eltern und Geschwister. Einen Bruder, Jan, der ihn im Stich gelassen hatte, aber Jemi war an seine Stelle getreten, und das fühlte sich fast so an, als wäre Jan an seiner Seite.

»Sie wusste nicht, was Geschwister sind?«, hakte Willem nach.

»Nein.« Nicks Hand zuckte unwillkürlich zu der Narbe in seinem Gesicht. »Sie ist in der Gemeinschaft geboren worden. Alle waren ihre Mütter und Väter. Die eine richtige Mutter gab es nicht und auch keinen Vater. Jedenfalls hat sie davon nichts gewusst. Sie war das Kind der Gemeinschaft.«

»Aber du hast ihr gesagt, wie es in der Wirklichkeit ist?«

»Ja. Natürlich habe ich das. Ich meine, ich war neun, ich habe nicht mehr an die unbefleckte Empfängnis geglaubt.« Nick grinste. »Ich war aufgeklärt.«

»Hat sie dir geglaubt?«

Nick schüttelte den Kopf. »Nein. Sie hat Hiob geglaubt. Und nur ihm. Er war für sie Gott. Nicht nur der Prophet, er war alles für sie. Ihre Welt. Er hat ihr gesagt, was sie glauben soll.«

Willem sah traurig aus. Wahrscheinlich, so dachte Nick, erinnerte ihn all das an seine eigene Zeit damals.

»Warum ist sie dann mit dir mitgegangen?«, stellte Willem jetzt die Frage, die auch Nick sich stellte, seit er gesehen hatte, wie sie sich verändert hatte. Warum war sie mitgegangen? Er zuckte die Achseln.

»Ich glaube nicht, dass sie wirklich wegwollte. Ich glaube, sie war einfach neugierig. Aber sobald wir draußen waren, war sie eine andere. Sie wollte gar nicht sehen, wie die Welt ist. Hiobs Macht war zu stark.«

»Was ist passiert?«

Nick schüttelte den Kopf. Er redete nicht gerne darüber, und er dachte auch nicht gerne daran zurück. An die, die aus Jemi geworden war.

»Sie … Es war, als würde sie plötzlich verrückt. Angefangen hat es mit dieser Tramperin.«

»Merle.«

Er nickte. Den Namen des Mädchens konnte er nicht in den Mund nehmen, seit er wusste, dass sie tot war.

»Wir haben sie ein Stück mitgenommen, weil Jemi es wollte. Aus Nächstenliebe, hat sie gesagt.«

»Nächstenliebe gibt es bei Hiob aber nicht.«

»Nein. Ich weiß nicht, warum es ihr wichtig war. Jemi ist ein guter Mensch. Ich glaube nicht, dass sie ihr wehtun wollte, und auch nicht dem Jungen im Hostel.«

Nick versuchte, sich an den Abend zu erinnern. An die Fahrt mit der Tramperin. Es schien so lange zurückzuliegen. Eine halbe Ewigkeit.

»Erst war alles okay zwischen den beiden. Ich war aber genervt. Das Mädchen hat so viele Fragen gestellt. Und sie war irgendwie … unverschämt. Ich wollte sie rausschmeißen, aber Jemi hatte Mitleid. Wir sollten sie an einen Strand bringen, aber dann gab es plötzlich Streit im Auto, und ich habe sie schon früher abgesetzt.« Er sah Willem an. »Hätte ich das nicht tun sollen? Würde sie dann noch leben?«

Der Polizist schüttelte ganz leicht den Kopf. »Sie ist ertrunken. Man weiß nicht, was mit ihr passiert ist, aber es lag bestimmt nicht daran, dass du sie rausgeschmissen hast.«

»Okay.«

»Was war das für ein Streit?«

»Das Mädchen hat eine Flasche Wodka aus ihrer Tasche geholt. Sie wollte trinken, hat uns was angeboten. Aber du weißt ja, Alkohol ist Satanszeug. Jemi hat ihr die Flasche aus der Hand schlagen wollen, das Mädchen hat sich gewehrt. Und, na ja, ich bin rechts ran und hab sie vom Sitz gezerrt. Sie sollte raus aus dem Auto und uns in Ruhe lassen.«

»Im Dunklen? Irgendwo an einer Straße?«

Jetzt schwang Vorwurf in der Stimme des Polizisten mit, und Willem hatte ja recht, Nick wusste es selbst, seit diesem Freitag schlug er sich damit herum. Er hatte nur an sich und Jemi gedacht, hatte Angst gehabt, ihre Flucht würde scheitern, so früh schon. Und hatte dabei in Kauf genommen, die fremde Frau ihrem Schicksal zu überlassen. Und nun war sie tot, und er gab sich – zumindest indirekt – die Schuld daran. Hätten sie sie dahin gebracht, wo sie hinwollte, wäre es vielleicht nicht passiert.

»Und der Amerikaner?«, fragte Willem weiter, und Nick war auf der Hut. Besser, er schwieg.

Sie sahen sich an.

»Ich bin immer noch Polizist.«

Nick wollte nicht darüber reden.

»Du bist zu mir gekommen, weil du Hilfe brauchst«, fuhr der Mann ihm gegenüber fort. »Und ich habe dir Hilfe angeboten. Wir haben ein gemeinsames Ziel: Wir wollen Hiob vernichten. Die Gemeinschaft zerschlagen. Unrecht aufdecken. Aber wenn du am Tod des Jungen beteiligt bist, dann kann ich dich nicht einfach gehenlassen.«

»Er war schon tot.«

»Jemi?«

Nick nickte.

»Hast du ihr geholfen? Bei der Flucht vielleicht?«

Er schüttelte den Kopf. »Sie war schon weg. Aber ich habe ihn aus dem Schlafsaal weggebracht.«

Willem stützte sein Kinn auf die Hände und dachte nach. »Strafvereitelung, eventuell unterlassene Hilfeleistung. Damit musst du auf alle Fälle rechnen. Vielleicht können sie dich auch wegen Mittäterschaft drankriegen, versuchen werden sie es auf alle Fälle.«

»Und wenn ich abhaue?«

»Nach Deutschland? Zu deinem Bruder? Du wirst nicht weit kommen. Keine gute Idee.«

Sie sahen sich in die Augen. Willem gelassen, Nick nervös. Er blickte zuerst zur Seite.

»Und jetzt sagst du mir, warum Hiob so scharf darauf ist, euch zu kriegen. Ist es wegen Jemi, weil sie quasi illegal ist?«

Nick musterte die Kinderbilder am Kühlschrank. Bunte Bilder mit Wachsmalstiften oder Wasserfarben. Fröhliche Bilder mit Regenbogen und einer fröhlichen Familie. Bilder, wie er sie nie gemalt hatte. Die Spremberts waren nie eine fröhliche Familie gewesen. Würde er da jemals rauskommen? Würde er den Kreislauf durchbrechen? Jemals ein Leben führen, so wie Willem es hatte?

Er legte den USB-Stick auf den Tisch.

Der andere Mann nahm ihn, atmete tief aus und lehnte sich auf seinem Stuhl weit zurück.

»Jemi hat ihn gehabt«, erklärte Nick. »Ich wusste nichts davon. Hab ihn in ihrer Tasche gefunden.«

»Hast du dir angesehen, was drauf ist?«

»Nicht genau. Aufnahmen von Sessions. Aber auch noch ganz andere Sachen. Ich habe mir nicht gemerkt, wie das alles heißt.«

»Wer weiß davon?«, erkundigte sich Willem misstrauisch.

Und Nick erzählte von seinem Ausflug in die Bibliothek und Edem und seinem Bruder. Dem Handy von Merle und dass sie ihn beinahe gefasst hätten.

Jetzt grinste der Polizist. »Die Jungs werden gedacht haben, dass sie wegen Schuleschwänzen verhaftet werden«, sagte er und lachte. »Komm, wir gucken uns an, was drauf ist.«

Eine Stunde später hatten sie noch lange nicht alle Dateien gesichtet, die sich auf dem Stick befanden. Aber sie hatten genug gesehen, um zu begreifen, dass der Inhalt der Dateien Hiobs Ende bedeuten würde. Das Ende des falschen Propheten und auch das Ende der Glaubensgemeinschaft, die in Wahrheit eine gefährliche Sekte war.

»Das ist größer als wir«, brach Willem schließlich das Schweigen, in dem beide versunken waren, nachdem Willem den Stick wieder aus dem Computer geholt hatte. Zuvor hatte er eine Sicherheitskopie auf eine externe Festplatte gezogen.

»Können wir ihn nicht erpressen?«, fragte Nick.

Willem lachte kurz auf. Es klang alles andere als fröhlich. »Und gegen was? Willst du ihm sagen: Lass deine Anhänger gehen, dann sagen wir auch niemandem, was du für ein Dreckschwein bist?«

Er hatte sich gar keine Gedanken darüber gemacht, dachte Nick für sich. Jedenfalls nicht konkret. Er war so damit beschäftigt gewesen, in der Welt hier zurechtzukommen, Jemi im Zaum zu halten und zu fliehen – er hatte gar keine Vorstellung davon gehabt, was er wirklich konkret gegen Hiob unternehmen wollte. Und irgendwie hatte er gehofft, dass dieser Willem das für ihn regeln würde, sonst wäre er nicht hier.

»Presse ist keine Option«, sinnierte Willem. »Die wollen erst einmal recherchieren und konfrontieren Hiob oder wollen eine Stellungnahme – und dann ist er über alle Berge.« Er drehte sich auf seinem Schreibtischstuhl zu Nick. »Wir müssen mit meinen Kollegen sprechen. Hier drauf«, er tippte auf den Stick, »ist so viel Material gegen ihn, die können sich aussuchen, weswegen sie gegen ihn vorgehen. Freiheitsentzug, körperliche Gewalt, Wirtschaftskriminalität, Steuerhinterziehung – wegen jeder einzelnen Sache kann er verurteilt werden.«

»Deine Kollegen?«

»Ja«, gab Willem zurück und stand auf. »Alles andere macht keinen Sinn. Aber bevor wir es an die große Glocke hängen, sprechen wir mit Helle.«

Nick war nicht sicher, ob er einverstanden sein sollte, dazu kapierte er zu wenig. Was hatte Willem vor? Warum Polizei und nicht Presse? Und wer war diese Helle? Er fühlte sich unwohl. Vielleicht hätte er einfach abhauen sollen, nach Deutschland, auf eigene Faust versuchen, Jan zu finden. Jetzt fand er, dass es sehr viel besser gewesen wäre, er hätte den Stick einfach vergessen und möglichst viel Abstand zwischen sich und Hiob gebracht. Das Gefühl, aus dieser Kiste nicht mehr herauszukommen, war nicht gut. Aber dann fiel ihm ein, was Jan zu ihm gesagt hatte: Stell dich und nimm dir einen Anwalt. Wenn er in der Gesellschaft irgendwie Fuß fassen wollte, das dämmerte Nick, dann war es vielleicht besser, sich von vornherein richtig zu verhalten. Willem sollte eine Orientierung für ihn sein.

Der Polizist hatte bereits eine Jacke an und das Handy am Ohr. Nick hörte, dass er ein Gespräch führte und sich nach dieser Helle erkundigte.

»Komm«, sagte er und hielt Nick eine Mütze hin, »wir gehen hinten raus. Durch den Garten zur Garage. Falls die uns beobachten.«

»Die? Wer die?«

Aber Nick bekam keine Antwort. Stattdessen zog er sich die Mütze tief ins Gesicht und folgte seinem Gastgeber.

Nicht lange nachdem sie gestartet waren, fielen Nick die Augen zu. Im Auto war es warm, es gab sogar eine Sitzheizung, leise lief Musik – gute Musik, akustische Gitarren und ein heiserer Sänger, der melancholische Lieder über die Liebe, dunkle Straßen und kalte Städte sang –, Willem schwieg und hing seinen Gedanken nach, und Nick fühlte, wie er sich entspannte, schwerer wurde, ruhiger. Er hätte endlos so fahren können. Irgendwann sagte ihm Willem, dass er den Beifahrersitz in eine liegende Position bringen könne, und kaum hatte Nick den Sitz so gestellt, fiel er in einen tiefen Schlaf.

Einmal wurde er kurz wach, es war bereits dunkel, Willem hatte angehalten und verließ das Auto. Ein flacher Bungalow, das blaue Neonschild »Politi« über einer Eingangstür, rundherum nichts. Keine Gebäude, keine Lichter. Nick wollte schon hochschrecken, da steckte Willem noch einmal den Kopf hinein.

»Keine Angst, ich frage hier nur nach Helle. Schlaf weiter.«

Und Nick schlief weiter, obwohl er wach und auf der Hut

bleiben wollte, aber der Schlafmangel steckte ihm tief in den Knochen.

Wenig später wiederholte sich die Szene, Nick konnte nicht sagen, wie lange er geschlafen hatte, aber er wurde erneut durch das Zuklappen der Autotür geweckt. Er kam hoch, schlaftrunken, und versuchte, sich zu orientieren. Draußen war es stockfinster, wieder hatte Willem vor einem Haus gehalten, wieder schien es rund um das Anwesen nichts als leere Landschaft zu geben. Das Auto, in dem Nick saß, stand im Finsteren, und Nick konnte das Geschehen draußen aus seiner sicheren Position beobachten.

Willem war um das Auto herumgegangen, er stand unter einer Straßenlaterne ein paar Meter weiter weg und unterhielt sich mit einem jungen Mann, der ungefähr so alt wie Nick sein mochte. Neben dem Jungen saß ein Hund, groß, hell und sehr müde. Gerne hätte Nick den Hund gestreichelt, es war ein toller Hund, das konnte er sehen, er liebte Hunde. Vorsichtig setzte er sich auf und wollte soeben die Autotür öffnen, als er hinter sich Scheinwerfer bemerkte, die sehr schnell näher kamen. Instinktiv duckte sich Nick wieder tief in den zurückgestellten Sitz.

Ein schwarzer Lieferwagen raste mit hoher Geschwindigkeit von hinten heran, bremste abrupt, Nick beobachtete einen Mann, der bei laufendem Motor auf der Fahrerseite aus dem Auto sprang, über Kopf und Gesicht hatte er eine schwarze Strumpfmaske gezogen.

Nick wurde übel, er hoffte inständig, dass ihn niemand bemerken würde, drückte sich so tief wie möglich in den Sitz, versuchte aber dennoch, einen Blick auf das Geschehen dort draußen zu erhaschen. Dumpf vernahm er Geräusche, es hörte sich an wie Schläge gegen Metall, erstickte Schreie, gedämpfte Kommandos. Das Zufallen einer schweren Autotür.

Nick brachte sich in Deckung. Dann fiel erneut eine Autotür ins Schloss, der Van gab Gas, und als es vollkommen still war, wagte Nick, wieder vorsichtig aus dem Fenster zu blicken.

Sie waren alle weg. Der Van, Willem und der junge Mann. Nur

der Hund saß noch immer an derselben Stelle, einsam im Schein der Laterne, und nun sah er nicht nur müde, sondern auch traurig aus.

Nick rutschte hinüber auf die Fahrerseite, wo Willem den Schlüssel im Zündschloss hatte stecken lassen, warf den Motor an und wendete hektisch das Auto. Seine Zähne schlugen hart aufeinander, als hätte er Schüttelfrost, aus seinen Händen, die das Lenkrad verkrampft umklammerten, wich das Blut. Ohne nachzudenken, gab er Gas und flüchtete in die Dunkelheit.

Der große helle Hund blieb alleine unter der Laterne sitzen.

III.

Ich bin gekommen, Feuer auf die Erde zu schleudern, und wie
wollte ich, es wäre schon entzündet! Aber ich habe eine Taufe
zu bestehen, und wie drängt es mich, bis sie vollbracht ist!
Meinet ihr, dass ich gekommen sei, Frieden zu spenden auf
Erden? Nein, ich sage euch, sondern eher Zwietracht.

Aum Shinriky

Brønderslev

»Darf ich sie sehen?«

Ingrid stand in der geöffneten Tür, Lone hinter ihr, die Hand auf der Schulter ihrer Schwester.

Helle und Jan-Cristofer hatten sich gerade von den Frauen verabschiedet, das kleine Glas mit der Speichelprobe in der Tasche. Helle drehte sich jetzt noch einmal zu der Frau im Türrahmen um. So fragil Ingrid Hansen wirken mochte, so stark war sie im Herzen. Die Nachricht, dass das Mädchen, das im Krankenhaus lag, nachdem es eine Odyssee durch Kopenhagen hinter sich hatte, ihre verloren geglaubte Tochter Angela sein könnte, hatte sie mit großer Stärke aufgenommen. Eine Nachricht, die ihr bisheriges Leben vollkommen verändern würde. Aber Ingrid war gefasst geblieben, und ein wenig war es Helle so vorgekommen, als hätte sie mit so einer Nachricht gerechnet.

»Sicher«, gab Helle zurück. »Wenn sich herausstellt, dass sie deine Tochter ist, dann wirst du sie natürlich sehen können.«

»Wenn sie es nicht überlebt«, gab Ingrid zurück, »dann hat sie nicht einmal einen Namen.«

Helle ging noch einmal einen Schritt zurück, stieg die drei kleinen Stufen hinauf und fasste Ingrid an der Hand.

»Doch, Angela Hansen«, sagte sie. »Und sie wird leben, das muss sie einfach.«

»Was für eine Geschichte«, sagte Jan-C, als er den Motor startete und sie noch einmal am Haus der Hansen-Schwestern vorbeifuhren. »Man weiß gar nicht, was man ihr wünschen soll.«

»Doch«, fand Helle. »Doch, das weiß ich. Ich wünsche mir, dass sie eine Chance hat, ihre Tochter kennenzulernen. Stell dir vor, du erfährst nach neunzehn Jahren, dass du deine Tochter wiedergefunden hast – und dann stirbt sie, noch bevor du ihr sagen konntest, dass du ihre Mutter bist.«

»Grauenvoll.« Jan-Cristofer schüttelte den Kopf. »Das Ganze ist extrem grauenvoll. Warum kann man diesen Sekten-Heini nicht allein dafür bestrafen, dass er mit den Leuten so einen Psychoterror veranstaltet? Keine Mutter und keinen Vater ... So ein Kind ist doch keine Sache, die man sich einfach teilt wie eine Waschmaschine!«

Statt den Weg nach Norden in Richtung Skagen zu nehmen, steuerte er den Wagen Richtung Süden, nach Aalborg. Sie hatten vereinbart, dass sie die Speichelprobe von Ingrid selbst ins Labor bringen würden, damit der Gentest sofort gemacht werden konnte und sie darüber vielleicht schnell Gewissheit über die Identität der jungen Frau bekamen.

Helle dachte an den Mann, der immer noch auf der Flucht war. Sie zog es durchaus in Betracht, dass die beiden jungen Menschen zusammen aus der Gemeinschaft der heiligen Flamme kamen, aber noch war es schwer, das zu beweisen. Alles beruhte auf Helles Bauchgefühl und ihrem Instinkt. Und die Erzählungen Ingrids hatten ihr Nahrung dafür gegeben.

Sollte sich jedoch herausstellen, dass es sich nicht um Angela Hansen handelte, war auch nicht gesagt, dass das Pärchen aus der Sekte kam – schließlich war nichts darüber bekannt, was vor neunzehn Jahren mit Ingrids Tochter geschehen war und ob wirklich der Sektenführer Hans Christian Møller das Kind entführt hatte. Vielleicht war die Geschichte ja ganz anders, und es waren noch weitere Menschen daran beteiligt – was zum Beispiel war mit dem leiblichen Vater des Mädchens geschehen? War er tatsächlich tot, so wie Ingrid glaubte? Oder lebte er, hatte er das Kind möglicherweise entführt? Ein äußerst seltsamer Fall, der so oder so wieder aufgerollt werden musste.

Helle war dankbar, dass Jan-Cristofer fuhr, sie spürte dumpfe Müdigkeit, die sich in ihr ausbreitete. Sie hatte Sehnsucht nach zu Hause, vor allem nach Leif und Emil. Der eine würde nach ein paar Tagen wieder zurück in seine Wohnung gehen, und der andere konnte sie jederzeit für immer verlassen. Sie ertrug es nicht, so viele Stunden von ihrem Gefährten getrennt zu sein, am liebsten hätte Helle sich freigenommen und sich Tag und Nacht neben Emil gelegt und ihn angesehen, ihn gestreichelt, seine feuchte Nase an ihrer Hand. Sofort schossen ihr die Tränen in die Augen, so stark war der Schmerz über den bevorstehenden Verlust.

In Aalborg sprang Jan-C aus dem Wagen und gab die Probe ins Labor, während Helle zu dem kleinen vietnamesischen Imbiss um die Ecke ging und für sie beide eine Bestellung aufgab. Markus wartete heute Abend nicht auf seinen Papa, und Leif wusste ebenfalls, dass sowohl Bengt als auch Helle am Abend spät nach Hause kommen würden, einem Essen außer Haus stand also weder für Jan-Cristofer noch für Helle etwas im Weg.

Ihre Sommerrollen waren sofort fertig, Helle stillte damit den schlimmsten Hunger, und als Jan-C schließlich ebenfalls in den kleinen Imbiss kam, sich zu ihr an den einen von zwei Minitischen quetschte, bekamen sie ihre großen Schüsseln mit aromatischer Phô. Die Nudelsuppe hob ihrer beider Stimmung; als sie den Laden verließen, war Helle voller Vorfreude auf ihren verdienten Feierabend. In einer Stunde würde sie endlich zu Hause sein und ihre Liebsten um sich haben.

»Was zum Teufel ...« Helle runzelte die Stirn, als sie Emil im Licht der Straßenlampe schlafen sah. Bengt schien noch nicht zu Hause zu sein, lediglich Leifs Twingo parkte in der Einfahrt. Jan-Cristofer hatte den Motor noch nicht abgestellt, da sprang Helle bereits aus dem Auto und kniete sich zu Emil, der sofort wild mit dem Schwanz auf den Boden klopfte. Er leckte wie verrückt Helles Hand und schien ganz außer sich vor Freude.

»Bist du abgehauen, mein Süßer?« Helle wunderte sich. Während es durchaus mal sein konnte, dass sich Emil hinter dem Haus, dort, wo Dünen und Strand waren, alleine herumtrieb und sich ein Nickerchen im Sand gönnte, kam es nie vor, dass er an der Straße herumlag. War Emil verwirrt? Wusste er nicht mehr, wo er war? Und warum hatte Leif denn nicht bemerkt, dass Emil weg war?

»Ist alles okay?«, erkundigte sich Jan-Cristofer. Er hatte den Wagen abgestellt und war ausgestiegen, obwohl er eigentlich nach Hause fahren wollte.

»Keine Ahnung«, sagte Helle, während sie die Haustür aufsperrte. Emil schien erleichtert, wieder im gemütlichen Zuhause sein zu dürfen, aber kaum trat Helle ein, wusste sie, dass etwas nicht stimmte.

Es war eiskalt und stockdunkel.

Niemand war da. Kein Leif.

Sie machte Licht an, Jan-Cristofer und Emil folgten ihr ins Innere.

Die große Panoramascheibe, die vom Wohnraum nach draußen führte, war weit geöffnet. Eisiger Wind drang vom Meer ins Haus, den Temperaturen nach zu schließen war das schon eine geraume Zeit so.

Mit wenigen Schritten war Helle an der Tür, blickte hinaus, aber außer dem Geräusch der Wellen und tiefer Dunkelheit sah und hörte sie niemanden. Sie rief einmal nach ihrem Sohn, bekam aber keine Antwort. Helle schloss die Schiebetür und drehte sich um. Auf den ersten Blick sah sie das Handy von Leif auf dem Tisch liegen.

Sie wusste, was das bedeutete.

Als Polizistin, aber auch als Mutter.

Sie sah Jan-C an, der nickte. Sie musste es nicht aussprechen, beiden war klar: Das war kein gutes Zeichen.

Helle drehte sich um und öffnete die Terrassentür wieder. Sie zog ihre Stablampe aus dem Gürtel und rannte über die Dünen in Richtung Strand. Tausend Gedanken schossen ihr durch den

Kopf, der erste aber war der schrecklichste: Hatte Leif es gemacht wie Merle? War er ins Wasser gegangen? Hatten sie nicht bemerkt, dass er in einer tiefen Lebenskrise steckte, aus der er keinen anderen Ausweg wusste?

Der Schein ihrer Lampe zuckte über den Strand, im Lichtstrahl türmten sich hohe Wellen auf, ein Hase jagte aus dem Dünengras davon, Helle sah Muscheln, Treibgut, viele Fußspuren – aber keinen Leif. Überhaupt keine Menschenseele, weder im Wasser noch an Land. Sie brüllte aus voller Kehle gegen Wind und Brandung an, glaubte, den Verstand zu verlieren, während sie versuchte zu verstehen, was passiert war.

Denn es war etwas passiert. Leif würde niemals einfach aus dem Haus gehen – die Scheibe weit geöffnet, ohne sein Smartphone – und den todkranken Hund an der Straße alleine lassen.

Niemals.

Leif hatte sich etwas angetan, oder es war ihm etwas geschehen. Jemand hatte ihm etwas angetan.

Aber wer?

»Helle!«

Sie drehte sich um und sah, dass Jan-Cristofer ebenfalls mit seiner Stablampe leuchtete, er bedeutete ihr, wieder zum Haus zu kommen.

Helle rannte durch den feuchten Sand, fiel in der Finsternis über einen Sandhügel, bekam Sand in die Augen, brüllte vor Wut und Verzweiflung, rappelte sich hoch und lief weiter, bis sie wieder am Haus war. Jan-C fasste sie fest am Arm.

»Helle, versuch jetzt, ruhig zu bleiben. Nicht panisch werden.«

Er hatte recht, aber über Helle brach jetzt alles zusammen. Sie hatte Angst, rasende Angst um Leif, zu nah war der Tod ihr in den letzten Tagen auf die Pelle gerückt.

»Ich habe Bengt angerufen«, sagte Jan-Cristofer, und Helle war unendlich dankbar für seine Ruhe und Kraft. »Er ist auf dem Weg hierher. Außerdem habe ich vorne am Haus etwas gefunden. Komm mit.«

Helle folgte ihm an die Straße, dorthin, wo Emil gelegen hatte. Ihr Kollege hielt sie aber zurück.

»Da sind Spuren«, sagte er und leuchtete mit seiner Lampe dorthin, wo der Schein der Straßenlaterne nicht hinreichte. »Wir sollten nichts kaputt machen, vielleicht brauchen wir die Spurensicherung.«

Helle erkannte jetzt, wovon Jan-Cristofer sprach. In den mit Dünenhafer und wenigen Grasbüscheln bewachsenen Sandstreifen am Rand des Gehwegs hatten sich Reifenspuren gedrückt. Außerdem waren die Grashalme großflächig umgeknickt. Hier waren eine oder mehrere Personen gewesen, die eine Fläche von ungefähr drei Quadratmetern niedergetreten hatten. Die Reifenspuren wiederum waren tief und breit, es musste sich um einen schweren Wagen gehandelt haben.

Jan-Cristofer ging mit ihr nun in einem Bogen auf die andere Straßenseite, dorthin, wo kein Licht mehr war und leuchtete wieder auf den Boden – auch hier Spuren von Autoreifen. Weniger tief, ein anderes Profil.

»Ist das von euch?«, fragte er. »Parkt ihr manchmal hier?«

Helle schüttelte den Kopf. »Nie. Vorm Haus ist genug Platz. Hier steht höchstens mal jemand, wenn wir eine Party haben oder die Kinder. Das letzte Mal ist schon Monate her.«

Sie rieb sich die Stirn. Jan-Cristofers Ruhe strahlte auf sie ab, sie wusste aus ihrer Arbeit, dass kopfloses Agieren in unklaren Situationen nichts brachte. Dennoch: Sie war in einer emotionalen Ausnahmesituation, konnte keinen klaren Gedanken fassen.

»Lass uns reingehen und auf Bengt warten«, schlug ihr Kollege vor. »Ich mache einen Kaffee und wir überlegen, was zu tun ist. Du kannst an alle Leute, die Leif kennen, eine WhatsApp schreiben.«

Helle nickte.

»Und, Helle«, ihr Freund stellte sich jetzt frontal vor sie, beugte sich etwas hinunter, um ihr direkt in die Augen zu sehen, »er ist nicht ins Wasser gegangen. Leif hat sich nichts angetan. Niemals hätte er Emil so zurückgelassen. Niemals.«

»Okay.« Helle schniefte und nickte, sie wusste, Jan-Cristofer hatte recht.

Bengt kam wenig später zu Hause an, bei Helle trudelten bereits die ersten Antworten aus Leifs Freundeskreis ein. Niemand wusste, wo er war. Mit ein paar engeren Freunden hatte er geschrieben, aber nichts Tiefschürfendes, nur Geplänkel. Auf Snapchat hatte er noch am Nachmittag ein Bild verschickt, wie er mit Emil auf dem Sofa lag und fernsah.

Bengt nahm Helle erst einmal fest in die Arme, seine Kraft und äußerliche Ruhe taten Helle gut, erdeten sie und gaben ihr das Gefühl, dass alles gut werden würde.

Bestimmt.

Sie würde alles dafür tun, Leif zu finden.

Und sie würden ihn finden!

Jan-Cristofer berichtete von den Reifenspuren und von Emil, und ebenso wie die beiden Polizisten war auch Bengt davon überzeugt, dass Leif sich nichts angetan hatte.

»Wir müssen die Kollegen informieren«, schlug Jan-Cristofer vor. »Auch wenn die vierundzwanzig Stunden noch nicht vergangen sind, aber vielleicht geht eine Meldung ein, die einen Hinweis liefern könnte.«

»Lass Marianne das machen«, bat Helle, »ich benachrichtige inzwischen Ayuna.«

Sie erreichte ihre Vorgesetzte noch in ihrem Büro, obwohl es bereits nach einundzwanzig Uhr war. Ayuna hörte sich in Ruhe alles an und stellte dann eine Frage – die naheliegende Frage.

»Kann es etwas mit seiner Freundin zu tun haben? Merle Brabant?«

»Ich weiß, es sieht alles so aus. War auch mein erster Gedanke«, gestand Helle. »Aber er hätte niemals den Hund so zurückgelassen. Niemals. Wenn Leif sich etwas antun wollte, hätte er vorher Emil versorgt.«

»Helle«, taste Ayuna sich vorsichtig vor, »du weißt als Polizistin, dass Eltern manchmal schockierend wenig über ihre Kinder wissen. Möglicherweise war Leif in einem emotionalen Ausnahmezustand ...«

»Nein«, unterbrach Helle bestimmt, »ich habe genau das letztens erst selbst gedacht, bei den Brabants, und sicher weiß ich nicht alles über Leif. Aber da gibt es diese seltsamen Autospuren. Mehrere. Vor unserem Haus. Die Profile gehören zu keinem unserer Wagen.«

»Okay.« Ayuna dachte nach. »Eigentlich sind die Hinweise nicht ausreichend, um zwingend auf ein Gewaltverbrechen zu schließen. Ich kann nichts unternehmen – offiziell. Aber natürlich kannst du zumindest auf Unterstützung zählen. Wenn du Informationen brauchst oder neue Informationen bekommst, dann setzen wir uns sofort in Bewegung. Benachrichtige alle Kollegen; wenn du spezielle Hilfe brauchst, bekommst du sie.«

»Danke.«

»Mein Handy bleibt an. Halte mich auf dem Laufenden.«

»Okay.«

»Und, Helle?«

»Ja?«

»Es wird alles gut.«

Helle hatte gerade aufgelegt, da hielt Jan-Cristofer ihr seinen Apparat hin.

»Marianne. Sie will dich sprechen.«

Helle nahm das Handy und hörte die Stimme ihrer Sekretärin.

»Helle, Schätzchen, das ist so furchtbar, es tut mir so leid! Ich fahre sofort in die Station und bleibe mit den Kollegen in Frederikshavn und Aalborg in Kontakt. Ich kann ja sowieso nicht mehr schlafen.«

»Das ist großartig, danke.«

»Aber ich wollte dir noch etwas anderes sagen – vorhin, kurz vor Feierabend, war ein Polizist aus Aalborg da und hat nach dir gefragt.«

»Was? Wer?« Helle horchte sofort auf. Aus Aalborg? Niemand hatte sie darüber informiert. War es ein dienstlicher Besuch gewesen?

»Willem Vanguy. Ich habe ihn noch nie gesehen, aber er sagte, er kennt dich und muss mit dir sprechen.«

»Er hat sich bei mir nicht gemeldet.«

»Seltsam. Jedenfalls – ich habe ihm gesagt, wo du wohnst.«

Es fühlte sich an wie ein Stromstoß, der durch Helles Gehirn zuckte.

Willem aus Aalborg – er war mit ihr bei der Gemeinschaft der heiligen Flamme gewesen! Sie hatte ihn gebeten, die Augen offen zu halten. Ob er Informationen für sie hatte? Kurz vor Feierabend, es musste gegen achtzehn Uhr gewesen sein – das passte mit dem ausgekühlten Haus zusammen und mit den letzten Nachrichten, die Leif an Freunde versendet hatte. Helle und Bengt kannten beide das Passwort von Leifs Smartphone – David 2018! – und hatten gesehen, dass die letzten Aktivitäten darauf ungefähr aus dieser Zeit stammten.

»Marianne, bitte such mir seine Handynummer und seine Festnetznummer raus. Ich muss sofort mit ihm sprechen.«

»Alles klar.«

Sekunden später ging auf Helles Apparat eine Nachricht mit den Kontakten von Willem Vanguy ein.

Helle versuchte augenblicklich, ihn anzurufen. Auf dem Handy schaltete sich die Mobilbox ein, sie hinterließ eine Nachricht. Zu Hause erreichte sie nur den Anrufbeantworter. Dann bat sie Jan-Cristofer, bei den Kollegen in Aalborg anzurufen. Falls im Moment die Kapazität bestand, eine Streife vorbeizuschicken, die bei Willem klingeln könnte, sollten sie das bitte tun.

Jan-C erfuhr, dass Willem Frühschicht gehabt hatte, zum Dienst wurde er erst am kommenden Tag um sechs Uhr morgens wieder erwartet. Und nein, dienstlich gab es keinerlei Gründe, sich mit Helle in Verbindung zu setzen.

Helle wurde nervös. Ausgerechnet Willem, der mit ihr in Åldrup gewesen war. Wie hieß die Kollegin noch gleich, mit der er gekommen war? Sarah!

Sie rief erneut in Aalborg an und hatte Glück, die junge Polizistin hatte Dienst.

»Seid ihr noch einmal bei dieser Gemeinschaft der heiligen Flamme vorbeigefahren?«, erkundigte sich Helle.

»Ich nicht, aber ich kann mal nachsehen für dich, ob Willem dort war, mit einem anderen Kollegen.«

Es dauerte einen Moment, dann meldete sich Sarah wieder. »Ja, Willem war dort. Seltsam, anscheinend ist er alleine dort gewesen. Aber er hat nichts vermerkt, also war es wohl nur eine Kontrollfahrt. Du hattest ja darum gebeten.«

»Ja. Ja, natürlich. Vielen Dank.«

Helle legte auf und wandte sich an die Männer. Bengt war immer noch damit beschäftigt, Leifs Handy durchzusehen, alle Social-Media-Accounts, er hoffte, dort einen Hinweis zu finden. Irgendeine Botschaft, einen Ort, eine Zeit, einen Bekannten, der Aufschluss darüber geben konnte, warum Leif so plötzlich verschwunden war.

»Da ist was«, sagte Helle und nagte an ihrer Unterlippe. »Ich kann es spüren. Es kreist alles um diese verdammte Sekte da in den Wäldern. Ingrid, Willem, der Pick-up, dieses Kasper-Hauser-Mädchen – jeder hat eine Verbindung dorthin. Aber ich kann es nicht konkreter greifen.«

»Aber Leif?«, wandte Jan-C zweifelnd ein. »Leif doch nicht.«

»Ich verstehe es auch nicht.« Helle setzte sich zu Emil auf den Boden.

»Wenn du reden könntest«, sagte sie zu ihm und kraulte ihn liebevoll an seinen weichen Ohren. Emil sah müde zu ihr auf, streckte seine lange Zunge heraus und leckte einmal über Helles Hand. Dann fielen ihm wieder die Augen zu, der Kopf zur Seite und auf Helles Füße. Er schien furchtbar erschöpft zu sein.

Helle schaute sich noch einmal die Kontaktdaten von Willem Vanguy an und beschloss, die Mobilnummer von dessen Frau zu wählen. Es war zwar schon spät, aber die Partner von Polizisten waren Schlimmeres gewohnt. Und schließlich musste sie wirklich dringend mit ihm über Leif sprechen. Sie war vollkommen sicher, dass das Auftauchen des Polizisten aus Aalborg mit dem Verschwinden von Leif in Zusammenhang stand.

»Marit.«

»Helle. Helle Jespers, Skagen Politi.«

»O Gott, was ist passiert?«

Nun war es an Helle, überrascht zu sein. Offenbar lagen bei Marit bereits die Nerven blank.

»Wieso fragst du? Also ehrlich gesagt, ich weiß es nicht. Ich wollte einfach nur gerne deinen Mann sprechen.«

Helle erklärte Marit kurz, warum sie anrief, kam dann jedoch nicht mehr dazu, Marit zu fragen, ob sie wisse, wo ihr Mann sei, denn diese sagte sofort, dass auch sie sich Sorgen mache – um Willem.

»Er telefoniert jeden Abend um acht mit den Kindern, um gute Nacht zu sagen. Jeden Abend!« Marit machte eine kurze Pause. »Wir sind gerade bei meinen Eltern. Und wenn Willem mal nicht kann, dann schreibt er mir. Aber das hat er nicht getan. Ich kann ihn auch nicht erreichen, er ist offline. Das ist er nie, wenn wir getrennt sind.«

Wie seltsam. »Hast du die Kollegen gefragt?«

»Ja«, gab Marit zurück. »Und die Nachbarn. Seine Freunde. Niemand weiß etwas. Und das Haus ist dunkel.«

»Gut. Ich kümmere mich darum. Wir bleiben in Kontakt.«

»Danke. O Gott, hoffentlich ist nichts passiert.«

Das hoffte Helle auch, inständig. Sie wollte das Gespräch gerade beenden, da fiel Marit noch etwas ein.

»Vielleicht hat es mit dem Informanten zu tun.«

»Bitte?«

»Er ist kein Informant, aber ... Ich kann nicht darüber reden.«

»Marit! Dein Mann ist verschwunden und mein Sohn ebenfalls – da gibt es nichts, worüber du nicht reden solltest!«

Marit schien zu überlegen, aber dann rang sie sich durch. »Vor einigen Tagen ist ein Mann hier aufgetaucht. Um die sechzig, groß, durchtrainiert, weißer Pferdeschwanz. Willem hat erst gesagt, es sei ein Informant. Aber später, da war der Mann wieder hier und hat mir und den Kindern aufgelauert. Da hat Willem mir gestanden, dass der Typ jemand aus seiner Vergangenheit ist.«

»Aus seiner Vergangenheit? Vor eurer Ehe?«

»Ja. Bevor er zur Polizei kam. Aus seiner Jugend.«

Helle kroch ein Schauer über den Rücken, die Haare auf ihren Unterarmen stellten sich auf.

»Weißt du, wie der Mann heißt?«

»Ja«, kam es zögerlich zurück. »Er nennt sich Hiob.«

Helle ließ ihr Telefon sinken und blickte Bengt und Jan-Cristofer an. »Ich rufe Ayuna an. Wir haben etwas.«

Rold Skov

»Wer soll das sein?«

»Das ist ... Ist das nicht?«

»Nein. Ist er nicht. Den kenne ich nicht, das ist der Falsche.«

»Aber der Bulle hat sich ...«

»Halt's Maul. Bring ihn weg.«

»Wohin denn? Was soll ich mit ihm machen?«

»Bring ihn weg!«

Eine Tür wurde ins Schloss geworfen. Böse. Auch die Stimme war böse gewesen und die Anwesenheit des Mannes. Obwohl Leif ihn nicht sehen konnte, hatte er die Aura gespürt. War das der Boss?

Und wenn ja, von wem?

Leif war jetzt vollkommen klar im Kopf. Direkt nach dem Überfall, als man ihm die Maske über den Kopf gezogen, Hände und Füße mit Kabelbinder zusammengeschnürt und ihn in den Wagen geworfen hatte, in der Dunkelheit, das Keuchen des anderen Mannes neben ihm, das Geräusch des hochtourigen Motors, der Gestank im Wagen – Zigaretten, Öl, Benzin – und vor allem: die totale Verwunderung darüber, was mit ihm warum geschah, all das hatte Panik in ihm verursacht, Brechreiz, Hyperventilation.

Aber er hatte sich beruhigt. Hatte an Emil gedacht, an Bengt und Sina. An David. Und immer wieder an Mama. Sie würde ihn finden. Helle würde durchdrehen, das wusste Leif, aber sie war ein Supercop, und sie würde alles tun, um ihn zu finden.

Mama, dachte er.

Mama, ich bin hier.

Das hatte ihn allmählich beruhigt, denn die Fahrt war lang gewesen. Jetzt stand er in einem kalten Raum, einem sehr kalten Raum, und es hallte. Der Boden war extrem hart, es musste Steinboden sein, Kälte kroch durch die Hosenbeine seinen Körper hinauf.

Leif wusste, dass ihn nur ein klares Bewusstsein aus dieser Situation retten konnte. Er musste erkennen, wann ein guter Zeitpunkt war – um zu verhandeln, zu flüchten, sich zu wehren, was auch immer. Er musste zu allem jederzeit bereit sein.

Und sollte er das hier überleben, dann war es wichtig, so viele Eindrücke wie möglich im Kopf zu behalten.

Entfernungen – wie lange waren sie gefahren?

Beschaffenheit der Räume – ein Wagen, vermutlich ein Van. Natur, vielleicht Wald, der Boden hatte sich so angefühlt, dazu die Geräusche. Sie waren nicht in Stadtnähe, auch keine Straße war zu hören gewesen. Danach eine Tür, schwer, Metall, ein Gang. Kalt und gerade, etwa zwölf Schritte. Wieder eine Tür.

Und nun dieser Raum hier. Wenn die Männer sprachen, hallte es. Das Echo ihrer Stimmen wurde nicht zurückgeworfen, der Raum hörte sich an, als wäre er leer.

Leer bis auf ihn, den Gefangenen, seinen Wächter und eben diesen bösen Mann.

Nachdem die Tür ins Schloss gefallen war, zögerte sein Aufpasser. Er keuchte, Leif konnte seinen Angstschweiß riechen. Der Mann wusste nicht, was tun.

Schließlich packte er ihn wieder am Arm.

Tür, Gang, zwölf Schritte, Tür, weicher Boden, Autotür, Gummifußmatte.

Der Motor wurde angelassen.

Dieses Mal lag Leif alleine am Boden. Der Mann, der sich ihm als Polizist vorgestellt hatte und mit ihm zusammen entführt worden war, war nicht mehr im Auto. Leif versuchte, mit dem

Kopf, der das Einzige war, was er frei bewegen konnte, über den Boden zu reiben, so, dass die Maske, die sie ihm übergestreift hatten, nach oben gezogen wurde. Mühsam schaffte er es, dass der Stoff bis über das Kinn rutschte, schließlich bekam er sogar seinen Mund frei. Die kleinen Bewegungen hatten ihn so angestrengt, dass sein Atem stoßweise ging, aber Leif wusste, dass man ihn nicht hören durfte. Er vermutete, dass er im Laderaum lag, denn die Geräusche, die der Fahrer des Wagens verursachte – er war mittlerweile sicher, dass es sich um einen Van oder Kleinbus handelte –, kamen aus einer gewissen Entfernung.

Vorsichtig versuchte Leif, mit der unteren Gesichtshälfte den Boden abzutasten. Er bewegte seinen Oberkörper, geräuschlos, so hoffte er. Ertastete kaltes Metall. Eine Schiene. Vermutlich von den Sitzen. Weiter. Millimeter für Millimeter robbte Leif auf den Gummifußmatten herum, in der Hoffnung, etwas zu finden, etwas Hilfreiches, irgendetwas! Mit dem Mund stieß er an einen kleinen und flachen Gegenstand. Länglich, keine fünf Zentimeter groß. Plastik. Schmal, flach, in der Mitte ein Spalt. Eine Mininagelfeile? Ein USB-Stick? Leif öffnete den Mund und fuhr mit der Zunge den Gegenstand ab.

Der Wagen holperte seit geraumer Zeit, als führte er über sehr unebenen Boden. Die Straße hatten sie seit vielleicht zwei, drei Minuten verlassen.

Ohne nachzudenken, angelte Leif nach dem flachen Plastik und nahm es in den Mund. Versteckte es in der Backentasche.

Der Wagen bremste, der Motor wurde ausgestellt.

Leif schob den Kopf so nach oben, dass die Strumpfmaske wieder unter das Kinn rutschte.

Die Autotür wurde geöffnet, unsanft packte ihn jemand an den Beinen und zog ihn aus dem Wagen, sein Kopf schlug hart auf dem Boden auf.

Åldrup

Vierundzwanzig Stunden.

Vierundzwanzig Stunden, und dann würde die Polizei mit der Suche nach den vermissten Männern beginnen. Bis dahin musste er den Stick haben und das Land verlassen.

Dass sie Absalom nicht erwischt hatten, war ein Fehler, der niemals hätte passieren dürften. Absalom hatte die Daten, da war er sicher. Diesem Jungen traute er alles zu; seit er mit seinen Eltern in die Gemeinschaft gekommen war, hatte es mit ihm Probleme gegeben. Er war nicht fügsam, ganz anders als seine Eltern. Von Anfang an hatte er sich widersetzt, und es war Hiob nicht gelungen, ihn so zu formen, wie es sein sollte.

Darauf hatte er viel Energie verschwendet. Hatte sich all die Arbeit gemacht, für nichts, jetzt betrog der Junge ihn und verriet ihre große Idee.

Nun, Jemima hatte all das nicht gewollt, dessen war er sicher. Aber warum nur hatte sie ihm den Stick geklaut? Hiob zweifelte keine Sekunde daran, dass sie es gewesen war, kaum jemand anderes hatte Zugang zu seinen Sachen, er hatte ihr vertraut, und vor allem hatte er sie unterschätzt. Hatte sie für naiv gehalten und deshalb nicht aufgepasst, was er vor ihren Augen tat. Sie musste ihn dabei beobachtet haben, wie er den Stick in die Schublade legte.

Hiob verstand nicht, wieso sie ihn geklaut hatte. Sie konnte unmöglich wissen, was er darauf gespeichert hatte, aber wahrscheinlich hatte sie intuitiv begriffen, wie wichtig der kleine Gegenstand für ihn war.

Egal, er würde niemals erfahren, was sie dazu geführt hatte. Hatte sie ihm davon erzählt, Absalom? Hatte er Jemima dazu überredet, den Stick zu nehmen? Wo war der Stick jetzt, bei ihr oder bei ihm? Absalom musste bestraft werden.

Aber Absalom war nicht da.

Stattdessen hatte man ihm den nutzlosen Wicht mitgebracht, einen Jungen, den er noch nie gesehen hatte und den er nicht brauchen konnte. Hiob hoffte, dass man ihn entsorgte, so wie er es angeordnet hatte.

Immerhin, er hatte Nathanael in seiner Gewalt.

Hatte der gemeinsame Sache mit Absalom gemacht? Wusste er, wo sich der Stick befand? Nun war nur eines wichtig: Er brauchte seine Daten.

Er würde also Nathanael so lange zusetzen, bis dieser ihm sagte, wo der Stick war.

Wenn er diese Information hatte, konnte die Apokalypse beginnen.

In vierundzwanzig Stunden.

Hiob wusste, das war nicht viel Zeit für alles, was er tun musste, aber er würde es schaffen.

Seine Zeit war noch nicht gekommen, das spürte er. Er würde sich lediglich an einen anderen Ort begeben, das, was faul war, hinter sich lassen. Seine Zeit in diesem Wald war an ihr Ende gekommen, eine andere Ära würde anbrechen.

Es war ihm gesagt worden.

Und was ihm gesagt worden war, war das Wort des Herrn, und es war die Wahrheit.

Er war der Prophet.

Die *Flamme*.

Er war das Schwert und die Peitsche. Die sieben Plagen und das Beil. Er war Richter, Henker und Waffe.

Außerdem gab es einen Plan, er hatte sich abgesichert. Einen Plan, um zu verschwinden und einen Plan für die Apokalypse. Seine Jünger brannten darauf, sie dürsteten so lange schon nach dem Tag, der da kommen sollte und der ihnen ewige Herrlichkeit versprach.

Seine Jünger wussten, was zu tun war, er hatte sie vorbereitet, er hatte ihre Körper gestählt, ihre Seelen gereinigt und in ihren Köpfen aufgeräumt.

Sein Wort war das Wort des Herrn, und sie würden tun, was er sie geheißen hatte.

Es wird aber des Herrn Tag kommen wie ein Dieb; dann werden die Himmel zergehen mit großem Krachen; die Elemente aber werden vor Hitze schmelzen, und die Erde und die Werke, die darauf sind, werden ihr Urteil finden.

Einige seiner Jünger waren Soldaten, sie würden vorangehen, und die anderen würden folgen, die Lämmer, in aller Unschuld, und ihre Seelen würden aufsteigen, er würde sie zu sich nehmen, der Herr.

Amen.

Durch das Loch in der Tür betrachtete er seinen Gefangenen.

Nathanael.

Und der Herr sprach durch ihn zu diesem:

»Ich wusste, du würdest zu mir zurückkommen. Wir waren noch nicht fertig miteinander, Nathanael, und jetzt schuldest du mir etwas.

Ja, du stehst tief in meiner Schuld, denn du hast mich verraten.

Einmal, vor vielen Jahren, weil du das Werk, das ich an dir getan habe, nicht geachtet hast, und ein zweites Mal, weil du meinem Befehl nicht gefolgt bist.

Der Befehl lautete, den abtrünnigen Absalom zu finden und zu mir zu bringen, aber du hast es nicht getan, du hast dich widersetzt.

Müssen wir denn wirklich noch einmal von vorne anfangen, Nathanael? Hast du alles vergessen? Müssen wir mit dem Programm bei null anfangen? Deinen Kopf säubern, alles ausräumen, einen leeren Raum schaffen, den ich anfüllen kann mit neuen Ideen und Gedanken? Denn so soll es sein, dass du mein

Wort achtest, weil es das Wort des Herrn ist, und nicht den Einflüsterungen derer dort draußen folgst.

Ich hätte dich nicht so lange alleine lassen sollen, Nathanael.«

Hiob betrachtete den nackten Rücken seines Gefangen. Nathanael saß auf dem Steinboden, nackt und bloß. Nur die Maske über dem Kopf bekleidete ihn, bedeckte sein Gesicht und verhinderte, dass er wusste, wo er sich befand.

Der Raum hatte ihm schon gute Dienste erwiesen, dachte Hiob, er würde auch bei Nathanael seine Wirkung nicht verfehlen. Leider war die Zeit knapp, sie durften sich also nicht so viel Zeit lassen mit der Behandlung.

Er sah zu, wie sein Helfer dem Gefangenen die Ketten an den Fußgelenken anlegte. Gleich würde er ihn nach oben ziehen.

Wenn er lange genug gehangen hatte, würde er mit der Befragung beginnen.

Er durfte nicht zu früh damit beginnen, dann würde Nathanael nicht reden.

Er durfte nicht zu spät damit beginnen, dann würde Nathanael nicht mehr reden können.

Es galt, den richtigen Zeitpunkt abzupassen.

Aalborg

Bei Hobro war er von der Straße runtergefahren und hatte in einem Industriegebiet gehalten. Den Wagen ins Dunkle rollen lassen, Motor ausgeschaltet und aus dem Fenster gestarrt.

Die zitternden Hände klebten noch lange am Lenkrad.

Niemand war ihm gefolgt, keiner wusste, dass er hier war, und doch waren Nicks Nerven aufs äußerste angespannt, alle seine Sinne geschärft, er witterte Gefahr von allen Seiten.

Lange saß er so in der Stille, im Dunklen, nichts bewegte sich hier, Möbelhäuser, Lager, ein Baumarkt und ein großer Supermarkt türmten sich wie monströse Legosteine neben ihm auf. Am anderen Ende des Gewerbegebietes leuchteten die Neonschilder einer Tankstelle und einer Fast-Food-Kette, dort war Leben, das tröstete Nick. Er fürchtete die Gegenwart anderer Menschen, seit er auf der Flucht war, gleichzeitig hatte er Angst davor, allein zu sein, denn jetzt wusste er: Sie waren immer noch hinter ihm her.

Hiob.

Seit der Scheiße dort oben, seit sie sich Willem und den Jungen gekrallt hatten, war er gefahren, immer einen Blick in den Rückspiegel, das Gaspedal durchgetreten. In wilder Hast, bloß weg.

Aber jetzt stand der Tankanzeiger auf Reserve, das zwang ihn zu stoppen, und wahrscheinlich war es besser so, dachte Nick schicksalsergeben. Er brauchte eine Pause, er war buchstäblich zu Tode erschöpft, die Angst hatte seine Nerven angefressen, und die Erkenntnis, dass er sich zu Recht fürchtete, hatte es noch schlimmer gemacht. Sein Körper war ihm fremd geworden, unkontrolliertes Zittern überfiel ihn, Angstschweiß lief den Rücken herunter. Die Zähne klapperten, einfach so, ganz plötzlich, ohne dass er etwas dagegen tun konnte.

Nick wusste, er stand unter Schock. Er brauchte eine Atempause – schon wieder. Kurz hatte er geglaubt, dass die Dusche bei Willem, das Essen in der warmen Küche und der tiefe Schlaf im Auto die verdiente Erholung von den letzten Tagen gewesen waren, er hatte sich in Sicherheit gewähnt, angekommen, und gehofft, dass Willem alles in die richtigen Bahnen lenken würde.

Aber jetzt war der Teufelskreis wieder losgebrochen.

Und nicht nur, dass er sich nichts mehr als Ruhe wünschte – er fühlte sich auch schuldig am Unglück und am Tod anderer.

Diese Tramperin war umgekommen, weil er sie aus dem Auto geworfen hatte.

Der Amerikaner im Hostel – hätte er Jemi nicht alleine gelassen, wäre sie nicht durchgedreht.

Überhaupt Jemi. Die Entscheidung, sie aus der Gemeinschaft zu holen, war ein Riesenfehler. Er wusste nicht, wo sie jetzt war. Was sie tat, wie es ihr ging. Jemi hatte es nicht verdient, alleine da draußen zu sein. Wenn er, Nick, schon verzweifelt war – wie sollte erst sie sich fühlen?

Wenn er jetzt türmte, ließ er sie endgültig im Stich.

Und Willem! Er hatte ihn da reingezogen, er war schuld daran, dass Willem von Hiob entführt worden war. Dass seine Kinder möglicherweise ihren Vater verlieren würden.

Nick wusste, was geschehen würde: Hiob suchte nach dem Stick. Den Jemi hatte mitgehen lassen. Hiob wusste zwar nicht, wer ihn hatte – aber ganz offensichtlich war er der Meinung, dass Willem es wusste. Und dann würde er es aus ihm herausbekommen. Und danach wäre Willem nicht mehr der Mensch, der er jetzt war, zwanzig Jahre nach Nathanael.

Nick riss die Autotür auf und erbrach sich.

Er fühlte sich beschissen, und er trug auf seinen Schultern die Last des Leidens anderer.

Mit wackligen Knien stieg er aus dem Wagen – vorher scannte er genau die Umgebung, aber nichts regte sich, nirgends. Langsam ging er um das Auto herum. Die Luft hier war vielleicht nicht die beste, in der Nähe die Autobahn, keine Bäume, keine Wiesen. Aber es war klare kalte Luft. Leichter Wind wehte ihm ins Gesicht, angenehm, ein hauchdünner Film von Feuchtigkeit legte sich auf seine Haut. Frische. Leben.

Nick wagte es, sich etwas weiter vom Auto zu entfernen, er lief ein paar Schritte auf und ab. Versuchte, seine Gedanken klarer zu fassen.

Was war zu tun?

Er hatte noch ein wenig Geld in der Tasche. Mit sehr viel Glück konnte er gerade so viel tanken, dass er bis zur Grenze kam. Dort würde er das Auto stehen lassen und zu Fuß nach Deutschland laufen. Über die Wiesen und Felder, durch den Wald. Das wusste er noch von seinem Bruder. Jan hatte ihm damals gesagt, hau ab, wenn du kannst, das hatte er ihm eingetrichtert. Hau ab, nach Schleswig-Holstein.

Den Zettel mit Jans Adresse und seiner Telefonnummer hatte Nick noch in der Tasche, und er fragte sich, ob sie auch in Deutschland nach ihm suchten oder nur hier. Das Beste wäre es sicherlich, wenn Jan ihn holen könnte. In Grenznähe. Aber würde er das tun? Er war nicht begeistert davon gewesen, seinen Bruder aufzunehmen, der auf der Flucht vor den Bullen war.

Und was war dann? Er hatte keine Papiere, seinen Ausweis hatte Hiob, wie alle Papiere seiner Jünger. In irgendeinem Tresor eingeschlossen. Nick würde niemals zu einem Amt gehen können und einen neuen Ausweis beantragen. Er hatte keine Geburtsurkunde, keinen Wohnsitz, kein Konto, nicht einmal ein Telefon.

Das war keine so gute Idee.

Und selbst wenn Jan für all das eine Lösung finden würde – da waren immer noch Jemi und Willem. Nick würde sich ein Leben lang damit plagen, dass er sie alleingelassen hatte, dass ihr Schicksal ihn nicht interessierte.

Verdammt, er war doch kein Arschloch!

Wenn er jetzt türmte, ließ er andere leiden – aber einer würde ungeschoren davonkommen: Hiob. Hiob würde einfach so weitermachen. Er würde Familien auseinanderreißen und Menschenleben zerstören. Er würde seine Jünger in den Sessions quälen, sich an ihnen bereichern und sich weiterhin neue Jünger untertan machen.

Hiob hatte nicht verdient, damit durchzukommen. Die Daten auf dem Stick würden ihn erledigen, aber Willem hatte den Stick zuletzt gehabt. Wahrscheinlich war er nun in Hiobs Händen. Die Hoffnung, ihn damit zu erledigen, war vernichtet.

Aber dann fiel Nick ein, was Willem gesagt hatte. Er machte eine Sicherheitskopie. Nick kannte sich nicht aus mit diesem Computerzeug, aber er erinnerte sich daran, was Willem getan hatte. Er hatte einen flachen Gegenstand an seinen Computer angeschlossen, als er das mit der Sicherheitskopie gesagt hatte. Was hatte er danach damit getan? Nick konnte sich nicht erinnern, aber er wusste: Diese Kopie war in Willems Haus. Und wenn er da rankam, wenn er die Daten an sich bringen könnte, dann gab es eine Chance, Hiob zu stoppen.

Und Willem rauszuholen.

Nick setzte sich in den Wagen. Er steuerte die Tankstelle an. Er wusste, wie man das machte, stieg aus, den Hoodie wie immer tief ins Gesicht gezogen. Er tankte, zahlte – Kopf nach unten. Tat so, als interessiere ihn das Süßigkeitenangebot unterhalb der Kasse brennend. Verließ die Tankstelle und fuhr wieder auf die Autobahn.

Zurück in Richtung Aalborg.

Eine gute Dreiviertelstunde später hielt er an der Straßenecke, fünfzig Meter von Willems Zuhause entfernt. Zur Vorsicht blieb Nick im Auto sitzen. Der Wagen würde niemandem auffallen, schließlich war es Willems.

Das Haus des Polizisten lag dunkel da. Willem hatte ihm erzählt, dass Frau und Kinder erst am Wochenende wieder zurückkamen. Und Hiobs Leute würden wohl kaum hier erscheinen, schließlich hatten sie, was sie wollten.

Nachdem er etwas Zeit hatte verstreichen lassen und alles ruhig blieb, wagte sich Nick aus dem Wagen. Geduckt lief er zum Garten hinter dem Haus – so hatte er vor ein paar Stunden zusammen mit Willem das Haus verlassen. Vor der Tür zum Wintergarten zögerte er. Wenn Willem eine Alarmanlage installiert hatte, dann würde diese loslegen. Wie viel Zeit hätte er, um ins Arbeitszimmer zu rennen, nach der Sicherheitskopie zu suchen und wieder abzuhauen? Nick schätzte, dass ihm fünf Minuten blieben. Dann würde bestimmt jemand von den Nachbarn nach dem Rechten schauen. Bis eine Streife vorbeikam, würde es noch ein wenig länger dauern. Das müsste er schaffen.

Entschlossen nahm er einen der großen Steine aus dem Beet und schlug die Scheibe ein. Zu seinem eigenen Erstaunen blieb erstens alles ruhig und zweitens zerbrach augenblicklich das Glas. Nick hatte fest damit gerechnet, auf größeren Widerstand zu stoßen – fürchtete sich Willem etwa nicht vor Einbrechern? Dennoch sollte er keine Zeit verlieren. Mit dem durch den Anorak geschützten Ellenbogen stieß er so viel Glas wie möglich aus dem Türrahmen und zwängte sich anschließend ins Innere. Er brauchte ein paar Sekunden, um sich zu orientieren, wusste dann aber wieder, dass sich Willems Arbeitszimmer im Souterrain befand und lief die Treppe hinunter. Licht machte er keines, konnte sich aber ganz gut im Dunklen orientieren, seine Augen hatten sich an die Finsternis angepasst.

Im Haus war es totenstill, auch von draußen drang kein Geräusch an Nicks Ohren, wenn er Glück hatte, blieb sein Einbruch bis zum nächsten Morgen unbemerkt.

Er drückte die Türklinke herunter und hielt kurz inne. War das nicht doch ein Geräusch gewesen? Hinter ihm? Ein leises Schleifen?

Nick hielt den Atem an und verharrte regungslos an der Tür. Eine Minute, zwei. Dann war er sicher, dass er sich getäuscht hatte. Schnell schlüpfte er durch den Spalt der nun geöffneten Bürotür, war sofort am Schreibtisch und fluchte. Es war stockfinster im Zimmer. Wie sollte er das flache Ding finden? Konnte er es wagen, Licht anzumachen? Nick hörte in seinen Ohren das eigene Herz klopfen. Vorsichtig tastete er sich zum Schreibtisch mit dem Computer vor und fuhr mit den Händen auf der Platte hin und her. Tastatur, Mousepad, Mouse, Stift, Kabel ... Sein Kopf knallte auf die Tischplatte, jemand drückte ihn brutal nach unten, ihm blieb der Atem weg, seine Hände wurden auf den Rücken gerissen und gefesselt, Nick verlor das Bewusstsein.

Aalborg

Der Konferenzraum füllte sich, Helle stand einige Meter von der Tür entfernt, umklammerte ihren Kaffeebecher und beobachtete, wie die Kollegen hineinströmten.

Alle waren sie da: Ihre Chefin Ayuna kam mit zwei weiteren Kollegen aus Frederikshavn, trotz der späten Stunde.

Die Polizeichefin Jütlands, Anne-Marie Pedersen, war anwesend, im Abendkleid, man hatte sie aus einer Opernvorstellung geholt. Ebenso waren der Pressechef sowie Hjalmar, der Leiter der Sondereinsatztruppe AKS, zwei Staatanwälte, verschiedene Abteilungsleiter, der Polizeipsychologe von Aalborg, ein Mann, der Helle als Sektenbeauftragter vorgestellt worden war, und natürlich viele Polizisten, die im Dienst waren beziehungsweise zum Einsatz gerufen worden waren, versammelt.

Jan-Cristofer stand neben Helle. Er war es gewesen, der Niklas Sprembert in Willems Haus verhaftet hatte, woraufhin Helle ebenfalls nach Aalborg gekommen war.

Sprembert saß jetzt in einem der Verhörzimmer, mit einem Pflichtverteidiger. In einer allerersten Befragung hatte er gesagt, dass er zwar Zeuge der Entführung von Willem und Leif gewesen sei, jedoch nichts über die Kidnapper oder gar den Aufenthaltsort der beiden Männer wusste – er ging aber davon aus, dass die Entführung vom Sektenführer Hiob geplant war.

Noch am Ort der Festnahme, dem Haus von Willem Vanguy, hatte er darauf bestanden, dass die Beamten eine Festplatte mit wichtigen Daten mitnehmen sollten, die Hans Christian Møller alias Hiob belasteten.

Jan-C hatte die Festplatte sichergestellt, im Moment saßen hier im Haus Beamte daran und sichteten das Datenmaterial. Vermutlich würde gleich einer von ihnen in der spontan einberufenen Konferenz berichten, welche Inhalte auf der Festplatte gespeichert waren.

Helle ging all das zu langsam. Die Minuten und Stunden verrannen, und sie hatte furchtbare Angst um ihr Kind. Leif war irgendwo da draußen in Gefahr, es ging um sein Leben. Und sie stand hier, mit einem Kaffeebecher in der Hand und wartete darauf, dass es endlich losging. Zu gerne hätte sie den jungen Deutschen sofort in die Zange genommen, sie war fest davon überzeugt, dass er Dinge wusste, die sie zum Aufenthaltsort von Leif führten, aber sie hatte die klare Ansage von Anne-Marie, dass sie, erstens, den Jungen nicht allein vernehmen dürfe, sondern auf Sören warten solle, und es, zweitens, geboten sei, an dieser Stelle alle Fäden zusammenzuführen, um einen gesamten Überblick über die Lage zu bekommen. Es ging nicht nur um Leif und Willem, auch wenn hier allergrößte Eile geboten war. Aber der Mord in Kopenhagen stand unzweifelhaft damit in Zusammenhang, eventuell auch der Tod von Merle Brabant. Außerdem hatte der Polizeipräsident darauf bestanden, dass erst die Gefahrenlage geklärt werden musste, bevor drauflosgestürmt wurde. Nicht zu Unrecht erinnerte er an Massenselbstmorde oder gar Anschläge, die daraus resultierten, dass Sekten gestürmt oder beobachtet oder sonst wie mit der Staatsgewalt in Berührung kamen. Niemand wusste zum gegenwärtigen Zeitpunkt, was diese Sekte zur heiligen Flamme plante, oder gar, ob sie Waffen zur Verfügung hatte, und wenn ja, welche. Eine Erstürmung des Geländes konnte einen Dominoeffekt hervorrufen, das galt es unbedingt zu vermeiden.

Zuerst sollten Strategien entwickelt und Kompetenzen geklärt werden – da war eine Helle Jespers, die im Alleingang nach vorne preschte, nicht unbedingt hilfreich.

Helle musste sich folglich in Geduld üben, und das war keine

ihrer vordringlichsten Stärken – schon gar nicht in dieser Ausnahmesituation. Ihre Nerven waren äußerst angespannt, und nur
Jan-C, der ihr Halt gab und aufpasste, dass sie nicht ausflippte,
gab ihr die nötige Stabilität, all das durchzustehen.

»Du weißt, dass du nicht hier sein musst?«, hatte Anne-Marie
sie vorhin noch gefragt und Helle angeboten, dass sie nach Hause
zu Bengt fahren solle, sie würde selbstverständlich auf dem Laufenden gehalten werden.

Aber Helle lehnte ab. Wenn sie nicht mittendrin war, würde
sie die Wände hochgehen! Sie musste sich unbedingt aktiv an
Leifs Suche beteiligen, alles andere würde sie sich niemals ver-
zeihen können.

Am anderen Ende des Ganges öffnete sich eine Tür, und drei
bestens bekannte Menschen kamen im schnellen Schritt in
Richtung Helle gelaufen. Vorneweg stürmte Sören Gudmund,
der eisgraue Kurzhaarschnitt akkurat wie immer, er sah überhaupt aus wie aus dem Ei gepellt, obwohl es nach Mitternacht
und er soeben mit dem Hubschrauber aus Kopenhagen gelandet
war. Ihm auf den Fersen der große grobschlächtige Ricky Olsen
mit dem Preisboxergesicht, der doppelt so müde und zerknittert
daherkam wie sein Chef. Und hinter ihnen lief Ole, Helles Trup-
penjüngster, er winkte ihr schon von weitem, und Helle hätte
nicht gedacht, dass sein Anblick sie so sehr trösten würde.

Sören hatte sie als Erster erreicht, er überrumpelte Helle, als er
sie, ohne zu zögern, in den Arm nahm. Drückte einmal fest und
versicherte ihr, wie leid es ihm tue und dass er alles tun werde,
Leif zu finden.

Auch Ricky ließ es sich nicht nehmen, Helle zu umarmen, er
überragte sie fast um Haupteslänge, ihr Gesicht lag in der Höhe
seines Herzens, und er presste sie so fest, dass sie es schlagen
hörte.

Zuletzt war Ole an der Reihe, der gute Wünsche von Amira
mitbrachte, was Helle dankbar entgegennahm. Es tröstete ein
wenig zu wissen, dass ihr Rudel hinter ihr stand und an sie dachte.

Ole, Ricky und Sören sahen bleich und betroffen aus, und Helle fragte sich, was sie selbst für ein Bild abgab. Sie hatte einen elend langen Tag hinter sich, war stundenlang mit dem Auto kreuz und quer durch Jütland gefahren und bangte um ihr Kind. Doch obwohl sie sonst ständig müde war, hielt der Adrenalinspiegel sie nicht nur auf den Beinen, sondern sie fühlte sich wach und hoch konzentriert.

»Sören«, sagte sie und tippte dem Chef der Mordkommission an die Schulter. »Mir dauert das zu lange. Ich möchte gerne, dass wir mit Niklas Sprembert reden. Sofort. Während der Sitzung.«

Sörens helle blaue Augen sahen ihr fest ins Gesicht, und zum ersten Mal, seitdem sie ihn kannte, glaubte Helle, darin eine Spur menschlicher Wärme zu entdecken.

»Ich verstehe das. Wirklich. Ich verstehe das. Aber gerade du wirst da drinnen gebraucht. Du musst den Kollegen schildern, wo die Fäden zusammenlaufen.«

Helle schwieg. Auch das noch. Sie hatte eigentlich nicht vorgehabt, sich ins Rampenlicht zu drängeln.

Sören packte fest ihren Arm. »Du kennst als Einzige die Zusammenhänge. Mach es schnell, konkret und dränge zur Eile. Es liegt in deiner Hand, Helle.«

Helle wich einen Schritt zurück. »Sören. Bitte. Das ist *too much*. Ich kann diese Verantwortung nicht tragen.«

»Doch, du kannst und du musst, Helle. Es geht um Leif, und du bist verdammt noch mal viel weniger chaotisch, als du denkst.«

Resolut schob Sören sie in Richtung des Konferenzraumes.

Drinnen winkte Anne-Marie ihr zu und bedeutete, dass sie neben ihr Platz nehmen solle. Sören setzte sich neben Helle, auf der anderen Seite der Polizeichefin nahmen der AKS-Einsatzleiter Hjalmar und der Sektenbeauftragte Platz.

Anne-Marie sagte ein paar Sätze und erteilte anschließend Helle das Wort. Ihre Nervosität, ihre Anspannung, ja sogar ihre Angst um Leif waren in dem Moment, als sie das Wort ergriff, wie weggeblasen. Sie blickte in die Gesichter ihrer Kollegen. Es war mitten in der Nacht, aber alle waren sie hellwach. Sie waren bereit zum Einsatz, bereit, diese üble Sache zu Ende zu bringen. Alle Gesichter im Raum sahen sie konzentriert an, das waren Polizisten, die ihren Job beherrschten. Polizisten, die genau wussten, was sie tun sollten. Und die alle auf ihre Informationen warteten.

Helle holte tief Luft und legte mit einer Zusammenfassung los.

Laut der ersten Aussage von Niklas Sprembert waren er und seine Freundin Jemima am Freitag aus der Sekte, die ihren Sitz in Åldrup am Rold Skov hatte, mit einem Pick-up der Glaubensgemeinschaft geflohen. Ihr Ziel war unbestimmt, nicht zuletzt deshalb, weil die beiden jungen Menschen über keinerlei Ortskenntnisse verfügten.

An einer Tankstelle nahmen sie Merle Brabant mit, die sie auf deren Wunsch am Strand entließen – zuvor hatte es Streit und Handgreiflichkeiten um eine Flasche Wodka gegeben, und Niklas Sprembert hatte das junge Mädchen aus dem Auto geschmissen. Später hatte er ihr Handy im Fußraum des Autos gefunden und behalten.

Helle zeichnete die Irrfahrt des Pärchens bis Kopenhagen nach, hier übernahm Sören das Wort von Helle und übergab es dann wieder an sie, nachdem er von der Tat im Hostel, der getrennten Flucht des Pärchens und schließlich dem von Jemima verursachten Autounfall berichtet hatte, aufgrund dessen sie noch immer im künstlichen Koma lag.

Das Ergebnis des Gentests lag mittlerweile vor, es bestätigte sich der Verdacht, dass es sich bei der jungen Frau um die vor neunzehn Jahren verschwundene Tochter Ingrid Hansens handelte.

Helle versuchte, kurz darzulegen, wie sie auf die Querverbindung zur Gemeinschaft der heiligen Flamme gekommen war, raffte diesen Teil der Erzählung aber, weil sie sich darauf konzentrieren wollte, welche Gefahr aktuell von Hiob und seinen Jüngern ausging und dass sie davon überzeugt war, dass die Entführten – Leif und Willem – sich in der Gewalt der Sekte befanden.

Hier nun erteilte Anne-Marie dem Sektenbeauftragten das Wort, der sich bemühte, eine kurze Übersicht über die Gemeinschaft der heiligen Flamme zu geben.

Sie erfuhren zunächst alles über die wechselhafte Lebensgeschichte Møllers, der vor fünfundzwanzig Jahren die Gemeinschaft auf dem Land, auf dem sie sich heute befand, gegründet hatte. Helle knibbelte nervös an ihren Fingernägeln herum – das alles war für sie im Moment irrelevant, es ging um Minuten und Sekunden. Sören schien das zu bemerken, er legte eine Hand auf ihre, unterbrach den Mann von der Regierung und bat darum, dass dieser seine Einschätzung über die Lage gab.

Waren die Menschen, die sich in der Gemeinschaft befanden gefährdet?

Gab es Informationen darüber, ob die Mitglieder der Sekte zu Gewalttaten fähig waren, über Waffen, Gewaltanwendungen in anderen Fällen?

Bislang habe man die Gemeinschaft als nicht gewaltbereit eingestuft, sagte der Mann. Es habe nur sehr wenige Anhaltspunkte gegeben, um die Glaubensgemeinschaft zu beobachten oder näher ins Visier zu nehmen. Es gab so gut wie keine Aussteiger, und die wenigen, die es in den vergangenen Jahrzehnten gegeben hatte, waren nicht zur Polizei gegangen oder hatten sich sonst wie Hilfe suchen müssen.

»Möglicherweise, weil sie Repressionen befürchten mussten?«, hielt es Helle nicht länger aus. »Vor neunzehn Jahren hat eine verzweifelte Frau Hilfe gesucht. Man hat ihr das Neugeborene weggenommen, und sie hat sehr klare Aussagen dazu gemacht, wie es in der Gemeinschaft hinter den Kulissen aussieht.«

»Helle ...«, bat Anne-Marie sie, aber Helle platzte der Kragen.

»Stattdessen wurde der Spieß umgedreht, und Polizisten, Psychologen und, ja, auch jemand von deiner Regierungsstelle haben die Frau für nicht zurechnungsfähig erklärt. Sie hat Jahre um Jahre in der Psychiatrie und in Behandlung verbracht – bis wir jetzt endlich festgestellt haben, dass sie die Wahrheit gesagt hat!

Und ihre Tochter rast vollkommen durchgedreht durch das Land, tötet – mutmaßlich – einen jungen Mann und bringt viele andere in Gefahr – kommt das etwa von ungefähr?«

Der Sektenbeauftragte starrte sie entgeistert an, Helle wurde heiß, aber dieses Mal waren es nicht ihre Hormone, die verrücktspielten, es war die Wut, die ihr zu Kopf stieg.

»Dieser Hiob darf ungehindert hinter hohen Mauern tun und lassen, was er will. Er foltert, er unterzieht Menschen der Gehirnwäsche, er nimmt ihnen ihre Eltern und ihre Kinder weg und, *last but not least*: Er hat zwei Menschen entführen lassen! Meinen Sohn! Und du sitzt hier und sagst mir allen Ernstes, du glaubst nicht, dass von der Sekte eine Gefahr ausgeht?«

Helle schnaufte, und im Saal war es totenstill. Bis der Leiter des AKS sich räusperte.

»Es sind alle verfügbaren Leute alarmiert. Wir können jederzeit mit der detaillierten Planung des Einsatzes beginnen – im Groben wissen wir, was zu tun ist. Allerdings hätte ich gerne noch Insiderinformationen von diesem jungen Mann, den ihr habt. Über etwaige Eigenheiten des Geländes, die Bebauung und so weiter.«

»Also, Moment mal«, meldete sich nun eine der beiden Staatsanwälte zu Wort. »Wir sind noch weit weg davon, dass wir da einfach so reingehen können. Bislang habe ich nur von Vermutungen gehört, aber was wir brauchen, sind Beweise.«

Der Staatsanwalt neben ihr nickte leicht, sah aber sogleich entschuldigend zu Helle.

»Woher wissen wir, dass Willem Vanguy und Leif Jespers gekidnappt wurden? Haben wir mehr als Annahmen, vage Hinweise und die Aussage eines Straftäters, der sich möglicherweise damit selbst entlasten will?«

»Nein«, gab Helle zurück. »Aber es weist alles …«

»Gesetzt den Fall, wir könnten beweisen, dass Møller mit der Entführung – wenn es überhaupt eine ist – zu tun hat«, fuhr die Staatsanwältin ungerührt fort, »wissen wir doch noch lange nicht, ob die Männer sich auf dem Anwesen der Sekte befinden.«

Helle sah sie nur stumm an. Sie fühlte sich, als würde man ihr die Haut in kleinen Streifen vom Körper schälen.

»Und wissen wir sicher, dass diese Jemima und dieser Niklas Sprembert tatsächlich aus der Sekte entkommen sind, oder verlassen wir uns da erneut auf die Aussage von Sprembert? Sind die beiden denn gegen ihren Willen dort festgehalten worden?«

»Wir erhoffen uns von einer schnellen Vernehmung im Anschluss an die Sitzung mehr Aufschluss«, sprang Anne-Marie in die Bresche, aber Helle wusste, dass sie sich auf dünnem Eis bewegten. Die Staatsanwältin hatte recht. Sie hatten nichts Konkretes in der Hand.

»Und weiter wissen wir zwar sicher, dass Jemima Wie-auch-immer die Tochter von Ingrid Hansen ist, aber wir haben nicht mehr als eine Vermutung, dass Hans Christian Møller sie damals ihrer Mutter weggenommen hat. Es könnte auch ganz anders gewesen sein. Was ist mit dem leiblichen Vater?«

Jetzt blickte die Staatsanwältin Helle direkt an. »So leid mir das mit deinem Sohn tut, Helle, ich verstehe absolut, dass du ungeduldig bist, und auch, dass wir aktiv werden müssen. Aber wir können den Boden der Rechtsstaatlichkeit nicht verlassen. Und so, wie ich es sehe, haben wir nicht *einen* handfesten Beweis, der eine Erstürmung der Gemeinschaft der heiligen Flamme rechtfertigt. Ihr müsst da deutlich mehr in der Hand haben. Belastbare Fakten.«

»Haben wir«, meldete sich jetzt ein Mann nahe der Tür und hielt einen Plastikbeutel mit etwas darin hoch, Helle konnte nicht genau erkennen, was es war. Der Mann kam jetzt durch den Raum nach vorne gelaufen, zu Anne-Marie Pedersen.

»Freiheitsberaubung, Steuerhinterziehung, Diebstahl, Unterschlagung, körperlicher und seelischer Missbrauch und noch einiges mehr«, er legte den Plastikbeutel vor der Polizeichefin auf den Tisch und drehte sich zur Staatsanwältin um. »Auf der Festplatte sind genug Beweise gegen Møller, um ihn sein Leben lang hinter Gitter zu bringen.«

Sören drückte jetzt Helles Hand ganz fest. Sie atmete tief aus. Jetzt erst merkte sie, dass sie, während die Staatsanwältin ihre Pläne in der Luft zerpflückt hatte, den Atem angehalten hatte.

»Vor allem aber«, fuhr der Mann weiter fort, »haben wir Hinweise, dass er im Besitz von Waffen ist. Vielleicht auch chemischen. Es gibt da Unterlagen ...« Er deutete auf die Festplatte.

»Alles klar«, sagte die Staatsanwältin jetzt. »Zeig uns, was ihr habt. In der Zwischenzeit bereitet ihr alles vor, Hjalmar.« Sie nickte zum AKS-Einsatzleiter hin. »Wir gehen da rein.«

Rold Skov

Er lag mit dem Rücken auf dem Waldboden und schrie. Er schrie aus vollem Hals, er schrie sich die Lunge aus dem Leib, und sein Schrei flog durch die Äste der Kiefern, flog über den Farn und das Moos, erschreckte Dachse und Rehe, bis er im Schilf des Sees hängenblieb, sein Schrei.

Leif schrie nicht nur nach Hilfe. Er schrie auch aus Wut und Verzweiflung, er schrie, weil er seine Kraft spüren musste, weil er sich anhören wollte wie ein wildes Tier. Denn nur das würde ihm die Zuversicht geben, dass er hier herauskäme.

Dennoch erschöpfte ihn der lange Schrei; mit trockenem Hals, tränenden Augen und wunder Lunge lauschte Leif ihm nach.

Es war außergewöhnlich still in diesem Wald, in dem er lag, in den Wipfeln der Bäume raschelte ein leichter Nachtwind, im Unterholz knisterte es, aber nur verhalten, Mäuse, vielleicht ein Wiesel, ein leichtfüßiger Fuchs. Mehr war da nicht, und nur deshalb hatte sein Schrei diese monströse Kraft entwickeln können.

Einen Moment noch spürte Leif ihm nach, dann fing er endlich an zu denken. Von der Strumpfmaske hatte er sich sofort befreit, kaum war der Wagen, der ihn hier abgeladen hatte, nicht mehr zu hören. Den USB-Stick hatte er ausgespuckt, auf die Maske, aber er würde versuchen, ihn mitzunehmen – gesetzt den Fall, er schaffte es, sich von diesem Fleck aus Moos und Pilz und Unterholz wegzubewegen.

Sein Brustkorb hob und senkte sich heftig, er fror erbärmlich. Gegen die Kälte musste er etwas tun, musste sich bewegen, sonst würde er einschlafen und vielleicht nicht mehr aufwachen.

Aber wie bewegen, wenn die Füße mit Kabelbinder zusammengeschnürt waren und die Hände auf dem Rücken genauso?

Es konnte eigentlich doch nicht so schwer sein, dachte Leif. Er war extrem biegsam, hatte lockere Bänder. In der Familie hatten sie immer über ihn gelacht, wenn er erst das eine Bein hinter dem Kopf ablegte, dann das andere und so, auf seine Arme gestemmt, ein paar unbeholfene Bewegungen durch das Zimmer gemacht hatte. Humpty Dumpty nannte Mama ihn, Leif, mach doch mal wieder Humpty Dumpty.

Den Eierkopf hatte er schon lange nicht mehr gegeben, aber jetzt, in dieser Scheiße, würden ihm seine akrobatischen Fähigkeiten nutzen.

Leif schloss die Augen, um sich zu konzentrieren. Aktivierte seine Bauchmuskeln und begann, Wirbel für Wirbel, den Rücken von der Lendenwirbelsäule an zusammenzukrümmen. Er musste sich wie ein Paket zusammenrollen, eng und klein werden, so klein, dass er die zusammengebundenen Hände über den Hintern streifen und sich durch diese Armschlaufe rückwärts hindurchdrücken konnte.

Aber je mehr er den Kopf krümmte, desto höher stiegen seine Schultern und damit die Hände.

Er musste es anders versuchen.

Der Kabelbinder schnitt tief in seine Handgelenke, Leif spürte das Blut, das aus den Schnittwunden drang. Darauf konnte er jetzt keine Rücksicht nehmen, denn daran würde er nicht sterben.

Nicht daran.

Mama, dachte er kurz, aber der Gedanke an Helle ließ ihn sich klein fühlen, wie ein kleines Kind, wie jemand, der Schutz suchte. Er aber war auf sich allein gestellt, und er musste es von allein schaffen, sich aus dieser Hölle zu befreien.

Leif ging ins Hohlkreuz, die Hände rutschten ein Stückchen über den Po. Dann bog er sich nach vorne und stöhnte laut vor Schmerz, weil seine Handgelenke auseinandergezogen wurden, der Kabelbinder drang noch weiter in das Fleisch.

Aber er ließ sich nicht beirren, er spürte, dass er Millimeter für Millimeter Erfolg hatte. Wieder bog er seinen Rücken ins Hohlkreuz, um gleich darauf erneut einen Buckel zu machen. Jedes Mal gelangten die Hände ein winziges Stückchen weiter über seine Sitzknochen, er bog sich vor und zurück, vor und zurück, schwitzte jetzt vor Anstrengung, und plötzlich glitten seine Hände unter dem Hintern hindurch, er konnte sie über die Beine streifen und hatte es geschafft!

Yes!, schrie er in den dunklen Wald hinein, *yes!*

Leif zitterte am ganzen Körper, ob vor Kälte, Euphorie, Anspannung oder Angst vermochte er nicht zu sagen, aber es war ganz gleich, er würde sich nicht aufhalten lassen. Weiter, weiter, drängte er sich.

Zunächst musste er sich hinsetzen, nicht mit dem ganzen Körper auf dem feuchtkalten Boden liegen. Er richtete sich auf, tastete nach dem USB-Stick, steckte ihn in die Hosentasche. Die neu gewonnene relative Freiheit, dass er mit seinen Händen etwas tun konnte, beflügelte ihn. Dann nahm er die Sturmmaske und stand ganz auf. Es fiel ihm schwer zu stehen, mit den an den Fesseln zusammengebundenen Beinen. Der Boden war uneben, seine Beine wacklig, sein Gleichgewichtsgefühl fragil. Er versuchte, sich zu orientieren.

Der Wald war dunkel, aber dennoch konnte Leif erkennen, dass er in einer Art Schneise stand. Der Van war bis hierher gekommen, also musste es sich um eine Art Forstweg oder zumindest die Spur eines Harvesters handeln. Dort, wo er sich befand, gruppierten sich die hochaufragenden Buchen nicht dicht an dicht; wurde der fahle Mond von den Wolken befreit und sein schwaches Licht gelangte durch die Baumkronen, konnte Leif eine schmale Lücke im Baumbestand erkennen. In diese Richtung musste er sich orientieren. Dazu aber sollte er imstande sein, sich zu bewegen, was mit den Fesseln um die Fußgelenke nicht der Fall war.

Leif ließ sich auf die Knie fallen und robbte sich mühsam

auf allen vieren ein Stück vorwärts. Er versuchte, rechts und links mit den Händen etwas zu ertasten, worauf er sich setzen konnte, und es dauerte nicht lange, bis er einen umgestürzten Baumstamm fand. Leif legte die Strumpfmaske darauf, auch wenn sie ein miserables Polster abgab und eine noch miesere Kälteisolierung, aber er konnte sich wenigstens einbilden, nicht ganz ungeschützt auf dem feuchten Holz zu sitzen. Schließlich begann er, mit den Zähnen am Plastik der Kabelbinder zu nagen. Der Kunststoff war sehr fest und dick, aber Leif hatte Geduld. Er begann – die blutigen Handgelenke am Mund –, systematisch an einer Stelle mit den spitzen Eckzähnen seine Fesseln durchzubeißen.

Es würde lange dauern. Sehr lange.

Aber er hatte keine andere Chance.

Er hatte ein Ziel.

Und er wusste, er würde es schaffen.

Åldrup

Er hing seit mindestens zwei Stunden kopfüber in der Mitte des Raumes.

Es war der Büßerraum, und auch wenn er es nicht sehen konnte, wusste er es.

Zu gut kannte Willem diesen Raum, quadratisch, fensterlos, unter der Erde, weiße glatte Wände, der Fußboden aus nacktem Stein. Lautsprecher, die man nicht sehen konnte.

Grelles Licht aus einer Neonröhre an der Decke. Manchmal blieb es aus, stunden-, tagelang.

Wie oft hatte er hier gesessen. Nackt. Auf dem kalten Boden.

Als sie ihn vor einigen Stunden hier hereingebracht hatten, ebenfalls nackt, nur mit der Strumpfmaske über dem Kopf, war das Gefühl von früher zurückgekehrt. Seltsam vertraut, aber ohne Angst. Keine Panik, kein Gefühl der Furcht bemächtigte sich seiner. Denn er hatte sich auch damals nicht gefürchtet, wenn er hier ausgeharrt hatte, es hatte seinen Trotz geweckt.

Ein Gefühl der Kraft war in ihm gewachsen, weil er wusste: Er kam wieder raus. Er war stärker als das.

Mit den bloßen Knien hatte er auf dem eiskalten Steinboden gehockt und sollte in sich gehen. Sollte glauben, noch mehr glauben, noch besser glauben. So sehr glauben, dass er vergessen sollte, wer er war.

Aber nichts davon war eingetreten. Stattdessen hatte er sich stark gefühlt. Hatte seinen Körper gespürt, gerade im Schmerz, er fühlte sich überhaupt nicht ausgeliefert, sondern kam sich vor wie ein Krieger. Jung, stark, unbesiegbar.

Der junge Nathanael hatte gedacht: Ich bin stärker als ihr alle. Stärker als du, Hiob, und ich werde hier sitzen, ich werde meine Kraft sammeln, und ich werde hocherhobenen Hauptes aus dem Raum gehen.

Der erwachsene Willem dachte wieder so.

Damals hatte er erkannt, dass er in die Irre gegangen war. Dass seine Flucht in die Sekte eine Sackgasse gewesen war.

Hier, in diesem Raum hatte er angefangen, an Hiob und seiner Lehre zu zweifeln.

Und Hiob hatte ihn nicht brechen können. Nicht ganz jedenfalls. Und er würde es auch heute nicht schaffen.

Zwei Stunden kopfüber, dachte Willem, das reicht nicht aus, damit ich dir verrate, dass du geliefert bist.

Teufel.

Willem wusste, dass in Indien manche Yogis tagelang kopfüber in Bäumen hingen, weil sie transzendentale Erfahrungen provozierten.

Ein britischer Aktionskünstler hatte zweieinhalb Tage an einem Bungee-Seil gehangen und direkt danach ein Interview gegeben.

Zwei Stunden waren lächerlich.

Auch das Drehen war lächerlich und die Worte Hiobs.

Er hatte die Augen geschlossen, er dachte an Liebe. An Licht und Wärme. Er dachte an das Lachen seiner Kinder, an ihre kleinen Körper, wenn sie neben ihm im Bett lagen, in ihren Schlafanzügen, wie sie nach Waschmittel und Kindershampoo rochen und er ihnen vorlas. Aus *Pettersson und Findus* oder *Pu der Bär* oder *Karlsson vom Dach.*

Willem dachte an Marit, die Frau, die er so sehr liebte, dachte an ihre wundervolle Haut, die Lachfältchen in den Augenwinkeln, an ihre Schenkel, die sich um seine Hüften legten.

Er musste nur an das Leben denken, das er sich so schwer erkämpft hatte, und konnte Hiob ausblenden. Hiob und sein Theater.

Damals, als er jung gewesen war und seinem Leben einen Sinn hatte geben wollen, hatte er noch nichts gehabt, woran er sich orientieren konnte. Deshalb hatte er sich an Hiob und seine Offenbarungen geklammert.

Er würde nicht reden und erst recht würde er nicht so sterben.

Hiob sprach stattdessen unentwegt, er drohte, er versuchte, Willem einzureden, dass er seine Kinder und Marit in seiner Gewalt hatte, er wollte seinen Gefangenen mürbe machen, aber Willem schaffte es, Ohren und Geist zu verschließen.

Bis jetzt war es ihm gelungen, und die Maske, die sie ihm über das Gesicht gezogen hatten, half ihm dabei. Er musste nicht nach außen sehen, er blickte nach innen, dahin, wo die Liebe seiner Familie und all die wunderbaren Erinnerungen waren.

Vor einigen Stunden, als sie ihn und den Sohn von Helle entführt hatten, da hatte er Panik bekommen. Als sie sie beide in den Van warfen, da hatte er sehr wohl körperliche Symptome einer Panikattacke gehabt.

O mein Gott, der Junge, dachte Willem jetzt, hoffentlich haben sie ihm nichts angetan.

Doch er schob den Gedanken beiseite, weil er sich auf gute, auf starke Gedanken fokussieren wollte.

Er wollte auch nicht an Nick denken, von dem er nicht wusste, ob er entkommen war oder nicht.

Und auch nicht an den USB-Stick, den er trotz der Kabelbinder an seinen Handgelenken aus der Hosentasche geholt und auf den Boden des Vans geschoben hatte, in der Hoffnung, dass sie ihn dort nicht finden würden. Jedenfalls nicht so schnell, denn wenn er ihn behalten hätte, wäre er Hiob in die Finger geraten.

Plötzlich hörte Willem die Kette rasseln, an der er hing. Sie ließen ihn herunter.

Hiob hatte gemerkt, dass er so keinen Erfolg haben würde, Willem hatte sehr wohl die Anspannung in seiner Stimme gehört. Ein gutes Zeichen, die *Flamme* flackerte, war nervös, das immerhin hatte er mit seinem Widerstand bereits geschafft.

Er hatte den Propheten in die Ecke gedrängt.

Der große Prophet musste zu anderen Mitteln greifen, er war sich nicht mehr sicher, welche Methoden ihn zum Erfolg führen würden.

Und das hatte er erreicht, Willem, mit seinem Widerstand. Mit mentaler und emotionaler Stärke.

Noch war er ungebrochen, aber dann hörte er das Geräusch von Wasser.

Schwappen. Wasser schwappte in einem Gefäß.

Etwas wurde über den Steinboden geschoben, es hörte sich an wie etwas Großes und Schweres.

Willem wusste sofort, was das bedeutete.

Man musste ihm kein Tuch mehr über den Kopf legen, er trug bereits die Maske. Sie würden ihn fixieren, den Kopf unterhalb des Körpers.

Und dann würden sie das Wasser auf die Maske gießen.

Er musste handeln. Musste jetzt handeln.

Das würde er nicht über sich ergehen lassen.

Das nicht.

Ein Mann packte ihn von hinten unter den Achseln, hob ihn hoch und setzte ihn auf eine Bank. Eine Bank oder einen Tisch.

Willems Füße berührten den Boden. Die Hände waren hinter dem Rücken gebunden.

Er konzentrierte sich. Zwei Männer waren im Raum. Hiob und ein Helfer.

Hiob ging um ihn herum, der andere verließ den Raum, aber er schloss die Tür nicht hinter sich, er würde also etwas holen und zurückkehren.

Willem musste jetzt schnell sein. Sehr schnell.

Und er hatte nur eine einzige Chance.

Wenn er jetzt nicht lieferte, was Hiob hören wollte, dann würde er in dieser Nacht sterben. Oder verrückt werden, weil er glaubte zu ertrinken.

Gegen Waterboarding halfen keine guten Gedanken mehr.

Er hatte eine einzige Chance, und die war jetzt.

Er durfte ihn nicht verfehlen, sonst war er tot.

Willem konzentrierte sich, lauschte auf die Bewegungen des Mannes im Raum, und als er glaubte, dass der richtige Zeitpunkt gekommen war, spannte er alle Muskeln seines Körpers an und schoss nach vorne.

Åldrup

»Bengt?«

»Liebling?«

»Hast du geschlafen?«

»Nein. Ich habe darauf gewartet, dass du dich meldest.«

»Was machst du gerade?«

»Ich liege mit Emil auf dem Sofa, wir gucken Boxen. Das heißt, ich gucke mehr aufs Handy.«

»Wir gehen da jetzt gleich rein.«

»Okay.«

»Also, Hjalmar stürmt gerade mit seinen Leuten. Wir halten uns bereit.«

»Du findest ihn, Helle.«

Helle nickte stumm, sie konnte ihre Tränen kaum noch zurückhalten, als sie die Stimme ihres Mannes hörte, an ihn und Emil dachte, wie die beiden in ihrem wunderbaren Haus, das eine Burg sein sollte und ein Nest, saßen, und es ergriff sie die schreckliche Angst, dass Leif vielleicht nie wieder dorthin zurückkehren würde.

»Helle«, hörte sie Bengt sagen, seine Stimme war ganz weich. Voller Liebe. »Du findest ihn. Wer, wenn nicht du?«

»Ja.« Sie schluchzte kurz auf. »Ich habe Angst, Bengt.«

»Alles wird gut. Ich weiß das. Sina ist übrigens schon angekommen.«

Diese Nachricht stoppte Helles Tränen.

»So schnell? Gott sei Dank!«

»Ja, sie ist geflogen. Von Prag, ging ganz fix. Ich habe sie vorhin in Aalborg abgeholt. Sie liegt jetzt in der Badewanne, ein bisschen runterkommen. Wir können sowieso nicht schlafen.«

»Ich glaube, jetzt wird es ernst hier«, sagte Helle, Sören hatte sich zu ihr umgedreht und genickt.

»Alles klar. Halt die Ohren steif. Es gibt auch gute Nachrichten: Emil hat vorhin eine klein geschnippelte Rinderlende gefressen. Aus meiner Hand.«

Helle lächelte unwillkürlich und legte auf.

»Hjalmar ist drin«, berichtete Sören, seine Stimme senkte sich automatisch, obwohl man ihn außerhalb des Wagens nicht hören konnte.

Das Fahrzeug, in dem Sören, Ricky, Ole und Helle saßen – Jan-Cristofer war zurück nach Skagen gefahren, die Polizeistation sollte nicht unbesetzt sein –, gehörte zum äußeren Sicherungsring. Hier hatten sich die Polizeikräfte, Sanitäter, ein Kriseninterventionsteam und einige Löschzüge der örtlichen Feuerwehr zusammengezogen. Sie würden auf das Gelände der Sekte gehen, sobald die Kollegen vom Sondereinsatzkommando das Signal dazu gegeben hatten. Momentan standen sie in einem Ring in gut einem Kilometer Entfernung um das Gebiet und sahen, wie am Ort des Einsatzes Signallampen Lichtreflexe in die Dämmerung schickten, der Rauch von Nebelgranaten zwischen den Baumkronen emporstieg und zwei Helikopter über das Gelände kreisten.

Er ist da drin, dachte Helle bang. Mein Sohn ist da drin in all dem Wahnsinn, und ich hoffe, ich kann ihn so schnell wie möglich rausholen und in den Arm nehmen.

Gesund und wohlbehalten.

Mein Leif.

Nach der Konferenz war alles sehr schnell gegangen. Während die beiden Staatsanwälte aufgrund des belastenden Materials gegen den Sektenchef, das sich auf der Festplatte befand, die nötigen Beschlüsse zur Durchsuchung und Beschlagnahmung sowie zur

Festnahme von Møller selbst ausarbeiteten, hatten Sören und Helle Niklas Sprembert vernommen.

Die Festnahme schien eine große Erleichterung für den jungen Mann zu sein. Sie brauchten kaum nachzufragen, bereitwillig erzählte er ihnen alles, was er über Hiob wusste und was es mit dem USB-Stick auf sich hatte. Offenbar hatte Møller seit vielen Jahren, mindestens aber seit zwei Jahrzehnten, seine Jünger der systematischen Gehirnwäsche ausgesetzt und sie dazu gebracht, ihm ihre Vermögen zu überschreiben – so war er auch an das weitläufige Grundstück gekommen.

Die Mitglieder der Gemeinschaft wurden psychischer und physischer Gewalt ausgesetzt, Møller indoktrinierte sie so, dass sie glaubten, sich den demütigenden Praktiken selbst unterziehen zu wollen. Ziel Møllers war es, jegliche persönliche und familiäre Bindungen und soziale Strukturen aufzulösen. Die Sektenmitglieder sollten sich nur der *Flamme*, dem Propheten, Hiob, verpflichtet fühlen und seinen Worten, »Offenbarungen«, wie er selbst es nannte, Folge leisten.

Seit einiger Zeit jedoch – beginnend mit der Geburt von Angela Hansen, die er auf den biblischen Namen Jemima getauft hatte – versuchte er, eine eigene »spirituelle Armee« aufzustellen. Dabei sollte es sich um Kinder handeln, die innerhalb der Gemeinschaft geboren wurden und ohne das Wissen der Ärzte und Gemeinden auf die Welt kamen. Ob ihm das gelungen war und wie viele weitere staaten- und quasi elternlose Kinder es außer Jemima noch gab, darüber war sich Niklas Sprembert nicht ganz sicher. Zehn oder zwölf?

Møller warnte stets vor einer drohenden Apokalypse, der der Rest der Menschheit, nicht aber die Gemeinschaft der heiligen Flamme, zum Opfer fallen würde – seine Glaubenskrieger sollten mögliche Überlebende auslöschen und die Herrschaft an seiner Stelle übernehmen. Sollte diese Mission scheitern, so würden sich alle Mitglieder der Sekte gemeinschaftlich das Leben nehmen, jeder von ihnen hatte einen Eid darauf geleistet.

So weit, so schematisch, beinahe jede Sekte mit Untergangs-szenario im Programm funktionierte nach diesem Muster. Helle fragte sich nicht zum ersten Mal, warum es immer noch und immer wieder Menschen gab, die diesen hirnrissigen Schwach-sinn in der hundertsten Auflage glaubten.

Ebenso stereotyp war die Tatsache, dass Møller jedoch keines-wegs daran dachte, am Massenselbstmord seiner Jünger teil-zunehmen, sondern plante, sich abzusetzen – das ging jedenfalls aus den Unterlagen auf der Festplatte hervor. Er besaß mehrere Briefkastenfirmen weltweit verstreut, ein Geflecht an Schein-firmen, verschiedenste Geldanlagen, Gold in der Schweiz und Konten auf den Bahamas. Ein erster Überblick über seine Ver-mögenswerte hatte den Beamten von der Wirtschaftskriminalität, der die Daten sichtete, nur durch die Zähne pfeifen lassen.

»Warum lungert der dann überhaupt noch in den dänischen Wäldern rum, anstatt sich in der Karibik die Eier zu schaukeln?«, hatte Ole verständnislos kommentiert und sie alle trotz der an-gespannten Lage zum Lachen gebracht.

»Macht«, hatte Helle ihm geantwortet. »Er kann nicht dar-auf verzichten, dass er es durch gezielte Manipulation schafft, andere von sich abhängig zu machen. Eine Droge. Er schafft den Absprung nicht.«

Auf der Sicherheitskopie, die Willem von den Daten auf dem USB-Stick gezogen hatte, waren außerdem heimlich aufgenom-mene Videos von sogenannten Sessions. Mitglieder, die zuvor tagelangem Nahrungsentzug ausgesetzt waren, saßen in einem kahlen weißen Raum nackt auf dem bloßen Steinboden und mussten sich Hiobs inquisitorischen Fragen, die offenbar über Lautsprecher in den Raum übertragen wurden, unterziehen. Diese Interviews waren quälend anzusehen, denn obwohl die darin Gezeigten »freiwillig« beichteten, so war es obszön, ihnen dabei zuzusehen, wie sie diesem Sektenscharlatan ihr Innerstes offenbarten. Sie machten intime Geständnisse, durch die sie er-pressbar wurden. Sprachen über Ängste oder Gelüste, die Møller jederzeit benutzen konnte, um sie weiter zu quälen und zu demütigen.

Manche der »Befragten« gerieten außer sich, steigerten sich in Raserei und in Zustände, die sie körperlich und seelisch in gefährliche Ausnahmesituationen brachten.

Anne-Marie Pedersen, die mit Helle und einigen anderen einen kleinen Teil der Aufnahmen gesichtet hatte, war blass geworden. »Das fällt doppelt und dreifach auf uns zurück«, hatte sie gesagt, »dass wir fünfundzwanzig Jahre nichts unternommen haben. Ein Vierteljahrhundert!«

Dann hatte sie sich umgehend mit ihrem Pressesprecher und dem Polizeipräsidenten in Verbindung gesetzt, um eine Sprachregelung für die Presse zu finden, bei der das gemeinschaftliche Versagen der staatlichen Institutionen nicht sofort augenfällig wurde.

Das Verhör von Sprembert hatten Helle und Sören so knapp wie möglich gehalten, sie hatten rasch alle relevanten Informationen für die Festnahme und Erstürmung von ihm bekommen. Sobald die beiden Entführungsopfer Willem und Leif sowie die Sektenmitglieder in Sicherheit gebracht und Møller hoffentlich festgesetzt werden konnte, würden sie die Befragung wieder aufnehmen.

Zuallererst allerdings hatte Hjalmar mit Sprembert gesprochen, er wollte wissen, ob er Kenntnis von Waffen auf dem Gelände hatte – hatte er nicht –, ob es in der Gemeinschaft einen *common sense* gab, wie man sich im Falle einer Durchsuchung verhalten solle – passiv bleiben, kooperieren oder sich zur Wehr setzen –, und ob es Besonderheiten der Örtlichkeiten gab, von denen die Polizei keine Kenntnisse hatte.

Während Helle jetzt im Auto saß und gemeinsam mit ihren Kollegen darauf wartete loszuschlagen, hegte sie große Bewunderung für Hjalmar und seine Männer, die innerhalb kürzester Zeit einen Plan für die Aktion entworfen hatten. Hjalmar war einer, dem sie ihr Leben anvertrauen würde – ruhig, besonnen, sehr klar und dabei immer effektiv. Er stand seit einigen Jahren schon an der Spitze des AKS, des landesweiten Sondereinsatzkommandos, sie hatte bereits einige Einsätze mit ihm erlebt und immer war es gut gegangen. Sie war heilfroh, dass er den Einsatz leitete, in dem es um ihren Sohn ging. Hjalmar würde dafür sorgen, Leif da sicher rauszukriegen.

Dann ging es ganz schnell. Sören hatte das Signal empfangen – das Gelände war gesichert, sie konnten rein. Er startete den Wagen und gab Gas, dass die Reifen durchdrehten. Links und rechts neben ihnen fuhren auch die anderen Einsatzwagen los, mit Ziel auf das Tor, das auf das Gelände der Gemeinschaft führte. Die Luft war erfüllt von Blaulicht und Signalhörnern, es grenzte an ein Wunder, wie sich die Wagen von einem Ring in eine Schlange verwandelten, ganz organisch reihten sie sich hintereinander ein und nahmen Kurs auf.

Wie ein Drache, dachte Helle, die jetzt schwitzte unter ihrer kugelsicheren Weste. Wir sind ein lauter, bunter und böser Drache, und wir werden dich fressen, Hiob, du Arschloch.

Das hohe Eingangstor zum Gelände der Sekte stand weit offen, sie fuhren mit den Wagen bis zu einem großen Platz, in dessen Mitte sich eine Art Totempfahl erhob, der rundherum von primitiven Hütten gesäumt wurde.

Aus der Nähe erkannte Helle, dass das, was sie vor ein paar Tagen von weit weg für ein Totem gehalten hatte, eine steinerne Skulptur war, in der Art des Cristo Redentor, der monumentalen Christusstatue über Rio de Janeiro. Nur dass dieser Christus aus dunklem Stein war und die Arme nicht zur Seite ausgebreitet, sondern vertikal gen Himmel gestreckt hatte.

Und dass es mitnichten Christus war, der hier dargestellt wurde, sondern Hiob. Oder besser: Hans Christian Møller.

Die Statue stellte das Zentrum einer Art Agora dar, der Boden bestand ringsumher aus festgetrampeltem Lehm, Reste von Feuerstellen waren sichtbar.

Über dem Versammlungsplatz hing die Luft schwer und dunstig von den Blendgranaten, Helle erkannte durch die nebligen Schwaden bewaffnete AKS-Kräfte, die umherliefen und das Terrain sicherten.

Hjalmar trat auf sie zu, sein Gesicht war gerötet und von Schweiß überzogen, Helm und Sturmmaske hielt er in der Hand. »Wir haben die Sache weitgehend unter Kontrolle, meine Leute haben die Bewohner in das Hauptgebäude gebracht und bewachen sie dort. Wir haben erst mal die Sanitäter hingeschickt, einige der Leutchen sind ziemlich schwach, wir haben eine Hochschwangere, und die meisten sind vollkommen verstört von dem Einsatz.«

»Hast du Leif gesehen? Ist er da?« Helle bangte, sie hatte keinen anderen Gedanken als den an ihren Sohn.

»Kann ich dir zum jetzigen Zeitpunkt noch nicht sagen, Helle«, gab Hjalmar bedauernd zurück. »Am besten, ihr kommt mit und schaut euch unter den Leuten um.«

Sie folgten ihm über das Gelände, während um sie herum hektische Betriebsamkeit herrschte. Polizisten suchten mit Hunden den Platz und die angrenzenden Hütten ab, Sanitäter eilten mit ihrem Equipment über den Platz, vermutlich mit demselben Ziel.

Die beiden Helikopter kreisten noch immer über ihren Köpfen und Hjalmar zeigte nach oben.

»Wir suchen mit Infrarotwärmekameras das Gebiet ab. Ist verdammt groß hier, was ihr hier seht, ist nur der kleinste Teil.«

Im Gegensatz zu Ricky und Ole hatten Sören und Helle fast Mühe, mit Hjalmar Schritt zu halten, der eilig in Richtung eines großen Gebäudes lief, das eher nach Schweinestall als nach Wohnhaus aussah.

Als Helle eine Bemerkung dazu machte, nickte Hjalmar. »Das ist es auch. Und ganz ehrlich: Sehr viel besser als die Tiere haben es die Menschen da drin auch nicht gehabt.«

Weiter hinten am Waldrand sah Helle Pferde- und Kuhställe, überall waren Polizisten, die in den Stallungen, unter den Heuballen und Futterkammern nach Menschen suchten, die sich dort möglicherweise versteckten – oder versteckt wurden.

Wo ist Leif, fragte sich Helle bang. Was haben sie mit ihm gemacht? Gefesselt? Versteckt? Liegt er in einer Kiste unter der Erde? Beinahe zwanghaft entstanden vor ihrem geistigen Auge furchtbare Bilder vom Martyrium ihres Sohnes.

Der ehemalige Schweinestall war zu einer Art Schlafsaal ausgebaut worden und erinnerte Helle an Notunterkünfte, wie sie im Katastrophenfall eingerichtet wurden. Vier lange Reihen mit primitiven Metallbetten, an einer Wand Waschbecken, keine Spiegel. Die Halogenlampen an der Decke tauchten die Szenerie in fahlgelbes Licht. Das war alles. Nichts an dieser Unterkunft war wohnlich oder gemütlich oder auch nur so, dass man sich vorstellen konnte, länger als einige Tage hier zu verbringen. Es war ein Provisorium, und Helle fragte sich, wie lange die Menschen hier zum Teil schon ausharren mussten. Niklas Sprembert hatte ihnen erzählt, dass er mit seinen Eltern vor neun Jahren in diese Gemeinschaft gezogen war. Hatte er neun Jahre hier gehaust?

Sie sah in die Gesichter der Menschen, die von den Polizisten festgehalten wurden und sich an einer langen Seite des Raumes zusammengekauert hatten.

Grau war Helles erste Assoziation. Grau sahen sie aus. Natürlich war es ungerecht nach dem Eindruck, den die Menschen gerade machten, zu urteilen. Man hatte sie aus dem Schlaf geholt, äußerst unsanft, sie hatten nicht mit einem Überfall dieser Art gerechnet. Sie trugen Nachthemden und Schlafanzüge, allerdings waren auch diese aus der Zeit gefallen und wirkten, als wären sie hier im neunzehnten Jahrhundert stehen geblieben.

Grau und trostlos, dachte Helle. Es waren nicht alleine der kahle und heruntergekommene Raum oder die antiquierten Schlafgewänder, auch nicht die langen strähnigen Haare, die ausnahmslos alle Anwesenden trugen, oder ihre schwere Müdigkeit, die wie eine düstere Glocke über allem hing, die Angst der Menschen, die aus den letzten Ritzen kroch – nein, es war die Trostlosigkeit in den Augen, sogar der Kinder, die Helle so mitnahm.

Nichts, aber auch gar nichts in dieser Gemeinschaft machte das Leben schön. Als hätte jemand bei einem Fernseher die Farben heruntergedreht.

Sie kamen fünfundzwanzig Jahre zu spät, dachte Helle, während sie aufmerksam in die Gesichter der Jünger Hiobs blickte. Anne-Marie hatte recht. Der Staat hat hier komplett versagt.

Dann schob sie diesen Gedanken beiseite und dachte an das, was für sie an erster Stelle stand: Wo war Leif? Dass er nicht unter den knapp zweihundert Sektenmitgliedern zu finden war, hatte sie auf den ersten Blick gesehen, er hätte sich ja auch bemerkbar gemacht. Ebenso waren weder Willem noch dieser Hiob hier.

Helle sah Hjalmar an, sie wollte ihn fragen, was seine Leute noch gefunden hatten, aber der Einsatzleiter bekam anscheinend eine Nachricht seiner Leute, er lauschte konzentriert in sein Headset, drehte sich um und verließ die Unterkunft.

Hilfe suchend wandte Helle sich an Sören.

»Hast du eine Ahnung, ob sie die Geiseln gefunden haben? Leif?«

»Noch nicht«, Sören schüttelte den Kopf. »Aber offenbar haben sie irgendwo auf dem Gelände Katakomben entdeckt. Unterirdische Labore. Da sind sie gerade dran. Wenn die gesichert sind, können wir rein.«

»Okay.« Helle warf noch einmal einen Blick auf die Menschen, die sich verängstigt zusammendrängten. Sie waren viel zu still, dachte sie. Die beschweren sich nicht, nicht einmal die Kinder weinen. Sie halten das hier einfach aus. Wer weiß, was sie noch alles ausgehalten hatten.

Wer weiß, schoss es ihr verzweifelt in den Kopf, was Leif alles aushalten musste, in diesem Moment. Seit ein paar Stunden.

Hjalmar kam wieder in den Raum und winkte sie zu sich.

»Wir haben noch etwas gefunden.«

Ohne weitere Erläuterungen eilte er aus dem Gebäude, quer über ein Feld auf ein Waldstück zu. Niklas Sprembert hatte gesagt, dass die Sekte einen Teil ihrer Einnahmen über Waldwirtschaft finanzierte, und tatsächlich hatten sie vor dem Einsatz auf den Plänen gesehen, dass der bebaute Teil des Grundstücks rings umher von Wäldern eingeschlossen wurde, Privatwald, der von der Gemeinschaft bewirtschaftet wurde.

Am Waldrand, auf den Hjalmar mit Helle, Sören und den anderen im Schlepptau zusteuerte, standen zwei Kräfte des Sondereinsatzkommandos und bewachten einen seltsam aussehenden Grashügel. Er sah aus wie der Eingang zu einer Hobbitbehausung, aber als sie näher kamen, erkannte Helle, dass es sich eher um einen ehemaligen Eiskeller handelte, der zur Hälfte in der Erde versenkt war, der obere Teil ragte etwa einen Meter über dem Boden auf und war mit einem Grasdach bewachsen. Offensichtlich sollte verhindert werden, dass man das kleine Gebäude aus der Luft entdecken konnte. Eine überraschend dicke Metalltür stand zur Hälfte offen, von innen drang Licht nach draußen.

»Ich gehe vor«, sagte Hjalmar und zwängte seinen riesenhaften Körper in die Hobbithöhle. Helle folgte ihm, ihre Nerven zum Zerreißen angespannt. Hinter ihr schoben sich Sören, Ricky und Ole durch die Tür, die über eine Treppe zu einem weitverzweigten labyrinthischen System von Räumen und Gängen hinunterführte. Von der Decke strahlten Neonröhren ihr grünstichiges Licht, die Türen aller Räume standen weit offen und im Vorüberhasten erkannte Helle, dass sie beinahe alle so aussahen wie die Räume, die sie aus den Videos kannte.

Kahle Verhörräume.

Folterzellen.

Räume, deren Nichteinrichtung dazu angetan war, Insassen langfristig den Verstand zu rauben.

Zellen, die man mit einem Gartenschlauch abspritzen konnte, um alle Spuren auf Geschehenes abzuwaschen.

Sie schauderte.

Einige der Zimmer aber, die von den Gängen abgingen, sahen aus wie Labore, Helle erinnerten sie an den Chemieunterricht in der Schule.

Hjalmar blieb nicht stehen, er zeigte und erklärte nichts, sondern stürmte eilig auf sein Ziel zu.

Helle verlor die Orientierung, so oft waren sie hier und da abgezweigt, aber schließlich machte der AKS-Einsatzleiter vor ihr an einer Tür halt, die von einem Bewaffneten bewacht wurde. Er sagte etwas zu seinem Chef, der nickte und ließ Helle den Vortritt.

Der Raum war reinweiß, so wie alle anderen. Nichts hätte ihren Blick festgehalten, ein gesichtsloses Quadrat ohne Auffälligkeiten, wäre da nicht der Mann, der inmitten dieses Kubus kopfüber von der Decke hing. Er pendelte unmerklich, eine sachte Bewegung. Sein langer weißer Pferdeschwanz strich leise über den glatten Steinfußboden.

In einer Ecke des Raumes saß ein anderer Mann, nackt, und beobachtete den Hängenden.

»Willem!«, stieß Helle überrascht hervor und der Nackte richtete den Blick auf sie.

Sein Gesicht verzog sich zu einem breiten Grinsen.

»Wo ist mein Sohn?«, fragte Helle.

Das Grinsen erlosch und Willem zuckte mit den Schultern.

Helle drehte sich um und richtete die Frage an Hjalmar.

»Wisst ihr, wo er ist?«

Er hielt ihren Blick aus.

»Negativ«, gab er zurück.

Rold Skov

Er sah die Helikopter. Er hatte auch die Blitze am Nachthimmel gesehen, eine Ahnung von Blaulicht.

In ziemlich großer Entfernung ging etwas vor sich, und Leif hatte sofort gewusst, dass sie seinetwegen kamen. Seinetwegen und wegen des Polizisten. Dort hinten, wo auch immer das war, war seine Mutter und suchte ihn.

Aber er war hier.

Nicht dort.

Weit weg.

Leif saß auf dem Baumstumpf und sah über die Wipfel in den Himmel, dorthin, wo seine Rettung war. Er war unendlich müde.

Er sah zu und fühlte nichts.

Mit steifen Händen klammerte er sich an das morsche Holz. Die Hände waren gefühllos, seine Füße eingeschlafen, weil die Blutzufuhr eingeschränkt war und er sich kaum bewegen konnte. Seit er es geschafft hatte, den Kabelbinder um seine Handgelenke durchzubeißen, war er wie gelähmt. Anfangs noch war er wütend gewesen, wollte sich nicht damit abfinden, dass er hilflos im Wald lag, wollte sich um jeden Preis aus der Gefangenschaft befreien, aber jetzt resignierte er.

War müde.

Eiskalt.

Traurig.

Ängstlich.

Hatte Schmerzen.

Wie lange er an dem dicken Plastik herumgenagt hatte, vermochte er nicht zu sagen. Eine Stunde? Zwei? Darüber war die Nacht gegangen, die Morgendämmerung heraufgezogen, aber er nahm sie nur oben am Himmel wahr, über den Baumkronen. Hier unten bei ihm, im Dickicht, war es noch immer finster.

Bis auf die Knochen war er durchgefroren, und seit der Adrenalinspiegel abgesackt war, fühlte er sich wie ein Junkie auf kaltem Entzug. Er zitterte und hätte sich am liebsten auf den Waldboden gelegt, darauf gewartet, dass etwas geschah. Dass er einschlafen würde, erfrieren, einfach sterben.

Auf Rettung hatte er nicht gehofft.

Bis er sie gehört hatte. Die Helikopter.

Leif war aufgesprungen, er hatte gewartet, bis sie nah genug waren, bis ihre Scheinwerfer über ihn hinwegglitten, hatte geschrien und war mit den gefesselten Füßen gesprungen, hingefallen, hatte sich wieder aufgerappelt, mit den Armen gewedelt.

Umsonst.

Sie waren weitergeflogen, als hätten sie etwas Besseres zu tun, als ihn zu retten.

Ich bin's, hatte Leif geschrien. Ich bin es! Hier, hier unten!

Dann hatte er sich resigniert auf den Baumstamm sinken lassen, auf dem er auch jetzt noch saß, und von der Ferne aus beobachtet, wie die Hubschrauber über ein Gebiet flogen, in dem er sich nicht aufhielt.

Die Sirenen ahnte er mehr, als dass er sie wirklich hörte, so weit entfernt waren sie.

Leif fühlte sich wie ein blinder Passagier im Bauch eines Schiffes – der sich im Maschinenraum versteckte, während oben an Deck Walzer getanzt wurde. Er wusste, was vor sich ging, aber ihn erreichte nur ein vager Schemen dessen.

Und dann wurde es ruhig.

Die Helikopter waren abgezogen, die Sirenen verstummt.

Sie waren da, dort hinten, aber ihn hatten sie nicht gefunden.

Was würde jetzt passieren, fragte sich Leif, würden sie ihre Suche ausweiten, auf den Wald, in dem er saß? Waren sie schnell genug, um ihn vor dem Erfrieren zu retten? Wie groß war der Wald? Wie dunkel, wie dicht, wie unwegsam?

Leif fiel ein, dass er noch vorgestern gedacht hatte, sein Leben sei beschissen. Merle war tot, David hatte ihn verlassen, er fühlte sich einsam in seinem winzigen Aalborger Apartment, mit einer Ausbildung, die er nicht mehr machen wollte.

Er hatte keine Ahnung gehabt, wie viel beschissener es noch werden konnte.

Dass er sterben konnte.

Verhungern, verdursten, erfrieren.

War alles drin für ihn.

Ein Wildschwein könnte ihn finden und angreifen. Oder an ihm nagen. Leif lachte auf. Die Vorstellung war vollkommen absurd, aber sie erheiterte ihn immerhin.

Er dachte daran, dass er darüber gelacht hätte, wenn so etwas in einem Film vorkäme. Mann von Wildschwein angeknabbert. Er wäre zusammengebrochen vor Lachen, zusammen mit David, wenn sie nebeneinander auf dem Bett lagen, einer den Laptop auf dem Bauch und Filme guckten.

David. War einfach so gegangen, dachte Leif, und er hatte sich nicht gewehrt. Hatte es hingenommen, weil es eben so war, sein Freund liebte ihn nicht mehr, was sollte er da schon tun.

Dabei war Leif noch nicht fertig mit der Sache, es gab so vieles, was er David hätte sagen wollen.

Es gab überhaupt unzählige Sachen, mit denen er nicht fertig war, er hatte zum Beispiel von Emil noch nicht Abschied genommen.

Mama, Papa, Sina, seine vielen Freunde … der Winter kam, er wollte Schnee sehen und riechen und am Strand laufen, wenn sich die Eisschollen über das Meer schoben und die Dünen weiß vom Frost wurden.

Wollte noch einmal nach Thailand fliegen, in der Hängematte gammeln und den Geckos zuhören, frische Mango essen und kaltes Bier trinken.

Er wollte in der Küche sitzen und Papa zusehen, wie er Zwiebeln hackte, Witze erzählte und sein Bauch wackelte. Und von ihm lernen, wie man das geilste Risotto der Welt machte.

Wollte mit Mama auf dem Sofa kuscheln und Wein trinken, während sie seine Füße massierte. Und ihr sagen, wie sehr er sie bewunderte, ihren Mut, und dass er sich als kleiner Junge immer vorgestellt hatte, dass seine Mama so stark war, dass sie Räuber verprügelte.

Wollte mit Sina Musik machen, auf der Gitarre schrammeln und sie um ihre großartig kehlige Stimme beneiden. Er wollte ihr sagen, dass sie Bluessängerin werden musste und ihr Scheißstudium an den Nagel hängen sollte.

Er wollte leben.

Leif stand auf.

Die Hände waren frei, die Füße nicht. Fortbewegung war mühsam. Er konnte nur auf allen vieren laufen. Mit den Händen vorwärtsgehen, mit den zusammengebundenen Füßen hinterherhüpfen. Aber alles war besser, als nichts zu tun. Ihm würde außerdem warm werden.

Und die Wildschweine sollten sich einfach verpissen.

Bald würde es richtig Tag werden. Leif blickte auf seine Füße. Auf die Sneaker. Auf die Schnürsenkel. Und setzte sich wieder hin. Hektisch zog er einen Schnürsenkel aus dem Turnschuh. Er hatte in Physik nicht nur gepennt. Manchmal hatte er aufgepasst. Die Erinnerung an eine dieser weniger verschlafenen Stunden wurde plötzlich wieder an die Oberfläche gespült. Herr Bengtson hatte über Reibung gesprochen. Und Wärmeentwicklung.

Während er in beide Enden des Schnürsenkels eine Schlaufe knotete, schimpfte sich Leif einen Idioten. Das mühsame Durchknabbern des Kabelbinders hätte er sich sparen können, falls das hier funktionierte – danke, Herr Bengtson, die Fünf in Physik hatte ich nicht verdient.

Er fädelte die Schnur durch die Fußfessel, hakte seine Zeigefinger in je eine Öse und legte los.

Åldrup

Sie musste raus, raus, raus aus diesen Katakomben. Helle bekam keine Luft dort unten, sie war durch die Gänge nach oben zum Ausgang gerannt und im nassen Herbstgras niedergesunken.

Ein einziger Gedanke hämmerte in ihrem Kopf und drohte, ihn zu sprengen, so monströs war die Angst: Leif! Wo ist Leif?!

Sie hatte den kopfüber hängenden Hiob angeschrien, ihn geschüttelt, und hätte Sören sie nicht zurückgehalten, sie hätte den Mann geschlagen, um zu erfahren, was er mit Leif gemacht hatte. Ohnehin waren ihre Anstrengungen müßig, denn Hiob war bewusstlos, Willem hatte ihn laut eigener Aussage mit dem Kopf knock-out geschlagen.

Willem hatte sie zu sich gewunken, auch er war benommen, aber im Gegensatz zu Hiob bei Bewusstsein. Er sagte Helle, dass Leif mit ihm zusammen auf das Grundstück gebracht worden war. Erst hier hatte man sie getrennt, wahrscheinlich würde er noch irgendwo hier versteckt, jedenfalls aber nicht weit entfernt sein.

Es sollte ihr Mut machen, aber so war es nicht. Helle hatte die Bilder der toten Merle vor Augen, und in ihrem Kopf nahm Leif die Position seiner Freundin ein. Er trieb kopfüber im schwarzen Wasser. Er lag leblos am Strand. Helle drehte fast durch, weil ihre Phantasie immer mehr solcher Schreckensbilder produzierte.

Die klare Luft, das Tageslicht, das langsam an Helligkeit und Intensität zunahm und der feuchte Boden, auf dem sie saß, halfen ihr schließlich, das heiß drehende Gedankenkarussell anzuhalten. Sie beobachtete die Sanitäter, die Hans Christian Møller auf einer Trage aus den Katakomben schoben, sie sah zu, wie

Willem, von einem Arzt gestützt, kurz darauf ebenfalls an die Oberfläche trat, man hatte ihm Klamotten gegeben und ihm eine Decke umgehängt, dann folgten nach und nach ihre Kollegen.

Während Sören und Ricky Willem begleiteten, der ihnen nähere Infos zum Geschehen geben konnte, ließ Ole sich neben Helle ins Gras fallen.

»Hjalmar hat angeordnet, dass das Gelände noch mal durchsucht wird. Jeder Zentimeter. Es kommt auch Verstärkung für die Hundestaffel«, sagte er und legte kurz seine Hand auf Helles Unterarm. »Wenn Leif hier ist, finden wir ihn.«

Helle nickte. »Und wenn nicht?«

Ole sah sie an. »Dann auch.«

In dem Moment klingelte Helles Handy. Sie warf einen Blick darauf. Es war eine Nummer aus dem Polizeipräsidium in Aalborg, sie erwartete, dass es Anne-Marie Pedersen war.

»Ja?«

»Hej, Frans hier.«

»Frans wer?«, fragte Helle verständnislos.

»Von der Kriminaltechnik. Ich sollte den Laptop von Merle Bra...«

»Dafür habe ich keine Nerven«, herrschte Helle ihn an. »Jetzt nicht.«

»Aber du hast doch gesagt, es ist dringend.«

»Ich weiß, was ich gesagt habe! Aber ...«

»Du solltest dir das mal angucken«, fiel ihr Frans seinerseits ins Wort. »Das ist interessant.«

»Mein Sohn ist entführt worden!« Helle schrie fast in ihr Handy, sie spürte erneut Oles Hand auf ihrem Arm und riss sich zusammen. »Ich kann das jetzt einfach nicht. Ich muss meinen Sohn finden. Ruf Jan-Cristofer in Skagen an, der kümmert sich.«

»Oh, fuck, sorry!« Der Techniker klang aufrichtig betroffen. »Das wusste ich nicht. Ja, also dann ...«

Helle legte auf. Sie erhob sich und ging ein paar Schritte umher. Sie musste sich sammeln, konzentrieren, nachdenken.

Ole blieb sitzen und sah ihr zu.

Helle beobachtete, was auf dem Gelände vor sich ging.

Große Busse der Polizei waren vorgefahren, ihre Kollegen führten die Sektenmitglieder vom Schlafhaus zu ihnen hin, die Menschen trotteten mit gesenkten Köpfen im Gänsemarsch auf die Busse zu.

In einiger Entfernung, beim Eingangstor, formierte sich eine Kette von Polizisten, die gleich systematisch das Gelände nach Leif durchkämmen würden.

Rettungswagen rollten durch das Tor.

AKS-Leute durchsuchten die Scheune mit dem Vieh und eine weitere Scheune, in der der Fuhrpark der Sekte untergebracht war.

Die Hundeführer sammelten sich mit ihren Tieren und warteten auf genauere Instruktionen.

Aus der Ferne vernahm Helle wieder die Helikopter, die bereits abgezogen waren, offenbar hatte Hjalmar sie für den erneuten Einsatz zurückgerufen.

Helle schloss die Augen. Etwas hatte geklingelt in ihrem Kopf.

Eine Idee.

Ein Gedanke.

Ein Funke.

Eine Assoziation.

Sie öffnete die Augen und starrte auf die Scheune mit dem Fuhrpark. Das war es. Mit großen Schritten ging sie hinüber, forderte Ole mit einer ungeduldigen Handbewegung auf, ihr zu folgen.

In dem Gebäude befanden sich ein paar große Geländewagen, alles alte Kisten, Nick hatte ihnen erzählt, dass sie die Wagen benötigten, um in die unwegsamen Waldgebiete vorzudringen. Für die normale Landwirtschaft nutzte die Gemeinschaft noch den Pflug, vor den Ochsen und Pferde gespannt wurden. Frauenarbeit.

Die Arbeit mit dem Holz aber wurde von den Männern verrichtet, und die durften selbstverständlich motorisiert arbeiten. Der Pick-up, das hatte Niklas bestätigt, stammte von hier.

Und davor hatte er beim Schrottplatz gestanden, dachte Helle jetzt. Und sie dachte an den schwarzen Van, den Willem ihr beschrieben hatte. Dieser Wagen, in dem Willem und Leif gekidnappt worden waren, war nicht hier. Und er hätte auch nicht in den Fuhrpark gepasst, zu den verbeulten Pick-ups und Bulldozern und Jeeps.

Sie suchten einen dunklen Van, wahrscheinlich einen Mercedes Vaneo, hatte Willem getippt, mit getönten Scheiben. Es war kein Wagen von hier, es musste ein Wagen von außerhalb der Gemeinschaft sein. Jemand dort draußen hatte den Job für Hiob übernommen.

Jemand erledigte für ihn die Drecksarbeit.

Jemand, der von Hiob dafür bezahlt wurde.

Wahrscheinlich fand sie die Antwort in den Dateien von Hans Christian Møller, aber so viel Zeit hatte Helle nicht.

Sie wusste, wohin sie gehen musste, wem sie die Pistole auf die Brust setzen wollte. Einen Versuch war es wert.

Sie instruierte Ole mit ein paar knappen Worten, der Hjalmar und Sören Bescheid sagte, während Helle sich mit den Kollegen von der Hundestaffel unterhielt. Dann nahm sie sich einen Wagen, Ole schmiss sich auf den Beifahrersitz, und Helle spritzte aus dem Tor.

Nur wenige Minuten später hielt sie den Wagen am »Karls Death Metal«-Schild an. Die nagelneue Harley stand daneben, als wäre sie seit ihrem ersten Besuch nicht bewegt worden. Wenn sie Glück hatte, hieß das, dass Schrankson da war.

Die Tür vom Blechhüttenbüro öffnete sich, und Karl, der Vater, kam verwundert heraus.

»Was verschafft mir die Ehre?«

»Dein Sohn«, Helle hatte keine Lust und erst recht keine Zeit für Geplänkel. »Wo ist er?«

Bildete sie es sich ein, oder fiel sein Gesicht ein wenig in sich zusammen?

»Was willst du von ihm?«

Ohne auf ihn einzugehen, deutete Helle auf die Harley. »Von welchem Geld hat er sich die Maschine gekauft?« Helle baute sich dicht vor dem Schrotthändler auf. »Oder bezahlst du ihn so gut?«

Karl machte einen Schritt zurück. »Keine Ahnung. Er ist erwachsen. Macht mal hier und da einen Job. Geht mich nichts an.«

»Macht er Jobs für die Gemeinschaft der heiligen Flamme? Verkauft er ihnen Autos? So wie den Pick-up, nach dem ich neulich gefragt habe?«

Karl runzelte die Stirn, sein Gesicht verschloss sich. »Davon weiß ich nichts.«

»Ob du davon weißt oder nicht, spielt eigentlich schon keine Rolle mehr, denn du hast jetzt schon einen Arsch voll Probleme.« Helle war ungeduldig. Und wütend. Sie holte ihr Handy hervor und schob sich auf Tuchfühlung an den Schrotthändler heran. Sie hielt ihm das Foto vor die Nase, das sie aufgenommen hatte, bevor sie mit Ole hierhergefahren war. »Ich wette, dass wir die Fahrgestellnummern aller dieser Karren in deinen Büchern finden. Und dass neben jeder einzelnen stehen wird, dass sie hier auf dem Gelände verschrottet wurde.« Ihre Stimme wurde laut, und je lauter sie wurde, desto blasser wurde Karl. »Wir beschlagnahmen deine Bücher, und dann kannst du deinen Betrieb dichtmachen. So sieht das aus, Karl. Und dann ist hier wirklich nur noch Death Metal«, blaffte sie.

Der Mann starrte auf das Foto, und Helle las in seinen Augen, dass er die Wagen erkannte. Sie musste jetzt den Druck ein wenig erhöhen. Hinter ihr stoppte der Wagen der Hundestaffel und Karls Blick begann zu flackern.

»Was ist eigentlich los?«

»Was los ist?« Helle gab Ole ein Zeichen, der nun das Büro betrat, in dessen Tür Karl noch immer stand. Dieser sah irritiert aus, wagte es aber nicht, der schnaubenden kleinen Kommissarin und ihrem Kollegen Einhalt zu gebieten.

»Es besteht der dringende Verdacht, dass dein Sohn meinen Sohn entführt hat«, klärte Helle ihn auf, maximale Schärfe in der Stimme. »Im Auftrag von diesem Sektenführer Hiob. Und wir werden jetzt deinen Schrottplatz durchsuchen, jeden Millimeter, jede Schraube wird von uns umgedreht und …«

»Nicht hier«, stammelte Karl. »Wenn es so ist, wie du sagst – dein Sohn ist nicht hier. Ich wüsste es, ich bin immer hier.«

Helle bohrte ihren Zeigefinger in Karls Brust. »Du willst mir erzählen, dass du mitkriegen würdest, wenn dein Sohn – wie heißt er eigentlich?«

»Fred.«

»Wenn dein Sohn Fred einen schmalen Neunzehnjährigen, an Händen und Füßen gefesselt, im Kofferraum eines Autos hier hereinbringt?« Sie lachte kurz auf. »Du hast ja nicht einmal mitbekommen, dass dein guter Junge unter deinen Augen Autos vertickt! Autos, von denen du glaubst, ihr hättet sie verschrottet!«

Karl sah sie stumm an.

»Okay, Karl. Dann lassen wir das Geplänkel.« Helle drehte sich um und gab den Hundeführern ein Zeichen, dass sie mit der Durchsuchung beginnen konnten. Der Schrotthändler folgte ihnen nervös mit den Augen.

Helle drehte sich wieder zu ihm. »Wenn wir etwas finden, Karl, und wenn es nur ein Haar meines Sohnes ist, dann bist du dran. Und nicht nur dein Fred.«

»Ich sage dir, hier ist niemand. Fred würde das nicht machen. Niemanden hierherbringen.« Sein Blick war weich, wehmütig, traurig fast. Er hätte Helle leidtun können, wenn sie nicht so eine Wut und Angst im Bauch gehabt hätte.

»Ich weiß, dass er krumme Geschäfte macht«, gestand er schließlich. »Aber ich habe ihm gesagt, dass ich nichts davon wissen will. Er ist erwachsen, er hört doch nicht mehr auf mich. Aber das würde er mir nicht antun.«

Helle kniff die Augen zusammen, schob ihren Körper noch ein paar Zentimeter näher an Karl heran und sah ihm in die Augen. Sein Blick flackerte nicht, er wich nicht aus. Sie glaubte ihm.

»Jetzt«, sagte sie, »jetzt ist die Zeit zu reden, ohne Ausflüchte. Ich bin eine Mutter, die Angst um ihr Kind hat. Aber ich bin alles andere als ängstlich, Karl. Ich bin verdammt noch mal scheißwütend und richtig ungemütlich.«

»Er angelt.« Karl wischte sich nervös übers Gesicht. »Am Store Økassø. Kennt sich gut da in der Gegend aus, manchmal jagt er auch im Wald.«

»Das ist illegal. Scheint so, als hätte Fred eine ganze Menge Scheiße im Kopf«, gab Helle schnaubend zurück und zog Karl am Arm mit in seine Blechhütte. Dort zwang sie ihn, ihr auf der Karte im Computer zu zeigen, wo das Gebiet sich befand, in dem Fred sich herumtrieb. Der Rold Skov war das zweitgrößte zusammenhängende Waldgebiet Dänemarks, achtzig Quadratkilometer, sie konnten unmöglich den ganzen Wald nach Leif absuchen. Der Store Økassø befand sich im nördlichen Teil des ausgedehnten Waldes, und Karl zeigte jetzt auf eine Fläche, die sich zwischen der Bundesstraße 180 und der Bahntrasse befand, die beide das Gebiet durchquerten. Während er versuchte, es so genau wie möglich einzugrenzen, telefonierte Ole mit Hjalmar, um ihn von den neuesten Entwicklungen wissen zu lassen.

»Wo ist dein Sohn jetzt?«, setzte Helle nach.

Karl zuckte hilflos mit den Achseln. »Um die Zeit pennt er meistens noch. Also, ich denke, zu Hause im Bett.«

»Und wo ist das?«

Karl nannte eine Adresse und Helle nickte Ole zu, der sich darum kümmerte, dass Fred so schnell wie möglich Besuch von der Polizei bekam.

»Du kommst mit uns mit«, forderte Helle Karl auf. Sie wollte verhindern, dass er seinen Sohn warnte, überdies konnte sie nicht sicher sein, dass er nicht doch mit Fred gemeinsame Sache machte.

Das Waldgebiet Rold Skov lag nicht weit entfernt, keine zehn Minuten mit dem Auto, und während Ole dorthin fuhr, besprach sich Helle mit Sören. Dieser versprach, ihr einen Teil des Suchtrupps, der zum zweiten Mal das Gelände der Sekte durchkämmte, zu schicken, und sie verabredeten einen Treffpunkt, von dem aus Helle die Aktion koordinieren würde. Im Idealfall kämen die Kollegen, die Fred, den Schrotthändlersohn, aufspüren sollten, mit ihm dazu.

Noch während sie mit Sören sprach, bekam sie die Nachricht, dass an der Adresse, die Karl ihnen genannt hatte, ein dunkelblauer Vaneo parkte – zugelassen auf Fred Esken.

»Bingo!«, rief Helle. »Schickt sofort die Spurensicherung hin. Sören, du telefonierst mit den Staatsanwälten, vorläufiger Haftbefehl, Durchsuchungsbeschluss für seine Wohnung und das ganze Pipapo. Und dann nehmt diesen Scheißer auseinander. In ganz kleine Teile.«

Erst als Sören mit »zu Befehl« antwortete, wurde Helle klar, dass sie wieder einmal die Hierarchie auf den Kopf gestellt hatte, aber verdammt noch eins, dachte sie, für diesen Quatsch habe ich keine Zeit. Sie würde sich zu gegebener Zeit bei Sören entschuldigen.

Ungeduldig rutschte sie auf dem Beifahrersitz hin und her, was Ole dazu veranlasste, unwillkürlich mehr Gas zu geben. Helle wurde jetzt von Adrenalin durchströmt, sie vibrierte beinahe, ihre Haare fühlten sich elektrisch an, wie immer, wenn sie eine Fährte aufgenommen hatte, die erfolgreich zu sein versprach.

All die Bilder und Gedanken an Leif, der leblos im Wasser lag, waren aus ihrem Kopf verschwunden, sie glaubte auf einmal wieder fest daran, dass sie ihren Sohn bald in ihren Armen halten konnte.

Beinahe zeitgleich mit ihnen traf der Suchtrupp aus Åldrup am Treffpunkt ein sowie ein Forstbeamter, den Sören noch aufgetrieben hatte und der sich Helle als Mats Regen vorstellte.

Als Helle ihm zeigte, in welchem Gebiet sie Leif suchen lassen wollte, grinste Mats.

»Okay. Das ist zugegebenermaßen ganz schön groß, aber ich kann dich beruhigen: Das ist kein Urwald. Wenn dein Sohn da ist, dann wird ihn früher oder später irgendjemand finden. Da sind überall Wanderwege.«

»Früher wäre mir lieber als später«, gab Helle zurück. »Und Ende Oktober, da wandern nicht mehr allzu viele. Wir müssen ihn heute finden und nicht erst in ein paar Tagen, verstehst du?«

Mats nickte. »Ich gebe das weiter. Es sind Ranger hier, die helfen auf alle Fälle mit. Wir haben Erfahrung in der Personensuche. Irgendein Rentner verschwindet immer beim Wandern.« Er zwinkerte ihr zu.

Seltsame Art von Humor, fand Helle, aber sie sagte nichts, sie wollte den fröhlichen Optimismus des Forstbeamten jetzt nicht dämpfen, schließlich brauchte sie dringend seine Unterstützung. Hier ging es um das Leben ihres Sohnes, da führte sie keine Diskussion über Humorfragen. Stattdessen besprach sie mit ihm und dem Leiter des Suchtrupps, wer welches Planquadrat durchsuchen sollte und wie sie miteinander in Kontakt blieben. Da sie nicht allzu viele waren, war eine lückenlose Suche nicht möglich, aber sie bekamen auf den Wald- und Wanderwegen Unterstützung, und Helle hoffte, dass in der Zwischenzeit Fred Esken die Daumenschrauben angelegt bekam.

Sie war felsenfest davon überzeugt, dass er Leif entführt hatte – der Vaneo war das passende Mosaiksteinchen in ihrer Indizienkette.

Der Rold Skov war ein alter Wald, ein naturbelassener mythischer Forst mit vielen Totholzbeständen und Biotopen, sie durchquerten bei der Suche alte Buchenhaine, der Morgennebel hing noch über dem moosigen Boden, während sich oben, in den Kronen der Laubbäume, bereits ein sonniger Herbsttag ankündigte. Aber Helle war nicht empfänglich für die Schönheit der Natur, die sie umgab. Seit dem Vorabend, seit zwölf Stunden, hatte sie nur einen einzigen Gedanken, ein einziges Ziel, ihre Nerven waren angespannt, ihr Körper wie zerschlagen, nichts ging ihr schnell genug vorwärts, aber jetzt, wo sie sich kurz vor dem Ziel wähnte, war es besonders schlimm, sie war ungeduldig und brauchte jetzt, *jetzt* Erfolge. Hinter jedem Baumstamm glaubte sie, etwas zu entdecken, das helle Grau von Leifs Hoodie, einen Fetzen seiner Adidas-Trainingshose, und blitzte dort nicht ein weißer Sneaker?

Um diese frühe Morgenzeit war es ruhig im Wald, sie gingen stumm und lauschten auf das Echo ihrer eigenen Schritte, das Gezwitscher der wenigen Vögel, die nicht nach Süden aufgebrochen waren, und dann und wann hörten sie ein Rascheln im Unterholz, wenn eine Maus, ein Marder oder ein Eichhörnchen vor ihnen floh.

»Helle!« Nach einer knappen halben Stunde stoppte einer der Männer vom Suchtrupp und machte ihr ein Zeichen. Sofort rannte Helle zu ihm, um ein Haar wäre sie über eine Wurzel gestolpert, sie guckte nicht nach unten auf den Weg vor ihr, sondern starrte in das Gesicht des Beamten, um daraus ablesen zu können, ob er eine gute oder schlechte Nachricht für sie hatte.

»Eine Rangerin hat ihn gefunden«, sagte er. »Gleich hier in der Nähe.«

»Lebt er?«

»Sieht so aus. Sie hat dir was aufs Handy geschickt.«

Helle fummelte ihr Telefon aus der Tasche und sah schon auf dem Sperrbildschirm, dass ihr jemand seinen Standort gesandt hatte, eine rote Stecknadel auf Google Maps. Sie ortete sich selbst, ließ sich die Route berechnen und rannte los. Ole blieb ihr dicht auf den Fersen, und es dauerte keine fünf Minuten, da sah sie eine grauhaarige Frau an einem Holzunterstand. Die Frau winkte ihr.

Helle erkannte die Hütte.

Es war genauso eine Hütte wie die, in der sie Merles Sachen gefunden hatten.

Das Herz schlug Helle bis zum Hals, sie biss sich die Lippe blutig, stoppte nicht bei der Frau, die neben der Hütte stand und ihr etwas sagen wollte, sondern hielt erst an, als sie ihn sah.

Leif saß auf dem Boden des Verschlags, die Knie hatte er angewinkelt, sein Kopf war zur Seite gesackt, der Mund stand offen. Die halblangen Haare hingen ihm wirr ins Gesicht, Laub und Spuren von dunkler Walderde klebten überall, der Hoodie war nicht hellgrau, sondern eher braun, bei einem seiner Turnschuhe fehlten die Schnürsenkel. An den Handgelenken hatte er tiefe Schnittwunden, getrocknetes Blut klebte an seiner Haut. Blut auch auf dem Hoodie, die Knie der Trainingshose waren fleckig und zerschlissen. Leifs Haut war blass, seine Lippen bläulich.

Helle starrte ihren Sohn an, eine Sekunde, in der die Welt um sie herum aufhörte zu existieren, und sie versuchte zu begreifen, was mit ihm geschehen war.

Aber dann sah sie, dass er atmete.

Leif lebte.

Helle fiel vor ihm auf die Knie, zog ihren erschöpften Sohn an sich und brach in einen Sturzbach von Tränen aus. Sie konnte sich nicht mehr halten; ihre Angst und Erschöpfung, die Anspannung und der Schlafmangel wurden von ihren Tränen hinweggespült, und sie hörte erst auf, als sie spürte, dass sich Arme um sie schlossen, ihr Sohn ihr über den Rücken strich und murmelte: »Ist gut, Mama, ist alles gut.«

Aalborg

Marit musste nichts sagen, sie hatte ihm zugehört, seine Hand gehalten und ihn angesehen.

Liebe in ihrem Blick.

»Es ist vorbei«, sagte sie jetzt, ließ seine Hand los, stand auf, setzte sich auf die Kante des Krankenhausbettes und legte sich mit dem Oberkörper zu ihm. »Du hast ihn besiegt. Du hast ihn besiegt, dieses Monster wird nie wieder in seinem Leben frei sein.«

Willem wollte etwas sagen, ihr seine Dankbarkeit zeigen, sie seiner Liebe versichern, aber er bekam kein Wort über die Lippen. Offenbar hatte sie sich noch am Vorabend ins Auto gesetzt und war von ihren Eltern, wo sie die Kinder gelassen hatte, nach Aalborg zurückgefahren, kaum hatte sie von seiner Entführung erfahren. Die Nacht hatte sie auf dem Revier verbracht, und als am frühen Morgen die Nachricht gekommen war, dass ihr Mann aufgefunden worden war, am Leben und verhältnismäßig unversehrt, war sie ins Krankenhaus gekommen.

Man hatte ihn durchgecheckt, seine oberflächlichen Wunden versorgt und ihm ein Beruhigungsmittel gegeben, in der ganzen Zeit war seine Frau nicht von seiner Seite gewichen.

Seine starke, seine wunderbare Frau. Die Liebe zu ihr war so groß, dass er ihr nicht nur erzählt hatte, was geschehen war, seit Nick Sprembert überraschend in ihrem Haus gesessen hatte, sondern dass er es auch wagte, ihr von Jemima zu erzählen. Der Tochter, die ihm so plötzlich zugewachsen war. Marit hatte das gefasst aufgenommen, sie hatte ihn nicht verurteilt.

Die Tür des Krankenzimmers öffnete sich und die Stationsschwester kam mit einem Klemmbrett herein.

»Deiner Entlassung steht nichts mehr im Weg, Willem«, sagte sie und reichte ihm lächelnd die Papiere zur Unterzeichnung.

Danach zog er sich an, mit den Klamotten, die Marit mitgebracht hatte.

»Ich fahre dich nach Hause«, sagte Marit. »Oder musst du noch mal ins Revier?«

Willem schüttelte den Kopf. »Eine erste Aussage haben sie schon von mir. Es reicht wohl, wenn wir uns morgen damit beschäftigen. Aber ich würde gerne die Kinder noch holen, wir sollten jetzt alle vier zusammen sein. Okay?«

»Ich fahre«, gab Marit zurück und lächelte. »Du stehst unter Drogeneinfluss.«

Er nahm ihre Hand, und gemeinsam gingen sie den Krankenhausflur zum Aufzug.

Unten an der Rezeption erblickte Willem den groß gewachsenen Kommissar aus Kopenhagen, Ricky, wenn er sich richtig erinnerte. Er hatte heute Morgen das erste Gespräch mit ihm geführt. Er grüßte ihn, Ricky hob die Hand und winkte leicht, was bei einem Mann, der aussah wie aus einigen Steinbrocken zusammengewürfelt, reichlich komisch wirkte.

Willem und Marit hatten den Empfangsbereich verlassen, da fiel Willem etwas ein, und er drehte um.

»Hej Ricky«, sagte er. »Ist das Mädchen ... also, du weißt schon«, er hatte plötzlich einen Kloß im Hals und musste sich räuspern, »Jemima, ist sie hier im Krankenhaus?«

Der Kopenhagener Ermittler nickte. »Intensivstation. Sie haben sie aus dem künstlichen Koma geholt, aber ich weiß nicht, ob sie bei Bewusstsein ist.«

»Meinst du, ich kann sie sehen?« Willem warf Marit einen entschuldigenden Blick zu, aber die nickte.

»Klar. Ich sag Bescheid.« Ricky Olsen zeigte auf sein Smartphone.

Willem fasste Marit wieder an der Hand, sie nahmen den Aufzug zur Intensivstation, die sich im obersten Stock des Klinikums befand. Eine Polizistin erwartete sie bereits, ließ sich ihre Ausweise zeigen und wies ihnen den Weg dorthin, wo das Mädchen lag.

Ein weiterer Polizeibeamter stand vor der Tür.

»Nur durch die Scheibe«, sagte er, flüsternd fast, Bedauern schwang in seiner Stimme mit.

Willem nickte und trat näher, Marit blieb bei ihm. Gemeinsam blickten sie durch die große Scheibe in einen Raum, in dem das Bett, in dem seine Tochter lag, hinter unzähligen Apparaturen kaum sichtbar war. Von ihr selbst sah man das Gesicht im Profil, sie schien zu schlafen. Ihre Augen waren geschlossen, über Mund und Nase trug sie die Maske eines Beatmungsgerätes. Die Haare verbargen sich unter einer Papierhaube, bis zum Schlüsselbein lag ihr Körper unter der blütenweißen Decke. Ihr Brustkorb hob und senkte sich.

Willem sah sie an. Ein ihm fremdes junges Mädchen. Er suchte nach Spuren von Bekanntem, nach etwas, das ihm ähnlich war.

Er fand nichts.

Auch in seinem Herzen nicht, er hatte kein Gefühl zu dem, was er sah, außer tiefstem Mitleid. Aber so musste es nicht bleiben, dachte er. Ich werde wiederkommen. Und auch wenn du niemals frei sein wirst, wenn du dein Leben lang in Behandlung bleiben musst, wir werden uns kennenlernen.

Angela, dachte er. Jemima gibt es ab sofort nicht mehr.

Mit dem Rücken zu ihnen saß eine Frau am Bett des Mädchens und hielt ihre Hand. Schmal, ihre langen lockigen Haare fielen ihr fast bis zur Taille über den Rücken. Sie schien die Blicke von Willem und Marit zu spüren, denn sie drehte sich um. Als sie Willem sah, lächelte sie vorsichtig. Er erkannte sie sofort. Deborah, die Schöne. Sie war noch immer schön, ihre Züge waren ihm seltsam vertraut, aber auch zu ihr konnte er kein Gefühl entwickeln. Sie war ein Mensch aus einer Zeit, die es für ihn nicht mehr gab. Die Frau, die er geliebt hatte, als sie so alt gewesen waren wie Nick und Jemi. Und ebenso wie Nick hatte er sie damals im Stich gelassen.

Aber in ihrem Lächeln las er, dass sie jetzt nicht daran dachte. Sie trug ihm nichts nach. Jedenfalls im Moment nicht. Sie war bei ihrer Tochter und bewachte sie, das war, was jetzt zählte.

»Wir schaffen das«, flüsterte Marit, und Willem sah, dass sie weinte.

Ja, dachte er, wir schaffen das. Wir alle zusammen.

Aalborg

Sie gaben ihm eine Tasche mit seinen Sachen, nachdem er stapelweise Papiere unterzeichnet hatte. Der Pflichtverteidiger klopfte ihm gut gelaunt auf die Schulter, er hatte allen Grund, optimistisch zu sein. Schließlich wurde sein Mandant vorübergehend aus der U-Haft entlassen, mit einer Menge Auflagen, aber Nick hatte sowieso nicht vor, irgendetwas zu tun, was ihn noch tiefer in die Scheiße ritt. Im Gegenteil, wenn er dazu beitragen konnte, dass er in Zukunft frei und ungehindert sein Leben leben konnte, dann würde er es tun.

Sie hatten ihn gefragt, ob er seine Eltern besuchen wollte, die nach ihrer »Befreiung« in einer psychiatrischen Klinik untergebracht worden waren, aber Nick verzichtete. Er hatte keine Eltern. Jedenfalls im Moment noch nicht. Vielleicht würde er es in ein paar Wochen, Monaten oder Jahren schaffen, ihnen gegenüberzutreten, aber im Moment wollte er mit ihnen nichts zu tun haben.

Am Ausgang der Haftanstalt wartete sein Betreuer. Das war eine der Auflagen, aber Nick war froh um jeden Menschen, der ihn an die Hand nehmen würde. Er hatte keinen Ausweis, er hatte überhaupt keinerlei Papiere, keine Wohnung, keinen Job, kein Geld. Fürs Erste sollte er in einer betreuten Wohngruppe unterkommen, auch das war ihm recht. Und dann wollte sich der Betreuer mit ihm darum kümmern, alle nötigen Dokumente zu beschaffen. Außerdem sah der Typ sehr okay aus.

Nick war optimistisch, er hatte sich für viele Jahre hinter Gittern gesehen, aber dieser Typ von den Bullen, der mit der grauen

Kurzhaarfrisur, hatte ihm versichert, dass sie ihn wohl lediglich wegen unterlassener Hilfeleistung im Fall des Amis aus dem Hostel drankriegen würden.

Die richtig schlimmen Sachen hatte Jemi an der Backe.

Jemi.

Nick musste sie noch einmal sehen. Wenn sie überlebte.

Sich bei ihr entschuldigen und auf Wiedersehen sagen. Oder besser Lebewohl. Wenn er an Jemi dachte, bohrte sich ein Pfahl aus Schmerz durch seinen Körper, sie war seine große Liebe, die Frau, mit der er Kinder hatte haben wollen, die Frau, der er eine Zukunft versprochen hatte. Aber sie hatten ihm gesagt, dass Jemi für lange, lange Zeit, vielleicht für immer, behandelt werden musste.

Nick schob den Gedanken an Jemi in eine freie Kammer seines Herzens und schloss sie dort ein, dann verabschiedete er sich von seinem Anwalt, sie verabredeten einen Termin am kommenden Tag, und er ging an der Seite seines Betreuers hinaus in die Freiheit. Er wollte sich jetzt nicht einbilden, dass ein neues Leben begann, dachte Nick, nicht schon wieder, beim letzten Mal war es reichlich schiefgegangen, deshalb verbot er sich den Gedanken.

»Kennst du den?«, fragte ihn sein Betreuer und deutete auf die andere Straßenseite.

Ein junger Typ stand dort, nicht viel älter als er. Lässig an ein Auto gelehnt, und als er Nick erblickte, warf er seine Kippe auf die Straße und zerdrückte sie mit seinem Schuh.

Nick erkannte ihn sofort.

Er rannte über die Straße, rannte auf seinen Bruder zu, der die Arme weit öffnete, sie um Nick schloss, als dieser bei ihm war und ihn hochhob.

»Nicky!«, sagte Jan, und in diesem Moment, als er seinen Bruder im Arm hielt, seinen vertrauten Geruch wahrnahm – er roch genauso, wie er immer gerochen hatte! –, die Stimme hörte und den festen Druck seiner Arme spürte, fiel alles von Nick ab. Ein

Zentnergewicht plumpste zu Boden, und er hätte es gerne mit seinem Fuß einfach so ausgedrückt wie sein großer Bruder die Zigarette.

»Ich bleib jetzt erst mal hier, Kleiner«, sagte Jan auf Deutsch und lachte.

Und Nick lachte auch. Das wird ein geiles Leben, dachte er. Jan und ich. Ich und mein Bruder.

Skagen

Helle hatte darauf bestanden mitzukommen. Obwohl sie seit so vielen Stunden auf den Beinen war, dass sie sie nicht mehr zählen konnte. Obwohl sie nun mit ihrer Familie – der kompletten Familie! – in ihrem Haus gammeln und kuscheln, knutschen und essen und trinken und spielen und irgendwann tief schlafen könnte, war es für sie keine Frage, Jan-Cristofer zu Inez und Fredrick zu begleiten.

Denn es war ein schwerer Gang. Und außerdem – das wusste Helle nun so gut wie nie zuvor nach den letzten bangen Stunden – ging es um das Kind der Brabants. Es ging um die letzten Minuten von Merle, und ihre Eltern hatten ein Recht darauf zu erfahren, was geschehen war.

Frans, der Kriminaltechniker aus Aalborg, hatte Jan-Cristofer darüber informiert, was auf Merles Computer gefunden worden war. Daraufhin hatten Jan-C und Marianne alle Fundbüros und Gemeinden im Umkreis des Leichenfundortes durchtelefoniert und waren fündig geworden. Helle war informiert worden, und sie hatte entschieden, dass die Eltern umgehend darüber in Kenntnis gesetzt werden sollten – und zwar von ihr selbst. Helle hatte den Brabants versprochen, es herauszufinden, und aus diesem Grund, so fand Helle, war sie verpflichtet, es ihnen auch zu sagen.

Jan-C stoppte den Wagen vor dem Haus der Familie, sah Helle an, und Helle sah zurück.

»Du siehst so was von scheiße aus, Liane Neeson«, sagte er, und beinahe hätte Helle gelacht, denn der Spruch war wirklich gut, aber der Anlass, weswegen sie hier waren, war alles andere als heiter.

Fredrick öffnete ihnen mit fahlem Gesicht. Die Tränensäcke waren geschwollen, seine Wangen eingefallen. Er nickte nur zur Begrüßung und führte sie wortlos ins Wohnzimmer, wo Inez auf sie wartete. Wieder nahmen sie in den fröhlichen dicken Sofas Platz, versanken darin, bis ihre Knie beinahe die Nasenspitzen berührten und Jan-C stellte den Laptop auf den Tisch aus Rauchglas.

Helle fiel auf, dass dieses Mal die Flasche Wein, die auf dem Tisch stand, fast leer war. Und Inez' Blick war glasig, ihre Bewegungen wie in Trance. Vermutlich hatte sie getrunken und Beruhigungsmittel genommen. Helle verstand das. Jetzt besser denn je. Wenn sie Leif nicht gefunden hätte ...

Jan-Cristofer begann das Gespräch. Er fragte die Eltern, ob sie wüssten, dass Merle einen YouTube-Kanal gehabt hatte. Beide verneinten überrascht. Dann holte er die GoPro hervor, die sich noch in der Beweismitteltüte befand und legte sie auf den Tisch. Alle starrten darauf.

»Wir haben den Laptop eurer Tochter von der Kriminaltechnik untersuchen lassen. Und darauf ein paar Sachen gefunden, die vielleicht einiges erklären«, begann er das Gespräch.

»Merle hatte wie gesagt einen Kanal, auf dem sie Videos von sich hochgeladen hat«, sprang Helle ihrem Kollegen zur Seite, und als sie die schockierten Gesichter der Eltern sah, beeilte sie sich, das zu erläutern. »Nichts Sexuelles. Sie nennt sich meradrenalin_X.«

Helle klappte den Computer auf, Jan-C klickte eines der Videos an und schob den Bildschirm so, dass Inez und Fredrick sehen konnten, was ihre Tochter hochgeladen hatte. Es war eines der harmloseren Videos. Dennoch starrten beide Elternteile fassungslos auf den Clip, in dem man sehen konnte, dass ihre Tochter – aufgenommen mit einer GoPro-Kamera – auf dem Dach eines Busses lag, der durch Aalborg fuhr. Der Clip dauerte keine zwei Minuten, aber Inez sah aus, als würde sie sich gleich übergeben müssen.

»Was zum Teufel ...«, sagte Fredrick. »Woher wisst ihr, dass das Merle ist? Das kann doch irgendwer ...?«

Helle sah ihn nur an. Es war Merles Stimme, die den Film aus ihrer Perspektive kommentierte. Es war ihr Laptop und ihr Account. Helle wusste es und Fredrick wusste es auch.

Helle drehte den Laptop wieder zu sich. »Es gibt noch mehr Clips. Fünfzehn, um genau zu sein. Vor acht Monaten hat sie damit angefangen.«

»Warum?«, stieß Inez hervor. »Warum macht sie so etwas?«

»Das ist eine Szene«, übernahm nun wieder Jan-C das Wort. »Adrenalin-Junkies. Sie nennen sich nach Filmen wie *Daredevil* oder irgendwelchen Computerspielen. S-Bahn-Surfer, Typen, die von Hochhaus zu Hochhaus springen, ohne Sicherung. Sie suchen den ultimativen Kick, den Thrill.«

»Sie sagt es in den Clips selbst«, erklärte Helle. »Das Leben herausfordern. Sich spüren. Und dann geht es immer auch um die Zukunft. Wenn man keine Perspektive hat – so formuliert es Merle einmal –, warum dann nicht aus dem kurzen Leben rausholen, was geht.«

Sie schwiegen.

»Keine Perspektive?« In Fredricks Augen sammelte sich das Wasser. »Sind wir so weit? Haben wir alles so runtergerockt, dass unsere Kinder sich das Leben nehmen wollen, weil sie glauben, dass nichts mehr kommt?« Er stand auf und ging zum Fenster, drehte ihnen den Rücken zu. Seine Schultern zuckten und plötzlich schlug er mit beiden Fäusten stumm auf die Scheibe ein.

Helle und Jan-Cristofer sahen sich an, aber sie waren sich einig: Sie würden nicht eingreifen. Es war besser, Fredrick ließ seiner Wut freien Lauf.

»Und das?« Inez zeigte auf die GoPro. Fredrick drehte sich wieder von der Scheibe weg und kam zum Tisch zurück.

»Das ist Merles Kamera«, antwortete Jan-C.

Fredrick und Inez sahen sich an.

»Die gehört ihr nicht«, gab Fredrick zurück. »Die haben wir noch nie gesehen.«

Helle ging darauf nicht ein. Die Kamera hatte unzweifelhaft Merle gehört, sie hatte mit ihr alle Clips, die sich auf ihrem Kanal befanden, aufgenommen. Auch den letzten.

»Diese Kamera wurde bei Jerup angespült. Ein Spaziergänger hat sie schon vor ein paar Tagen im Fundbüro abgegeben, aber die Mitarbeiter dort haben leider keinen Zusammenhang hergestellt und uns nicht darüber informiert. Erst als Jan-Cristofer und Marianne heute gezielt danach gefragt haben – aufgrund der Clips auf dem Laptop –, kam die GoPro ans Licht.«

Inez zog mit spitzen Fingern die Tüte mit der Kamera zu sich heran, als könnte sie sich daran verbrennen. »Merle hatte sie dabei, als sie …?«

Helle und Jan-C sahen sich an. Das war der schwierigste Moment ihres Besuches. Und nicht nur das. Sie hatten es kaum ausgehalten, den Clip, der auf der Kamera gespeichert war, anzusehen. Es waren die letzten Minuten in Merles Leben, die dort gespeichert waren. Die Kamera hatte aufgenommen, wie eine Welle das Mädchen von ihrem Brett geholt und unter Wasser gedrückt hatte. Wie sie es nicht mehr an die Oberfläche geschafft hatte. Wie sie ertrunken war.

»Merle hatte sie dabei. Und sie hat etwas aufgenommen. Sich selbst. Man kann sie hören, bis zu dem Moment …« Helles Stimme brach.

»Es war ein Unfall«, führte Jan-C fort. »Es sollte wieder so eine Challenge werden. Ein Thrill-Seeker-Video.«

Fredrick sank auf dem Sofa nieder und legte den Arm um Inez' Schultern.

»Sie war gut drauf«, übernahm jetzt Helle wieder. »Sie ist fröhlich. Allerdings auch ziemlich betrunken. Aber sie weiß genau, was sie tut, und sie hat es geplant. Sie will in der Nacht wellenreiten, im Oktober, und sich dabei aufnehmen. Das geht auch gut, bis ...«

»Bis eine Welle kommt.« Jan-Cristofer räusperte sich. »Ihr solltet euch das Video nicht ansehen. Jedenfalls nicht jetzt. Wir haben es bei uns gespeichert.«

Inez schlug beide Hände vor den Mund, konnte aber nicht verhindern, dass ein Schrei aus tiefster Seele aus ihr herausbrach. Es war der Schrei eines Tieres, und Helle sah zu Boden. So hätte sie auch geschrien, wenn sie Leif tot gefunden hätte. Ihr war es erspart geblieben, aber Inez und Fredrick mussten weiterleben. Mit diesen letzten Bildern von ihrem sterbenden Kind.

Wenig später verließen sie das Haus, ließen die Brabants erneut in ihrer Trauer und Verzweiflung allein.

»Ich fahre dich nach Hause«, sagte Jan-C, »du musst ja völlig im Eimer sein.«

Helle nickte. »Bin ich auch.« Sie warf einen Blick zurück auf den Glas-Holz-Kubus. »Aber bei uns ist es gut ausgegangen.«

»Ich hab mit Markus darüber geredet«, sagte Jan-C. »Was Merle gemacht hat. Was so viele machen. Adrenalin-Junkies. Er sagt, er findet das krank.« Er seufzte. »Ich kann nur hoffen, dass er es wirklich so sieht. Kinder.«

Kinder, dachte Helle erschöpft. Größtes Glück und größte Angst. Wahrscheinlich hört es nie auf. Wahrscheinlich habe ich Angst um meine Kinder, bis ich sterbe.

Eine halbe Stunde später öffnete sie die Tür zum Windfang ihres Hauses. Der Sonnenschein vom Vormittag war düsteren Wolken gewichen, in Kürze würde es regnen, sie konnte es riechen. Das Meer vor ihrer Tür war aufgewühlt, die Flut hatte die Wellen weiter auf den Strand getrieben als in den letzten Tagen, der Vollmond kam und mit ihm die herbstlichen Springfluten.

Komm nur, dachte Helle, wir igeln uns ein. Soll es draußen nass sein und kalt und stürmen, da ist es hier drinnen gleich noch viel schöner.

Alle waren im Wohnzimmer versammelt, so wie Helle sie vor etwa zwei Stunden zurückgelassen hatte.

Leif war im Krankenhaus durchgecheckt und versorgt worden, die Ärzte hätten ihn am liebsten eine Nacht zur Beobachtung dabehalten, aber er versicherte, dass ihm außer den Schnittwunden an den Handgelenken wirklich nichts fehlte und bestand darauf, nach Hause zu fahren. Als er und Helle dort angekommen waren, war ihnen eine überglückliche Sina – seit neuestem nicht mehr mit blauem Vogelnest aus Dreadlocks auf dem Kopf, sondern mit einer charmanten Jean-Seberg-Kurzhaarfrisur – aus dem Haus entgegengestürmt. Sie hatte Leif aufs Sofa verfrachtet, ihn in Decken eingewickelt und schien ihren kleinen Bruder nun nicht mehr aus ihren Armen lassen zu wollen.

Bengt hatte seinen Sohn im Haus liebevoll in seine Bärenpapa-Umarmung gezwungen und sorgte nun mit kräftiger Hühnerbrühe, Unmengen von heißem Zitrone-Ingwer-Wasser und Leifs Lieblings-Schokoladenkuchen für dessen leibliches Wohl.

Sogar Emil hatte sich aufgerafft und war Leif entgegengewackelt, als hätte er genau gespürt, welchen Gefahren sein Kumpel ausgesetzt gewesen war. Schließlich hatte er seine Wachhundpflichten nicht erfüllen können, was er nun durch übertriebenes Hände- und Gesicht-Ablecken wettzumachen versuchte.

Und so saßen und lagen sie immer noch in den molligen Sofas herum, als Helle wieder zurückkam. Der Kamin strahlte gelbrotes Licht und Hitze in den Raum, Sina hatte Kerzen aufgestellt, draußen vor der Panoramascheibe bettete die hereinbrechende Dämmerung Strand und Dünen zur Ruh, die aufgewühlte See bildete das Hintergrundrauschen.

Helle krabbelte neben Bengt auf das Sofa, zog die Beine hoch und legte ihren Kopf auf seinen Bauch. Bengt strich ihr mit den Fingern über den Rücken, während Helle einen Arm nach unten fallen ließ, damit sie wiederum Emils Kopf kraulen konnte. Sina erzählte euphorisch von ihrer aufregenden Reise als Straßenmusikerin, Leif schlief. Er sah entspannt aus, und Helle dachte daran, was er ihr im Auto auf der Fahrt nach Hause gesagt hatte. Wie klein ihm seine Sorgen jetzt vorkamen – Merles Tod natürlich ausgenommen –, die er noch vor der Entführung gehabt hatte. Und dass er beschlossen hatte, die Ausbildung abzubrechen und aus Aalborg wegzuziehen. Dass er nach Kopenhagen gehen wollte und studieren. Sein Leben nicht mit Sachen verschwenden, die ihm nicht behagten.

Erstaunlich, hatte Helle gedacht. Gerade noch musste er im Wald um sein Leben fürchten, und nun schmiedete er bereits solche Pläne. Sie wollte die Euphorie ihres Sohnes nicht bremsen, der Schock nach traumatischen Erlebnissen kam in Wellen und manchmal recht spät.

»Mama, Emil hechelt so«, sagte Sina nun.

Helle stand auf und öffnete die bodentiefe Glastür. »Der muss nur mal raus. Das ist ja eine Hundesauna hier drinnen.«

Emil schlich an ihr vorbei in die Dünen. Er ging ein paar Schritte, dann setzte er sich und drehte den Kopf zu ihr zurück.

Obwohl das Licht fahl war, erkannte Helle, dass die Schleimhäute ihres Lieblings weiß waren, ebenso die Zunge. Emil hechelte sehr stark, stärker als sonst.

Helle fing seinen Blick auf. Aber er sah sie nicht mehr.

Emil war bereits weit weg.

Seine Vorderbeine knickten ein.

Und Helle weinte.

Zitatnachweise

Die im Text vorhandenen Bibelzitate entstammen folgenden Büchern: S. 10: Lied 5 Moses; S. 75: Römer 8.18; S. 234: 2. Petrus 3

Hinweis

Der Ort Åldrup ist erfunden. Alle anderen Orte und Städte existieren tatsächlich.

Judith Arendt
Helle und der Tote im Tivoli
Der erste Fall für Kommissarin Jespers
288 Seiten
ISBN 978-3-455-00867-8
Atlantik Verlag

Der erste Fall von Dänemarks sympathischster Ermittlerin

Ein Haus in den Dünen von Skagen, ein Ehemann, der sie kulinarisch verwöhnt und eine familiäre Polizeistation – für Helle Jespers könnte das Leben kaum behaglicher sein. Bis ein brutaler Mord ihre kleine Gemeinde erschüttert. Der ehemalige Gymnasialdirektor wird mitten in der Hauptstadt Kopenhagen, im weltberühmten Vergnügungspark Tivoli, ermordet aufgefunden. Helle ist sich sicher, dass die Spur zurück nach Skagen führt, doch sie ahnt nicht, wie nah der Täter ihr ist.

Judith Arendt
Helle und die kalte Hand
Der zweite Fall für Kommissarin Jespers
304 Seiten
ISBN 978-3-455-01004-6
Atlantik Verlag

Der Herbst hält Einzug in Skagen und vertreibt die letzten Sommergäste. Helle Jespers, Leiterin der örtlichen Polizeistation, sehnt sich nach mehr Zeit und weniger Trubel. Doch die Ruhe währt nur kurz, denn in der Nähe der beliebten Wanderdüne Råbjerg Mile wird die Leiche einer jungen Frau gefunden. Laut Obduktion stammt sie offenbar aus dem südostasiatischen Raum. Doch niemand scheint sie zu vermissen.
Die Vermutung liegt nahe, dass sie sich illegal in Dänemark aufhielt. Helle Jespers ist fest entschlossen, den ersten Mordfall in ihrer Gemeinde aufzuklären, und stößt dabei auf die Schattenseiten der scheinbar so offenen dänischen Gesellschaft.

»Dänemarks sympathischste Ermittlerin ist zurück!«
Buch-Magazin